Un époux en héritage

*

Le charme d'un patron

*

Le secret d'une nuit d'amour

LYNNE GRAHAM

Un époux en héritage

Traduction française de
ÉLISABETH MARZIN

AZUR

HARLEQUIN

Collection : Azur

Titre original :
THE BILLIONAIRE'S BRIDAL BARGAIN

Ce roman a déjà été publié en 2016

HARPERCOLLINS FRANCE
83-85, boulevard Vincent-Auriol, 75646 PARIS CEDEX 13
Service Lectrices — Tél. : 01 45 82 47 47 - www.harlequin.fr
ISBN 978-2-2804-5753-8 — ISSN 0993-4448

Composé et édité par HarperCollins France. Achevé d'imprimer en juin 2021.
par CPI Black Print - Barcelone - Espagne
Dépôt légal : juillet 2021.

FSC
www.fsc.org
MIXTE
Papier issu de sources responsables
FSC® C159065

Pour limiter l'empreinte environnementale de ses livres, HarperCollins France s'engage à n'utiliser que du papier fabriqué à partir de bois provenant de forêts gérées durablement et de manière responsable.

1.

Cesare Sabatino ouvrit le dossier envoyé par coursier et laissa échapper un grognement incrédule.

Il avait sous les yeux deux photos, représentant d'une part une adolescente blonde nommée Christina et d'autre part sa sœur aînée, Elisabetta. Cette folie familiale allait-elle se transmettre à une nouvelle génération ? Exaspéré, il passa nerveusement les doigts dans son épaisse chevelure noire. Il avait un travail monstre et vraiment pas de temps à perdre avec ce genre d'absurdités. A quoi jouait son père ?

— Que se passe-t-il ? demanda Jonathan, qui était à la fois son ami et un des directeurs de l'empire pharmaceutique Sabatino.

Cesare lui tendit le dossier.

— Jette un œil là-dessus et tu vas voir jusqu'où peut aller la folie d'un père apparemment sain d'esprit.

Jonathan étudia les photos.

— La blonde est plutôt mignonne, mais un peu jeune. L'autre, avec son affreux chapeau en laine, a l'air d'un épouvantail. Pourquoi Goffredo t'envoie-t-il ces photos ? Quel lien peux-tu avoir avec une famille de fermiers du Yorkshire ?

— C'est une longue histoire.

— Intéressante ?

Cesare fit la grimace.

— Ce n'est pas le terme que j'emploierais. Dans les années 1930, ma famille possédait dans la mer Egée une petite île appelée Lionos. La plupart de mes ancêtres paternels y sont enterrés. Ma grand-mère, Athene, y est née et y a grandi. Mais quand son père a fait faillite, Lionos a été vendue à un Italien du nom de Geraldo Luccini. Plus tard, le frère d'Athene a décidé de récupérer l'île en épousant la fille de Luccini. Mais finalement, il l'a plaquée le jour du mariage.

— Charmant…

— Luccini était tellement furieux qu'il a inclus dans son testament des clauses destinées à empêcher ma famille de reprendre possession de Lionos.

— Quel genre de clauses ?

— Ses héritiers — aujourd'hui les filles des photos, qui ont hérité Lionos de leur mère — n'ont pas le droit de vendre l'île. Pour que ma famille redevienne propriétaire de l'île, il n'y a qu'une solution. Qu'un Sabatino, moi en l'occurrence, épouse une de ces deux filles et qu'un enfant naisse de ce mariage.

— Tu plaisantes ?

— Pas du tout. Autrefois mon père a d'ailleurs demandé sa main à la mère, Francesca. Je dois cependant préciser qu'il était vraiment tombé amoureux d'elle. Heureusement, elle a préféré se marier avec son fermier.

— Pourquoi heureusement ?

— Elle n'est pas restée longtemps avec le fermier, ni avec aucun des hommes qui ont suivi. Goffredo l'a échappé belle.

Cesare réprima une moue de dérision. Face à une femme aussi volage, son père, d'un naturel plutôt naïf, aurait été complètement dépassé…

— Alors s'il t'a envoyé ce dossier…

— C'est dans l'espoir de m'intéresser au « projet de récupération de Lionos », répliqua Cesare d'un ton pince-sans-rire en mimant des guillemets avec ses doigts.

— Il pense vraiment avoir une chance de te convaincre d'épouser une de ces deux filles ?

— Il a toujours été très optimiste.

Cesare soupira.

— Et il refuse de m'écouter quand je lui dis que je n'ai pas la moindre envie de me marier.

— En tant qu'homme marié et père de famille, je dois te dire que tu manques quelque chose.

Cesare se retint de justesse de rouler les yeux. Certes, contre toute attente, les mariages heureux existaient. Celui de son père en était un exemple et celui de Jonathan un autre. Mais pour sa part, il ne croyait pas aux contes de fées. Surtout depuis que son premier amour l'avait plaqué pour se marier avec un milliardaire, qui se définissait lui-même comme un « jeune de soixante-quinze ans ». Serafina avait consciencieusement joué son rôle d'épouse aimante jusqu'à la grille du cimetière. Aujourd'hui, c'était une veuve fortunée qui ne cessait de le pourchasser dans l'espoir de renouer avec lui.

La mâchoire de Cesare se crispa. Serafina était une erreur de jeunesse. Le genre d'erreur qu'il ne renouvellerait jamais. A présent, il ne se faisait plus aucune illusion sur les femmes et il dépensait son argent à bon escient. Sa maîtresse actuelle, un top model français, se donnait beaucoup de mal pour le satisfaire, au lit et en dehors. Sans même attendre de lui qu'il lui passe la bague au doigt… Une perle rare ! Bien sûr, il était un amant extrêmement généreux, mais l'argent ne servait-il pas à se faire plaisir ? Pourquoi se priver quand on avait les moyens de s'offrir tout ce qu'on désirait ?

Ce soir-là, lorsque Cesare arriva chez lui, Primo, son valet de chambre, lui annonça que son père était venu lui rendre visite à l'improviste et l'attendait sur la terrasse. Goffredo admirait la vue panoramique sur Londres quand son fils le rejoignit en s'efforçant de masquer sa contrariété.

— A quoi dois-je l'honneur ? demanda-t-il avec un sourire ironique.

Son père, toujours très démonstratif, le serra dans ses bras comme s'ils ne s'étaient pas vus depuis des mois, alors que leur dernière rencontre remontait à une semaine.

— Il faut que je te parle de ta grand-mère…

Le sourire de Cesare s'effaça aussitôt.

— Que se passe-t-il ?

— Athene doit subir un pontage coronarien. Avec un peu de chance, ça la débarrassera de son angine de poitrine. Le pronostic est excellent, mais elle se trouve trop vieille pour se faire opérer. Elle estime qu'elle a déjà de la chance d'être arrivée à soixante-quinze ans.

— C'est ridicule. Si nécessaire, j'irai lui parler pour lui faire entendre raison.

— Elle a besoin d'une perspective réjouissante. Quelque chose qui l'incite à penser qu'endurer le stress d'une opération vaut la peine.

— J'espère que tu ne penses pas à Lionos. C'est un projet totalement chimérique.

Goffredo pinça les lèvres.

— Depuis quand es-tu défaitiste ?

— Je ne suis pas défaitiste. Juste trop rationnel pour me battre contre des moulins à vent.

— Mais tu as quand même de l'imagination, non ? Tu es capable de… comment dites-vous, aujourd'hui ? D'innover. Les temps ont changé, Cesare. Le monde a évolué. En ce qui concerne l'île, tu as un pouvoir que je n'ai jamais eu.

Cesare soupira. Pourquoi n'était-il pas resté au bureau pour travailler tard dans la soirée, comme souvent ?

— De quel pouvoir parles-tu ?

— Tu es extrêmement riche, ce qui est loin d'être le cas des propriétaires actuelles de l'île.

— Allons, tu connais aussi bien que moi les clauses du testament.

— L'argent peut résoudre tous les problèmes. Vu leur jeune âge, les filles de Francesca n'ont sans doute pas plus envie que toi de se marier. Pourquoi ne conclurais-tu pas une sorte d'arrangement avec l'une des deux ?

Cesare secoua la tête.

— Tu me demandes de contourner le testament ?

— Il a été étudié dans les moindres détails par un avocat spécialiste du droit des successions. Si tu épouses une des filles, tu auras au moins le droit d'aller sur l'île. Et, surtout, tu auras le droit d'y emmener ta grand-mère. Après toutes ces années, elle serait très heureuse de retourner là-bas, même pour un bref séjour.

— D'après ce que j'ai compris, le testament interdit à tous les membres de notre famille de se rendre sur l'île.

— Sauf si un mariage a été célébré. C'est une subtilité mise en évidence par l'avocat. En revanche, si l'un d'entre nous se rendait sur l'île sans que cette condition soit remplie, les filles de Francesca perdraient leur héritage et l'île deviendrait la propriété de l'Etat.

— Ce qui n'arrangerait personne, à part l'Etat... Tu penses vraiment qu'un simple séjour à Lionos ferait plaisir à Nonna ?

— Pouvoir se recueillir de nouveau sur la tombe de ses parents, revoir la maison où elle est née, où elle s'est mariée et où elle a vécu avec mon père au début de leur mariage ? Ce serait un immense bonheur pour elle.

— Son rêve c'est plutôt de retourner vivre là-bas, non ? Or, le testament stipule que notre famille n'aurait le droit de s'installer de nouveau à Lionos que si un enfant naissait du mariage.

— D'après l'avocat, cette clause peut être contestée et il y a de grandes chances qu'elle soit jugée abusive.

— J'en doute. Ce serait une bataille judiciaire longue et coûteuse. D'autant plus que l'Etat s'opposerait à nous. A mon avis, c'est perdu d'avance. Quelle femme accepterait de m'épouser et d'avoir un enfant avec moi pour me permettre de reprendre possession d'une île inhabitée ?

Goffredo émit un grognement incrédule.

— Tu sais bien qu'on peut difficilement rêver plus beau parti que toi, Cesare. *Madre di Dio,* tu as toutes les femmes à tes trousses depuis l'adolescence !

Cesare lança à son père un regard narquois.

— Et tu ne trouves pas immoral le projet de faire un enfant dans le seul but de récupérer un héritage ?

— Comme je te l'ai déjà dit, je ne te suggère pas d'aller aussi loin, répliqua Goffredo d'un air très digne.

— Mais pour redevenir propriétaire de l'île je n'ai pas d'autre solution. Si je ne peux pas obtenir autre chose pour Nonna que le droit de se rendre là-bas pour un court séjour, je ne vois pas l'intérêt de tenter de soudoyer une étrangère.

— C'est ton dernier mot ?

— Je suis un homme pragmatique. S'il y avait la moindre chance de récupérer l'île, je ferais le nécessaire.

— Tu pourrais au moins prendre contact avec les filles de Francesca et voir s'il y a moyen de trouver un arrangement. Tu pourrais au moins *essayer !* s'exclama Goffredo d'un air outré.

Sur ces mots, il s'en alla. Cesare jura à mi-voix. Contrairement à son père, qui s'emportait aussi facilement qu'il s'enthousiasmait, il ne se laissait jamais dominer par ses émotions. Malgré tout, il ne pouvait s'empêcher d'être très inquiet pour sa grand-mère. Qu'elle ait besoin de se faire opérer était déjà une mauvaise nouvelle. Mais qu'elle refuse d'écouter les médecins était encore plus alarmant. Athene devait penser que la vie n'avait plus rien d'excitant à lui offrir. Sans doute avait-elle également un peu peur de l'intervention. Sa grand-mère était une femme si forte et si courageuse que les gens avaient souvent du mal à imaginer qu'elle puisse avoir des faiblesses comme tout le monde.

La mère de Cesare étant morte le jour de sa naissance, la mère de Goffredo était aussitôt venue au secours de son fils. Tandis que ce dernier s'efforçait de surmonter son chagrin tout en se battant pour créer sa première entreprise, Athene s'était chargée d'élever Cesare. Avant de commencer l'école, il savait déjà lire et jouer aux échecs. Contrairement à Goffredo, Athene ne s'était pas laissé impressionner par l'intelligence prodigieuse de son petit-fils, et elle avait fait en sorte qu'il puisse s'épanouir et se développer à son rythme. Cesare devait beaucoup à sa *nonna* et c'était la seule femme au monde qu'il portait aux nues. Il avait un faible pour elle, quand bien même il ne l'avouerait pour rien au monde.

Un arrangement… Il rouvrit le dossier. L'adolescente, hors de question. La jeune femme avec le chapeau en laine ? Pouvait-il réellement envisager d'épouser une femme qui correspondait si peu à ses critères de choix habituels ?

— Tu aurais dû envoyer Héros à l'équarrissage quand je te l'ai dit ! s'exclama Brian Whitaker. Au lieu de ça, tu le laisses s'empiffrer dans l'écurie. Tu crois que nous avons les moyens de le nourrir ?

— Chrissie l'adore. Elle vient la semaine prochaine et je voulais qu'elle puisse lui dire au revoir.

Lizzie parlait d'une voix égale pour éviter d'attiser la colère de son père. Debout devant la table de la cuisine, les mains crispées sur le dossier d'une chaise pour limiter leur tremblement — symptôme le plus visible de la maladie de Parkinson qui ravageait son corps autrefois robuste — il dardait sur elle un regard furieux.

— C'est le meilleur moyen pour qu'elle fonde en larmes et qu'elle te supplie de ne pas l'envoyer à l'équarrissage. Si encore tu avais réussi à le vendre ! Mais bien sûr, tu n'as trouvé aucun acheteur. Tu es vraiment nulle, Lizzie !

Habituée à l'agressivité permanente de son père, Lizzie ne se départit pas de son calme.

— Une place va peut-être se libérer cette semaine à l'association de sauvetage d'équidés, dans la vallée. J'ai bon espoir qu'il puisse en profiter.

— Depuis quand l'espoir paie-t-il les factures ? lança Brian d'un ton méprisant. Et Chrissie devrait être ici pour t'aider au lieu de perdre son temps à étudier !

Lizzie pinça les lèvres. Sa petite sœur devrait sacrifier

ses études ? Ça, c'était hors de question. Certes, la ferme périclitait, les dettes s'accumulaient et la lutte pour la survie devenait de plus en plus difficile. Mais de toute façon, son père n'avait jamais approuvé le désir de Chrissie de faire des études. Son univers se bornait aux limites de la ferme et ce qui se passait en dehors ne l'intéressait pas. Elle pouvait le comprendre. Son propre univers était réduit aux mêmes dimensions depuis qu'elle avait arrêté l'école à seize ans…

Lizzie adorait sa sœur cadette. Depuis toujours elle s'efforçait de la protéger. Aujourd'hui encore, elle était prête à tout pour lui éviter de mener la même vie qu'elle. En fait, quand Chrissie avait été admise à Oxford, Lizzie avait été aussi fière que si c'était sa fille. Sa sœur lui manquait, mais elle tenait avant tout à la voir s'épanouir.

Alors que Lizzie remettait ses bottes pleines de boue, un chien aux longs poils hirsutes, dont le corps bizarrement proportionné était révélateur d'un pedigree très mélangé, l'accueillit à la porte de derrière avec sa gamelle dans la gueule.

— Oh ! excuse-moi, Archie… Je t'ai oublié.

Elle enleva de nouveau ses bottes pour traverser la cuisine, et elle remplit la gamelle du chien tout en faisant mentalement la liste des innombrables tâches qui lui restaient à accomplir. Le bruit de la télévision lui parvint de la pièce voisine et elle se détendit un peu. Oublier ses douleurs devant un match de foot devrait améliorer l'humeur de son père pendant quelques instants.

Il avait mauvais caractère, mais sa vie n'avait pas été facile. Le travail acharné qu'il avait fourni toute sa vie n'avait jamais été payant. Francesca, son épouse, n'avait supporté que quelques années la vie de femme de fermier avant de partir avec un homme qu'elle jugeait promis à un avenir plus brillant. Aigri par le divorce qui avait suivi, Brian Whitaker ne s'était pas remarié. Lizzie avait douze ans quand sa mère était morte subitement, et Brian s'était retrouvé avec deux filles qu'il connaissait à peine sur les bras. Il avait fait de son mieux pour assumer ses responsabilités, sans jamais perdre une occasion de rappeler à Lizzie qu'elle ne serait jamais le fils robuste dont il aurait besoin pour l'aider à faire tourner la ferme. Il avait à peine plus de cinquante ans quand la maladie l'avait frappé, l'empêchant de fournir le moindre effort physique.

Le père de Lizzie aurait voulu un fils. Sa mère avait rêvé d'une fille extravertie aimant faire la fête, mais elle était timide et mal à l'aise en société. Même son fiancé l'avait quittée pour une autre femme. Lizzie en avait pris son parti. Elle n'était pas à la hauteur. Résignée, elle avait appris à travailler sans s'appesantir sur ses insuffisances.

Le matin, elle commençait par nourrir les poules et ramasser les œufs. Ensuite, elle donnait à Héros le fourrage et l'avoine qu'elle achetait avec l'argent qu'elle gagnait au pub du village, où elle travaillait derrière le bar le samedi soir. Pour son travail à la ferme, elle ne touchait aucun salaire. Avec un découvert qui ne cessait de s'aggraver au fil du temps, impossible de se payer. Il fallait puiser dans ce découvert pour les dépenses courantes et elle redoutait l'arrivée d'un énième avertissement de la banque.

Elle remplit le réservoir pour pulvériser l'insecticide sur le pré. Il fallait le faire avant que son père se plaigne de son retard sur les travaux de printemps. Archie sauta dans le tracteur et s'assit à côté d'elle. Il portait toujours le vieux collier de cuir marqué à son nom avec lequel elle l'avait trouvé, alors qu'il errait dans les champs, affamé et trempé. Personne n'était jamais venu le réclamer. Ce collier, visiblement luxueux au départ, semblait indiquer qu'il avait été un animal choyé, sans doute abandonné après la mort de son vieux maître.

Dès son arrivée il avait traîné avec Shep, leur vieux chien de berger, et s'était révélé étonnamment doué pour garder les moutons. Si bien qu'à la mort de Shep, Brian lui-même avait reconnu qu'il pouvait se rendre utile. Lizzie, de son côté, adorait Archie. Il dormait pelotonné à ses pieds sur le lit, et se laissait câliner avec joie quand elle n'avait pas le moral.

Elle revenait vers la cour pour remplir de nouveau le réservoir, quand elle vit une longue voiture noire quitter la route pour s'engager sur le chemin de la ferme. Quelqu'un possédant une voiture aussi luxueuse ne venait certainement pas acheter ses œufs de poules élevées en plein air... Elle arrêta le tracteur devant la clôture, descendit avec Archie sous le bras et se pencha pour déposer ce dernier par terre.

Ce fut la première vision que Cesare eut de Lizzie. En se redressant, elle regarda la limousine qui ralentissait pour se garer à côté du tracteur. Cette jeune femme s'habillait comme une clocharde, mais elle avait un teint de porcelaine et des yeux de jade... Le chauffeur descendit de voiture, déclenchant les aboiements d'un roquet qui ressemblait à un cylindre de poils avec des pattes ridiculement courtes. Tandis que la femme retenait le chien, Cesare descendit de voiture et promena son regard autour de lui. A en juger par l'état de la maison, son père n'avait pas exagéré quand il avait suggéré que la famille Whitaker ne roulait pas sur l'or.

— Vous cherchez votre chemin ? demanda Lizzie.

L'attention de Cesare fut aussitôt attirée par sa bouche. Elisabetta Whitaker avait trois atouts inattendus. Une peau superbe, des yeux magnifiques et des lèvres pulpeuses...

— Mon chemin ? répéta-t-il sans la quitter des yeux.

Elle était petite — sans doute un peu moins d'un mètre cinquante-cinq — et visiblement mince sous son affreuse veste verte usée jusqu'à la corde et sa salopette trop grande. Son chapeau en laine enfoncé jusqu'aux sourcils, elle le regardait comme s'il venait de débarquer d'une soucoupe volante.

Depuis qu'elle avait posé les yeux sur l'étranger, Lizzie était comme envoûtée. Avec ses épais cheveux noirs, ses yeux bruns d'un éclat saisissant et sa mâchoire carrée, cet homme était incroyablement séduisant… Mais que lui prenait-il de penser ça ? Elle déglutit péniblement.

— Je pensais que vous étiez perdu.

— Non, je ne pense pas… Je suis bien à la ferme des Whitaker ?

Les yeux de l'inconnu avaient des reflets dorés… Jamais elle n'avait vu des yeux aussi extraordinaires… S'efforçant de lutter contre la langueur étrange qui s'emparait d'elle, Lizzie répondit d'une voix mal assurée.

— Oui, je suis Lizzie Whitaker.

— Cesare Sabatino.

Désarçonnée par ce nom de consonance étrangère, elle bredouilla :

— Excusez-moi, je n'ai pas bien compris…

— Vous ne parlez pas italien ?

— Deux ou trois mots, pas plus. Vous êtes italien ?

Il avait posé la question d'un air surpris, comme s'il savait que sa mère était d'origine italienne, constata-t-elle, de plus en plus déstabilisée. Francesca avait prévu d'élever ses filles de façon à ce qu'elles soient bilingues, mais dès qu'elles avaient commencé à utiliser des mots qu'il ne comprenait pas, leur père s'était emporté. A partir de ce moment, l'anglais était devenu l'unique langue parlée à la maison.

— *Si,* je suis italien, confirma Cesare en sortant de la poche de sa veste une carte de visite qu'il lui tendit.

Fascinée par l'élégance de chacun de ses gestes, elle dut faire un effort pour concentrer son attention sur la carte.

— Cesare Sabatino, lut-elle à haute voix. Et vous êtes ici parce que… ?

— Pourrions-nous en discuter à l'intérieur ?

Malgré son trouble, Lizzie releva le menton, hérissée par le ton autoritaire de son visiteur.

— Je préférerais le faire ici. Je suis en plein travail et je n'ai pas beaucoup de temps à vous accorder.

Peu habitué à ce qu'on lui tienne tête, Cesare serra les

dents et se rapprocha imperceptiblement de Lizzie. Aussitôt, le chien gronda et planta les dents dans le bas de son manteau en cachemire.

— Archie, non ! s'exclama-t-elle. Je suis désolée… Il prend son rôle de chien de garde très au sérieux…

Archie tira frénétiquement sur le manteau, sans parvenir à faire bouger Cesare qui s'efforçait de l'ignorer.

— Oh ! Archie ! Arrête, pour l'amour du ciel !

Lizzie s'accroupit et força Archie à ouvrir la mâchoire. Il avait légèrement déchiré le manteau, constata-t-elle avec consternation. Et il y avait peu de chances pour que cet accroc passe inaperçu… A en juger la coupe impeccable de ses vêtements, Cesare Sabatino s'habillait sur mesure et ses vêtements devaient coûter une fortune. Que venait-il faire à la ferme ? L'estomac noué, elle prit Archie dans ses bras et se redressa.

— Vous êtes de la banque ?

— Non, je suis un homme d'affaires.

— Vous avez quelque chose à dire à mon père ?

— Non… c'est vous que je viens voir.

— Moi ? s'exclama-t-elle, stupéfaite.

Son regard rencontra celui de Cesare et elle fut parcourue d'un long frisson qui acheva de la déstabiliser. Que lui arrivait-il donc ?

— Pour quelle raison ? D'accord, entrez, ajouta-t-elle, résignée. Mais je vous préviens, c'est en désordre.

Elle tourna le coin de la maison, enleva ses bottes et ouvrit la porte de la cuisine. Cesare regarda avec effarement la vaisselle sale entassée dans l'évier, tandis que Lizzie posait le chien par terre, puis enlevait sa veste et son chapeau.

Cesare fut ébloui par les boucles blond cendré qui ruisselèrent sur les épaules de Lizzie. Quatrième atout, une chevelure somptueuse… mais pourquoi ces pointes châtain foncé ? Se faire teindre les pointes était la nouvelle tendance d'après une de ses collaboratrices, qui était arrivée un matin avec des cheveux mi-blonds, mi-roses. Ridicule…

— Café… ou thé ?

— Du café, répondit-il avec le sentiment de faire preuve d'un grand courage vu l'état de la cuisine.

Tandis qu'il enlevait son manteau et le posait sur une chaise, Lizzie mit l'eau à chauffer sur l'antique cuisinière à charbon tout en l'observant du coin de l'œil. Son visiteur était décidément d'une élégance extrême. Il pourrait figurer en couverture d'un magazine de mode masculin. Pour quelqu'un comme elle, qui ne voyait pratiquement que des hommes travaillant dans les champs, sales et débraillés, il avait tout d'un fantasme vivant. Elle dut faire un effort pour détacher ses yeux de lui et se diriger vers la porte du salon. C'était un homme d'affaires, se rappela-t-elle fermement. Visiblement très prospère. Or les hommes d'affaires prospères étaient des individus calculateurs et insensibles, prêts à tout pour gagner de l'argent. Que lui voulait-il ?

— Papa ? Nous avons un visiteur. Tu veux du thé ?

— Un visiteur ?

Brian Whitaker se leva de son fauteuil et gagna la cuisine d'une démarche chancelante. Lizzie prit des mugs dans le placard pendant que les deux hommes se présentaient.

— Je suis ici au sujet de l'île que Lizzie et sa sœur ont hérité de votre femme, expliqua Cesare.

Après un silence interloqué, Brian Whitaker s'exclama :

— Tu parles d'un héritage ! Une île dont on ne peut rien faire et qu'on n'a même pas le droit de vendre, quel intérêt ? En quoi ça vous intéresse ? Vous êtes un de ces crétins à la recherche de trésors inexistants ?

— Papa ! protesta Lizzie, consternée.

Etant donné leur situation financière, l'impossibilité de vendre cette île mettait son père en rage. Mais en quoi pouvait-elle intéresser un homme comme Cesare Sabatino ?

— Je vais te servir ton thé dans le salon, ajouta-t-elle, anxieuse d'éloigner son père.

— Je vous laisse. Après tout, il ne peut y avoir qu'une seule explication à la visite de *monsieur.* Il est venu faire sa cour !

Brian eut un rire moqueur.

— Bonne chance à vous ! lança-t-il à l'adresse de Cesare. Lizzie a été plaquée par le voisin il y a deux ans et elle n'est pas sortie avec un seul garçon depuis !

2.

Le visage en feu, Lizzie pria pour que le sol s'ouvre sous ses pieds et l'engloutisse. L'humiliation qui la clouait sur place était encore bien plus cuisante que celle qu'elle avait subie, deux ans plus tôt, lorsque la rupture de ses fiançailles avec Andrew Brook lui avait valu des commentaires narquois et des regards apitoyés de la part des gens du village. Un mois plus tard, Andrew avait épousé Esther, déjà enceinte de leur fils. S'efforçant de faire bonne figure, elle demanda à leur visiteur s'il prenait du sucre dans son café.

Cesare observait son dos raide, notant la taille fine et les courbes délicates qui se devinaient sous sa salopette. Comment un père pouvait-il être assez cruel pour rabaisser ainsi sa fille devant un tiers ? Pas un seul garçon depuis deux ans ? C'était étonnant, parce que malgré sa tenue peu flatteuse, la beauté de cette femme était envoûtante. Une beauté sans doute ni classique ni sophistiquée, mais tout de même de nature à attirer irrésistiblement le regard. Quel était le problème des hommes de la région ?

— Désolée pour papa, déclara Lizzie d'une voix crispée en posant un café sur la table devant Cesare.

— Vous n'avez pas à vous excuser, *cara*.

— Mes parents ont toujours considéré ce testament comme une plaisanterie de très mauvais goût. Personnellement je n'y pense jamais, mais pour mon père ça reste une grande frustration, à cause du manque d'argent.

— Etes-vous déjà allée à Lionos ?

— Non, je n'en ai jamais eu l'occasion. Maman y a séjourné une fois une semaine avec un de ses compagnons. Elle n'a pas été emballée du tout.

Lizzie était soulagée que Cesare n'ait fait aucun commentaire sur la sortie de son père. Tout en parlant, elle ne pouvait s'empêcher d'admirer ses pommettes hautes, son nez droit et sa bouche au dessin ferme. Mais ce qui la fascinait le plus c'étaient ses yeux bruns aux reflets d'or.

— Je pense qu'elle a été déçue par le côté rudimentaire du logement. Elle s'attendait à quelque chose de plus luxueux.

— Le testament prévoit pourtant un fonds de fonctionnement. Il me semble qu'un gardien qui vit avec sa famille à proximité de la maison est chargé de l'entretien.

— Oui, mais ce fonds ne couvre que les dépenses liées à l'entretien courant. Pas les travaux d'amélioration. J'ai cru comprendre que la maison est restée telle qu'elle était dans les années 1930 et qu'elle ne dispose pas de tout le confort moderne. Maman pensait également que les gardiens s'occuperaient de la cuisine et du ménage pendant son séjour, mais ils ont refusé.

— Je suppose que vous vous demandez ce que je fais ici.

— Eh bien, je ne pense pas que vous soyez venu faire votre cour, répliqua Lizzie avec un haussement d'épaules qui se voulait désinvolte.

— Pas au sens conventionnel du terme, en effet.

Cesare but une gorgée de café et réprima une grimace. Elisabetta Whitaker n'était décidément pas une fée du logis… Ce qui n'avait rien de surprenant, puisque de toute évidence elle était seule à s'occuper de la ferme. Appuyée contre la cuisinière, les bras croisés, elle s'efforçait d'afficher un air serein, mais elle était visiblement très tendue.

— Cependant, je pense que nous devrions pouvoir conclure un arrangement, ajouta-t-il d'un ton neutre.

Lizzie plissa le front. Pourquoi avait-elle autant de mal à se concentrer sur les paroles de cet homme ? Pourquoi ne pouvait-elle s'empêcher de le dévorer du regard encore et encore, alors que sa curiosité devrait être satisfaite depuis longtemps ?

— Un arrangement ?

— Bien sûr, étant donné que votre sœur est copropriétaire de l'île vous devrez la consulter, mais voici ma proposition. Je suis prêt à vous verser une grosse somme d'argent si vous acceptez de m'épouser, étant entendu que ce serait un mariage de convenance, qui se limiterait concrètement à la seule cérémonie.

Lizzie resta muette un instant. Cette proposition était extravagante, mais curieusement le ton calme et sérieux de Cesare Sabatino la faisait paraître presque banale et acceptable…

— Juste une cérémonie de mariage ? Mais quel serait l'intérêt pour vous ?

Cesare expliqua que sa grand-mère était très attachée à l'île et qu'elle devait se faire opérer du cœur. Lizzie fut étrangement touchée par la tendresse perceptible dans sa voix quand il évoquait sa grand-mère, les yeux baissés, les pommettes légèrement colorées. Il n'était pas aussi froid et dur qu'il le paraissait au premier abord, songea-t-elle avec surprise. Et, de toute évidence, exprimer des émotions le plongeait dans un profond embarras.

— N'est-il pas illégal de faire un mariage blanc ? demanda-t-elle d'une voix hésitante.

— Il faudrait éviter que ça se sache. Pour sauver les apparences, nous devrions faire comme si nous étions un vrai couple pendant au moins quelques mois.

— Et l'obligation d'avoir un enfant ?

— Qu'elle fasse partie ou non de notre arrangement dépend de vous. Je paierai très généreusement le droit d'emmener ma grand-mère sur l'île pour un court séjour. Mais s'il se trouvait que nous respections le testament à la lettre, je serais prêt à vous racheter l'île, ce qui vous rapporterait, à vous et à votre sœur, deux millions de livres au minimum. Je suis prêt à payer le prix fort pour que l'île redevienne la propriété de ma famille et j'en ai les moyens.

Deux millions de livres ? Lizzie déglutit péniblement. Son père pourrait quitter la ferme. Sa sœur et elle lui achèteraient une maison dans le village, où il retrouverait ses copains au pub. Chrissie pourrait laisser tomber ses deux emplois à temps partiel, rembourser son prêt étudiant et se consacrer entièrement à ses études. Quant à elle, libérée de la ferme, elle pourrait entreprendre une formation dans le but d'avoir un métier qui lui plaise. Elle pourrait emmener Archie chez le toiletteur, lui acheter un collier neuf et le nourrir avec les meilleurs aliments pour chien…

Ridicule. Mortifiée, elle crispa les poings. Comment avait-elle pu être tentée un seul instant ?

— Je ne pourrais jamais me marier et avoir un enfant par intérêt. Mais si ça peut vous consoler, pendant un instant j'ai souhaité être le genre de femme capable de faire ça.

— Réfléchissez-y, suggéra Cesare.

Comme prévu, la perspective de toucher un gros chèque ne l'avait pas laissée indifférente… Il se leva et indiqua la carte de visite posée sur la table.

— Vous avez mon numéro de portable.

— C'est tout réfléchi, murmura-t-elle, embarrassée.

Il mit son manteau.

— Il y a deux options et les deux sont avantageuses pour vous.

— Vous parlez vraiment comme un homme d'affaires, commenta-t-elle, toujours honteuse de s'être laissée aller à rêver d'une vie sans problèmes d'argent.

Etait-il donc si facile de cesser d'être quelqu'un de bien pour devenir une femme cupide ?

— C'est normal, puisque je suis en train d'essayer de négocier un arrangement, répliqua Cesare d'un ton pince-sans-rire.

— Est-ce votre père qui a demandé ma mère en mariage autrefois ?

— Oui, et ce n'était pas pour un arrangement. Il était très amoureux d'elle. Quand elle est venue en vacances ici, ils étaient fiancés. Mais après avoir rencontré votre père, elle l'a préféré au mien.

Malgré son ton neutre, la réprobation de Cesare était lisible sur son visage. Lizzie s'empourpra. Sa mère n'avait jamais reconnu qu'elle était fiancée à l'homme qu'elle avait quitté pour son père. Mais impossible de nier qu'elle était volage. A chaque fois qu'un homme croisait son chemin, il devenait l'homme de sa vie jusqu'à ce qu'elle découvre sa vraie nature, se lasse ou s'intéresse à un autre. Francesca avait toujours tourné la page du jour au lendemain, sans jamais essayer de construire une relation durable, ni se soucier des conséquences de cette vie tumultueuse sur ses deux petites filles.

— Pour ma part, je crains de ne pas être un homme sentimental, déclara Cesare. Je suis d'un naturel plus pragmatique que lui. Pourquoi ne tireriez-vous pas parti de votre héritage dans l'intérêt de votre famille ?

— Parce que ça ne me paraît pas correct, confia Lizzie d'une voix mal assurée. Et puis ce n'est pas ce que mon arrière-grand-père avait en tête quand il a rédigé ce testament.

— Non, en effet. Il voulait se venger parce que le frère de ma grand-mère avait plaqué votre grand-mère le jour du mariage. Mon grand-oncle était dans son tort, mais plonger l'île dans un vide juridique, dans le seul but d'empêcher ma famille de la racheter, n'était pas plus admissible. Cette situation absurde dure depuis près de quatre-vingts ans, mais nous avons le pouvoir de la débloquer.

— Je n'avais jamais pensé aux problèmes éthiques posés par le testament, reconnut Lizzie.

Cesare trouva cette franchise rafraîchissante et un sourire presque enfantin illumina soudain son visage. Bouleversée, Lizzie sentit son cœur s'affoler dans sa poitrine. Pourquoi cet homme la troublait-il à ce point ? Les réactions qu'il déclenchait en elle étaient très perturbantes. Effrayantes, même. Elle était bien placée pour savoir à quel point il pouvait être dangereux de céder à ce genre d'attirance. Ç'avait conduit sa mère à enchaîner les relations désastreuses.

— Ma proposition est sur la table et je suis prêt à négocier avec vous. Discutez-en avec votre sœur et votre père, mais demandez-leur de garder le secret, conseilla Cesare, les yeux fixés sur les lèvres pulpeuses de Lizzie.

Cette bouche était très tentante et il aimerait bien en connaître le goût, songea-t-il avant d'ajouter :

— Nous pourrions envisager de remplir toutes les conditions du testament… Je vous trouve très séduisante.

Sur ces mots, il quitta la cuisine et se dirigea vers la limousine. Le chauffeur en sortit aussitôt pour lui ouvrir la portière et il prit place à l'arrière.

Séduisante ? Ecartant une mèche de son visage, Lizzie aperçut son reflet dans le vieux miroir piqué accroché au mur. Elle avait les pupilles dilatées et les joues écarlates. Il venait de lui dire qu'il était prêt à lui faire un enfant si elle était d'accord… ? Non ! Elle n'était pas d'accord ! Elle avait des principes. Elle savait qu'en général un enfant était plus heureux s'il vivait avec sa mère *et* son père.

Pourtant, lorsqu'elle avait vu son ex-fiancé avec son bébé dans les bras, au village, elle avait éprouvé une souffrance bien plus intense que lorsqu'elle avait appris son infidélité. Elle rêvait depuis toujours d'avoir un enfant. Quand Andrew l'avait quittée pour Esther, elle avait envié celle-ci, mais uniquement parce qu'elle était enceinte. Cela signifiait-il qu'elle était aussi froide qu'Andrew le lui avait dit un jour ? Aujourd'hui encore elle était mortifiée par cette accusation. En choisissant Esther, Andrew avait pris la bonne décision. Et pourtant elle l'avait aimé elle aussi, à sa manière.

Toujours devant le miroir, Lizzie refoula ses larmes. C'était Andrew qui l'avait persuadée de se teindre les cheveux, mais ils avaient tellement repoussé depuis, qu'ils étaient à présent bicolores. Ce qui prouvait à quel point il était stupide d'essayer de changer pour faire plaisir à un homme...

Mais de qui tenait-elle son instinct maternel ? Certainement pas de sa mère qui, à chacune de ses tocades, concentrait toute son énergie sur l'homme de sa vie. Dire qu'elle avait plaqué le père de Cesare pour épouser le sien... Mais ça n'avait rien de surprenant. Par la suite, la rigueur des hivers du Yorkshire et les problèmes d'argent avaient eu raison de l'engouement de Francesca pour Brian Whitaker. Quelques semaines après la naissance de Chrissie, elle s'était enfuie avec un homme dont l'alcoolisme n'avait pas tardé à se révéler. Son successeur s'était montré beaucoup plus intéressé par l'argent dont Francesca venait d'hériter, après la mort de ses parents, que par Francesca elle-même. Son troisième amant n'avait pas cessé de la tromper. Quant au quatrième qui l'avait épousée, c'était un homme violent.

Après avoir pâti des multiples relations destructrices de sa mère, Lizzie avait beaucoup de mal à faire confiance aux hommes. Pendant toute son enfance, elle s'était efforcée de protéger sa sœur cadette et de lui assurer une enfance à peu près normale, malgré les déménagements et les changements d'école incessants. Presque tous les moments heureux de sa vie dataient de l'époque où Chrissie était petite. L'idée que sa cadette avait besoin d'elle et de son amour lui avait été d'un grand réconfort. Le départ de Chrissie pour l'université avait laissé un grand vide dans sa vie. Heureusement qu'Archie était là pour la consoler, songea-t-elle avec un sourire attendri. S'efforçant de chasser ses pensées moroses, elle se remit au travail.

— Epouse-le et arrête d'en faire toute une histoire ! s'exclama Brian Whitaker avec irritation. Nous n'avons pas le choix. Le loyer a encore augmenté et la banque va exiger que nous couvrions le découvert !

— Ce n'est pas si simple, papa, fit valoir Lizzie.

Mais son père ne l'écoutait pas. Il n'avait pas écouté un mot de ce qu'elle avait dit depuis que la lettre d'avertissement de la banque était arrivée.

— C'est sûr qu'il aurait été plus simple que tu épouses Andrew. Il aurait repris la location. J'aurais pu continuer à vivre ici et tout le monde aurait été content. Mais est-ce que tu as été capable d'assurer ? Non ! Il a fallu que tu le traites par-dessus la jambe ! Que tu lui dises que tu préférais attendre pour te marier !

— Je voulais éviter d'agir dans la précipitation. Je voulais prendre le temps de mieux le connaître. Pour être sûre que notre mariage durerait…

— Tu aurais aussi bien pu l'offrir à Esther dans un paquet-cadeau ! Andrew était notre seule chance de maintenir cette ferme à flot, mais tu l'as gâchée. Et, aujourd'hui, tu trouves des tas de raisons de ne pas épouser un homme alors que c'est notre seule chance !

— Des tas de femmes refuseraient de le faire ! lança Lizzie par-dessus son épaule avant de sortir dans la cour avec Archie sur les talons.

Une semaine s'était écoulée depuis la visite de Cesare Sabatino et son père tempêtait contre elle tous les jours, à cause de ses réticences à accepter la proposition de Cesare. Heureusement, Chrissie n'aurait pas le même discours, songea-t-elle en s'engageant sur le chemin au volant de la vieille Land Rover de son père pour aller chercher sa sœur à la gare. Lorsqu'elle lui avait parlé au téléphone de la visite de Cesare, Chrissie l'avait exhortée à agir selon sa conscience, sans tenir compte des récriminations de son père. Malheureusement, c'était plus compliqué que prévu. La situation s'aggravait de jour en jour et les problèmes s'accumulaient. Quand le loyer augmenterait au renouvellement du bail, ils n'auraient plus les moyens de le payer. Ce qui signifiait qu'ils seraient bientôt à la rue. Et si la banque exigeait le remboursement du découvert, comme elle les en menaçait, ils n'auraient même plus les moyens de vivre. Où iraient-ils ? Comment s'en sortiraient-ils ? Agir selon sa conscience c'était très noble, mais ça ne leur permettrait pas de survivre.

Lizzie poussa un profond soupir. L'angoisse et le stress dû aux discussions à bâtons rompus avec son père gâchaient sa joie de revoir sa sœur. Les cheveux attachés en queue-de-cheval et les yeux brillants, Chrissie attendait devant la gare avec deux grosses valises et un sac à dos.

— Mon Dieu, pourquoi tous ces bagages ? Ce n'est pourtant pas la fin du trimestre ! s'étonna Lizzie.

Sa sœur la serra dans ses bras avec fougue.

— Comme tu m'as manqué ! Et je vais encore te poser la question habituelle… pourquoi ne t'es-tu pas fait couper les cheveux pour te débarrasser de ces horribles pointes ?

— Je n'ai pas eu le temps… ni l'argent, marmonna Lizzie en prenant une valise pour la mettre à l'arrière de la Land Rover.

— Je suis sûre qu'en réalité, tu te punis de ne pas avoir épousé Andrew.

— Tu as des cours de psycho en plus de la littérature, maintenant ? plaisanta Lizzie.

Une fois tous les bagages dans la voiture, elle reprit le volant.

— Je te préviens… papa est sur le sentier de la guerre.

— Il veut que tu épouses l'Italien à cause de l'argent, c'est ça ?

Chrissie émit un grognement de désespoir.

— Ce cher vieux papa, quel dinosaure ! Il a fait pression sur toi pour que tu épouses Andrew parce qu'il voulait garder la ferme, et maintenant il recommence à cause de cette stupide île ! Eh bien ne t'inquiète pas, je ne suis pas du tout de son côté. Nous avons vécu jusqu'à présent sans rouler sur l'or et je dis que ce qu'on n'a pas ne peut pas nous manquer !

Malgré son anxiété, Lizzie ne put s'empêcher de sourire.

Après les reproches répétés de son père, l'attitude positive de sa sœur était un véritable rayon de soleil. Même si son caractère romanesque et idéaliste n'aidait pas Chrissie à tenir compte de la réalité…

— Tu as peut-être raison.

Lorsqu'elles arrivèrent à la ferme, Chrissie se précipita vers Héros, son vieux poney, pour le caresser et lui donner une pomme qu'elle sortit de sa poche. Le cœur de Lizzie se serra. Oui, sa sœur était résolument optimiste même quand il n'y avait aucune raison de l'être. N'était-elle pas consciente que s'ils perdaient leur maison, Héros serait le premier à être sacrifié ?

— Et maintenant, il faut que je t'annonce la grande nouvelle ! annonça Chrissie qui revenait vers la voiture en sautillant pour aider Lizzie à décharger ses bagages. Je suis rentrée pour de bon !

Lizzie la regarda avec incrédulité.

— Que veux-tu dire ?

— Je laisse tomber l'université… Je rentre à la maison. Même avec mes deux jobs et le prêt étudiant, j'arrive tout juste à me nourrir. Je suis à découvert et j'en ai assez. Surtout sachant que tu te tues au travail sept jours sur sept ici et que vous vous en sortez à peine. Je vais chercher un emploi dans la région et je t'aiderai pendant mon temps libre. Je suis adulte, maintenant. Il est grand temps que je fournisse ma part d'efforts.

L'incrédulité de Lizzie laissa place à la consternation. Sa sœur lui manquait terriblement, mais la dernière chose qu'elle souhaitait c'était qu'elle arrête ses études ! D'autant plus que d'ici quelques semaines ils n'auraient peut-être même plus un toit à lui offrir…

— Je ne me doutais pas que tu avais autant de mal à t'en sortir.

— Je ne voulais pas que tu t'inquiètes, confia Chrissie. Mais ça m'a ouvert les yeux. Je n'imaginais pas du tout qu'il fallait autant d'argent pour se loger et se nourrir. Et je ne peux pas faire des heures supplémentaires. Mon directeur d'études m'a déjà mise en garde au sujet de mon niveau qui n'arrête pas de baisser… Je suis tellement fatiguée que je m'endors pendant les cours.

Ce fut à cet instant que Lizzie prit sa décision. Elle avait la possibilité de changer les choses. Comment pourrait-elle ne rien faire alors que sa sœur était obligée de renoncer à ses études ? Que sa famille se retrouverait bientôt à la rue ? Il fallait au moins qu'elle accepte de se marier avec Cesare pour qu'il puisse emmener sa grand-mère sur l'île. Ce qu'il paierait pour ce service lui permettrait certainement de régler les factures impayées et de trouver une location dans le village.

Mais aller plus loin ? Comment pourrait-elle s'y résoudre ? Comment pourrait-elle avoir un enfant avec lui uniquement pour qu'il puisse acheter Lionos et résoudre définitivement tous les problèmes financiers de sa famille ?

La réponse s'imposa brusquement à elle. Comment n'y avait-elle pas pensé plus tôt ? Cesare avait dit qu'il était un homme pragmatique. Cette solution devrait donc lui convenir parfaitement. Et, de son côté, elle ne serait pas obligée de coucher avec un étranger. Submergée par un immense soulagement, elle redressa les épaules et se surprit à sourire. Enfin, elle reprenait le contrôle de sa vie !

— Tu retournes à l'université dès lundi, jeune fille, dit-elle à Chrissie d'un ton ferme. Tu vas laisser tomber tes deux emplois à temps partiel et te concentrer sur tes études. Je vais faire en sorte que tu en aies les moyens.

Chrissie la regarda d'un air horrifié.

— Tu ne peux pas épouser ce type, Lizzie ! Tu ne peux tout simplement pas !

Lizzie réfléchit rapidement, prit une profonde inspiration et s'assit à la table de la cuisine.

— Je vais être franche avec toi, Chrissie. J'ai passé huit ans à travailler tous les jours dans cette ferme. Sans avoir la moindre vie sociale. Je n'ai pas un seul vêtement mettable, aucun bijou digne de ce nom, et je ne sais même pas me maquiller correctement.

— Ce n'est pas une raison pour céder à papa et te sacrifier !

— Ne t'est-il pas venu à l'esprit que je pourrais avoir envie d'épouser Cesare et d'avoir un enfant ? C'est un homme très séduisant et je rêve d'un enfant depuis toujours, tu le sais. Et puis je ne supporte plus d'être malade d'inquiétude à chaque fois que j'ouvre la boîte aux lettres !

Chrissie plissa le front, visiblement assaillie par le doute.

— Je suis très sérieuse, poursuivit Lizzie avec détermination. Je *veux* épouser Cesare. C'est la meilleure solution pour nous tous. Et, crois-moi, je ne suis pas du genre à me sacrifier.

3.

— Je ne sais pas exactement quelles dispositions vont être prises, dit Lizzie à son père tout en arpentant la cuisine, en jean, pull et boots. J'ai une ou deux choses à vérifier dehors. Autant que je m'occupe en attendant l'arrivée de Cesare.

— Qu'est-ce que c'est que ce prénom à la noix ? s'esclaffa Brian Whitaker.

Elle lui lança un regard exaspéré. Comment osait-il l'asticoter et se moquer de Cesare ? *Mais inutile de s'énerver*, se dit-elle aussitôt pour tenter de se remonter le moral. Tout allait pour le mieux. Chrissie était repartie à l'université, et très bientôt son père et elle n'auraient plus besoin de s'inquiéter pour le loyer ni pour le découvert.

— C'est un prénom italien. Comme le mien, celui de Chrissie et celui de maman. Il n'a rien d'anormal. Et il ne faut pas oublier que Cesare va transformer nos vies d'un coup de baguette magique.

— Même dans le jardin d'Eden il y a un serpent, répliqua son père d'un ton dédaigneux, toujours déterminé à avoir le dernier mot.

Après avoir mis sa veste, Lizzie sortit et inspira une grande bouffée d'air frais. Elle alla jusqu'au mur de pierre qui entourait la cour pour regarder les moutons dans le pré. La période d'agnelage commencerait bientôt. Si elle devait quitter la ferme avant, Andrew prendrait sans doute les brebis, songea-t-elle avec le détachement avec lequel elle s'appliquait à considérer les choses depuis qu'elle avait envoyé sa réponse à Cesare. On ne faisait pas d'omelette sans casser des œufs… Alors qu'elle regardait le chemin, guettant l'arrivée d'une voiture, un bruit lui fit lever la tête.

Un hélicoptère approchait. Il décrivit un cercle au-dessus de la colline, s'immobilisa un instant puis piqua vers le sol. L'espace d'une seconde, Lizzie resta clouée sur place, atterrée. Il avait l'intention de se poser au milieu des moutons ? Affolées par le bruit assourdissant de l'appareil, les bêtes s'éparpillèrent. Elle s'élança vers la barrière et sauta par-dessus en criant à Archie qui la suivait de rassembler le troupeau.

Elle eut beau courir à perdre haleine, elle ne fut pas assez rapide pour empêcher les moutons d'escalader le mur et de continuer leur course folle à travers le champ voisin en direction de la rivière. Affolée, elle escalada le mur à son tour tout en regardant Archie qui éloignait de l'eau les bêtes paniquées. Malheureusement, l'hélicoptère qui s'était posé redécolla et le bruit redevint assourdissant. Les moutons détalèrent de nouveau dans toutes les directions.

Elle entendit quelqu'un l'appeler et vit avec soulagement Andrew qui arrivait en courant. Tout en s'efforçant de reprendre son souffle et de repérer Archie, qui avait soudain disparu, elle poursuivit sa course vers la rivière. Andrew arriva au bord de l'eau le premier et elle le vit se pencher sur la rive boueuse. Un des moutons avait dû se blesser, songea-t-elle en le rejoignant.

— Je suis désolé, Lizzie, dit-il d'un air navré. Il est blessé. Il ne pouvait pas maîtriser le troupeau dans cette panique. Il est trop petit.

Horrifiée, elle s'agenouilla à côté d'Archie, étendu dans la boue. Ses gémissements lui déchirèrent le cœur.

— Oh ! non…

— Je pense qu'il s'est seulement cassé la patte, mais il vaudrait mieux vérifier qu'il n'a pas de lésions internes. Il a été piétiné.

— Ce stupide pilote d'hélicoptère ! Les gens sont malades ! s'exclama-t-elle, désespérée.

Andrew, qui ne manquait jamais de ressource, cassa une branche d'arbre, la tailla avec son couteau de poche, puis attacha cette attelle improvisée à la patte d'Archie à l'aide d'un bout de ficelle.

— Se poser dans un champ plein de bétail est complètement stupide, en effet, acquiesça-t-il.

Tandis que Lizzie caressait Archie d'une main tremblante, il composa un numéro sur son portable.

— Il vaut mieux l'emmener chez le vétérinaire. J'appelle Dany pour le prévenir.

Son chien avait rassemblé le troupeau et l'avait ramené dans le champ d'où il s'était enfui. En état de choc, Lizzie était échevelée et en sueur après sa course éperdue. Elle se releva lentement en tenant avec précaution le petit corps tremblant d'Archie contre sa poitrine. Des larmes ruisselaient sur ses joues. De retour dans la cour de la ferme, elle installa Archie sur le siège passager de la Land Rover.

— Je viens avec toi, annonça Andrew. Je sais à quel point tu tiens à ce chien.

— Merci, mais je peux me débrouiller seule, répondit-elle avec un sourire reconnaissant.

— C'est l'ex-fiancé, Andrew Brook, notre voisin, cxpliqua Brian Whitaker à Cesare qui observait la scène à son côté, depuis la porte de la maison. Ils ont grandi ensemble. J'ai toujours pensé qu'ils se marieraient, mais il a rencontré Esther et c'est elle qu'il a épousée.

C'était le genre de détail qu'il n'avait aucune envie de connaître, songea Cesare. C'était déjà assez contrariant que Lizzie n'ait pas pris la peine de venir le saluer. Ne se doutait-elle pas qu'il était un homme très occupé ? Et ce sourire charmeur à son ex, un homme séduisant bâti en athlète…

Vu la façon dont elle le regardait et dont elle lui pressait le bras, on se demandait pourquoi ils avaient rompu. Cesare serra les dents, de plus en plus exaspéré. Que lui prenait-il de se poser ce genre de question ? La réponse ne l'intéressait absolument pas !

— Lizzie ! appela Brian Whitaker, tandis qu'Andrew repartait chez lui à travers champs.

Lizzie tourna la tête et écarquilla les yeux. Malgré son anxiété, son cœur se mit à battre la chamade. Vêtu d'un costume gris à rayures, d'une chemise blanche et d'une cravate bordeaux, Cesare détonnait dans le décor…, mais il était d'une beauté à couper le souffle.

— Mon Dieu, quand êtes-vous arrivé ? Je n'ai pas vu de voiture.

— Je suis venu en hélicoptère.

Les doigts crispés sur les clés de la Land Rover, Lizzie se figea, abasourdie. Puis elle se précipita vers Cesare, submergée par une colère noire.

— C'est vous le crétin qui a atterri en hélicoptère dans un champ plein de bétail ?

De toute sa vie, jamais personne n'avait parlé à Cesare avec une telle insolence. Plissant le front, il considéra Lizzie avec incrédulité. En fait, il y avait encore plus choquant. Bien que prévenue de sa visite, Lizzie n'avait fait aucun effort. Elle avait toujours la même allure de clocharde et ses vêtements étaient maculés de boue… Pourtant, avec sa crinière cendrée tout ébouriffée et ses joues rouges qui faisaient ressortir le vert de ses yeux étincelants, elle était superbe. Et il était à craindre que même attifée d'un sac-poubelle, elle l'attire toujours autant…

— Quel est le problème ? demanda-t-il d'un ton posé.

Nul doute qu'un simple malentendu né de leur différence de milieu était à l'origine de cette agressivité soudaine.

— Le problème c'est… !

— Inutile de hurler, coupa-t-il d'une voix suave. Je ne suis pas dur d'oreille.

— Votre pilote a atterri dans un champ plein de moutons… et il devrait être fusillé pour ça ! Ils étaient tellement terrifiés qu'ils se sont enfuis. Ce sont pour la plupart des brebis qui vont mettre bas dans quelques jours. Si certaines font des fausses couches après cette débandade, c'est vous que je tiendrai pour responsable !

Son pilote voulait atterrir dans un champ plus éloigné, se rappela Cesare. Mais malgré son insistance, il lui avait ordonné de se poser le plus près possible de la maison pour ne pas avoir à marcher dans la boue.

— C'est bien moi le responsable, en effet. Pas le pilote. C'est moi qui lui ai imposé d'atterrir là, reconnut-il à la grande surprise de Lizzie. Je ne connais rien à l'élevage ni aux animaux. Bien entendu, je compenserai les pertes de revenu éventuelles.

— Il ne peut pas mieux dire, intervint Brian Whitaker en lançant un regard d'avertissement à sa fille. Restons-en là.

— Archie est blessé ! protesta Lizzie avec feu en foudroyant Cesare du regard. Le troupeau l'a piétiné au bord de la rivière. Je dois l'emmener chez le vétérinaire en urgence et je n'ai pas le temps… ni la patience… de m'occuper de vous !

Cesare vit avec incrédulité sa future épouse regagner sa voiture.

— C'est réussi. Elle traite ce stupide chien comme si c'était son enfant ! marmonna Brian Whitaker avant de rentrer dans la maison.

Il n'y avait qu'une solution, décida Cesare en se dirigeant à son tour vers la Land Rover.

— Je vous accompagne, annonça-t-il en ouvrant la portière passager.

Désarçonnée, Lizzie lui jeta un coup d'œil sceptique.

— Vous allez être obligé de tenir Archie.

Cesare arqua les sourcils avant de s'apercevoir que la

Land Rover était un véhicule à deux places et que le chien gisait sur le siège passager. Lizzie descendit et fit le tour de la voiture pour prendre Archie dans ses bras.

— Je vais le tenir le temps que vous montiez.

— Je pourrais conduire.

— Vous ignorez où nous allons et la route est pleine de nids-de-poule, répliqua-t-elle en déposant délicatement Archie sur les genoux de Cesare. Faites attention à ce qu'il ne tombe pas, s'il vous plaît.

La gorge nouée, elle reprit place derrière le volant et démarra. Elle avait toutes les peines du monde à retenir ses larmes. Archie n'avait jamais été aussi calme. Pourvu qu'il ne soit pas en train de mourir…

— Il respire toujours ? demanda-t-elle d'une voix étranglée en s'engageant sur le chemin.

— Je sens son cœur battre, répondit Cesare en s'efforçant d'oublier que l'intérieur de la voiture sentait l'animal et semblait loin d'être propre.

Ne sachant que faire il caressa le petit corps immobile et tressaillit quand le chien tourna la tête pour lui lécher la main.

— Il a confiance en vous, commenta Lizzie.

— Il n'a pas vraiment le choix, répliqua-t-il d'un ton pince-sans-rire.

Cette fille conduisait comme une folle… Décidément, cette virée dans le Yorkshire était un véritable cauchemar. Il était parti de Genève à 6 heures et il avait passé la journée en déplacement. A présent, il était 20 heures et non seulement il n'avait rien mangé depuis une éternité, mais il paraissait évident qu'il n'était pas près d'en avoir l'occasion. Lizzie était sans doute à mille lieues d'imaginer qu'il avait prévu de l'inviter à dîner, et vu qu'il n'avait ni toison laineuse ni sabots, il ne lui viendrait jamais à l'esprit de le nourrir…

Lizzie s'arrêta sur un petit parking, prit Archie dans ses bras et se précipita dans le cabinet du vétérinaire. Cesare, qui n'avait pas l'habitude d'être ignoré, soupira et se résigna à la suivre. Ils furent accueillis par un homme d'un certain âge, qui prit le chien pour l'emmener à la radio, les laissant dans une petite salle d'attente sinistre.

Lizzie était de nouveau au bord des larmes, constata Cesare avec consternation. Anxieux de lui changer les idées, il murmura :

— Alors nous allons nous marier.

Elle se hérissa. Comment pouvait-il manquer à ce point de compassion ? Pensait-il vraiment qu'elle avait l'esprit à discuter de ça alors qu'elle attendait de savoir si Archie allait vivre ou mourir ?

— Oui, mais ça ne sera pas un vrai mariage, répliqua-t-elle d'un ton crispé en gardant la tête baissée.

— Nous ne visons pas le gros lot, donc.

Pas de vrai mariage, pas d'enfant, raisonna Cesare. Par conséquent il ne pourrait pas racheter l'île. Mais pourquoi était-il aussi frustré ? Il devrait déjà s'estimer heureux d'avoir la possibilité d'emmener Athene à Lionos.

Lizzie tourna la tête vers lui et il fut fasciné par l'éclat de ses yeux humides.

— Si. J'ai trouvé une solution. L'insémination artificielle. Nous y avons recours pour le bétail. C'est la solution idéale. Nous ne serons pas obligés d'avoir… des relations intimes. Nous pourrons ainsi conserver l'un et l'autre notre dignité.

— Notre dignité ?

La première réaction de Cesare fut de se sentir offensé dans sa virilité, mais les avantages de cette solution lui apparurent très vite. Un mariage de ce genre lui permettrait de garder toute sa liberté. Et d'éviter les complications. Après tout, quand on couchait avec une femme on ne pouvait jamais être sûr qu'elle n'allait pas s'attacher. Sans relations sexuelles, pas de risque que leur arrangement change de nature. Oui, elle avait raison. C'était la solution idéale. Alors pourquoi la perspective d'avoir un enfant conçu en laboratoire le rebutait-elle ? Et pourquoi avait-il du mal à accepter l'idée que Lizzie Whitaker ne partagerait jamais son lit ?

— Oui, se forcer par intérêt à coucher avec quelqu'un qui nous est étranger serait une corvée dégradante pour chacun de nous, expliqua Lizzie.

Il ne put s'empêcher d'avoir un sourire amusé.

— J'ai l'impression que vous ne connaissez pas grand-chose au fonctionnement du mâle de base !

Elle devint écarlate.

— Si vous appartenez à cette catégorie, vous n'avez aucune raison de vous en vanter !

Cesare inspira profondément. Mieux valait éviter de lui demander s'il lui arrivait de prendre les choses avec humour. Ce n'était pas le moment. En tout cas, c'était la première fois qu'il rencontrait une femme totalement insensible à son charme. Pourquoi faire preuve de fausse modestie ? Il avait pris conscience dès l'adolescence de son pouvoir de séduction qui n'avait cessé de s'accroître par la suite, en même temps que sa fortune… Mais de toute évidence, il n'impressionnait pas du tout Lizzie.

— Si je vous ai blessé, je suis désolée, reprit-elle contre toute attente. Je suis tellement inquiète pour Archie que je ne fais pas attention à ce que je dis. Je ne voulais pas vous offenser, mais je trouve préférable que deux personnes n'ayant pratiquement rien en commun comme nous aient recours à des moyens détournés pour faire un bébé. Cependant, si nous prenons cette décision j'aurai besoin de garanties supplémentaires.

— Lesquelles ?

— Vous devrez accepter de jouer votre rôle de père jusqu'à ce que l'enfant devienne adulte. Nous allons nous marier, puis divorcer à un moment ou à un autre. Cependant, un enfant a besoin de ses deux parents. Lui apporter tout au long des vingt prochaines années l'amour et la sécurité qu'il mérite représenterait une lourde responsabilité et je veux être sûre que vous êtes prêt à l'assumer.

Cesare la considéra avec perplexité. Il était persuadé qu'elle voulait discuter de la compensation financière prévue dans leur arrangement. Au lieu de ça, elle se préoccupait avant tout de l'intérêt de l'enfant…

— De votre côté, pourquoi êtes-vous prête à la prendre ?

— J'ai toujours voulu un enfant. En revanche, je n'ai pas vraiment envie de l'homme qui va avec. L'arrangement que vous m'avez proposé paraît donc la solution idéale. D'autant plus que je ne veux pas pour autant priver mon enfant de son père.

Ces propos laissèrent Cesare pantois. Les femmes qu'il fréquentait d'ordinaire ne parlaient jamais avec une telle franchise de leur désir d'enfant. Lizzie était-elle encore amoureuse de son ex ou bien n'aimait-elle tout simplement pas les hommes ? Il n'était pas commun pour une femme aussi jeune de décider qu'elle voulait vivre seule. Avec consternation, il s'entendit demander :

— Etes-vous gay ?

A son grand dam, Lizzie sentit tout son visage s'enflammer.

— Non, ce n'est pas le problème, répondit-elle d'un ton crispé.

Mais les véritables raisons de son choix, elle préférait les garder pour elle. Rien ne l'obligeait à s'expliquer et c'était un soulagement…

— Si nous avons un enfant ensemble, je compte bien me montrer à la hauteur de vos attentes, déclara Cesare. Il se trouve que j'ai moi-même un père formidable et que je suis très conscient de l'importance du rôle qu'il joue dans ma vie.

Lizzie hocha la tête.

— C'était ma seule réelle inquiétude… Oh…

Impossible d'éviter le problème le plus urgent…

— Si nous concluons notre accord, je crains d'être obligée de vous demander de l'argent tout de suite. Je dois être honnête. Nous sommes dans une situation difficile. Ma sœur a besoin d'argent pour poursuivre ses études, et, de mon côté, je vais être obligée de louer quelque chose dans le village pour mon père, parce que, lorsque je partirai, je résilierai le bail de la ferme.

Devant l'embarras flagrant de Lizzie, Cesare eut un sourire apaisant.

— Bien sûr. Il n'y a pas de problème. Je m'attendais à une demande de ce genre.

— Vous connaissiez notre situation… *avant* de venir nous voir ? s'exclama-t-elle avec surprise.

— Bien sûr. Je me renseigne toujours avant de négocier une affaire.

Danny, le vétérinaire, apparut sur le seuil de la salle d'attente.

— Archie sera là dans une minute. Mon infirmière finit juste de le préparer. Sa patte est cassée et il a reçu un coup sur la tête, ce qui explique pourquoi il est un peu groggy. Mais sinon il n'y a pas de souci majeur.

Le vétérinaire expliqua à Lizzie le traitement à administrer à son chien et lui fournit des médicaments pour les jours suivants. Quelques secondes plus tard, Archie arriva dans les bras de l'infirmière avec une patte dans le plâtre et un collier gonflable autour du cou. De nouveau en pleurs, Lizzie le prit dans ses bras en remerciant le vétérinaire avec effusion, tandis que Cesare insistait pour payer la consultation.

— Je suis très attachée à Archie, expliqua-t-elle en essuyant ses larmes de soulagement avec son coude. Vous pouvez prendre le volant, si vous voulez. Les clés sont dans ma poche.

Cesare prit les clés et déverrouilla la portière passager.

— J'espérais que vous viendriez à Londres avec moi ce soir.

— Ce soir ? C'est impossible !

— Nous avons un programme chargé. J'ai tout organisé. Vous ne semblez pas avoir de tenue… de ville. Faire votre valise ne devrait pas vous prendre beaucoup de temps.

— Mais il faut que je trouve un logement pour papa et que je l'aide à déménager !

— Mon personnel va organiser tout ça à votre place. Vous avez posé vos conditions. Je les ai acceptées. A présent, j'ai besoin que vous veniez à Londres.

Lizzie réprima un soupir. Pourquoi une telle hâte ? Le côté autoritaire de Cesare la hérissait. Mais pouvait-elle se permettre de ruer dans les brancards ? L'arrangement étant conclu, il semblait logique que ce soit lui qui prenne en charge le déroulement des opérations.

— D'accord, mais je vais être obligée d'aller voir mon voisin pour lui demander de s'occuper du troupeau.

— Andrew Brook ?

— Oui.

— Pourquoi avez-vous rompu ?

Elle se raidit.

— C'est personnel.

Cesare crispa la mâchoire.

— Allons-y maintenant.

Lizzie laissa Archie endormi dans la Land Rover. Ce fut Esther qui ouvrit la porte et son air consterné la mortifia. Mais après tout, elle savait bien que l'échange de fiancées, effectué à la dernière minute par Andrew, avait été aussi humiliant pour Esther que pour elle. Sa liaison avec un homme fiancé avait valu à cette dernière la réprobation des villageois et certains l'ignoraient depuis le jour où la nouvelle de sa grossesse avait été connue.

Andrew se leva précipitamment de table. Lizzie fit les présentations, puis à sa grande surprise Cesare prit le relais.

— Lizzie et moi nous partons pour Londres ce soir. Nous allons nous marier, précisa-t-il. Lizzie voudrait savoir si vous accepteriez de prendre ses moutons.

Lizzie lut le soulagement sur le visage d'Esther. Quoi d'étonnant à ce qu'elle se réjouisse de la voir quitter la région ? Et comment lui en vouloir après la façon dont les gens l'avaient traitée ?

— C'est une surprise et ça se fête, déclara Andrew avec une sincérité manifeste. Je ne savais même pas que tu voyais quelqu'un, Lizzie.

On sortit une bouteille de vin de pêche fait maison. Beaucoup trop doux au goût de Cesare, mais il le but sans déplaisir tout en observant ses compagnons et en faisant des déductions intéressantes.

Andrew Brook semblait apprécier Lizzie, mais ça n'allait visiblement pas plus loin. Ses yeux ne brillaient que lorsqu'il regardait sa femme. Une jeune femme rondelette qui n'arrivait pas à la cheville de son ex-fiancée sur le plan de la beauté.

En revanche, impossible de deviner les sentiments de Lizzie. Elle participait à la conversation, mais semblait désireuse de partir dès que la politesse le lui permettrait.

— Allez-vous m'éclairer, à présent ? demanda-t-il alors qu'ils regagnaient la Land Rover.

Son accent italien était incroyablement sexy… *Quelle ironie qu'une telle pensée me traverse l'esprit !* songea aussitôt Lizzie avec dérision. Elle qui n'avait aucune expérience sexuelle et qui ne savait même pas exactement ce que « sexy » voulait dire…

Cette ignorance était au cœur de sa relation désastreuse avec Andrew. Quand elle avait découvert qu'elle n'aimait pas qu'il la touche, elle s'était dit que ses réactions évolueraient au fur et à mesure que leurs liens se resserreraient. Mais rien n'avait jamais changé entre eux.

— Andrew a eu une liaison avec Esther alors que nous étions fiancés, et elle est tombée enceinte. Nous avons rompu six semaines avant notre mariage et il l'a épousée un mois plus tard. Ils sont très heureux ensemble, conclut-elle d'un ton neutre. J'ai donc une robe de mariée toute neuve. Je vais l'emporter à Londres.

— Pas question ! refusa Cesare avec une véhémence qui le surprit lui-même. Je vais vous en acheter une autre.

— Mais c'est du gaspillage !

— Si nous voulons convaincre ma famille que c'est un vrai mariage, il vous faut une robe de grand couturier avec tous les accessoires habituels.

— Mais comment pourrions-nous avoir la moindre chance de les convaincre ? Vous et moi c'est le jour et la nuit ! Et nous venons tout juste de nous rencontrer…

— Ne vous inquiétez pas. Mon père est la seule personne à savoir quand et comment nous nous sommes rencontrés. Par ailleurs, à Londres vous allez bénéficier d'un changement de look complet. Quand j'en aurai terminé avec vous tout le monde croira à notre couple, *cara*.

— Et si je n'ai pas envie de changer de look ?

— Si vous voulez être convaincante dans le rôle pour lequel vous êtes payée, vous n'avez pas le choix, fit valoir Cesare d'une voix suave.

Elle protestait pour la forme, mais en réalité elle avait très envie de changer de look, songea-t-il avec une pointe d'amertume. Elle était prête à faire n'importe quoi pour de l'argent. Ne l'avait-elle pas prouvé ? Elle avait même accepté d'avoir un enfant avec lui. Parce qu'elle voulait un enfant, disait-elle. Mais n'était-ce pas avant tout pour pouvoir lui vendre l'île et toucher encore plus d'argent ? Certes, il était lui-même prêt à devenir père pour pouvoir acheter Lionos… Mais il avait également d'autres motivations, beaucoup plus nobles.

A quoi bon travailler comme il le faisait s'il n'avait pas d'héritier pour lui succéder ? Quelle meilleure solution pour avoir un enfant à qui léguer son empire ? Il avait vu trop de mariages se terminer dans l'amertume et le chaos d'un divorce. Il avait trop souvent entendu parler d'enfants traumatisés par la séparation de leurs parents. Le testament lui permettait d'échapper à ce genre de naufrage *et* à l'obligation de se lier « pour toute la vie » à une seule femme. Un mariage d'intérêt et un enfant né avant un divorce serein et civilisé, voilà qui lui convenait parfaitement.

De la réponse de Cesare, une seule expression s'imprima dans l'esprit de Lizzie. « Le rôle pour lequel vous êtes payée. » Un rappel désagréable, mais dont elle était bien obligée de tenir compte… Mais bon, d'ici quelque temps il n'aurait plus besoin d'elle et elle pourrait reprendre sa vie. Et, avec un peu de chance, ce serait une vie illuminée par le bonheur d'être mère. Peut-être pourrait-elle trouver une formation et un logement près de chez Chrissie. Non, c'était sans doute une mauvaise idée. Après tout, Chrissie avait le droit de vivre sa vie elle aussi, sans avoir sa grande sœur sur le dos…

— Attendez un instant, dit Cesare alors qu'ils venaient de descendre de voiture.

Perplexe, elle s'immobilisa devant la porte de la maison. Lorsqu'il la prit dans ses bras, elle fut si stupéfaite qu'elle ne réagit pas. Il lui prit le visage à deux mains et elle rencontra le regard étincelant de ses yeux dorés, tandis qu'un parfum frais et subtil assaillait ses narines. Un délicieux mélange de notes d'agrumes et d'odeur masculine… Elle était en train de se demander pourquoi elle le trouvait aussi agréable quand Cesare se pencha vers elle et l'embrassa. Le souffle coupé, elle sentit son cœur bondir dans sa poitrine puis s'emballer comme si elle était sur des montagnes russes. Cesare lécha sa lèvre inférieure du bout de la langue et elle vacilla sur ses jambes, submergée par des sensations inouïes. Les pointes de ses seins se hérissèrent, tandis qu'une chaleur liquide se répandait entre ses cuisses. La bouche de Cesare se fit plus pressante et elle pencha la tête en arrière tandis que ses lèvres s'entrouvraient d'elles-mêmes. Il approfondit son baiser tout en la plaquant contre lui, une main au creux de ses reins. Malgré leurs vêtements, elle sentit contre son ventre sa virilité pleinement éveillée. Prise de panique elle le repoussa des deux mains, et à son grand soulagement, il la lâcha aussitôt.

— Ne recommencez plus jamais, dit-elle d'une voix hachée

en s'efforçant d'ignorer la frustration qui s'emparait d'elle. Qu'est-ce qui vous a pris ? Je n'aime pas qu'on me touche.

Ça, j'ai du mal à le croire ! Cette bouche offerte, ce corps frémissant contre le sien… Incrédule, Cesare avait du mal à réprimer le désir qui le consumait. Il n'avait pas l'intention de coucher avec cette femme, se rappela-t-il fermement. Elle ne voulait pas et il avait décidé que c'était beaucoup mieux comme ça. Malheureusement, son corps n'était pas d'accord avec son cerveau… Mais après tout, c'était un problème facile à régler. Il pouvait toujours compter sur Celine. L'arrangement conclu avec Lizzie était parfait. Pourquoi compliquer la situation en couchant avec elle ? Ce serait stupide. Elle risquerait de se faire des idées et de prendre leur mariage au sérieux.

— Si nous voulons convaincre les gens que nous sommes un vrai couple, nous devons être capables de nous comporter comme tel. Du moins, de temps en temps.

— Alors c'était juste un test ? demanda-t-elle avec un soulagement manifeste.

— Oui, et vous l'avez brillamment réussi, *bella mia,* répliqua-t-il en s'efforçant de chasser de son esprit des scènes érotiques dans lesquelles elle tenait la vedette.

Deux heures plus tard, Lizzie était assise sur la banquette arrière d'une limousine. Sa valise était rangée dans le coffre, Archie dormait sur ses genoux et Cesare travaillait sur son ordinateur portable à côté d'elle. Le souvenir de leur baiser la poursuivait. Quelle était cette étincelle magique qui avait manqué à Andrew ? Etait-ce vraiment juste une question d'affinités ? Elle était en proie à une frustration tout à fait inhabituelle. Il y avait eu très peu d'hommes dans sa vie. Peu de baisers et elle était encore vierge. Andrew était jeune, séduisant et elle l'aimait. Pourtant, il ne lui avait jamais inspiré que de la répulsion. Alors qu'il avait suffi à Cesare de l'embrasser pour déclencher dans tout son corps des sensations extraordinaires qu'elle n'avait jamais éprouvées auparavant. Et, à présent, pour la première fois de sa vie, elle ne pouvait s'empêcher de jeter des coups d'œil sur la cuisse masculine proche de la sienne et de se demander à quoi ressemblait un homme nu…

Les joues en feu, Lizzie fixa son attention sur Archie. Ce n'était que de la curiosité. Stupide et immature, sans doute, mais il n'y avait pas de quoi s'inquiéter. Après tout, il n'allait rien se passer avec Cesare. Quant à ce moment de panique dans ses bras… pour un baiser, elle craignait de tomber amoureuse aussi facilement que le faisait sa mère autrefois ? Non, elle était beaucoup trop sensée pour ça. Cesare était autoritaire et arrogant, ce qui la hérissait. Et, comme beaucoup d'hommes séduisants, c'était sans doute un séducteur. Il n'avait vraiment rien pour lui plaire…

Elle n'est pas du tout mon genre, songea Cesare avec satisfaction. Ce baiser brûlant ne changeait rien au fait qu'elle s'habillait comme une clocharde et qu'elle n'était absolument pas féminine.

4.

Le changement de look fut pour Lizzie une expérience inoubliable.

Sa métamorphose était totale et elle se sentait incroyablement mieux dans sa peau. Quel plaisir d'être débarrassée de sa teinture châtain ! Elle pouvait enfin se regarder dans un miroir sans penser à Andrew et à tous les mauvais souvenirs qui se rattachaient à lui. Mais le plus impressionnant, c'était peut-être la manucure. Jamais elle n'aurait imaginé que des soins et la pose de faux ongles pourraient transformer à ce point ses mains abîmées par les travaux de la ferme.

Pas de doute, elle se sentait une nouvelle femme. Pleine d'assurance et très différente de celle qui avait franchi à reculons les portes de l'institut de beauté.

Comment Cesare allait-il la trouver ? Avant ce changement de look il aurait sans doute eu honte de se montrer en public avec elle, et cette idée était très humiliante. De là à avoir envie de lui plaire… Ce serait ridicule. Elle était transformée, elle en était ravie et elle ferait bien de savourer cette sensation sans se poser trop de questions. A présent qu'elle était sur son trente et un, elle se sentait un peu plus à l'aise pour affronter l'enterrement de vie de jeune fille qui l'attendait et c'était l'essentiel. Même si sa sœur allait lui manquer.

Malheureusement, Chrissie avait un examen le lendemain et elle ne pouvait pas se permettre de sortir. Dommage… Les sœurs de Cesare avaient beau être très chaleureuses, c'étaient encore des étrangères. Et, surtout, elles croyaient que leur frère et elle se mariaient parce qu'ils étaient amoureux…

— C'est vrai ? Tu n'es pas enceinte ? s'exclama Sofia, la plus jeune demi-sœur de Cesare, alors que Lizzie buvait un cocktail à la vodka. Cesare nous l'avait dit, mais nous ne l'avions pas cru.

— Fais comme si tu n'avais rien entendu, s'excusa Paola, l'aînée des trois sœurs, mariée, enseignante et un peu moins exubérante que les deux autres, célibataires et toujours prêtes à s'amuser. Je suis désolée, Lizzie.

Lizzie s'efforça d'arborer un sourire serein.

— Ce n'est rien. Je ne suis pas offensée. Je comprends que vous soyez surprises que votre frère se marie aussi précipitamment.

— D'autant plus que nous étions persuadées qu'il ne se marierait jamais ! reconnut franchement Maurizia, la troisième demi-sœur de Cesare.

— De toute évidence, il est fou de toi !

Sofia gloussa.

— C'est la seule explication possible. Quand je lui ai envoyé une photo de toi dans cette nouvelle robe, il m'a aussitôt répondu qu'il voulait que tu restes à la maison et que de toute façon il n'y avait aucune raison d'organiser un enterrement de vie de jeune fille.

Etant donné que leur mariage ne serait qu'un simulacre, il n'y avait en effet aucune raison, songea Lizzie le cœur serré en buvant une autre gorgée de cocktail pour masquer son embarras. Elle avait de plus en plus de scrupules à jouer la comédie aux sœurs de Cesare et à sa belle-mère, Ottavia, qui était aussi cordiale que ses filles et qui croyait comme elles à un mariage d'amour.

Voilà pourquoi elle avait tendance à trop boire ce soir… Cette situation la stressait. Alors que Cesare, de son côté, n'avait pas eu à faire trop d'efforts pour donner le change, songea-t-elle avec une pointe de ressentiment. Après l'avoir laissée avec sa famille dans son somptueux hôtel particulier, et avant de partir à New York pour une affaire urgente, il s'était réfugié dans son appartement londonien.

Visiblement c'était son habitude à chaque visite de sa famille, qui ne s'en formalisait pas. Ses sœurs et sa belle-mère disaient en plaisantant qu'il avait toujours eu besoin d'espace et qu'il évitait tout ce qui risquait de le distraire de ses affaires. Pour sa part, elle trouvait ça triste, mais par délicatesse elle s'était bien gardée de le dire.

Cesare possédait visiblement une immense fortune. Malgré la limousine avec chauffeur et l'hélicoptère, elle ne se doutait pas que son faux futur mari était riche à ce point. Jamais elle n'aurait pu imaginer qu'un jour elle voyagerait en jet privé ni qu'elle logerait dans une immense maison de dix chambres avec salle de bains, située au cœur de Londres et tenue par une armée de domestiques… Abasourdie, elle avait fait ce qu'elle aurait dû faire une semaine plus tôt. Une recherche sur Internet lui avait appris qu'il était à la tête d'un empire pharmaceutique et qu'il appartenait à la catégorie des milliardaires plutôt qu'à celle des multimillionnaires.

Le choc culturel ne s'était pas limité à cette découverte. Il y avait eu également l'accueil chaleureux de sa famille, puis deux jours de shopping en compagnie de ses sœurs, suivis par un changement de look radical. Pas étonnant qu'elle soit déstabilisée et qu'elle éprouve le besoin de se détendre ! D'autant plus qu'elle ne pourrait même pas dire depuis combien d'années elle n'avait pas eu l'occasion de sortir et de boire des verres en bonne compagnie…

Dans son jet Cesare consultait sa montre avec fébrilité, impatient d'atterrir. Il agrandit la photo affichée sur sa tablette et l'étudia pour la énième fois avec la même incrédulité.

Je t'interdis d'emmener Lizzie dans un club, habillée de cette manière !

Il avait envoyé ce texto à sa demi-sœur Maurizia avec un mélange de colère, de frustration et d'inquiétude qui le perturbait au plus haut point. Fasciné, il ne parvenait pas à détacher ses yeux de la photo. Lizzie, souriante comme il ne l'avait jamais vue, était moulée dans une minirobe vert émeraude à fines bretelles et chaussée de talons aiguilles vertigineux qui soulignaient le galbe admirable de ses jambes. Une baguette magique avait métamorphosé la clocharde… Elle était sublime.

A présent que sa beauté naturelle avait été mise en évidence, elle allait éclipser toutes les femmes autour d'elle. Sa superbe crinière avait retrouvé sa couleur naturelle *sans* être coupée, conformément à ses instructions. Ses boucles cendrées ruisselaient sur ses épaules, encadrant son visage délicat aux grands yeux verts et à la bouche pulpeuse.

Cesare jura à mi-voix. De quoi se mêlaient ses sœurs ? Cette soirée entre filles était une idée stupide ! Lizzie dans un club londonien… Elle n'était pas du tout armée pour ce genre d'expérience. Et maintenant il était obligé de voler à son secours !

— Tu n'es pas censé être ici… C'est *sa* soirée ! protesta une de ses sœurs quand il s'immobilisa devant leur table.

— Où est-elle ? demanda-t-il en scrutant la piste de danse.

Le foudroyant du regard, Sofia lui indiqua d'un geste réticent l'endroit où se trouvait Lizzie.

— Ne gâche pas sa soirée. Il faut bien qu'elle s'amuse !

Cesare écarquilla les yeux. Sa future épouse, une écharpe rose portant l'inscription « Future Mariée » en travers du buste, se déhanchait au rythme de la musique, les bras en l'air, au milieu de la foule des danseurs. Echevelée, elle semblait perdue dans son propre monde… Et, tout près d'elle, deux hommes essayaient d'attirer son attention ! Cesare fut submergé par une colère noire. Au même instant, elle s'arrêta de danser et vacilla sur ses talons aiguilles. Avec un rugissement de fureur, il s'élança vers la piste en ignorant les mines ébahies de ses sœurs et saisit Lizzie par les épaules pour l'empêcher de perdre l'équilibre.

— Cesare ! s'exclama-t-elle avec un sourire ravi.

Comme il était beau ! Incroyablement beau dans cette lumière intermittente qui sculptait ses traits et faisait ressortir ses yeux dorés… Quel plaisir de le voir ! Enfin une image rassurante et familière dans cet univers si nouveau et si déstabilisant. Elle faillit succomber à l'envie de le serrer dans ses bras, puis elle se rappela in extremis que ce genre d'effusion ne faisait pas partie de leur arrangement.

— Tu es ivre, dit-il en détachant les syllabes pour se faire comprendre malgré la musique assourdissante.

— Pas du tout !

— Si.

— Non !

— Je te ramène à la maison.

— Non ! Je n'ai pas envie de rentrer !

Elle ne comprit pas ce qu'il répondit et vit juste ses yeux lancer des éclairs. Puis, avant qu'elle ait le temps de réagir, il la prit dans ses bras et la souleva de terre.

— Je crois que nous rentrons à la maison, annonça-t-elle à ses sœurs lorsqu'il fit une pause devant leur table.

— Vous n'avez pas veillé sur elle ! lança-t-il à celles-ci d'un ton accusateur.

— Tu me prends pour une gamine ? demanda-t-elle en levant les yeux vers lui.

La barbe naissante qui recouvrait sa mâchoire lui donnait l'air encore plus viril, constata-t-elle. Elle mettait également en valeur sa bouche sensuelle. A propos, il embrassait comme un dieu… Allait-il bientôt recommencer ?

— Tu ne crois pas que nous devrions nous embrasser pour

que tes sœurs soient bien sûres que nous sommes un vrai couple ? suggéra-t-elle avec un sourire charmeur.

— Si nous étions un vrai couple, je t'étranglerais, *cara*. Je te laisse seule pendant trois jours et quand je reviens je te retrouve en train de faire la folle sur une piste de danse, complètement ivre.

— *Pas* ivre.

Cesare roula les yeux et la déposa sans ménagement sur la banquette arrière de la limousine.

— Renverse-toi contre le dossier et allonge les jambes avant de t'écrouler.

— Ce que tu peux être suffisant, répliqua-t-elle avec une moue réprobatrice.

Puis elle ferma les yeux parce que l'intérieur de la limousine avait tendance à gondoler autour d'elle d'une manière très étrange.

Cesare réprima un soupir. Avec un peu de chance ce genre de comportement resterait exceptionnel. Après tout, comment lui en vouloir d'avoir envie de s'amuser ? Il n'était pas difficile d'imaginer ce qu'avait été sa vie dans cette ferme en compagnie de ce père râleur, toujours derrière elle à la houspiller. Quelle chance il avait eu d'avoir un père comme Goffredo, qui voyait tout en rose ! Jamais il n'en avait eu réellement conscience auparavant.

— Tu as envie de m'embrasser ? demanda Lizzie en rouvrant les yeux.

Il considéra avec perplexité son sourire mutin.

— Tu as envie que je t'embrasse ?

Elle s'empourpra.

— Tu n'es pas censé poser cette question.

— Tu voudrais que je me conduise comme un homme des cavernes ?

Lizzie réfléchit. Elle avait trouvé très agréable qu'il la porte jusqu'à la voiture. Etait-ce anormal ? Tiendrait-elle de sa mère ? Cette idée la mortifia.

— On en reparlera quand tu auras dessoûlé et que tu sauras ce que tu fais, ajouta Cesare à sa grande frustration.

— Tu crois que pour avoir envie de t'embrasser il faut que je sois ivre ?

Cesare réprima un grognement. Pour être très honnête, il n'aurait pas besoin de beaucoup d'encouragements pour la renverser sur la banquette et profiter honteusement de la situation…

— Nous avons conclu un arrangement, rappela-t-il en s'efforçant d'ignorer l'éveil de sa virilité.

Elle battit des cils.

— Je suis ouverte à la négociation.

— Non. Il n'est pas question de négocier quoi que ce soit ce soir.

Etait-ce mal de vouloir vivre juste une fois ce que les autres femmes vivaient couramment ? se demanda-t-elle, les joues en feu. Elle avait toujours eu envie d'être normale, de se sentir normale… Et ce baiser qu'il lui avait donné était si… Envahie par une douce chaleur, elle ferma les paupières.

Lizzie s'était assoupie, constata Cesare avec soulagement. Désormais il veillerait à ce qu'elle ne s'enivre plus. Ce serait moins frustrant que de résister à ses avances pour lui éviter d'avoir des regrets cuisants par la suite… A moins qu'il se trompe ? Peut-être n'éprouverait-elle aucun regret si elle couchait avec lui. Après tout c'était une femme sans scrupule, prête à tout pour avoir de l'argent. Pas étonnant qu'elle soit euphorique après l'orgie de shopping et de soins esthétiques dont elle avait bénéficié ces derniers jours…

Cesare soupira. Se conduire comme un saint n'était pas dans ses habitudes. Il n'avait qu'une envie. Se jeter sur elle avec la délicatesse d'un marin en permission et la tenir éveillée toute la nuit… Au lieu de ça, il allait sans doute être obligé de passer une bonne partie de la nuit sous une douche froide. Il aurait dû voir Celine plus souvent, ces derniers temps. C'était sûrement le manque qui le mettait dans cet état.

Lizzie se réveilla dans le hall de l'hôtel particulier, soutenue par Cesare qui la portait à moitié. Au même instant, Goffredo et Ottavia apparurent sur le seuil du salon.

— Vos filles sont toujours au club, annonça Cesare. Lizzie s'endormait, alors je l'ai raccompagnée plus tôt.

— Cesare est un trouble-fête, déclara-t-elle la langue pâteuse.

Goffredo eut un large sourire, Ottavia pouffa, puis ils disparurent dans le salon. Au pied de l'escalier, Cesare renonça à faire comme si Lizzie était capable de marcher et il la souleva de terre.

— J'aime quand tu fais ça… C'est très… viril.

— Heureusement que tu n'es pas lourde, commenta-t-il en arrivant sur le palier.

Prise d'une nausée soudaine, elle mit la main devant sa bouche.

— Oh…

Cesare se précipita dans la chambre la plus proche et déposa Lizzie dans la salle de bains avant de s'occuper d'elle avec une patience exemplaire. Il retint ses cheveux pendant qu'elle vomissait, puis il lui donna un gant humide, et enfin il sortit de son emballage une brosse à dents neuve. Il la lui tendit en ignorant poliment ses excuses réitérées. Lorsqu'elle se révéla incapable de se relever, il lui enleva ses chaussures et la soutint jusqu'au lavabo.

— Ce n'est pas dans mes habitudes, déclara-t-elle après s'être abondamment rincé la bouche.

— J'espère bien, *bellezza mia*.

— Qu'est-ce que ça veut dire ? Ces mots en italien ?

— Ma beauté.

— Mais c'est un mensonge éhonté ! protesta-t-elle en étudiant son reflet avec consternation.

Le travail remarquable de l'esthéticienne et de la coiffeuse était totalement détruit. Le mascara coulait de ses yeux larmoyants, laissant des traînées noires sur ses joues écarlates. Quant à ses cheveux, ils étaient tout ébouriffés…

— Il faut que tu t'allonges, décréta Cesare en la soulevant de terre une fois de plus, ce qui eut pour effet de faire tournoyer la salle de bains, puis la chambre, autour d'elle.

Lorsqu'il l'eut déposée sur le lit, elle resta parfaitement immobile de crainte que tout recommence à tourner.

— Où est Archie ? Je veux Archie.

— Archie reste au rez-de-chaussée.

C'était la règle énoncée par Primo, l'imperturbable maître d'hôtel de Cesare, le jour de l'arrivée de Lizzie.

— Mais c'est cruel… Il dort toujours avec moi.

Cesare réprima un grognement de désespoir. Il n'avait aucune envie de discuter. La voir allongée sur ce lit dans cette robe qui ne cachait pratiquement rien de ses cuisses était une véritable torture…

— Si Archie ne peut pas me tenir compagnie, il faut que ce soit toi, ajouta-t-elle sur le même ton plaintif. Allonge-toi près de moi.

Il décrocha le téléphone intérieur et donna un ordre lapidaire. Une minute plus tard, Primo arriva avec le chien. Cesare saisit ce dernier et le déposa sur le lit, où il se roula en boule aux pieds de Lizzie.

— Tu devrais enlever tes vêtements et te coucher pour de bon, conseilla-t-il. Tu ne peux pas dormir tout habillée sur les couvertures.

— Pourquoi pas ?

Avec un soupir exaspéré, il se mit à genoux à côté de Lizzie pour baisser la fermeture Eclair de sa robe.

— Que fais-tu ? murmura-t-elle avec une curiosité manifeste, tandis qu'il faisait glisser les fines bretelles sur ses épaules.

— Je te déshabille pour que tu sois plus à l'aise.

Ils avaient conclu un arrangement. Un arrangement. Ils avaient conclu un arrangement, se répéta-t-il en lui enlevant sa robe. Il ne voyait rien. Rien du tout… Malgré tous ses efforts, son regard était irrésistiblement attiré par les seins étonnamment ronds et pleins de Lizzie, recouverts de dentelle turquoise qui laissait apparaître deux bourgeons rose pâle. Lorsque son regard glissa vers la culotte aussi transparente que le soutien-gorge, il rabattit le drap sur Lizzie d'un geste si brusque qu'elle roula sur le côté, arrachant un gémissement de protestation à Archie, qui se retrouva sous le drap. Les yeux fermés, elle tendit une main hésitante. Le lit tournoyait à son tour, elle se sentait perdue et elle avait de nouveau mal au cœur.

— Où vas-tu ?

Cesare soupira. Après avoir passé une grande partie de la journée à voyager avant de se précipiter au club pour récupérer Lizzie, il était épuisé. Malgré tout, pouvait-il la laisser seule ? Ne risquait-elle pas de tomber du lit ? De se relever et d'errer dans la maison ? D'avoir un accident ? De se tromper de chambre ? Et si elle était de nouveau malade ?

— Nulle part.

Il se déshabilla et s'allongea en caleçon à côté d'elle.

Lizzie se réveilla au milieu de la nuit avec une soif épouvantable. Elle s'assit avec précaution au bord du lit et fut aussitôt prise de vertige. Son ivresse s'étant dissipée, elle était assez lucide pour se maudire. Quelle idiote ! Que lui avait-il pris de boire tous ces cocktails alors qu'elle n'avait pratiquement rien mangé de la journée ?

Réprimant un grognement irrité, elle chercha à tâtons l'interrupteur de la lampe de chevet. Une fois la lumière allumée, elle ne reconnut pas le décor et arqua les sourcils avec perplexité. Pourquoi n'était-elle pas dans sa chambre ? Elle promena son regard autour d'elle et tressaillit à la vue de Cesare, allongé presque nu à côté d'elle, sur le drap. Sa peau hâlée mettait en valeur la musculature parfaite de son torse puissant et de son ventre plat. Une longue cuisse recouverte de poils noirs était en partie repliée, tandis que l'autre reposait à plat. Il était sublime et la barbe qui ombrait sa mâchoire ajoutait encore à sa virilité.

Lizzie déglutit péniblement alors que des souvenirs confus lui revenaient en mémoire. Elle lui avait demandé s'il avait envie de l'embrasser… Et elle avait même insisté lourdement. Au comble de l'humiliation, elle se leva et gagna la salle de bains. Lui avait-elle également demandé de rester avec elle ? Elle réprima un gémissement. C'était d'autant plus ridicule que cette chambre était visiblement la sienne et qu'il avait dû l'y amener parce que c'était la plus proche au moment où elle avait été malade.

Dire qu'il l'avait vue en culotte et soutien-gorge ! Mais il était vrai que ç'aurait pu être pire. Il aurait pu la déshabiller complètement… En proie à une migraine lancinante, elle but des litres d'eau froide avant de se débarbouiller du mieux qu'elle put sans ses affaires de toilette. Elle quitta ensuite la salle de bains à la recherche de quelque chose à se mettre pour sortir dans le couloir et rejoindre sa chambre. Avec mille précautions, elle ouvrit la porte d'un immense dressing et trouva une chemise blanche dans une penderie. Son soutien-gorge lui rentrait dans les côtes. Elle le dégrafa et l'enleva, puis ôta également sa culotte avant de rouler les manches de la chemise et de la boutonner.

La proximité de Cesare la déstabilisait au plus haut point. Mais après tout, ça n'avait rien d'étonnant. Elle n'avait plus fréquenté un seul homme depuis Andrew, et avant lui il n'y avait eu que quelques flirts sans intérêt. Ces derniers temps elle n'avait ni l'occasion ni les moyens de sortir, si bien qu'elle n'avait pratiquement jamais quitté la ferme. Les sœurs de Cesare étaient si sympathiques et si joyeuses qu'elle avait savouré la soirée sans faire attention à ce qu'elle buvait. Une fois ivre, il avait suffi que Cesare surgisse sur la piste et la soulève de terre pour qu'elle soit subjuguée. Quoi de plus normal ? Ça signifiait juste qu'elle était une femme normalement constituée. Pas qu'elle avait envie qu'il se passe quelque chose entre eux…

Elle s'approcha du lit, hésitante. Comment faire pour récupérer Archie sous le drap sans réveiller Cesare ?

— Que fais-tu ? demanda ce dernier d'une voix rauque lorsqu'elle tira sur le drap.

Clignant les paupières, il consulta sa montre.

— *Inferno !* Il est 3 heures !

— Il vaut mieux que je retourne dans ma chambre.

— Non, tu vas réveiller toute la maison. Reste ici et rendors-toi.

Sur ces mots, Cesare se retourna sur le côté avec une indifférence qui la hérissa.

Risquait-elle vraiment de réveiller quelqu'un ? Réprimant un soupir, elle éteignit la lumière et se glissa sous le drap.

La pâle lumière de l'aube filtrait à travers les stores lorsqu'elle se réveilla de nouveau. Sa migraine avait disparu, mais elle avait horriblement chaud… parce qu'un bras était refermé autour de sa taille, la tenant étroitement serrée contre un autre corps. Un corps dont la virilité était pleinement éveillée… Une chaleur d'un tout autre genre se répandit entre les cuisses de Lizzie. Elle se retourna et rencontra le regard de deux yeux bruns pailletés d'or.

— Tu as le sommeil très agité, *cara mia,* murmura Cesare. J'ai été obligé de t'immobiliser.

— Oh…

Elle réprima un frisson, envoûtée par sa voix profonde à l'accent chantant.

— Archie, en revanche, dort comme une souche et il ne bouge pas du tout. C'est la première fois que j'ai un chien dans mon lit

— Il y a un début à tout.

— Première et *dernière.* Malheureusement, tu ne voulais pas te coucher sans lui, cette nuit.

Elle sentit ses joues s'enflammer.

— Je suis désolée d'avoir trop bu. J'ai été très pénible ?

De longs doigts fins caressèrent sa cage thoracique et elle fut parcourue de longs frissons.

— Non, tu étais joviale et détendue. Jusqu'à ce que l'alcool te rende malade.

Elle déglutit péniblement, tandis que les pointes de ses seins se hérissaient et que la chaleur s'intensifiait entre ses cuisses.

— Je n'ai pas l'habitude de boire comme ça, dit-elle d'une voix hachée.

Cesare eut un sourire malicieux qui décupla son trouble.

— Fais en sorte que ça ne devienne pas une habitude.

— Bien sûr…

Cesare, qui avait pour habitude de tout planifier dans les moindres détails, n'avait pas prévu d'embrasser Lizzie. Ayant pris la décision de ne pas la toucher, il ne doutait pas qu'il s'y tiendrait. Même s'il mourait d'envie de se jeter sur elle pour lui faire l'amour sauvagement, il avait confiance en sa capacité à rester maître de lui-même en toutes circonstances. Un imperceptible mouvement de hanches fit voler sa volonté en éclats.

Hypnotisée par les yeux mordorés plongés dans les siens, Lizzie n'eut pas le temps de deviner l'intention de Cesare avant qu'il s'empare de sa bouche dans un baiser vorace. Grisée, elle y répondit aussitôt avec ardeur. Il glissa la main sous sa chemise et caressa un sein, puis l'autre, pinçant délicatement entre ses doigts leurs pointes durcies. Transpercée par mille petites flèches de plaisir, elle laissa échapper un gémissement étranglé tandis que ses reins se creusaient d'eux-mêmes.

La main de Cesare quitta son sein, effleura son ventre et se glissa entre ses cuisses. Lorsque ses doigts commencèrent à explorer son sexe, elle crut défaillir. Elle s'arracha à sa bouche pour libérer le cri qui montait de sa gorge et enfonça les doigts dans ses cheveux. De sa main libre il déchira les boutons de la chemise et dénuda un sein. Il referma les lèvres sur le bourgeon rose pâle et l'aspira goulûment, le léchant et le mordillant tour à tour sans interrompre ses caresses diaboliques. Submergée par des sensations inouïes, Lizzie ne s'appartenait plus.

— J'aime l'ardeur avec laquelle tu réagis, *mi piace*, murmura-t-il en quittant un sein pour se pencher sur l'autre.

Elle était incapable de parler ou de penser et elle parvenait tout juste à respirer. Plus rien n'existait que le pouvoir magique des lèvres et des doigts de Cesare sur son corps. Il quitta ses seins pour tracer un sillon de baisers jusqu'au cœur de sa féminité, qu'il honora à pleine bouche avec une habileté consommée. Un plaisir inconnu, imminent et fuyant à la fois, montait en elle. Soudain il la submergea, si intense qu'il lui coupa le souffle.

Toujours brûlant de désir et furieux contre lui-même, Cesare bondit hors du lit les poings crispés. Que lui avait-il pris ? Il n'aurait jamais dû la toucher. Ils avaient conclu un arrangement, bon sang ! Ils contracteraient bientôt un mariage d'intérêt. Ils n'étaient pas amants ni même amis. Dès qu'on couchait avec elles, les femmes avaient tendance à se faire des idées, à mélanger sexe et sentiments. Il fallait éviter à tout prix ce genre de complications. Sinon il risquait de se retrouver beaucoup plus marié qu'il n'en avait l'intention…

Plongée dans une douce euphorie, Lizzie ferma les yeux et savoura longuement les ondes de plaisir qui continuaient de la parcourir. Elle ne rouvrit les yeux que lorsqu'une sonnerie de téléphone troubla sa béatitude. La sonnerie s'arrêta et une voix masculine répondit en italien. A travers ses cils elle vit Cesare qui arpentait la pièce, le portable vissé à l'oreille. Il portait toujours son caleçon et l'éveil de sa virilité était flagrant. Elle sentit tout son visage s'enflammer.

— Tu veux prendre ta douche la première ? demanda-t-il en jetant le portable sur le lit.

Cette question prosaïque décupla sa confusion et elle rabattit précipitamment les pans de la chemise pour se couvrir avant de s'asseoir.

— Je vais retourner dans ma chambre.

Elle se leva tant bien que mal et récupéra Archie sous le drap.

— Nous avons commis une erreur qui ne se renouvellera pas, murmura Cesare, le visage fermé.

Tenant Archie sous un bras, elle s'efforça de ramasser ses vêtements de l'autre.

— C'est tout ce que tu as à dire ?

— C'était purement sexuel… il n'y a pas de quoi se prendre la tête, rétorqua-t-il sur un ton qui lui fit l'effet d'une douche glacée. On se voit en bas dans une heure. J'ai des papiers à te faire signer avant de partir.

— Tu repars ? s'exclama-t-elle, stupéfaite, tout en luttant contre la colère qui s'emparait d'elle.

— Il reste quarante-huit heures avant le mariage et j'ai l'intention d'en faire bon usage.

« C'était purement sexuel… pas de quoi se prendre la tête. » Sous la douche, Lizzie rumina ce commentaire dédaigneux. Non, elle n'était pas blessée. Pas le moins du monde. « Une erreur qui ne se renouvellera pas. » N'était-ce pas ce qu'elle pensait elle aussi ? Il valait beaucoup mieux qu'ils gardent leurs distances. C'était plus raisonnable. Alors si elle se sentait un peu froissée et ridicule, c'était sa faute. Elle n'avait qu'à pas se conduire comme une idiote.

Et si elle ne pouvait s'empêcher de se sentir plus proche de lui qu'avant, c'était uniquement parce qu'elle n'avait jamais eu de relations aussi intimes avec aucun autre homme. Mais ça, c'était un secret à ne pas dévoiler…

5.

Vêtue d'un corsaire et d'un pull en cachemire lilas, chaussée de ballerines et légèrement maquillée, Lizzie n'avait plus rien de commun avec la femme qu'elle était encore une semaine plus tôt.

Bien sûr, elle disposait à présent d'un imposant dressing, garni d'une multitude de tenues adaptées à toutes les circonstances imaginables. Cependant, elle ne mettrait probablement jamais la plupart d'entre elles. Il n'y avait aucune chance que Cesare l'emmène faire du voilier ni dans des réceptions où la tenue de soirée était de rigueur. Cette garde-robe était du gaspillage, mais elle avait pu constater que lorsque Cesare donnait des instructions à son personnel, celles-ci étaient suivies à la lettre.

Pour sa part, après avoir passé sa vie à compter le moindre penny, elle ne pouvait s'empêcher de trouver ces dépenses extravagantes et d'avoir mauvaise conscience. Prendre son petit déjeuner au lit la culpabilisait également, même si elle était extrêmement soulagée d'échapper à un tête-à-tête avec Cesare…

Pour la énième fois, elle sentit ses joues s'enflammer au souvenir de ce qui s'était passé pendant la nuit. Parviendrait-elle un jour à oublier qu'il lui avait fait perdre toute retenue et qu'elle avait crié de plaisir sous ses caresses ? Rien n'était moins certain. Mais le fait qu'ils ne soient pas allés jusqu'à faire l'amour lui permettrait sans doute de reprendre plus facilement ses distances avec lui. Elle n'était pas une femme sensuelle. Elle ne l'avait jamais été. Ce faux pas était dû à l'alcool et à la curiosité.

Elle ne ressemblait pas à sa mère. S'enticher de tous les hommes qui passaient n'était pas du tout son genre. Pendant des années il n'y avait eu qu'Andrew dans sa vie, ce qui avait rendu l'échec de leur relation encore plus difficile à surmonter. La déception avait été à la hauteur des espoirs qu'elle avait placés dans leur couple.

Le plus humiliant, c'était d'avoir été aussi attirée par un homme comme Cesare Sabatino, qui n'avait aucun respect pour elle, alors qu'elle n'avait jamais éprouvé le moindre désir pour Andrew, qu'elle aimait. Cesare se moquait éperdument de ce qu'elle pouvait penser ou ressentir. Il avait juste décidé de se servir d'elle pour récupérer l'île de Lionos.

— M. Sabatino est dans le bureau au bout du couloir, annonça Primo lorsqu'elle arriva en bas du grand escalier.

Elle trouva la porte entrouverte et, en proie à une gêne insurmontable, elle entra sans frapper.

Cesare leva la tête de son écran, esquissa un sourire poli et se leva. Son regard fut attiré par les courbes gracieuses révélées par la tenue de Lizzie, et des images de son corps nu ondulant de plaisir s'imposèrent aussitôt à lui. Transpercé par une flèche de désir, il serra les dents. Bon sang, la frustration allait finir par le rendre fou !

La dernière fois qu'il avait appelé Celine, il avait pris conscience d'un problème imprévu. Sachant qu'il allait se marier, Celine ne voulait plus être vue en sa compagnie. Elle tenait à préserver sa réputation parce que les clients qui la payaient généreusement pour faire la publicité de leur parfum prestigieux étaient très conservateurs. Il comprenait parfaitement qu'elle donne la priorité à sa carrière, bien sûr. Mais de son côté, il se retrouvait dans une situation épineuse. Pendant quelques mois il allait être marié sans l'être vraiment. Comment allait-il tenir ? Depuis l'adolescence, il n'avait jamais passé plus de deux semaines d'affilée sans sexe. Allait-il être obligé de se cacher ? S'il était vu en compagnie d'une autre femme que son épouse, cela laisserait planer un doute sur l'authenticité de leur mariage. Or c'était un risque qu'il ne pouvait pas se permettre de prendre. Que ça lui plaise ou non, Lizzie était sa seule option pour les prochains mois.

— Tu es splendide, *cara,* dit-il avec sincérité en lui avançant une chaise.

Il sentit des effluves de son parfum au jasmin et le souvenir des réactions volcaniques qu'avaient déclenchées ses caresses s'imposa de nouveau à lui. N'importe quel homme serait marqué par un tempérament aussi ardent, se dit-il en serrant les dents. Surtout s'il était en manque…

— Merci, mais c'est dû au maquillage et aux vêtements, répliqua-t-elle en s'efforçant de ne pas humer ostensiblement le parfum citronné qui assaillait ses narines. Ce n'est pas vraiment moi.

Les joues en feu, elle s'assit très droite sur son siège.

— Tu devrais essayer d'accepter les compliments, conseilla-t-il d'une voix douce. Tu as un corps parfait, des cheveux somptueux et un visage délicat. Les vêtements et le maquillage ne font que mettre en valeur les atouts que t'a donnés la nature.

Elle lui adressa un sourire contraint. Contrairement à elle, il avait la parole facile et il n'était jamais à court de phrases toutes faites. Embarrassée par son regard pénétrant, elle détourna les yeux. Certes, c'était agréable de porter des vêtements de bonne coupe qui lui allaient à la perfection. Mais la trouverait-il aussi séduisante sans ce vernis de sophistication ? Un vernis bien mince…

Le luxe inouï de cette demeure et l'omniprésence des nombreux domestiques la déstabilisaient. Cet univers était si éloigné du sien qu'elle s'y sentait mal à l'aise. Et ce n'était pas l'épisode lamentable de cette nuit qui risquait d'arranger les choses…

Visiblement insensible à l'embarras de Lizzie, Cesare lui tendit une liasse de feuilles.

— J'ai besoin de ton accord pour faire des travaux de rénovation dans la villa de Lionos.

Elle arqua les sourcils avec surprise.

— Des travaux de rénovation ? Mais tu ne l'as même pas encore vue.

— Parce que nous ne serons pas mariés avant vendredi. Ma grand-mère sera opérée pendant notre lune de miel en Italie. Dès qu'elle pourra voyager, nous irons à Lionos avec elle et nous séjournerons à la villa.

— Je ne savais pas que nous partions en lune de miel.

— Ce sera une lune de miel uniquement aux yeux des autres.

— Dont ta grand-mère ?

— Je t'ai déjà expliqué la situation. Athene a beau être très dynamique, c'est une vieille dame. Je ne veux pas qu'elle se doute que notre mariage est factice. Si elle apprenait la vérité, elle se sentirait responsable et elle culpabiliserait.

— Je peux le comprendre.

Lizzie se mordit la lèvre. Cesare portait un costume noir sur mesure qui soulignait sa carrure athlétique, mais malheureusement elle le voyait presque nu avec son caleçon déformé par l'éveil de sa virilité…

— Cependant, certaines améliorations sont nécessaires pour que nous puissions habiter la villa. Pour les lancer, j'ai besoin de ton autorisation.

— Quel genre d'améliorations ?

— Il faut moderniser la cuisine et les salles de bains. J'ai l'intention d'envoyer Primo là-bas avec des spécialistes. Je veux être sûr que rien ne gâche le séjour d'Athene.

— Mais ne risque-t-elle pas d'être déçue que la maison dans laquelle elle a grandi subisse des transformations ?

— C'est une bonne question, mais les temps ont changé

depuis son enfance et je pense qu'elle le reconnaîtra volontiers. Elle est pragmatique et elle aime son confort.

— D'après ce que m'avait dit ma mère, il faudra également remplacer le mobilier. Les lits, les canapés… Et puis les rideaux… Je ne pense pas qu'il soit possible de tout transformer en si peu de temps. Et une fois les travaux commencés, la maison deviendra très vite complètement inhabitable.

Cesare eut un sourire amusé.

— Crois-moi, si je consacre assez d'argent au problème, je trouverai quelqu'un pour relever le défi, *cara*.

Lizzie haussa les épaules. Elle ne voyait aucun inconvénient à ce qu'il fasse des travaux dans une maison qu'elle ne connaissait pas et dans laquelle elle ne séjournerait que brièvement. Cependant, cette discussion lui rappelait cruellement qu'il ne voulait l'épouser que parce que c'était le seul moyen pour lui de racheter l'île. S'efforçant de masquer son désarroi, elle signa les documents et donna à Cesare l'adresse de sa sœur pour qu'il les lui envoie.

Son cœur se gonfla soudain de joie lorsque Archie pointa le museau dans l'entrebâillement de la porte avant d'entrer dans la pièce et de se diriger vers elle en trottinant maladroitement avec sa patte dans le plâtre.

Témoin perplexe de l'accueil chaleureux fait au chien, Cesare regarda celui-ci se renverser sur le dos pour que Lizzie le caresse, puis tenter en vain de se relever sur trois pattes. Il se pencha pour l'aider, se rapprochant du même coup de Lizzie. Elle eut un mouvement de recul si brusque qu'elle fit glisser sa chaise sur le sol. Puis elle se leva précipitamment et se dirigea vers la porte.

— Ton père et ta sœur assisteront au mariage ? demanda-t-il en réprimant son agacement.

— Oui… Et je vais téléphoner à Chrissie pour lui dire qu'elle va recevoir des papiers à signer.

— Je ne pense pas que je te reverrai avant que nous nous retrouvions à l'église vendredi. Essaie de te conditionner à éviter de bondir en arrière quand je t'approche. Ce genre de réaction est le meilleur moyen de révéler que notre relation n'est qu'un faux-semblant.

Mortifiée, Lizzie s'empourpra.

— De ton côté, conditionne-toi à garder tes distances.

Il ne l'avait pas volé, reconnut Cesare. Pas étonnant qu'elle soit furieuse contre lui. Il avait singulièrement manqué de tact cette nuit, après ce qui s'était passé… Mais après tout, il n'avait fait que dire la vérité. Les femmes punissaient-elles toujours les hommes pour avoir dit la vérité ? Il réprima un soupir. S'il voulait que leur arrangement soit un succès il allait devoir faire plus d'efforts. Les femmes étaient des créatures émotives. La gêne manifeste de Lizzie en était la preuve.

Par ailleurs, elle était peut-être prête à faire n'importe quoi pour de l'argent, mais après avoir vécu pendant tant d'années dans la pauvreté, elle avait des excuses. Comment la blâmer de vouloir améliorer ses conditions d'existence ? Il pouvait difficilement lui reprocher d'avoir accepté sa proposition ! La mettre dans le même sac que les nombreuses femmes intéressées qui avaient partagé son lit était injuste.

Après tout, Serafina n'avait pas hésité à le laisser tomber pour un homme beaucoup plus riche que lui, mais également beaucoup plus vieux. Il devait se montrer plus compréhensif avec Lizzie. D'autant plus que le projet de faire un enfant ensemble inscrivait leur relation dans la durée. Il avait tout intérêt à la ménager. Parce que sinon tous ses plans risquaient de tomber à l'eau…

— Tu es magnifique ! s'exclama Chrissie lorsque Lizzie tournoya sur elle-même pour lui faire admirer sa robe de mariée.

Ses épaules et ses bras étaient gainés de dentelle de Caudry, tandis que la jupe bouffante soulignait la finesse de sa taille.

— Mon frère est un romantique honteux. Il va adorer cette robe, prédit Maurizia.

Au même instant on frappa à la porte et elle alla répondre en compagnie de Sofia.

— Je m'amuse comme une folle ! Je regrette d'avoir fait passer mon examen avant ton enterrement de vie de jeune fille, déclara Chrissie, ravissante dans sa robe de demoiselle d'honneur couleur topaze, identique à celles des sœurs de Cesare.

Lizzie l'enveloppa d'un regard affectueux. En réalité, c'était elle la véritable beauté de la famille. Grande, svelte, avec un visage d'ange.

— Un cadeau de la part de Cesare, annonça Sofia en tendant un écrin à Lizzie.

La rivière de diamants d'un raffinement extrême, accompagnée d'une paire de girandoles, laissa Lizzie bouche bée, tandis que ses demoiselles d'honneur s'extasiaient en chœur. Cesare jouait consciencieusement son rôle de mari amoureux pour ses sœurs, se dit-elle en mettant le collier et les boucles d'oreilles.

C'était stupide, mais de son côté, elle ne pouvait s'empêcher de regretter que ce mariage ne soit qu'un simulacre. Elle aimait la famille de Cesare et elle donnerait n'importe quoi pour qu'elle devienne vraiment la sienne. Au lieu de ça, elle jouait la comédie à ses sœurs et à leur mère. Et, bientôt, elle la jouerait également à sa grand-mère.

— Tu as bien réfléchi ? lui murmura Chrissie sous le porche de l'église en feignant de rectifier un pli de sa robe. Parce qu'il n'est pas trop tard pour changer d'avis. Il suffit que j'appelle un taxi et nous filons.

— Qu'est-ce qui te prend ? Elle n'a aucune raison de changer d'avis ! éructa Brian Whitaker. Ce Sabatino est la meilleure chose qui lui soit arrivée ! Il a quelque chose dans la tête lui au moins !

— Nous sommes bien d'accord avec vous, intervint Paola. Mais il arrive parfois que la mariée se mette à douter.

— Pas cette fois, assura Lizzie d'une voix ferme, dissipant la gêne qui s'était emparée de la famille du marié.

Cesare ne tourna la tête vers Lizzie que lorsqu'elle arriva près de lui devant l'autel. L'éclat de son regard aux reflets d'or était saisissant. Il n'avait aucun doute, songea-t-elle. Il savait exactement ce qu'il faisait. Concentré sur son objectif final, il assumait toutes les conséquences de son choix. Et elle avait tout intérêt à suivre son exemple. Il fallait absolument qu'elle cesse de se forger des chimères. Qu'elle arrête de se demander s'il allait l'embrasser ou pas au moment où ils seraient officiellement unis par les liens du mariage. C'était ridicule et tout à fait inapproprié…

— Tu es splendide, murmura-t-il en lui mettant son alliance.

Ce compliment était sincère, songea-t-il tandis qu'elle lui mettait la sienne. Elle était vraiment splendide. Et elle lui faisait un effet très perturbant. Toujours le même problème… Il était en manque.

Voilà, ils étaient mariés et il n'y avait pas eu de baiser. Ni d'invitation à embrasser la mariée… Une main tremblante posée sur le bras de Cesare, Lizzie descendit lentement l'allée centrale au milieu des visages souriants tournés vers elle. Dire qu'au début elle pensait qu'ils se marieraient dans l'intimité… La grande église était noire de monde. Dehors, en haut des marches, Cesare s'écarta d'elle quelques secondes pour aller chercher une vieille dame minuscule aux yeux marron et au regard vif.

— Athene… voici Elisabetta, qu'on appelle Lizzie. Lizzie, je te présente ma grand-mère.

Les deux femmes échangèrent des banalités pendant quelques instants sous le regard attentif de Cesare. Puis Athene pressa la main de Lizzie en souriant.

— Nous discuterons plus tard, promit-elle d'un ton enjoué.

Les mariés accueillirent leurs invités dans l'hôtel choisi

pour la réception, dégustèrent un repas somptueux, écoutèrent les discours, puis ouvrirent le bal. Dans les bras de Cesare et entourée d'invités chaleureux, Lizzie devait faire des efforts pour ne pas oublier que ce mariage n'était qu'un simulacre.

Quand Cesare se pencha vers elle pour l'embrasser, elle fut emportée dans un tourbillon de sensations délicieuses qui lui donnèrent le vertige. Nouant les mains sur sa nuque, elle répondit avec ardeur à son baiser, les doigts enfoncés dans ses cheveux. Comme c'était grisant d'avoir découvert qu'elle n'était pas dépourvue de sensualité ! Malheureusement, si l'homme qui l'enflammait était en train de l'embrasser c'était uniquement pour impressionner les invités, se rappela-t-elle soudain. Mortifiée, elle s'arracha aux lèvres de Cesare.

— Ça suffit…

— *Dio mio,* moi ça ne me suffit pas du tout, *bellezza mia,* répliqua-t-il d'une voix rauque. J'ai envie de toi.

Elle se raidit.

— Nous avons convenu que ça ne serait pas raisonnable.

— Au diable la raison ! La passion n'a rien de raisonnable… Tu ne sais pas ça ?

Electrisée par le regard brûlant des yeux dorés, Lizzie déglutit péniblement. Elle n'avait aucune envie de perdre la raison. Faire des expériences pourquoi pas, mais elle tenait à garder le contrôle de la situation. Pas question de prendre le risque de souffrir ou de se ridiculiser une fois de plus…

Sofia s'avança vers elle.

— Athene voudrait que tu t'assoies avec elle un moment. Je pense qu'elle veut faire ta connaissance. Cesare est de loin son chouchou parmi ses petits-enfants.

Lizzie roula les yeux en signe de compassion.

— Sans doute parce que c'est le seul garçon.

— C'est elle qui l'a élevé, en fait. C'est pour ça qu'ils sont si proches, expliqua Sofia. Cesare n'avait que quatre ans quand notre mère a épousé son père. Il devait venir vivre avec eux, mais Athene et lui retardaient toujours ce moment et papa n'osait pas les presser. Cesare n'a jamais été facile. Papa et lui sont très différents.

— Goffredo est un amour, commenta Lizzie avec chaleur. Vous avez beaucoup de chance.

— C'est vrai, mais il a toujours été très impressionné par l'intelligence de Cesare. Et il faut dire aussi que ce n'était pas vraiment un enfant docile.

Lizzie ne put s'empêcher de sourire.

— J'imagine. Il n'en fait qu'à sa tête.

Elle rejoignit Athene et celle-ci tapota le fauteuil voisin du sien.

— Parlez-moi de vous. Je suis très curieuse, comme toutes les vieilles dames. J'ai des tas de questions à vous poser.

Bien sûr, il y eut des questions concernant la mère de Lizzie, qu'Athene avait rencontrée à l'époque ou Goffredo la fréquentait.

— Mon fils n'aurait pas pu la rendre heureuse, commenta Athene avec un petit soupir. Francesca n'était jamais contente, et le fait que Goffredo ait déjà un fils ne lui plaisait pas. Je n'ai pas été très étonnée quand elle a rompu leurs fiançailles.

— Elle n'a jamais été heureuse en couple pendant très longtemps, reconnut Lizzie.

— Ça devait être très difficile pour vous et votre sœur. Ce qu'on vit dans sa jeunesse laisse des cicatrices. Je pense que c'est pour ça qu'il a fallu autant de temps à Cesare pour tourner la page après Serafina…

— Serafina ? demanda Lizzie avec circonspection.

Etait-ce une histoire qu'elle devrait connaître ? Son ignorance risquait-elle d'éveiller les soupçons de la grand-mère de Cesare ? La réponse d'Athene la rassura.

— Je me doutais qu'il ne vous en parlerait pas. Il cache très bien ses points vulnérables.

Lizzie masqua sa surprise. Jamais elle n'aurait imaginé qu'il en avait…

— Cesare est tombé amoureux de Serafina quand il

était étudiant, poursuivit Athene. Il voulait l'épouser, mais elle disait qu'elle était trop jeune. Dans la société où elle a obtenu son premier emploi, elle a rencontré un homme très riche qui avait plus de soixante-dix ans. Quelques semaines plus tard, ils étaient mariés.

— Ç'a dû être terrible pour lui, commenta Lizzie avec une pointe de culpabilité.

Dire qu'elle le considérait comme un homme insensible qui ne vivait que pour ses affaires et l'argent qu'elles lui rapportaient… Elle avait porté sur lui un jugement trop hâtif.

— Mais aujourd'hui, je sais qu'il a enfin tourné la page, déclara sa grand-mère avec un sourire ravi en tapotant la main de Lizzie. Aujourd'hui, je suis heureuse que Cesare vous ait épousée. Ça va changer le cours de sa vie et c'est la meilleure décision qu'il ait jamais prise.

Lizzie s'abstint de tout commentaire. A présent, elle comprenait d'où venait l'optimisme de Goffredo. Il l'avait hérité de sa mère. Comment Cesare avait-il pu grandir entouré par des gens d'un naturel aussi enjoué et rester lui-même aussi froid et flegmatique ?

Cependant, il prenait soin de garder une certaine distance avec les membres de sa famille… Craindrait-il secrètement de devenir trop sensible à leur contact ?

Quelques heures plus tard, Lizzie embarquait à bord du jet privé de Cesare. Elle se laissa tomber dans un siège en cuir et enleva ses escarpins à talons aiguilles avec un intense soulagement. Jamais elle n'avait eu aussi mal aux pieds !

— Tu as été parfaite aujourd'hui, déclara Cesare en s'installant en face d'elle. Je ne pense pas qu'il y ait une seule personne qui soupçonne la vérité.

— Ton père la connaît, rappela-t-elle, déconcertée par ce compliment inattendu.

— Il l'oubliera vite. Dans quelques semaines, il se sera

persuadé que nous sommes tombés éperdument amoureux quelques heures après notre mariage. C'est comme ça qu'il fonctionne.

— Ta famille est formidable, protesta-t-elle, gênée par son ton sarcastique. Ne sois pas aussi critique. Ils t'aiment énormément et ils n'ont pas peur de le montrer.

Cesare crispa la mâchoire, puis il se remémora l'attitude de son beau-père. Brian Whitaker avait refusé de faire un discours, il était resté résolument seul au milieu de la foule et il avait réussi à ne jamais sourire, même pour les photographes.

— Ton père, en revanche, n'est pas du genre démonstratif.

— Quand ma mère l'a quitté, son caractère s'est aigri. Et la vie n'a pas été facile pour lui depuis. Ça ira mieux quand il vivra au village. Je pense que ce sera un soulagement pour lui de ne plus passer ses journées à se demander si je vais réussir à m'en sortir avec tous les travaux de la ferme.

— Est-ce que ça ne sera pas un soulagement pour toi aussi ?

— C'est vrai que je ne suis pas mécontente de ne plus vivre dans le stress du matin au soir. Notre plus grande hantise était que la banque mette sa menace à exécution et nous oblige à combler notre découvert. Et quand le loyer a augmenté ç'a été le coup de grâce… Du coup, Chrissie a décidé d'abandonner ses études pour revenir nous aider à la ferme. Je ne pouvais pas la laisser faire ça. C'était inenvisageable.

— Alors c'est pour cette raison que tu as brusquement changé d'avis et que tu as accepté de te marier avec moi ? Je ne savais pas que vous étiez dans une situation aussi délicate.

— Tu m'as pourtant dit que tu connaissais nos problèmes, rappela Lizzie avec surprise. J'ai cru que tu avais chargé un détective privé d'enquêter sur nous avant ta première visite.

Cesare secoua la tête.

— Non. J'ignorais tout du découvert, de l'augmentation de loyer et de la décision de ta sœur. Je savais juste que ton père avait des problèmes de santé et que tu t'efforçais de faire tourner la ferme toute seule.

— Eh bien, maintenant, tu connais toute l'histoire. J'étais prête à vendre mon âme pour une trentaine de pièces d'argent.

— Non. Tu étais prête à tout pour protéger ta famille, quels que soient les sacrifices que ça te demanderait. Tu as fait preuve d'un dévouement absolu et c'est une qualité que j'admire.

Dans le silence qui suivit, Cesare ouvrit son ordinateur portable et se mit au travail. Au bout d'un moment, il se surprit à jeter un coup d'œil à Lizzie. Elle feuilletait un magazine tout en caressant Archie derrière l'oreille et elle roulait régulièrement les yeux, sans doute à la vue de tenues qu'elle trouvait trop extravagantes. Elle était incroyablement naturelle…

Lizzie Whitaker était franche comme l'or et il s'était mépris sur son compte. Dire qu'il se targuait d'être doué pour déchiffrer les gens… Il s'était forgé trop d'idées préconçues à son sujet. Elle était tout le contraire d'une femme intéressée. Et il fallait bien reconnaître que cette découverte aiguisait sa curiosité…

— Pourquoi t'étais-tu teint les cheveux en châtain ?

Lizzie enroula une mèche blonde autour de son doigt avec un embarras manifeste.

— Andrew ne les aimait pas. Il trouvait qu'ils attiraient trop l'attention et qu'ils paraissaient blancs, si bien qu'au premier abord les gens me prenaient pour une vieille dame. Je comprenais que ça ne lui plaise pas.

— Tu as pourtant des cheveux magnifiques, *cara*.

Lizzie eut un haussement d'épaules qui se voulait désinvolte, mais ce compliment lui fit un plaisir immense. Troublée par le regard pénétrant de Cesare, elle reporta son attention sur le magazine, tandis qu'une douce chaleur se répandait entre ses reins. Il était tellement séduisant… Comment ne pas être sensible à son charme ? Mais il fallait garder les pieds sur terre et éviter de se faire des idées au moindre compliment. Il avait juste fait preuve de courtoisie.

La limousine qui les attendait à l'aéroport en Italie emprunta des routes sinueuses dans un paysage vallonné, que le printemps qui touchait à sa fin peignait de couleurs éclatantes. Des genêts parsemaient de taches jaunes le vert vif des champs de fèves et de blé, au bord desquels se dressaient les flèches sombres des cyprès. Des villages médiévaux étaient perchés au sommet de collines plantées de vignes et d'oliveraies. Enthousiasmée, Lizzie pressait Cesare de questions.

— Tu ne m'as pas encore dit où nous allions.

— Nous arrivons.

Elle considéra avec surprise l'ancienne ferme de pierre. Vu son style de vie, elle était persuadée qu'il l'emmenait dans un spa luxueux.

— Cet endroit ne te ressemble pas, ne put-elle s'empêcher de commenter.

— J'aime les maisons anciennes. La première fois que j'ai vu celle-ci, j'étais étudiant et je faisais de la randonnée avec des amis. Il n'y avait plus de toit, le premier étage avait disparu et le mur du fond s'était écroulé. Nous nous sommes abrités dans la grange pendant un orage, expliqua-t-il tandis que le chauffeur s'engageait sur un chemin de terre grimpant à flanc de colline. J'ai regardé le soleil se coucher sur la vallée et je me suis promis que j'achèterais cette maison avec mon premier million.

— Ton premier… *million ?*

Les yeux brillants, Cesare hocha la tête avec un sourire amusé.

— Les travaux ont été un gouffre financier.

La voiture s'arrêta dans une cour pavée ornée de bacs en pierre débordant de fleurs. Au moment où ils descendaient de voiture, une petite femme rondelette, avec un tablier noué autour de la taille, sortit de la maison pour les accueillir. Elle s'appelait Maria et elle était visiblement fan de Cesare.

Le hall voûté donnait sur un salon doté d'une grande cheminée de pierre devant laquelle étaient disposés un canapé et des fauteuils turquoise. Si la façade était rustique, l'intérieur était confortable et raffiné.

Maria conduisit Lizzie à l'étage dans une vaste chambre très lumineuse donnant sur la vallée. Alors qu'elle admirait le lit à baldaquin, le chauffeur arriva avec les valises, suivi par Cesare.

— Où est ta chambre ? demanda-t-elle.

— C'est celle-ci, répliqua-t-il le plus naturellement du monde. Nous la partageons.

— Il n'en est pas question ! protesta-t-elle avec consternation.

— Nous sommes censés être mariés. Jouons notre rôle jusqu'au bout. Il serait stupide de tout gâcher en faisant chambre à part.

— Maria ne dira rien, insista-t-elle en enlevant ses chaussures.

— Elle n'est pas la seule à travailler ici.

Lizzie considéra de nouveau le lit. Certes il était immense. Malgré tout…

— D'accord, mais tu devras rester de *ton* côté du lit.

Cesare arqua les sourcils.

— Arrête de faire toute une histoire pour rien.

— Je n'ai pas l'habitude de dormir avec quelqu'un. Ce n'est pas « rien » pour moi.

— Nous en discuterons au dîner.

Elle leva les bras avec exaspération.

— Il est inutile d'en discuter… Je ne veux pas dormir avec toi, c'est tout !

Il darda sur elle un regard brûlant.

— Il y a quarante-huit heures tu voulais, au contraire.

— Je me demandais au bout de combien de temps tu allais me le rappeler, riposta-t-elle, les joues en feu. J'étais ivre, pour l'amour du ciel !

— Au moins, quand tu es ivre tu sais ce que tu veux.

Lizzie claqua la porte pour qu'on ne les entende pas se quereller.

— C'est odieux de dire ça !

— Que ça te plaise ou non, c'est la stricte vérité. L'attirance irrésistible que j'éprouve pour toi est réciproque. Tu refuses juste de l'admettre.

Lizzie fut si outrée par l'arrogance de cette déclaration qu'elle se réfugia dans la salle de bains. Malgré son irritation, elle fut éblouie par les murs de pierre, le sol de marbre et la baignoire ancienne située à proximité de la fenêtre.

— Et ce n'est pas en te cachant dans la salle de bains que tu réussiras à me convaincre du contraire ! cria Cesare de l'autre côté de la porte.

Elle rouvrit celle-ci et traversa la chambre à grands pas jusqu'à une valise qu'elle traîna par terre.

— Je ne me cachais pas !

Cesare lui prit la valise des mains et la posa sur le lit. Elle resta immobile, le visage écarlate et les yeux baissés. Il se rapprocha d'elle et elle se raidit.

— Regarde-moi, *bellezza mia*.

Elle releva le menton d'un mouvement vif, faisant voler ses cheveux blonds en arrière.

— Pourquoi ?

Il lui prit le visage à deux mains.

— Je veux faire un bébé avec toi de façon normale. Je ne veux pas avoir recours à l'insémination artificielle. Si nous voulons devenir parents, essayons d'abord la méthode naturelle.

Stupéfaite, elle se sentit rougir. Puis, à son grand dam, la chaleur se répandit dans tout son corps.

— Ce n'est pas ce que nous avions décidé.

— Nous n'avions rien décidé du tout. Tu as fait une suggestion. Elle ne me plaisait pas, mais j'ai préféré ne pas le dire, de crainte que tu changes d'avis et que tu refuses de m'épouser, avoua Cesare sans la moindre trace de remords.

Elle fut d'abord abasourdie par cette franchise, puis profondément touchée. « Je veux faire un bébé avec toi. » Comment ne pas être bouleversée par une telle déclaration ? Mais il fallait rester prudente. Faire l'amour avec Cesare serait très risqué. Elle était déjà beaucoup trop sensible à son charme…

Malgré tout, il fallait bien reconnaître que la perspective de recourir à l'insémination dans le cadre impersonnel d'une clinique spécialisée n'avait rien de réjouissant…

— Je vais y réfléchir, marmonna-t-elle. Maintenant, si ça ne te dérange pas, j'aimerais me changer.

— Je vais prendre une douche, annonça Cesare en enlevant sa chemise.

Le cœur battant, elle détourna les yeux, mais l'image de son torse puissant resta imprimée dans son esprit. Elle ouvrit sa valise et s'efforça de se concentrer sur le choix d'une tenue confortable, mais elle aperçut par inadvertance Cesare entièrement nu au moment où il entrait dans la salle de bains. Electrisée, elle réprima un grognement de dépit. Ils étaient si différents… Elle n'était pas du tout à la hauteur.

Cesare avait tout vu, tout fait, alors qu'elle n'avait aucune expérience. Si elle couchait avec lui, elle allait forcément tomber amoureuse et souffrir. Parce qu'il n'y avait aucune chance que ce soit réciproque.

A moins qu'elle découvre qu'elle était le genre de femme capable de dissocier le sexe et les sentiments… Peut-être qu'elle ne s'attacherait pas à lui et serait même heureuse de retrouver sa liberté au bout de quelques mois. Comment savoir comment elle réagirait ?

Lorsque la salle de bains fut libre, elle prit une douche et se démaquilla pour se remaquiller plus légèrement que pour le mariage. Elle se contenta d'une touche de rouge à lèvres et de blush, puis elle enfila une jupe longue, un corsage en soie sans manches et une paire de sandales plates. Lorsqu'elle sortit de la salle de bains, une domestique était en train de ranger ses affaires et celles de Cesare dans la penderie.

Elle descendit au rez-de-chaussée et retrouva Cesare dans le hall.

— Je vais te faire visiter la maison avant le dîner, proposa-t-il.

— Où est Archie ?

Il posa un doigt sur sa bouche et lui indiqua le salon d'un signe de tête. Archie était allongé sur un tapis à longs poils et il ronflait.

Cesare montra d'abord l'extérieur de la maison à Lizzie, avant que la nuit tombe. Sur la terrasse couverte, Maria s'affairait autour d'une table recouverte d'une nappe blanche. Quelques mètres plus loin, une piscine à débordement dominait la vallée.

— La vue est extraordinaire. Je comprends pourquoi tu es tombé amoureux de cet endroit, commenta-t-elle, heureuse de sentir la tension de la journée l'abandonner peu à peu.

A sa grande surprise, Cesare lui prit la main.

— Ce mariage peut être réel si nous le souhaitons, *bellezza mia.*

Elle sentit ses joues s'enflammer. Réel ne voulait pas dire éternel. Mais après tout, combien de mariages duraient toute la vie ? Pour l'instant ils étaient ensemble et ils le resteraient jusqu'à la naissance de leur enfant. L'enfant qu'elle désirait depuis toujours… Plus Cesare et elle seraient proches, plus il leur serait facile d'élever leur enfant dans la sérénité, aujourd'hui comme dans l'avenir, non ? Abasourdie par sa propre audace, elle s'entendit répliquer :

— Je vais essayer. Mais je ne peux rien promettre.

Cesare eut un sourire ravi.

— J'essaierai de faire en sorte que tu ne le regrettes pas, *cara.*

6.

— Maria nous fait le grand jeu ce soir, commenta Cesare avec un sourire amusé, tandis que leur était servie une succession interminable de plats plus succulents les uns que les autres.

Effarée à l'idée qu'elle avait accepté de tenter un « vrai » mariage, Lizzie n'avait aucun appétit. Malgré tous ses efforts elle ne parvint pas à manger plus de quelques bouchées de chaque plat et se confondit en excuses lorsque Maria apporta le clou du repas, un spectaculaire gâteau au chocolat.

Ils s'apprêtaient à commencer leur vie commune comme s'ils étaient un couple de jeunes mariés normal. Et cette nuit serait leur nuit de noces…

Soudain, un détail auquel elle n'avait pas eu de raison de penser jusque-là lui revint à l'esprit. Si elle reconnaissait qu'elle était encore vierge, il allait la prendre pour une détraquée. D'autant plus qu'il savait qu'elle avait été fiancée. Mieux valait faire comme si de rien n'était. En espérant qu'il ne remarquerait rien…

— Tu n'as pratiquement rien bu, aujourd'hui, déclara Cesare en la considérant avec perplexité.

Pourquoi était-elle aussi silencieuse, tout à coup ? Il était vrai que de toute façon elle n'avait rien d'un moulin à paroles. Elle était même d'un calme étonnant… et curieusement il trouvait ça très séduisant.

— Etant donné nos… projets, j'ai pensé qu'il valait mieux que j'évite l'alcool, répliqua-t-elle avec embarras.

— A cause du débat sur les dangers de la consommation d'alcool pendant la grossesse ?

— Oui. Les spécialistes ne savent pas fixer la quantité d'alcool qui serait sans risque pour l'enfant. Je préfère donc rester prudente.

— C'est pour ça que tu t'es défoulée le soir de ton enterrement de vie de jeune fille ?

Lizzie s'empourpra.

— Non. Ce n'était pas prémédité. Chrissie me manquait et il y avait très longtemps que je n'étais pas sortie. Alors je me suis laissé aller.

— Tu n'as aucune raison de culpabiliser, assura Cesare d'un ton apaisant.

La lueur des bougies faisait scintiller les paillettes dorées de ses yeux bruns, constata-t-elle, fascinée. Il était vraiment sublime. Et elle était mariée avec lui. Elle allait partager son lit… et elle s'angoissait ? Elle se posait des questions ? Qu'est-ce qui n'allait pas chez elle ? L'attirance réciproque dont il avait parlé était de plus en plus palpable. Comment le nier plus longtemps ? En proie à un trouble irrépressible, Lizzie se leva brusquement et marcha jusqu'au bord de la terrasse pour contempler les lumières du village fortifié, situé de l'autre côté de la vallée.

Son cœur était protégé par des murailles aussi épaisses que celles de ce village, se rappela-t-elle pour se rassurer. Si elle couchait avec Cesare elle n'allait pas pour autant se raconter des histoires ni se morfondre une fois qu'ils ne seraient plus ensemble.

Elle avait vu sa mère s'enticher d'un homme après l'autre, parce qu'elle était accro à l'amour, sa drogue favorite. Pour sa part, elle avait aimé une fois et elle avait compris la leçon. Si ça n'avait pas marché avec Andrew, il y avait peu de chances que ça marche un jour avec un autre homme. Mais elle aurait quand même un bébé à aimer.

— Tu es tendue, *cara,* dit Cesare en la rejoignant.

Il posa les mains sur ses épaules. Tu n'as aucune obligation, tu sais…

Elle déglutit péniblement. Sa nervosité était-elle donc si évidente ? En réalité, c'était l'intensité de son désir pour lui qui lui faisait peur… Il la fit pivoter lentement sur elle-même et elle sentit son cœur s'affoler.

— Je sais, répondit-elle.

Si seulement elle pouvait être aussi sereine que lui… Tous les hommes étaient-ils comme ça ? Etait-il plus facile pour eux d'envisager un mariage fondé uniquement sur le sexe et le projet de faire un enfant ?

« C'était purement sexuel, pas de quoi se prendre la tête », avait-il dit après avoir quitté le lit où il venait de bouleverser son univers. Certes elle avait été la seule à recevoir du plaisir, mais qu'il puisse parler avec une telle désinvolture de ce qui venait de se passer entre eux l'avait profondément choquée. Ce qui ne l'empêchait pas d'être, en ce moment même, incapable de détacher les yeux de la bouche sensuelle de Lizzie…

Cesare observait Lizzie à travers ses cils, envoûté par ses lèvres pulpeuses et ses petits seins qui pointaient sous son corsage en soie. Il y avait des années qu'il n'avait pas désiré une femme à ce point et il en était perturbé. Elle n'avait rien de plus que les autres, se répétait-il fermement. S'il mourait d'envie de coucher avec elle c'était parce qu'il était en manque. Et, bien sûr, elle avait l'attrait de la nouveauté. Quoi de plus naturel ? Et puis il y avait ce projet de lui faire un enfant qui, curieusement, galvanisait sa libido…

Incapable de résister à la tentation une seconde de plus, il attira Lizzie contre lui et l'embrassa longuement en savourant le contact de ses seins contre son torse. Elle aimait être portée, se rappela-t-il avec attendrissement. Lorsqu'il la souleva de terre, Archie qui était allongé à proximité se redressa et aboya avec une consternation manifeste.

— Tais-toi, Archie, intima Cesare. Tu n'as pas le droit de

t'immiscer entre un homme et son épouse… Et je te préviens, Lizzie, il ne dormira pas avec nous cette nuit, ni aucune autre.

Lizzie était trop grisée par son baiser passionné pour émettre la moindre protestation. Elle était en train de devenir une petite dévergondée, songea-t-elle tandis qu'il la portait à l'étage. Lorsqu'ils arrivèrent dans la chambre, elle eut le souffle coupé. Des lanternes abritant des bougies diffusaient une lumière douce et vacillante dans la pièce décorée de magnifiques bouquets de fleurs blanches.

— C'est toi qui as organisé ça ? demanda-t-elle alors qu'il la déposait au pied du lit.

Il pouffa.

— Non. Maria attend depuis très longtemps que je trouve une épouse et je pense qu'elle a décidé de fêter ça.

Lizzie réprima un frisson sous son regard étincelant. La lueur des bougies mettait en valeur ses pommettes saillantes et il était plus beau que jamais. D'un geste très doux il écarta ses cheveux de son visage, puis il captura de nouveau sa bouche dans un baiser gourmand.

— Je pense à ça depuis le premier instant où je t'ai vue, murmura-t-il contre ses lèvres d'une voix rauque qui l'électrisa.

— Par moments tu dis vraiment n'importe quoi. La première fois que tu m'as vue, j'étais en salopette et j'avais une tête à faire peur ! protesta-t-elle avec un petit rire gêné.

— La libido masculine ne s'arrête pas à ce genre de détails. J'ai vu ton visage, ta peau, tes yeux… ça m'a suffi, *delizia mia.*

— J'aime bien quand tu parles italien. Tu pourrais réciter les tables de multiplication ça me plairait quand même. Ton accent, le son différent de ta voix…

Charmé par cette volubilité inattendue, Cesare eut un sourire qui illumina son visage.

— Ce qui me plaît le plus chez toi c'est que tu me surprends sans arrêt.

— En ce moment, je me surprends moi-même, avoua-t-elle avec une pointe d'inquiétude.

En réaction contre l'exemple maternel, elle avait toujours évité soigneusement de se conduire de manière impulsive. Mais elle n'était pas comme sa mère, se rappela-t-elle fermement. Et à vingt-quatre ans, elle était assez vieille pour se comporter comme elle en avait envie.

Un long baiser enivrant vida son esprit de toute pensée cohérente, tandis que son corps était assailli par des sensations délicieuses. Les pointes de ses seins semblaient vouloir percer la soie qui les recouvrait.

Cesare la renversa délicatement sur le lit, puis il lui enleva son corsage et referma les mains sur ses seins. Ses caresses expertes décuplèrent son excitation et elle creusa instinctivement les reins en gémissant. D'une main, il tira sur sa chemise et elle prit aussitôt le relais. Elle la déboutonna puis caressa son torse et ses épaules, savourant la dureté de ses muscles d'acier sous sa peau soyeuse.

Il parsema son cou de baisers, traça le contour de sa clavicule du bout de la langue, promena ses lèvres sur la rondeur d'un sein, puis les referma sur sa pointe frémissante et l'aspira goulûment. Le corps en feu, elle enfonça les doigts dans ses cheveux avec des gémissements étranglés. Tout en léchant et mordillant tour à tour le bourgeon hérissé, il glissa les mains sous sa jupe et fit remonter ses doigts le long de ses cuisses avec une lenteur qui la mit au supplice. Il lui enleva sa culotte tandis qu'elle ondulait des hanches, en proie à une fièvre dévorante.

— J'essaie de ne pas aller trop vite, mais j'ai l'impression d'être un train express, murmura-t-il d'une voix rauque.

— Tu parles trop…

Faisant appel à toute sa volonté, Cesare s'écarta de Lizzie. Il fallait éviter à tout prix la précipitation. Surtout la première fois. Mais il avait rarement vu une femme aussi passionnée. Elle le rendait fou de désir et se modérer relevait de l'exploit…

Il se débarrassa de sa chemise, ouvrit sa braguette et enleva d'un seul mouvement son caleçon et son pantalon. Le regard fasciné de Lizzie et la rougeur qui se répandit sur ses joues l'enchantèrent. Quand avait-il vu une femme rougir pour la dernière fois ? Il n'en avait pas la moindre idée. Et au lit ? Jamais.

Lizzie était hypnotisée. Cesare était entièrement nu devant elle pour la première fois. Splendide et d'une virilité à couper le souffle… Il se pencha sur elle et lui enleva sa jupe. Aussi nue que lui, elle eut un accès de pudeur et s'exclama :

— Il faut éteindre les bougies !

Cesare s'arracha à la contemplation de ses courbes exquises et rappela d'une voix douce :

— Je t'ai déjà vue nue.

— Ce n'était pas la même chose ! J'étais trop ivre pour être gênée !

Il pouffa, puis il la rejoignit sur le lit et s'empara de sa bouche dans un baiser fougueux. Oubliant aussitôt sa gêne, elle y répondit avec ardeur. Il le prolongea encore et encore, tout en la couvrant de caresses qui achevèrent de l'embraser. Lorsqu'il glissa enfin la main entre ses cuisses, elle creusa les reins en gémissant.

— Tu es brûlante de désir, *cara,* Tu sais, ça va être une première pour moi, confia-t-il en approfondissant son exploration.

Elle eut toutes les peines du monde à articuler :

— Quoi donc ?

— Faire l'amour sans préservatif. Ça ne m'est jamais arrivé et ça m'excite terriblement…

Pour lui prouver la vigueur de son désir, il pressa furtivement sa virilité contre sa cuisse tout en accentuant ses caresses. Les doigts crispés sur ses épaules, elle ondulait des hanches tandis que les sensations qui montaient du plus profond d'elle s'intensifiaient, la mettant au supplice.

Le plaisir déferla soudain en elle, prodigieux, dévastateur. Lorsque les vagues commencèrent à refluer, Cesare lui saisit les chevilles et cala ses jambes sur ses épaules. Puis il plongea en elle. Transpercée par une douleur aiguë, elle se raidit en criant.

Il se figea.

— Ne me dis pas que tu es… ?

Furieuse de s'être trahie, elle le foudroya du regard.

— Ce n'est pas une raison pour t'arrêter.

— Tu es vierge ? s'exclama-t-il d'un air abasourdi.

— En quoi ça te regarde ?

Obligé de faire des efforts surhumains pour maîtriser son désir, Cesare jura à mi-voix en italien. Quelle frustration ! L'idée qu'elle n'avait ressenti que de la douleur était insupportable…

— En quoi ça me regarde ? Il me semble impératif que j'arrête, non ?

— Non ! protesta-t-elle, consternée. Tu ne peux pas t'arrêter maintenant ! Je veux aller jusqu'au bout… Je veux savoir ce qu'on ressent…

Il poussa un grognement de dépit. Elle avait décidé de faire l'expérience du sexe avec lui ! Le mariage s'annonçait beaucoup plus compliqué que prévu…

— S'il te plaît…, insista-t-elle d'un ton suppliant en lui prenant le visage à deux mains et en tentant sans succès de l'embrasser.

Comment résister ? Réprimant un soupir, il donna un léger coup de reins, le regard fixé sur le visage de Lizzie, à l'affût du moindre signe de souffrance. Elle l'encouragea d'un sourire, puis elle ferma les yeux, mortifiée de ne pas avoir réussi à masquer sa douleur. Dire qu'elle avait été obligée de le supplier pour qu'il continue ! Elle avait toujours cru qu'il était très difficile pour un homme de s'interrompre pendant l'acte sexuel. L'attitude de Cesare, prêt à tout arrêter, n'avait rien de flatteur. Mais elle avait tellement envie de découvrir le sexe… Tellement envie de savoir pourquoi les gens en faisaient tout un plat…

Cesare se mit à aller et venir lentement en elle. Son désir se réveilla et elle se détendit. Alors que les sensations qui l'envahissaient s'intensifiaient, elle se cambra pour mieux répondre aux coups de reins de Cesare. Il accéléra peu à peu le rythme et elle fut emportée dans un tourbillon irrésistible qui la conduisit au sommet de la jouissance.

Tandis qu'elle savourait les dernières ondes de plaisir qui la parcouraient, Cesare écarta des mèches folles de son front humide de sueur. Partagé entre l'émotion et la colère, il avait la main légèrement tremblante.

— Pourquoi ne m'as-tu pas prévenu que je serais ton premier amant ?

Son ton crispé arracha Lizzie à sa béatitude. Elle se redressa brusquement en remontant le drap sur sa poitrine.

— J'estimais que ça ne te regardait pas.

Il se leva d'un bond et darda sur elle un regard accusateur.

— Si je comprends bien, tu me l'as caché délibérément. Comment pouvais-tu être encore vierge alors que tu avais été fiancée ?

— Je t'interdis de me parler sur ce ton, Cesare Sabatino ! s'exclama-t-elle en s'efforçant de masquer la peur qui lui nouait l'estomac. Quant à ta question, je n'ai pas l'intention d'y répondre. C'est personnel.

— Je te rappelle que tu es mariée avec moi, *cara*. Je ne crois pas qu'il soit déraisonnable de ma part d'attendre des explications sur un sujet aussi fondamental.

— Quand tu auras le droit de me poser des questions personnelles, je te le ferai savoir, rétorqua-t-elle en se tortillant jusqu'au bord opposé du lit pour l'éviter. Elle se leva, tira sur le drap d'un geste vif et l'enroula autour d'elle. Pour l'instant, je vais prendre un bain.

— Lizzie…

— Tu m'excuseras, mais je ne suis pas d'humeur à bavarder

gentiment comme une épouse modèle, coupa-t-elle d'une voix glaciale en traversant la chambre d'une démarche raide avant d'entrer dans la salle de bains, de fermer la porte et de mettre le verrou.

Elle remplit la somptueuse baignoire à ras bord, versa du bain moussant dans l'eau chaude et se plongea dedans. Quand il était en colère, Cesare pouvait être très impressionnant, avec son air hostile et son regard noir. Or c'était plus fort qu'elle. Face à un homme en colère, son premier réflexe était de se réfugier dans l'abri le plus proche.

Le second mari de sa mère était un homme violent et elle avait appris très tôt à se mettre à l'abri des coups tout en protégeant Chrissie. Elle secoua la tête. C'était du passé. Cesare ne lèverait jamais la main sur elle. Elle en avait la conviction.

Mais ça ne l'empêchait pas d'être hérissée par son attitude. Quelle raison avait-il de se mettre en colère ? N'avait-il pas éprouvé de plaisir ? Pour sa part, elle avait été comblée, hormis une douleur vive mais passagère. En fait, cette douleur avait été moins traumatisante que la réaction de Cesare. Pourquoi avait-il été aussi irrité par cette découverte ? Pourquoi l'avait-il harcelée de questions ? N'avait-il donc aucune sensibilité ? N'avait-il pas compris qu'elle n'avait pas envie d'en parler ?

De l'autre côté de la porte, Cesare arpentait la chambre avec rage. Pourquoi ne l'avait-elle pas prévenu ? Etait-elle embarrassée par son inexpérience ? Dire qu'il avait trouvé attendrissant de la voir rougir... Comment avait-il pu être aussi aveugle ? Il aurait dû comprendre... Et comme s'il n'avait pas déjà été assez nul, il en avait rajouté en la soumettant à un interrogatoire tout de suite après l'amour. Quel idiot ! Mais quel idiot !

Ce n'était pas ainsi qu'il avait imaginé le démarrage de leur mariage. En ce moment, elle devait être en train de pleurer dans son bain en se maudissant d'avoir accepté de coucher avec lui.

Et pourtant, l'expérience avait été si fabuleuse qu'il n'avait qu'une hâte. Recommencer. Galvanisé par cette perspective, Cesare enfila un vieux jean et descendit au rez-de-chaussée en réfléchissant à un moyen de se racheter aux yeux de son épouse. Avant d'avoir le temps de trouver l'ombre d'une idée, il entendit les hurlements lointains d'Archie, relégué dans sa niche. Ce bruit lui redonna le sourire. Il allait réparer son erreur et donner un nouveau départ à la lune de miel. Pour ça il était prêt à tous les sacrifices !

Dès qu'il le vit, Archie interrompit ses hurlements et se précipita vers lui sur trois pattes. Non pas parce qu'il lui était particulièrement attaché, mais parce qu'il le savait susceptible de le mettre sur la piste de sa maîtresse…

7.

Archie gémit devant la porte de la salle de bains.

— Allons, tu peux faire mieux, dit Cesare en lui donnant un morceau de poulet qu'il avait pris dans une assiette sur la table basse située à côté du lit.

Pour un chien à trois pattes, Archie était très vif. Il attrapa le morceau au vol.

— Maintenant tu as une mission, lui rappela Cesare. Il faut que tu la fasses sortir de la salle de bains.

Archie s'approcha de la porte et essaya de la pousser, mais son collier gonflable l'en empêcha. Il s'assit et poussa un hurlement plaintif. En récompense, Cesare lui lança un autre morceau de poulet. Archie hurla de nouveau avec conviction.

Lizzie se réveilla et se redressa brusquement dans l'eau froide, éclaboussant le sol. Archie hurlait derrière la porte… ou bien avait-elle rêvé ? Elle sortit précipitamment de la baignoire, saisit un drap de bain et s'enveloppa dedans. Au même instant, Archie poussa un nouveau hurlement. Elle jeta un coup d'œil à la montre posée sur une étagère et ouvrit de grands yeux. Elle avait dormi deux heures ! Elle tira le verrou et ouvrit la porte.

— Oh ! mon chou, je t'ai oublié ! Tu t'es senti abandonné ? demanda-t-elle en s'accroupissant pour caresser le petit chien.

— Tu veux souper ? demanda Cesare depuis le lit, sur lequel il était nonchalamment étendu.

Hérissée par son ton désinvolte, elle était sur le point de lui dire sèchement ce qu'il pouvait faire de son souper, quand son estomac se mit à gargouiller. Elle mourait de faim… Mais il était vrai qu'elle n'avait presque rien mangé au dîner.

Elle se redressa et arrangea ses cheveux mouillés derrière ses oreilles.

— Tu veux toujours des réponses, je suppose ?

— Je mentirais si je disais le contraire, reconnut-il en se renversant contre les oreillers, les mains croisées derrière la tête.

S'efforçant de ne pas fixer son torse puissant dont les muscles saillaient sous son T-shirt noir, elle remarqua la table basse chargée de victuailles et éclairée par des bougies, à côté du lit. Elle eut soudain le sentiment de goûter le calme après la tempête. Après tout, le pire était déjà arrivé, non ? Qu'avait-elle à craindre à présent ? Ni le mariage ni le sexe. Cesare l'avait — brièvement — effrayée, mais il n'y était pour rien. Le responsable était le beau-père qui lui avait fait faire des cauchemars longtemps après être sorti de sa vie.

— Quand tu t'es mis en colère, tu m'as fait peur, expliqua-t-elle franchement. Ma mère a été mariée à un homme qui la battait quand il était en colère.

Cesare se leva d'un bond, l'air outré.

— Jamais je ne te toucherai !

— Je n'en doute pas. Mais prendre la fuite dès qu'un homme se fâche reste un réflexe. C'est plus fort que moi. Les deux années pendant lesquelles maman est restée mariée avec cet homme ont été très dures pour Chrissie et moi.

Cesare laissa échapper un grognement consterné. L'idée qu'il avait pu, même involontairement, effrayer Lizzie lui était odieuse…

— Il vous frappait aussi ?

— Il a tenté une ou deux fois, mais il était tellement ivre qu'il ne tenait pas sur ses jambes. Alors que nous, nous courions vite. Mais il est inutile de revenir là-dessus. C'est du passé. En revanche, je veux qu'une chose soit claire…

Elle eut une hésitation avant de poursuivre.

— Je veux bien parler d'Andrew, mais uniquement à condition que tu acceptes de parler de Serafina.

La mâchoire de Cesare se crispa.

— On peut savoir qui t'a mentionné son existence ?

— Ta grand-mère… et je suis curieuse, moi aussi, reconnut-elle avant d'entrer dans le dressing.

Elle accrocha le drap de bain derrière la porte et prit une chemise de nuit dans la penderie. En l'enfilant elle s'aperçut dans le miroir. Ce qui restait de son vernis de sophistication s'était évaporé suite à son bain prolongé. L'humidité avait fait frisotter ses cheveux, lissés pour le mariage… Elle soupira. Pour sa nuit de noces, Cesare avait droit à la *vraie* Lizzie Whitaker.

Lorsqu'elle sortit du dressing avec Archie sur les talons, elle tenta de prendre un air désinvolte sous le regard pénétrant de Cesare. Mais à son grand dam, elle ne parvint pas à maîtriser le trouble qui l'envahissait. Une chaleur se répandait entre ses cuisses, tandis que les pointes de ses seins se durcissaient. Dire qu'elle avait choisi exprès une chemise de nuit longue au décolleté très sage… A en juger par l'éclat de ses yeux dorés, ça n'avait pas l'effet escompté sur Cesare…

Fasciné par les jambes de Lizzie, visibles par transparence sous sa chemise de nuit à la lumière des bougies, Cesare s'efforçait de réprimer le désir qui le taraudait. Lorsqu'elle se pelotonna au pied du lit et prit une assiette, la soie se colla à ses seins, soulignant leurs bourgeons hérissés. Il réprima un grognement étranglé.

— Qui commence ? demanda-t-elle.

— Moi, se surprit-il à répondre.

Finalement, il trouvait plutôt amusant qu'elle ait envie de remonter aussi loin dans son passé… Même si l'idée que sa grand-mère avait jugé bon d'évoquer cette histoire devant elle était pour le moins irritante. Athene croyait-elle vraiment qu'un amour de jeunesse pouvait avoir encore de l'influence sur lui aujourd'hui ?

— Serafina… c'est un beau nom, déclara Lizzie d'un air pensif.

— Celle qui le porte est très belle aussi. Nous étions étudiants. Moi, en management, elle, en droit des affaires. C'était mon premier amour, avec ce que ça suppose d'exaltation. J'étais mordu et je voulais l'épouser, mais elle disait que nous étions trop jeunes. Elle n'avait pas tort. Très ambitieuse, elle a commencé à travailler dans un prestigieux cabinet d'avocats comptant parmi ses clients des gens très riches et très influents…

La voix de Cesare s'éteignit.

— Vous étiez encore ensemble à cette époque ? demanda Lizzie pour rompre le silence qui se prolongeait.

— Absolument. Nous vivions même ensemble. J'avais réussi un coup en bourse qui m'avait permis de racheter ma première entreprise plus tôt que prévu et l'avenir était prometteur. Deux semaines après avoir été engagée, Serafina a rencontré Matteo Ruffini, qui l'a invitée à dîner dans l'intention de lui confier la responsabilité de ses affaires.

Cesare eut une moue désabusée.

— Très vite, elle est devenue de moins en moins disponible. Elle travaillait tard le soir et elle n'avait jamais le temps de déjeuner avec moi.

A en juger par sa voix de plus en plus tendue, Lizzie comprit que Serafina l'avait fait cruellement souffrir. Au point qu'il ne parvenait toujours pas à en parler avec indifférence.

— Elle voyait Matteo ?

— *Sí*… et dès l'instant où le *Prince* Matteo l'a demandée en mariage, je suis devenu de l'histoire ancienne. Il avait tout ce dont elle rêvait depuis toujours. De l'influence, un titre et une immense fortune. Son seul défaut, c'était qu'il avait soixante-quinze ans alors qu'elle venait d'en avoir vingt-cinq.

— Mon Dieu ! C'est une différence énorme ! Elle t'a dit qu'elle était tombée amoureuse de lui ?

— Non. Ç'aurait peut-être été plus facile à accepter, sinon

à croire. Non, elle m'a juste dit que c'était un trop beau parti pour qu'elle refuse de l'épouser et que si elle arrivait à lui donner un héritier, elle serait riche jusqu'à la fin de ses jours.

Cesare soupira.

— J'ai pris conscience que je ne la connaissais pas vraiment. Et j'ai perdu toute confiance dans les femmes.

— C'est naturel.

Bouleversée, Lizzie se surprit à injurier mentalement la femme qui avait brisé le cœur de Cesare. Comme elle s'était trompée sur lui ! Il avait été prêt très jeune à s'engager dans le mariage… et la femme qu'il aimait l'avait trahi de la pire des manières. Imaginer sa souffrance était déchirant…

— A ton tour, rappela-t-il.

— Andrew était mon meilleur ami depuis très longtemps. Nous avions beaucoup de points communs et nous nous entendions merveilleusement bien, mais il ne m'a jamais vraiment invitée à sortir avant mes vingt ans. J'étais déjà amoureuse de lui… du moins je le croyais. Tout le monde trouvait que nous formions un couple parfait et quand il m'a demandée en mariage, papa était aux anges. J'ai accepté de me fiancer avec lui, à condition que nous ne nous précipitions pas et que nous continuions à nous voir comme avant, pendant encore quelque temps.

Déglutissant péniblement, Lizzie baissa les yeux sur ses mains.

— Dans l'intimité, ça ne marchait pas du tout entre nous.

— Et tu n'as pas couché avec lui, commenta Cesare, le cœur serré à la vue du visage pâle et crispé de Lizzie.

— Non, je n'avais pas envie, confia-t-elle en faisant des efforts pour surmonter sa gêne. Je me raidissais à chaque fois qu'il m'approchait et il me disait que j'étais frigide. Je pensais que j'avais vraiment un problème. Que je n'aimais pas qu'on me touche. C'est pour ça que je n'ai fréquenté aucun autre homme après lui et que je ne lui en ai pas voulu de m'avoir préféré Esther.

— Tu n'as aucun problème, bien sûr ! Tu manquais juste d'expérience. Et lui aussi peut-être…

— Non, ce n'est pas ça, coupa Lizzie en secouant la tête.

Le plaisir que lui donnait Cesare éclairait son passé d'un jour nouveau, très réconfortant. Elle en avait pris conscience avant de s'endormir dans son bain. Son seul vrai problème avec Andrew c'était qu'elle l'avait toujours considéré comme un frère. Le frère qu'elle n'avait pas eu.

A présent elle voyait les choses telles qu'elles étaient et non telles qu'elle aurait voulu qu'elles soient à l'époque. Elle n'avait jamais été attirée par Andrew. Son affection pour lui était réelle, mais purement platonique. Il avait toujours été pour elle un ami plutôt qu'un amant potentiel. Aujourd'hui, après avoir découvert le plaisir dans les bras de Cesare, elle comprenait enfin qu'elle n'était pas responsable de l'échec de sa relation avec Andrew.

— Je l'aimais beaucoup et je l'appréciais, mais il ne m'attirait pas. Malheureusement, j'étais trop inexpérimentée pour pouvoir analyser la situation… et il était blessé par ma froideur.

— Il semble heureux aujourd'hui, dit Cesare en prenant un morceau de poulet.

Aussitôt, Archie s'assit et leva le museau, plein d'espoir.

— Oh ! mon Dieu, regarde ce qu'il fait ! s'exclama Lizzie en écarquillant les yeux. Il quémande… Je ne savais même pas qu'il savait faire ça !

Elle pouffa et Cesare donna le morceau de poulet à Archie pour le récompenser d'avoir fait rire sa maîtresse.

— Mais c'est vrai que je ne lui ai jamais donné à manger comme ça, reprit-elle. Si je l'avais fait pendant les repas, mon père aurait été outré et il s'en serait pris à lui. De toute façon, la plupart du temps je le laissais dehors.

— Je soupçonne Archie d'être assez intelligent pour adopter un profil bas en présence de ton père.

— Tu as déjà eu un animal de compagnie ?

— J'aurais bien aimé quand j'étais enfant, mais je faisais sans arrêt des allers-retours entre chez ma grand-mère et l'appartement de Goffredo. Je ne pouvais pas trimbaler un animal.

— C'est toi qui as improvisé ce souper ?

— Les domestiques sont couchés. Je ne leur demande jamais de travailler la nuit. J'ai tout simplement vidé le réfrigérateur.

— Et tu as fait monter Archie pour m'attirer hors de la salle de bains…

Lizzie posa leurs assiettes vides sur la table basse et se glissa sous le drap en annonçant d'un air contrit :

— Je suis fatiguée.

— Une jeune mariée n'est pas censée être fatiguée, surtout quand elle s'est prélassée pendant des heures dans son bain, répliqua Cesare, les yeux pétillant de malice.

Il lui suffisait d'un regard pour lui couper le souffle, songea-t-elle en fermant les yeux. Mais c'était « purement sexuel », comme il l'avait dit. Il fallait apprendre à considérer cet aspect de leur relation avec la même désinvolture. Y parviendrait-elle ? Elle avait déjà une fâcheuse tendance à le trouver attachant…

— Archie peut dormir sous le lit, décréta-t-il. Mais pas dedans avec nous.

— Il vaudrait mieux éviter de… faire quoi que ce soit, murmura-t-elle, les joues en feu. Je… J'ai un peu mal…

— Ce n'est pas un problème.

Soulagée, elle sourit et ferma les yeux.

Cesare se leva et se déshabilla en contemplant son visage détendu. *Mission accomplie, lune de miel de nouveau sur les rails*, songea-t-il avec satisfaction. Lorsqu'il se glissa sous les draps à côté d'elle, il se surprit à glisser un bras autour de sa taille. C'était parce qu'elle avait le sommeil agité, se dit-il aussitôt. S'il la laissait libre de bouger, elle allait le gêner.

Curieusement, malgré l'épisode de la salle de bains, elle

ne l'avait pas agacé un seul instant. Peut-être parce qu'elle n'avait rien d'une femme intéressée, comme il l'avait cru au départ. Pourquoi l'avait-il si mal jugée ? Après tout, il avait une grand-mère, une belle-mère et trois sœurs, qui n'étaient ni riches ni intéressées.

Pendant toutes ces années, avait-il délibérément recherché des femmes qui ne s'intéressaient qu'à son argent ? Et, si oui, était-ce vraiment par goût des relations éphémères ? Ou bien par crainte de retomber amoureux ? Presque dix ans s'étaient écoulés depuis que Serafina l'avait laissé tomber pour épouser son prince. Il refusait de penser qu'elle l'avait traumatisé au point de l'empêcher de s'engager dans une relation durable. Et pourtant, depuis dix ans, il n'avait jamais vécu ne serait-ce que temporairement avec une femme…

Dans l'obscurité, Cesare jura silencieusement. Que lui arrivait-il ? Se livrer à l'introspection n'était pas dans ses habitudes… C'était sans doute l'alliance qu'il portait au doigt qui le perturbait. C'était le fait de se sentir marié et peut-être un peu piégé… avec Archie qui ronflait à côté du lit et Lizzie qui était blottie contre lui.

Mais elle s'était mariée par intérêt tout comme lui, se rappela-t-il. C'était un mariage de convenance. S'ils devaient vivre comme un couple normal, c'était uniquement parce qu'ils avaient prévu de faire un enfant. Pourquoi le fait de coucher avec une femme devrait-il systématiquement déboucher sur une relation sérieuse ? Il n'y avait aucune raison. Depuis Serafina, il n'avait jamais fait le moindre effort pour une femme. Il n'était pas stupide au point d'en faire pour Lizzie, non ?

Les ronflements d'Archie semblèrent prendre soudain des accents moqueurs.

8.

Tandis que sa femme descendait de la Ferrari, Cesare jeta un coup d'œil aux hommes qui la dévoraient des yeux. Vêtue d'une robe bain de soleil turquoise moulante, et chaussée de sandales à talons aiguilles qui soulignaient la finesse de ses chevilles, elle était divine avec sa crinière cendrée flottant au vent. Il releva ses lunettes de soleil et foudroya les hommes du regard avant de lui prendre ostensiblement la main.

Ils s'installèrent à une table en terrasse sur la *piazza,* et le serveur accourut aussitôt, comme aimanté par l'air autoritaire de Cesare. Lizzie le contemplait, fascinée par ses yeux dorés. A quoi pensait-il ? se demanda-t-elle quand ces derniers se posèrent sur elle. Cette question quittait rarement son esprit et elle devait se mordre la langue pour ne pas la lui poser. Mais quoi d'étonnant à cela ? Leur mariage de convenance avait pris une tout autre tournure… du moins pour elle.

Ils étaient en Italie depuis un mois, au cours duquel Cesare avait fait plusieurs voyages d'affaires. Un week-end il avait amené sa famille et Chrissie en jet, et ils avaient passé deux jours merveilleux dans une atmosphère exubérante et chaleureuse. Lizzie n'avait jamais été aussi heureuse et elle en était un peu effrayée. Elle était consciente de nourrir des espoirs qui ne pouvaient aboutir qu'à une cruelle déception. Son cœur avait été touché dès leur nuit de noces et le matin qui avait suivi lorsqu'elle s'était réveillée dans les bras de Cesare.

Depuis quatre semaines, elle vivait une vie de rêve en compagnie d'un mari prévenant doublé d'un amant passionné.

Il lui avait fait visiter la région, il l'avait emmenée au restaurant sur des *piazzas* pittoresques, il lui avait montré de vieilles églises éclairées par le soleil qui filtrait à travers les vitraux. Aujourd'hui ils s'étaient promenés sur les fortifications de Lucques, construites autour de la ville au XVIIe siècle. Elle caressa la montre en or qui brillait à son poignet, le dernier cadeau qu'il lui avait offert. Il était aussi généreux comme mari que comme amant. Il s'intéressait à elle et savait tout de son enfance. C'était particulièrement grisant car elle ne s'était jamais considérée comme quelqu'un digne d'intérêt. Etre entourée d'attentions par un homme aussi séduisant et plein d'esprit lui permettait de se voir sous un jour plus flatteur.

Il fallait reconnaître que Cesare Sabatino jouait son rôle de mari avec le talent d'un grand acteur. Et sans l'avoir cherché, il lui avait tourné la tête. C'était un homme captivant. D'une intelligence hors du commun et d'une sensibilité impressionnante. Comment ne pas tomber éperdument amoureuse de lui ? Archie était désormais l'heureux possesseur d'un collier incrusté de diamants formant son nom et d'un lit à baldaquin réservé à son usage exclusif. Comment ne pas aimer l'homme qui avait offert à son chien ces cadeaux inutiles, ridiculement luxueux, mais si touchants ?

Résultat, elle avait horriblement peur de tomber enceinte. Une fois cet objectif atteint, il était probable que leur lune de miel prendrait fin et que leur mariage redeviendrait ce qu'il n'avait jamais cessé d'être, à part dans ses rêves. Un arrangement.

Cesare n'aurait plus aucune raison de continuer à jouer son rôle de mari idéal. Quelques jours après le mariage, elle avait constaté qu'elle n'était pas enceinte. Il avait alors dit en riant qu'ils avaient tout le temps.

— Et s'il y a un problème ? Si pour une raison ou une autre, ça ne marche pas ?

Il avait haussé les épaules et suggéré d'attendre un an avant de consulter un médecin. Si une grossesse s'avérait impossible, ils affronteraient le problème le moment venu, avait-il dit tout en lui conseillant de ne pas s'angoisser.

— J'espère que tu as prévu une tenue spéciale pour ce soir, déclara-t-il après avoir bu une gorgée de vin. C'est un vrai défilé de mode.

— Je croyais que c'était un gala de bienfaisance.

— En Italie ce genre de soirée ressemble toujours à un défilé de mode.

— J'ai le choix entre au moins quatre robes longues. Ne t'inquiète pas, je serai à la hauteur.

— *Ma*... je n'en doute pas, dit-il en lui caressant la main. Tu es toujours splendide, *gioia mia*. Pourquoi aurais-je peur que tu ne sois pas à la hauteur ?

— Je ne fais pas partie du même monde que toi, et je n'en ferai jamais partie. C'est toujours un défi pour moi de mettre des tenues élégantes et de faire semblant d'être quelqu'un que je ne suis pas.

— Il te suffit d'être toi-même. Tu as deux... non, trois atouts, fit-il valoir, les yeux pétillant de malice.

— Lesquels ?

— La beauté, la classe et mon alliance au doigt. Je suis un homme influent. Tu seras traitée avec respect et courtoisie.

Un sourire involontaire illumina le visage de Lizzie et elle se mordit la lèvre. Des mots d'amour avaient failli lui échapper ! Elle ferait bien de se surveiller... Il ne fallait pas oublier qu'il jouait un rôle pour que leur mariage fonctionne. Si elle lui avouait ses sentiments, il serait consterné d'apprendre que de son côté elle ne jouait pas la comédie...

— Il faudrait rentrer bientôt, dit-elle pour masquer sa confusion.

— Oui, ça nous laisserait le temps de faire une sieste crapuleuse...

Cesare se leva aussitôt, déposa un billet sur la table et l'enveloppa d'un regard brûlant.

— Encore ?

Elle était toujours aussi impressionnée par la libido insatiable de Cesare. Il semblait avoir envie d'elle tout le temps et partout. Ce qui était très agréable, puisque c'était réciproque.

Posant une main au creux de ses reins, il l'entraîna vers la Ferrari. A peine assis au volant, il se tourna vers elle, referma une main sur sa nuque et l'embrassa avec fougue. Lorsqu'il finit par démarrer, elle était vibrante de désir. Tout en conduisant, il fit glisser sa robe sur ses cuisses pour les dénuder.

— J'aime regarder tes cuisses. Surtout quand je sais que je vais bientôt me glisser entre elles, murmura-t-il d'une voix rauque.

Puis il pouffa en la voyant s'empourprer.

En fin d'après-midi, Lizzie étudia son reflet dans le miroir. La coupe sobre de sa robe noire chatoyante mettait sa silhouette en valeur avec une élégance discrète qui lui plaisait beaucoup. Elle commençait à avoir des goûts très précis, et ce qu'elle détestait le plus c'était les fanfreluches et les couleurs criardes.

Elle fut parcourue d'un frisson au souvenir de la passion qui les avait enflammés Cesare et elle pendant leur sieste. Mais l'image qui restait gravée dans son esprit c'était celle de Cesare, superbe dans sa nudité, se calant contre les oreillers après l'amour et reconnaissant enfin à quel point il était soulagé qu'Athene aille mieux après un problème postopératoire.

Pendant des jours il avait prétendu qu'il n'était pas inquiet, alors qu'elle le voyait se pétrifier à chaque fois que le téléphone sonnait. Qu'il ait enfin renoncé à feindre le détachement pour lui confier ses angoisses l'avait profondément touchée. Ils avaient rendu plusieurs fois visite à sa grand-mère à la clinique de convalescence à Rome. Une fois de plus elle avait été charmée par la vieille dame, très enjouée malgré sa fatigue et très affectueuse avec Cesare.

Le lendemain ils partaient pour Lionos, où Athene les

rejoindrait un jour plus tard. Si Cesare l'avait épousée, c'était uniquement pour pouvoir emmener sa grand-mère sur l'île, se rappela Lizzie, comme elle le faisait régulièrement. Ce n'était pas une pensée réjouissante, mais ça ne l'empêchait pas d'être impatiente de découvrir cette île, qu'Athene lui avait décrite avec enthousiasme. Il fallait juste espérer que les travaux, supervisés par l'imperturbable Primo, seraient à la hauteur des attentes de Cesare.

Une limousine avec chauffeur les attendait pour les conduire à la soirée. Des paparazzis étaient massés devant l'hôtel particulier où se tenait le gala de bienfaisance. Les flashs firent tressaillir Lizzie. Elle prit soudain conscience qu'elle était mariée à un homme célèbre dans son pays d'origine pour sa réussite exceptionnelle.

— Ça t'a plu d'être la cible des flashs ? demanda Cesare.

— Pas du tout. Je ne me sentais pas assez sophistiquée.

— Tu es pourtant parfaite.

Lizzie observa les autres femmes et réprima un soupir. Non, elle n'était pas parfaite, loin de là. Elle aurait dû aller chez le coiffeur et l'esthéticienne. Cesare attachait-il beaucoup d'importance à l'image qu'elle pouvait offrir ? Allait-il bientôt la comparer aux femmes qui l'avaient précédée dans son lit ?

Ses recherches sur Internet lui avaient appris qu'au cours des dernières années il avait surtout fréquenté des top models. Elle aurait peut-être intérêt à faire plus d'efforts…

Alors qu'ils étaient entourés par les membres du comité de direction de l'association caritative organisatrice du gala, dont Cesare faisait partie, une brune sculpturale, vêtue d'une robe rose moulante ornée de volants en dentelle, les rejoignit. Cesare fit les présentations.

— Lizzie je te présente notre hôtesse, la princesse Serafina Ruffini… Serafina, voici mon épouse, Lizzie.

— Bienvenue, Lizzie.

Serafina se pencha vers Lizzie pour faire deux bises dans le vide, puis lui adressa un sourire éclatant. Tétanisée, Lizzie s'efforça de masquer la colère qui la submergeait. Pourquoi Cesare ne l'avait-il pas prévenue que le gala avait lieu chez son ex-petite amie ? Visiblement inconscient de sa nervosité, il se mit à discuter de la recherche contre le cancer avec un homme d'un certain âge. Lizzie fit de son mieux pour bavarder avec l'épouse de ce dernier, qui ne connaissait que quelques mots d'anglais. Elle allait prendre des cours d'italien dès que possible, se promit-elle tout en observant du coin de l'œil Serafina, entourée d'un groupe de jeunes gens joyeux à l'autre bout de la salle.

Quand Cesare avait décrit Serafina comme très belle, il n'avait pas exagéré. Elle avait des yeux noirs en amande, la peau mate, une somptueuse crinière de jais et le genre de bouche pulpeuse dont les hommes semblaient fous. Et, surtout, elle appartenait au même milieu social que Cesare et fréquentait visiblement les mêmes cercles…

Oui, mais leur histoire était terminée depuis dix ans, se rappela Lizzie avec agacement. Pourquoi se sentirait-elle menacée ? C'était ridicule.

En discutant avec l'une des organisatrices, qui parlait couramment anglais, Lizzie apprit que les membres de l'association caritative étaient très reconnaissants à Serafina, non seulement d'avoir pris récemment la décision de parrainer l'association, mais aussi de leur avoir proposé d'organiser le gala dans son hôtel particulier. Le parrainage de la *principessa* leur apporterait la publicité dont ils avaient besoin pour récolter des fonds destinés à la construction d'un établissement accueillant des enfants incurables.

La salle de réception était bondée et il faisait une chaleur étouffante. Lizzie jeta un coup d'œil aux portes qui ouvraient sur la terrasse, de l'autre côté de la pièce. Son verre d'eau à la main, elle fut prise de nausée.

— Excusez-moi, j'ai trop chaud. Je crois qu'il vaut mieux que je prenne l'air quelques instants, dit-elle à son interlocutrice.

Des tables et des fauteuils étaient disposés sur la terrasse éclairée par des lanternes. Lizzie s'assit avec soulagement et inspira une grande bouffée d'air frais. Elle se sentait déjà un peu mieux… Etait-elle juste fatiguée, ou bien enceinte ? Son cœur se gonfla de joie, puis se serra aussitôt. Si c'était le cas, Cesare allait-il prendre ses distances ? Allait-il cesser de la traiter comme une véritable épouse ?

— Je vous ai vue sortir, dit une voix féminine. J'ai eu envie de faire votre connaissance. Je connais Cesare depuis tant d'années…

Serafina Ruffini s'assit en face d'elle, sourire aux lèvres.

— Vous n'êtes pas mariés depuis longtemps, n'est-ce pas ?

— Non, un mois seulement, répliqua Lizzie en s'efforçant de garder un visage serein sous le regard pénétrant de la jeune femme.

— Mon mari, Matteo, est décédé l'année dernière. J'ai la chance de trouver du réconfort auprès de mon fils de sept ans.

— Je suis désolée, murmura Lizzie. Ça doit être dur pour vous et votre fils.

— Nous nous habituons à ne plus être que deux.

Serafina fit signe à un serveur d'un geste impérieux.

— Vous voulez du champagne ?

— Non, merci, répondit Lizzie avec un sourire contraint.

Une fois le champagne servi, Serafina se cala dans son fauteuil.

— Vous êtes au courant de mon histoire avec Cesare, je suppose ?

Lizzie se raidit.

— Oui.

— Je peux être franche avec vous ?

— Oui, mais je ne pense pas que Cesare apprécierait que nous parlions de lui derrière son dos.

— Ne vous inquiétez pas, il a l'ego solide, répliqua Serafina en riant. Sans doute à cause de cette habitude d'avoir les femmes à ses pieds.

— C'est pour ça que vous ne l'avez pas épousé ? s'entendit

demander Lizzie. Parce que vous le considériez comme un séducteur ?

— Oh ! non, pas du tout ! Je me suis mariée par intérêt. Par désir de sécurité financière. Je n'ai pas grandi comme lui dans une famille aisée. Je viens d'un milieu très modeste et j'ai dû travailler dur pour avoir une bonne situation. J'avais très peur de retomber dans la pauvreté. Matteo était un homme riche et influent, alors que Cesare démarrait dans le monde des affaires. J'aimais Cesare, mais la sécurité que me garantissait Matteo était irrésistible pour moi.

Désarçonnée par cette franchise, Lizzie déclara d'un ton neutre :

— Vous avez pris la bonne décision pour vous.

Serafina leva son verre en signe de remerciement.

— C'est ce que je pense également. Même si la réussite exceptionnelle de Cesare m'a fait regretter de ne pas avoir cru davantage en lui.

— Je n'en doute pas. Cependant, vous aviez déjà un mari et un enfant. La situation avait changé.

— Oui, mais j'aimerai toujours Cesare. Et je vous préviens, j'ai bien l'intention de le reconquérir.

— Vous vous imaginez que je vais rester là à vous écouter ? s'exclama Lizzie en se redressant.

L'égocentrisme de Serafina, elle en avait par-dessus la tête…

— Ne partez pas, intima Serafina. Je suis désolée si je vous ai choquée, mais je veux que vous compreniez unc chose. Il vous a épousée pour se venger de moi.

Malgré elle, Lizzie resta assise.

— Se venger ?

— Pour quelle autre raison ? Il veut me faire souffrir comme je l'ai fait souffrir il y a dix ans. C'est une évidence.

— Ne vous est-il pas venu à l'esprit qu'il a peut-être tourné la page et qu'il ne veut plus de vous ? rétorqua Lizzie, exaspérée.

L'arrogance de cette femme était insupportable ! Et, après

tout, elle était censée se comporter comme une véritable épouse. Ça faisait deux excellentes raisons de réagir avec vigueur…

— Votre histoire est terminée depuis longtemps, il me semble.

— On n'oublie *jamais* son premier amour, affirma Serafina avec force. La preuve c'est qu'il vit dans la maison dont nous avions rêvé ensemble.

— Quelle maison ?

— La ferme. Nous l'avons découverte quand nous étions étudiants. C'était la nuit, il pleuvait et nous avons fait l'amour dans la grange.

Lizzie baissa précipitamment les yeux pour masquer son désarroi. Trop de détails… Imaginer Cesare faisant l'amour à Serafina était insupportable. Si elle ne se retenait pas, elle arracherait sa flûte à cette garce et lui jetterait son champagne au visage. Elle avait épousé un vieil homme pour son argent, alors qu'elle était amoureuse de Cesare. Aujourd'hui, elle voulait le récupérer et elle n'hésitait pas à s'en vanter devant son épouse ? En lui révélant des détails intimes ? Cette femme était vraiment odieuse !

— J'étais déjà mariée avec Matteo, mais Cesare a quand même acheté la ferme dès qu'elle a été mise en vente, poursuivit Serafina d'un ton suffisant. La nuit, si vous regardez de l'autre côté de la vallée depuis la terrasse, vous verrez les lumières du *palazzo* Ruffini sur la colline. Il veut recommencer avec moi, Lizzie. Il est juste trop fier pour le reconnaître pour l'instant.

— Je ne pense pas qu'il m'aurait épousée si c'était son intention, objecta Lizzie sans conviction.

Serafina eut un petit rire méprisant.

— Votre mariage ne durera pas et je suis prête à attendre qu'il décide de me pardonner.

Lizzie se leva.

— Si vous le dites… En tout cas, vous ne pouvez pas

me demander de vous souhaiter bonne chance… Et je ne comprends vraiment pas pourquoi vous avez tenu à me parler.

— Parce que vous pouvez faciliter les choses à tout le monde en vous éclipsant discrètement dès que Cesare reconnaîtra qu'il veut reprendre sa liberté. Si c'est une question d'argent…

— Non ! coupa Lizzie, outrée. Je n'ai pas besoin d'argent et on ne peut pas m'acheter ! J'aimerais pouvoir dire que je suis enchantée d'avoir fait votre connaissance…, mais ce serait mentir.

Serafina arqua un sourcil dédaigneux.

— Vous êtes fille de fermier et vous n'avez aucune instruction. Vous ne croyez pas sérieusement être en mesure de garder un homme comme Cesare ? Lui et moi sommes faits l'un pour l'autre.

9.

Lizzie quitta la terrasse et regagna la salle. Malgré la migraine qui lui vrillait les tempes, elle fit miraculeusement bonne figure jusqu'à la fin de la soirée.

Cependant, elle finit par avoir mal à la mâchoire à force de sourire tout en se retenant de hurler sa rage. Comment Cesare avait-il pu être amoureux d'une femme aussi égoïste et avide que Serafina ? Celle-ci ne voulait renouer avec lui que parce qu'il avait bâti un empire qui pesait des milliards !

A son grand dam et malgré tous ses efforts pour les oublier, certaines paroles de Serafina restaient gravées dans son esprit. « On n'oublie *jamais* son premier amour. » « Il vous a épousée pour se venger de moi. » « Lui et moi nous sommes faits l'un pour l'autre. »

En réalité, quelles raisons avait-elle de penser que ces affirmations étaient fausses ? Après tout, Cesare ne tenait pas autant à Lionos que son père et sa grand-mère. Il n'y avait jamais mis les pieds et il avait probablement les moyens de s'acheter une autre île si ça lui chantait. Etait-il possible qu'il l'ait épousée pour une tout autre raison ? Pour se venger de Serafina ?

Réprimant un soupir exaspéré, Lizzie s'efforça de faire le vide dans son esprit. Inutile de se poser en boucle des questions auxquelles elle était incapable de répondre. Pour la bonne raison qu'elle ignorait à la fois ce que Cesare éprouvait pour Serafina et ce qu'il éprouvait pour elle…

— Tu n'as pas dit un mot depuis que nous avons quitté le

gala, déclara Cesare alors que la limousine s'arrêtait devant la maison.

Elle avait paru inhabituellement enjouée toute la soirée… Pourtant, il pensait qu'elle serait intimidée par cette assemblée prestigieuse et qu'elle ne le quitterait pas d'une semelle. Et, curieusement, au lieu d'être soulagé qu'elle ne reste pas collée à lui en permanence, il en avait été contrarié. Il aimait pourtant les femmes indépendantes…

Serafina, en revanche, s'était arrangée pour se retrouver en tête à tête avec lui. Et il n'avait pas du tout apprécié…

— Je suis très fatiguée, répliqua Lizzie d'une voix crispée.

Cesare la suivit dans la chambre et descendit sa fermeture Eclair sans lui demander son avis. Elle laissa la robe glisser à ses pieds, puis elle gagna la salle de bains sans même lui jeter un regard. Pourquoi faisait-elle la tête ? se demanda-t-il avec agacement. S'il y avait une chose qu'il ne supportait pas, c'était bien ça. En soupirant, il prit un jean dans un tiroir et se changea. Lorsqu'il vit Archie qui le fixait depuis son petit lit à baldaquin, il hocha la tête.

— Tu as raison, Archie… C'est le moment de manger un morceau.

Le chien sauta de son lit. On lui avait enlevé son plâtre la veille, mais il marchait toujours sur trois pattes, comme s'il craignait que la quatrième ne soit pas assez solide. En haut de l'escalier Cesare le prit sous son bras, puis il descendit à la cuisine où il partagea avec lui tout ce qui lui tombait sous la main dans le réfrigérateur.

Lizzie sortit de la salle de bains et poussa un soupir frustré en trouvant la chambre vide. Après réflexion, elle avait décidé qu'il était très lâche de ne pas demander à Cesare pourquoi il ne l'avait pas prévenue que le gala se tenait chez son ex-petite amie.

Si elle l'avait su elle serait allée chez le coiffeur et chez l'esthéticienne… A quoi bon le nier ? Elle était jalouse. Férocement jalouse… Elle sortit sur le palier pour regarder l'ancienne grange par la fenêtre et elle eut l'impression qu'une poigne d'acier lui broyait le cœur. Cesare avait fait l'amour dans cette grange avec Serafina. A l'époque il l'aimait et il voulait l'épouser…

Elle enfila un peignoir de soie sur sa chemise de nuit et descendit au rez-de-chaussée. Cesare était allongé sur un canapé dans le salon. En jean et chemise bleue ouverte sur son torse, il était d'une beauté déchirante.

— Pourquoi ne m'as-tu pas prévenue ? demanda-t-elle depuis le seuil.

Cesare n'avait jamais supporté les scènes. A la vue des traits crispés et des yeux étincelants de Lizzie, il eut son réflexe habituel. Se levant d'un bond, il passa devant elle et prit ses clés de voiture sur la console du hall.

— Je vais faire un tour en voiture… Ne m'attends pas. Je rentrerai tard.

Abasourdie, elle se précipita vers la porte pour lui barrer le chemin.

— Tu plaisantes ?

— Pas du tout. Je n'ai pas envie de me quereller avec toi, *cara*. Je ne suis pas d'humeur.

Devant son visage fermé, Lizzie sentit son estomac se nouer.

— Tu aurais pu me prévenir que nous allions chez Serafina ce soir.

La mâchoire de Cesare se crispa.

— Je n'ai pas l'intention de discuter de Serafina avec toi.

— Pourquoi ?

— Parce que c'est un sujet qui ne te concerne pas. Qui n'a rien à voir avec toi.

Lizzie vacilla sur ses jambes et elle dut s'adosser à la porte. Elle avait l'impression de marcher sur une corde dans le noir et elle avait très peur de tomber dans le vide.

— Elle m'a parlé pendant dix minutes sur la terrasse et j'ai eu le sentiment d'être très concernée au contraire.

Les pommettes de Cesare s'enflammèrent.

— Elle t'a parlé de moi ?

Elle hésita.

— Je veux juste savoir pourquoi tu ne m'as pas précisé que nous allions chez elle ce soir.

Cesare réprima un soupir. Il y avait pensé. Puis il s'était souvenu que leur mariage n'était pas réel. Il n'avait aucune raison de lui donner ce genre de précisions. De toute évidence, elle était blessée. Quelle plaie !

— Serafina fait partie du décor. Beaucoup de mes amis sont aussi les siens. Je n'ai pas de raison de l'éviter. La voir ou pas c'est la même chose.

— Je ne te crois pas. Si c'était vrai tu m'aurais dit que nous allions chez elle.

— Tu me connais si bien que ça ? railla-t-il.

Lizzie pâlit.

— Je le croyais.

Cesare la prit par la taille et l'écarta de la porte.

— Si tu sors, je n'irai pas à Lionos avec toi !

Cesare se figea.

— Dans quel monde imaginaire vis-tu pour croire que tu peux me menacer ?

— Je veux juste que tu m'expliques.

— Je n'ai rien à expliquer. Mais toi, à un moment ou à un autre, tu me raconteras ce que Serafina t'a dit.

— L'honnêteté ne peut pas être à sens unique. Nous vivons comme un couple marié.

— Puisque nous *sommes* mariés.

— Tu me comprends…

Lizzie hésita, puis ce fut plus fort qu'elle.

— Tu me traites comme si j'étais réellement ta femme.

Cesare réprima un soupir. Et voilà… La vérité qu'il espérait esquiver car il ne savait pas comment l'expliquer. Il ne savait même pas quoi en penser. Pourquoi les femmes éprouvaient-elles toujours le besoin de tout décortiquer ? Comment s'était-il mis dans cette situation intenable ? Il croyait pourtant avoir pris toutes les précautions nécessaires pour l'éviter.

— Je veux savoir ce que t'a dit Serafina.

— Qu'elle veut renouer avec toi, que tu m'as épousée pour te venger d'elle, que je n'ai pas assez d'instruction pour te garder… Ah oui, et puis que cette maison est celle dont vous avez rêvé tous les deux, la nuit où vous avez fait l'amour dans la grange…

Les yeux de Cesare lancèrent des étincelles.

— *Madonna diavolo !* Elle n'aurait pas dû te mêler à ça !

Lizzie eut l'impression que son cœur volait en éclats. Il y avait donc un « ça » dont elle ignorait tout…

— Non, en effet, approuva-t-elle d'une voix blanche.

Cesare se raidit. Cette situation était insupportable…

— Je te rappelle que notre mariage n'est pas un vrai mariage. Nous ne sommes pas un couple au sens strict du terme…

Il fit une pause comme s'il attendait qu'elle intervienne, mais Lizzie en était incapable. Elle avait le sentiment que son sang était en train de quitter son corps pour se répandre sur le sol.

— Je vais me coucher, murmura-t-elle.

Elle ne parviendrait pas à fermer l'œil, bien sûr, mais il fallait à tout prix faire comme si elle était en état de fonctionner normalement.

— Je suis entièrement responsable, déclara Cesare à mi-voix. J'en suis conscient. Je n'aurais jamais dû faire entrer le sexe dans l'équation.

— Et pourtant tu l'as encore fait il y a quelques heures à peine…

Inhabituellement indécis, Cesare hésita devant la porte. Il ne se sentait pas très bien. Il se sentait… Non, il était gagné par l'émotion. Or ça ne lui réussissait pas du tout. Et il s'était juré de ne plus tomber dans ce piège… plus jamais ! Il était temps de redresser la barre.

— Si je comprends bien, c'est retour à l'arrangement de départ, reprit Lizzie d'une voix à peine audible.

— Je trouve ça plus sage, pas toi ?

— Bonne nuit.

Elle pivota sur elle-même et se dirigea vers l'escalier. La porte se referma, puis le moteur de la Ferrari gronda. Elle courut jusqu'à la terrasse et regarda la colline, de l'autre côté de la vallée. Oui, le *palazzo* Ruffini était bien visible, tout illuminé. Elle l'avait déjà remarqué sans penser à demander à Cesare ce que c'était… Et, plus près, les lumières de la Ferrari qui filait dans la vallée. Les bras étroitement serrés, elle attendit un long moment. Ses pires craintes étaient-elles fondées ?

A cette distance, il était difficile d'en être certaine, mais elle jurerait que c'était bien la Ferrari qui montait à présent la colline en direction du *palazzo.* Cesare était parti rejoindre Serafina…

L'avait-il vue régulièrement pendant toute leur lune de miel ?

10.

Le lendemain matin, Lizzie retint son souffle en attendant le résultat du test de grossesse. Elle était enceinte. Ce qu'elle espérait et redoutait à la fois…

Bouleversée, elle sortit de la salle de bains pour déverrouiller la porte de la chambre. Hier soir, elle s'était barricadée, mais à présent qu'elle était certaine de porter le bébé de Cesare, il fallait regarder vers l'avenir. Pour le bien de l'enfant, elle ne pouvait pas rester en froid avec le père. Elle allait donc devoir prendre sur elle, surmonter son désarroi et s'en tenir à leur arrangement initial.

Il lui avait brisé le cœur ? Eh bien elle finirait par s'en remettre. Même si, pour l'instant, l'idée de vivre un seul jour loin de lui la déchirait…

Oui, se dit-elle en appliquant du baume pour les yeux sur ses paupières gonflées. Le chemin serait long jusqu'à la guérison, mais puisqu'elle était enceinte il fallait prendre le départ dès maintenant. Pour commencer, elle allait devoir jouer la comédie. Elle ne pouvait pas se permettre de manifester le moindre intérêt pour ce qui se passait entre Serafina et Cesare. Il lui avait dit clairement que cela ne la regardait pas et elle devait en rester là.

Lorsqu'il lui avait proposé de transformer leur arrangement en vrai mariage, il était entendu que ce serait un essai. Or si celui-ci avait été très concluant pour elle, ça n'avait visiblement pas été le cas pour lui… C'était difficile à accepter, mais elle n'avait pas le choix.

Elle descendit au rez-de-chaussée pour prendre son petit déjeuner, Archie sur les talons. Dès que le chien vit Cesare, qui avait pris l'habitude de le gâter honteusement, il se précipita vers lui. Cesare le caressa, puis il se redressa et regarda Lizzie en se passant la main dans les cheveux. Il était superbe, comme toujours, mais peut-être un peu moins assuré qu'à l'ordinaire…

— Je ne verrouillerai plus la porte de la chambre, déclara-t-elle d'un ton neutre. Hier soir, je n'ai pas pensé que tu aurais besoin de te changer.

— Je vais prendre une douche avant que nous partions pour l'aérodrome, répliqua-t-il en scrutant son visage. Lizzie, il faut que nous parlions.

— C'est inutile au contraire, s'empressa-t-elle d'objecter.

Dans l'état où elle se trouvait, discuter de l'échec de leur relation risquait de l'achever.

— Tout ce qu'il y avait à dire a été dit hier soir et nous n'avons pas besoin d'y revenir, ajouta-t-elle.

— Mais…

— J'ai réfléchi et tu as raison. A partir de maintenant, il faut nous en tenir à l'arrangement initial. Je jouerai mon rôle comme prévu pendant le séjour de ta grand-mère sur l'île.

Cesare fut désarçonné. Bien sûr, c'était un soulagement de la voir aussi calme et décidée à l'accompagner à Lionos pour faire plaisir à Athene. Mais à part ça, il n'était pas du tout d'accord avec son discours… Il hésitait sur la marche à suivre — ce qui ne lui ressemblait pas du tout — lorsqu'elle lui coupa une fois de plus l'herbe sous le pied.

— Et devine quoi ? ajouta-t-elle avec un sourire factice. Je suis enceinte.

— Enceinte ? répéta-t-il d'un air abasourdi.

Il tressaillit et lui avança un fauteuil.

— *Madre di Dio*... assieds-toi.

Elle s'exécuta, surprise de sa réaction.

— Ça n'a rien de stupéfiant, tu sais. Ç'arrive à des tas de femmes tous les jours.

— Tu es mon épouse ! Ça me touche donc de près !

Il se mit derrière elle et posa les mains sur ses épaules. Dangereusement troublée, elle se figea.

— Tu peux éviter de faire ça, s'il te plaît ?

— Quoi donc ?

— Me toucher. Devant ta grand-mère, je le comprendrai, mais ici nous n'avons pas de spectateurs. Ce n'est donc pas nécessaire.

De plus en plus décontenancé, Cesare la lâcha et recula d'un pas. Il mourait d'envie de poser la main sur son ventre…, mais mieux valait s'abstenir, apparemment.

— Excuse-moi. Mon premier réflexe a été de te toucher parce que je suis fou de joie à cause du bébé.

Il n'avait jamais eu l'air aussi peu fou de joie, constata Lizzie. Son visage était pâle et crispé. De son côté, elle avait tellement envie de le gifler que sa main la démangeait…

— Je ne m'attendais pas à ce que ça arrive aussi… *vite,* ajouta-t-il.

Vite ? Elle réprima une moue de dérision. Vu l'énergie qu'ils avaient déployée à faire le nécessaire, ce qui était surprenant c'était qu'elle ne soit pas tombée enceinte plus tôt ! Mais mieux valait garder cette réflexion pour elle…

— Ça nous épargne bien des complications, en tout cas, souligna-t-elle.

— Des complications ?

— Si nous avions été obligés de recourir à l'insémination artificielle, ç'aurait sans doute été un peu… glauque.

Glauque… Ça décrivait assez bien l'atmosphère dans laquelle il avait l'impression d'évoluer. Il avait eu une révélation la nuit dernière après avoir vu Serafina. Il avait enfin compris pourquoi les choses avaient mal tourné. Malheureusement, l'attitude de Lizzie ce matin prouvait que la situation était encore plus grave qu'il ne le pensait…

Cesare monta à l'étage sous le prétexte de prendre une douche, mais il voulait surtout s'isoler pour téléphoner. C'était la première fois de sa vie qu'il éprouvait le besoin de demander conseil à Goffredo, mais son père était le seul homme sensible de son entourage à qui il pouvait faire confiance pour garder un secret. Pas question de consulter ses sœurs, qui s'empresseraient de tout raconter à Lizzie parce qu'elles étaient déjà très proches. Le conseil de Goffredo tint en un seul mot, très désagréable à entendre. Il suggéra ensuite à son fils d'imaginer la vie sans Lizzie et d'en tirer les conclusions qui s'imposeraient. Cet exercice ne fit qu'assombrir davantage l'humeur de Cesare.

Pour le voyage, Lizzie mit une robe bain de soleil de coton blanc, puis se coiffa et se maquilla avec soin. Certes, dans l'absolu ça ne changeait pas grand-chose. Mais quelle femme ne ferait pas tout son possible pour limiter les comparaisons peu flatteuses avec une beauté ravageuse comme Serafina ?

Cesare descendit au dernier moment, vêtu d'un pantalon de toile beige et d'un pull de coton ivoire qui mettait en valeur son teint hâlé et ses yeux bruns pailletés d'or. Lorsqu'il monta en voiture, ce fut tout juste s'il jeta un coup d'œil à Lizzie. Elle réprima un soupir. C'était bien la peine de faire tous ces efforts…

Archie était assis entre eux au milieu de la banquette arrière et semblait chercher un moyen de se couper en deux. Au grand agacement de Lizzie, il finit par se blottir contre la cuisse de Cesare, parce que ce dernier le grattait distraitement derrière l'oreille.

Lorsqu'ils arrivèrent à l'aérodrome et montèrent dans l'hélicoptère, elle était au comble de la frustration. Le silence de Cesare était horripilant. Comment pouvait-il l'ignorer à ce point, après tous les bons moments qu'ils avaient partagés ?

Alors qu'il allongeait les jambes à côté d'elle, une vague

de désir la submergea. Le sexe était désormais banni de leur mariage, se rappela-t-elle, furieuse contre elle-même. Mais à son grand dam, son regard était irrésistiblement attiré par la cuisse masculine, toute proche de la sienne.

Hier encore, elle n'aurait pas hésité à la caresser, pour le plus grand plaisir de Cesare. Il adorait qu'elle le surprenne par ce genre d'initiative. Comment avaient-ils pu être unis par une telle complicité alors qu'ils n'auraient jamais dû s'entendre ? S'était-elle raconté des histoires ? Avait-elle inventé un conte de fées et voulu le vivre à tout prix avec Cesare dans le rôle principal ? Etait-ce elle la responsable de ce gâchis ?

Plongée dans ses pensées, elle tressaillit au bout d'une heure de vol lorsque Cesare se tourna vers elle pour la prévenir qu'ils survolaient son île. Elle se pencha pour mieux voir la longue étendue de terre plantée d'arbres.

— C'est Lionos ? s'exclama-t-elle avec surprise.

L'île était beaucoup plus grande et plus verte qu'elle ne l'imaginait. Quelques minutes plus tard l'hélicoptère se posa au milieu d'une clairière, et pour la première fois depuis vingt-quatre heures, le cœur de Lizzie se mit à battre joyeusement. Ignorant la main que lui tendait Cesare, elle sauta à terre et contempla la maison blanche en planches à recouvrement qui se dressait en haut d'une côte. Comme l'île, elle était plus grande qu'elle ne l'avait imaginé. Elle en fit la remarque à Cesare.

— Athene m'a dit que son père avait construit la maison dans les années 1920. Comme il avait six enfants, il fallait qu'elle soit spacieuse, expliqua-t-il en posant Archie par terre. D'après Primo, il faudrait la détruire pour la reconstruire entièrement, mais il a fait de son mieux dans l'intervalle de temps dont il disposait.

— Il est d'une efficacité impressionnante.

Troublée par la main que Cesare avait posée au creux de

ses reins, Lizzie s'efforça de marcher plus vite pour s'écarter de lui.

— Doucement. Il fait chaud et tu es enceinte.

— Je ne suis pas en sucre ! s'exclama-t-elle d'un ton vif. Et je suis juste un tout petit peu enceinte !

Cesare roula les yeux, mais s'abstint de tout commentaire. Il n'avait que ce qu'il méritait. En temps normal, Lizzie n'avait pas mauvais caractère. En dépit de son enfance difficile, elle était même d'un naturel très enjoué. C'était lui qui avait tout gâché…

Primo les attendait devant la porte.

— Les ouvriers sont en train de faire les finitions des salles de bains, annonça-t-il. A part ça la maison est présentable.

Emerveillée, Lizzie traversa le hall dallé aux murs fraîchement peints en blanc et arriva dans un vaste salon meublé dans un mélange de styles traditionnel et contemporain. Des portes-fenêtres, habillées de rideaux à fleurs, ouvraient sur une terrasse surplombant une petite crique de sable à laquelle on accédait par un sentier sinuant à travers les arbres. La nature était préservée et la vue splendide.

Elle poursuivit la visite de la maison et se détendit peu à peu. Contrairement à ce qu'elle craignait, en raison des commentaires de sa mère, la maison était très agréable et pleine de caractère. Une chambre avec salle de bains avait été préparée pour Athene au rez-de-chaussée, constata-t-elle avant de monter l'escalier pourvu d'une rampe en fer forgé. A l'étage, une chambre avait été sacrifiée pour aménager des salles de bains attenantes. Toutes les pièces, entièrement remises à neuf, étaient pimpantes.

— Qu'en penses-tu ? demanda Cesare depuis le seuil de la pièce où elle se trouvait.

— C'est magique. Je comprends pourquoi ta grand-mère n'a jamais oublié cette île. Ça devait être une maison fantastique pour des enfants.

— Bientôt, le nôtre perpétuera la tradition.

— Quand il ou elle sera avec toi. Mais je ne serai pas là pour le voir, souligna-t-elle précipitamment pour s'interdire de rêver.

Cesare semblait étrangement hésitant. Il avança d'un pas dans la pièce, puis recula sur le seuil.

— Et si j'avais envie que tu sois là aussi ?

— Ne dis pas de bêtises. Tu seras remarié ou bien tu auras une petite amie.

— Et si je n'ai pas envie de ça ? Et si c'était toi que je voulais garder auprès de moi ? insista-t-il d'un ton bourru.

Lizzie pâlit. A quoi jouait-il ?

— Pourquoi dis-tu ça ? Ce n'est pas du tout ce que tu veux. Tu as été très clair hier soir.

— Si, je veux te garder auprès de moi. Je veux que nous restions mariés. Hier soir tu m'as pris au dépourvu et j'avais l'esprit confus. J'ai commis une erreur.

Elle secoua lentement la tête, gagnée par la colère.

— Je n'arrive pas à croire ce que je viens d'entendre ! D'abord, tu me proposes un mariage blanc, ensuite tu me demandes de faire une tentative de vrai mariage, et enfin hier soir, tu me dis que notre mariage n'est pas un vrai mariage et que nous ne sommes pas un couple au sens strict du terme. Ça me paraît très clair !

Sur ces mots, elle passa à côté de lui sans un regard pour sortir de la pièce et se diriger vers la chambre située de l'autre côté du palier.

— J'essaie de m'excuser et tu ne m'écoutes même pas !

— Tu n'as aucune raison de t'excuser. Tu n'es pas responsable de ce que tu ressens… aucun de nous ne l'est, répliqua Lizzie en s'approchant d'une fenêtre et en feignant d'être fascinée par la vue.

Pourquoi la torturait-il avec cette discussion qui ne menait à rien ? De toute évidence, il ne se doutait pas du tout de ce qu'elle éprouvait…

— Je vais me changer et aller me promener.

— Seule ?

— Oui. J'aime la solitude. Bien obligée. J'ai travaillé seule pendant des années.

Elle passa de nouveau devant lui pour ressortir sur le palier au moment où des domestiques portaient leurs bagages dans la chambre principale.

— Je sais qu'à partir de demain, quand Athene sera là, il faudra recommencer à jouer la comédie…, mais cette nuit j'aimerais faire chambre à part.

— Pourquoi ne veux-tu pas écouter ce que je te dis ? s'exclama Cesare avec une incrédulité manifeste. Tu ne me regardes même pas !

Elle déglutit péniblement. A présent que tout était fini entre eux, il était plus prudent pour elle de ne plus le regarder. Parce que malheureusement, elle était toujours aussi sensible à son charme…

— Lizzie…

Elle se raidit, la gorge nouée.

— Je ne peux pas prendre le risque de t'écouter. La discussion d'hier soir m'a vraiment éprouvée et je n'ai aucune envie de recommencer. Ça ne sert à rien, de toute façon. Je ne suis pas vraiment ta femme. Je vis peut-être avec toi, mais…

— Tu attends mon enfant !

— Mais tu ne m'as pas épousée parce que tu tenais à moi. Ce n'est donc pas un vrai mariage, insista-t-elle en se retournant vers lui à contrecœur. Et comme tu l'as si bien dit, ce que nous avons partagé ne vaut pas la peine de se prendre la tête puisque c'était « purement sexuel ».

Cesare pâlit sous son hâle.

— Aujourd'hui je tiens à toi. Je veux te garder.

— Je ne suis pas un animal de compagnie, Cesare…

Les nerfs à fleur de peau, elle gagna la chambre, ferma la porte et ouvrit sa valise pour prendre un T-shirt dos nu et un short. Une promenade lui ferait du bien. Lorsqu'elle redescendit, Cesare était invisible. Elle se rendit dans la cuisine, où Primo régnait en maître absolu, et en ressortit avec un panier pique-nique royal. Parfait. Avec un peu de chance, elle pourrait rester dehors jusqu'à la tombée de la nuit et se coucher dès son retour.

Lorsqu'il découvrit que Lizzie avait quitté la maison, Cesare fut furieux. Il descendit aussitôt sur la plage, mais ne trouva même pas des empreintes de pas sur le sable.

Plusieurs heures plus tard, pleine de coups de soleil, les pieds meurtris et fatiguée, Lizzie rentra et apprit que Cesare était sorti. Soulagée, elle dégusta le dîner gastronomique préparé par Primo, puis elle se coucha et s'endormit aussitôt.

Athene arriva le lendemain après-midi. Enfin une bonne nouvelle, décida Cesare. Ça obligeait Lizzie à se montrer… Jamais il n'aurait imaginé qu'elle pouvait être intraitable au point de refuser de l'écouter. Mais il était vrai que pour trimer pendant des années en supportant les récriminations incessantes de son père, il lui avait fallu une énergie et un cran à toute épreuve…

Détendue et vêtue d'une robe rouge, Lizzie accueillit avec chaleur Athene dans son ancienne maison de famille. Des larmes brillèrent dans les yeux de la vieille dame lorsqu'elle regarda la vue.

— Je croyais que la végétation aurait tout envahi et que le paysage serait méconnaissable.

— Un jour tu m'as montré une photo. J'ai fait retailler les arbres, dit Cesare. Tu veux que je te fasse visiter ?

— Oui, à présent c'est votre maison à Lizzie et à toi, répondit Athene en cherchant un mouchoir dans son sac. J'y ai beaucoup de souvenirs de mes frères et de mes sœurs. Mais maintenant qu'ils ne sont plus là…

Cesare essuya les larmes de sa grand-mère d'une caresse furtive accompagnée de paroles réconfortantes. Quelques minutes plus tard, Athene racontait en riant une anecdote de son enfance avec ses frères. Elle les accompagna pour la visite de la maison, puis Primo servit le thé sur la terrasse, apparemment une vieille tradition à laquelle elle tenait.

— Primo est une perle, dit-elle à Lizzie, tandis que Cesare s'excusait pour répondre au téléphone et rentrait dans la maison.

— Et surtout il fait la cuisine, ce qui n'est pas vraiment mon fort, avoua Lizzie en resservant du thé à la vieille dame.

— Vous vous êtes querellés, Cesare et vous ? demanda Athene abruptement. Je n'ai pas l'habitude de me mêler de ce qui ne me regarde pas, mais je sens qu'il y a un problème.

Même une actrice oscarisée aurait du mal à continuer à sourire après cette question, raisonna Lizzie.

— Juste un léger désaccord, répliqua-t-elle, écarlate.

C'était horrible. Elle avait l'impression que le mot « menteuse » était gravé sur son front…

— Mon petit-fils est remarquablement intelligent, mais il n'est pas très doué pour les relations humaines, commenta Athene d'un air amusé. Rien d'étonnant à ce qu'il y ait de « légers désaccords » entre vous, comme vous les appelez. Vous le bousculez et ça lui fait le plus grand bien. Après tout, il faudrait être aveugle pour ne pas voir que vous êtes profondément attachés l'un à l'autre.

Cette conclusion réduisit à néant l'admiration naissante de Lizzie pour la perspicacité d'Athene, mais elle s'efforça de rester détendue. Quelques minutes plus tard, alors que la vieille dame s'était assoupie à l'ombre, elle rentra dans la maison.

— Je dois te prévenir, annonça-t-elle depuis le seuil de la pièce où Cesare avait installé son bureau. Athene pense que nous nous sommes querellés, mais que c'est normal et qu'il n'y a pas de quoi s'inquiéter. Malgré tout, nous avons intérêt à faire des efforts pour la rassurer.

— Ça ne serait pas plus simple de nous parler ? suggéra-t-il en se levant.

Lizzie resta sur le seuil.

— Je ne pense pas que nous ayons quoi que ce soit à nous dire.

— Sais-tu à quelle heure je me suis couché, cette nuit ?

Elle arqua les sourcils.

— Comment le saurais-je ?

— J'ai arpenté toute l'île à ta recherche. Primo n'a pas réussi à me joindre sur mon portable avant minuit, à cause de problèmes de réseau. C'est seulement à ce moment-là que j'ai appris que tu étais rentrée depuis des heures !

— Pourquoi me cherchais-tu ? s'exclama-t-elle, interloquée. Je n'étais pas perdue.

Cesare la regarda comme si elle était d'une inconscience irrémédiable.

— Il y a toutes sortes de dangers, sur cette île ! Des courants marins, des à-pics, des rochers…

Comportement très bizarre, songea-t-elle avant de déclarer d'un ton posé :

— Cesare, je ne suis pas une gamine sans défense. Je suis une femme habituée à travailler dehors par tous les temps et à veiller à tous les problèmes de sécurité à la ferme.

— Mais ici nous ne sommes pas à la ferme et j'étais très inquiet pour toi ! s'exclama-t-il avec véhémence.

Elle eut un mouvement vif de la tête et ses cheveux blonds illuminés par le soleil volèrent en arrière.

— Eh bien, tu n'avais aucune raison. J'aurais cru que tu t'inquiéterais plutôt de savoir comment Serafina allait survivre pendant ton séjour ici, étant donné que vous êtes faits l'un pour l'autre.

— C'est faux ! Je n'ai rien à voir avec Serafina !

— Vraiment ?

— Est-ce que j'ai l'air d'un imbécile ? Quand je suis tombé amoureux d'elle j'étais un gamin idéaliste et romantique. Aujourd'hui, je suis adulte.

— Ça ne t'a pas empêché de retourner au *palazzo,* la nuit dernière. C'est bien là-bas que tu es allé, n'est-ce pas ?

Il écarquilla les yeux.

— Tu crois que je suis allé là-bas pour la retrouver ?

— Quoi d'autre ? Tu es parti furieux…

— Ce n'était pas contre toi que j'étais furieux, mais contre *elle !*

Cesare hurla si fort que Lizzie s'empressa de fermer la porte.

— J'étais outré qu'elle ait osé importuner ma femme avec ses élucubrations et j'étais déterminé à le lui faire savoir !

Il avait quitté la maison hors de lui parce que Serafina avait osé importuner « sa femme » ? Lizzie devint écarlate. Aurait-elle mal interprété ses réactions ?

— Et tu le lui as fait savoir ?

— *Si…* Et elle n'est pas près de l'oublier. Si elle n'était pas aussi narcissique, elle aurait compris depuis longtemps que je ne voulais plus rien avoir affaire avec elle. Comment as-tu pu penser ça de moi ? s'exclama Cesare avec une incrédulité manifeste. Une femme qui m'a quitté parce que je n'étais pas assez riche ? Une femme déloyale toujours prête à se vendre ? Elle s'est offerte à moi trois ans après son mariage avec Matteo, et elle a recommencé hier soir pendant le gala !

Lizzie était si stupéfaite qu'elle restait clouée sur place.

— Et… tu as dit non ?

— Evidemment ! Je n'ai plus jamais repensé à elle après sa première tentative de réconciliation. Ce jour-là, j'ai même été reconnaissant à Matteo de m'avoir évité de commettre une erreur redoutable. Aucun homme ne voudrait d'une femme aussi perfide. Malheureusement pour lui, il était fou d'elle. Cette fois, elle ne nous importunera plus jamais ni l'un ni l'autre. Je peux t'assurer qu'elle a compris que c'était inutile. D'ailleurs, elle va quitter le *palazzo* pour retourner dans sa maison de Florence.

Non seulement il ne tenait plus à Serafina, mais il la méprisait… Mais elle, il l'avait cherchée pendant des heures, en pleine nuit, parce qu'il craignait qu'elle ait eu un accident… Lizzie avait l'impression que son cœur allait éclater de joie.

La sincérité de Cesare était flagrante. Comment avait-elle pu se tromper à ce point ? Comment avait-elle pu écouter une femme vaniteuse et narcissique persuadée qu'il ne pouvait pas se passer d'elle ? Alors que de son côté il se réjouissait de l'avoir échappé belle…

— Tant mieux si elle déménage… je ne l'ai pas trouvée sympathique, confia-t-elle sans avoir peur d'employer un euphémisme.

Grisée par l'intensité de son soulagement, elle s'agrippa au dossier d'un fauteuil.

— Désolée, j'ai la tête qui tourne de temps en temps.

— Parce que tu es « un tout petit peu » enceinte ?

Alors qu'elle vacillait sur ses jambes, Cesare la souleva de terre et la posa délicatement dans le fauteuil.

— Tu as besoin de te reposer et de manger davantage.

— Qu'est-ce que tu en sais ? marmonna-t-elle en se laissant aller dans le fauteuil.

— Sans doute autant que toi. J'ai appelé un obstétricien pour avoir des conseils.

Elle resta bouche bée.

— Pardon ?

— C'est aussi mon bébé. Je ne savais pas comment m'occuper de toi. Il m'a paru logique de consulter un spécialiste.

Des larmes perlèrent aux paupières de Lizzie. Il faisait tellement d'efforts pour lui faire comprendre que, même s'il ne voulait pas d'un vrai mariage, il prenait à cœur son bien-être et celui de leur enfant…

Les deux larmes qu'il vit rouler sur les joues de Lizzie bouleversèrent Cesare. C'était sa faute. C'était lui qui l'avait rendue malheureuse…

— Je suis désolé… tellement désolé…

Lizzie ouvrit les yeux et le découvrit à genoux à ses pieds, l'air affligé.

— Désolé ? Pourquoi ?

— Désolé de t'avoir blessée. Pendant des années, mes

relations avec les femmes ont obéi à des règles très strictes, répondit-il d'une voix rauque en lui prenant les mains. Je ne m'engageais jamais. Je n'ai jamais eu une seule relation sérieuse après Serafina. Et puis je t'ai rencontrée et je… j'ai tenté de respecter les mêmes règles, mais avec toi c'était impossible. Le problème c'est que je ne l'ai pas compris tout de suite…

— Parle moins vite… Que veux-tu dire ?

— Que je suis fou de toi. Que je t'aime et que je ne veux pas te perdre, répondit-il avec ferveur en lui broyant les doigts.

Elle écarquilla les yeux.

— Mais hier tu as dit…

— Oublie ce que j'ai dit hier. Je ne savais plus où j'en étais. J'avais une seule certitude. J'étais furieux contre Serafina parce qu'elle avait tenté de te déstabiliser. C'est sur le chemin du retour que j'ai enfin compris… En réalité, je crois que jusque-là j'avais peur d'admettre ce que j'éprouvais pour toi. Je préférais ne pas me poser de questions.

Cesare eut une hésitation.

— Tu sais, je ne suis pas comme Goffredo. Je n'ai pas l'habitude de réfléchir aux sentiments et à ce genre de choses…

Lizzie avait du mal à se remettre de sa surprise. C'était la première fois qu'elle entendait Cesare parler de sentiments et ses paroles avaient un accent de sincérité bouleversant.

— Alors… tu crois que… tu m'aimes ? demanda-t-elle d'une voix hésitante, terrifiée à l'idée que son espoir allait peut-être être déçu.

— Je *sais* que je t'aime ! Il suffit que je pense au bonheur dans lequel je vis depuis que nous sommes mariés. Il suffit que j'imagine la vie sans toi pour savoir que l'idée de te perdre m'est intolérable.

Un sourire radieux illumina le visage de Lizzie et elle osa enfin lever les yeux vers Cesare. Pour la première fois, elle se sentait autorisée à l'admirer sans complexe et c'était enivrant.

— Moi aussi j'avais peur, reconnut-elle en libérant une de ses mains pour écarter ses épais cheveux noirs de son front.

Je ne voulais pas commettre le même genre d'erreur que ma mère. Au départ, je pensais réellement que notre mariage ne resterait qu'un arrangement, mais ensuite… mon Dieu, je ne pouvais pas m'empêcher de penser à toi tout le temps, de te dévorer des yeux, de te toucher… Je ne pouvais plus me passer de toi et j'avais très peur de souffrir.

— Je ne te ferai plus souffrir. Jamais.

— Mais pourquoi restes-tu à genoux ? demanda-t-elle, intriguée.

Cesare eut un sourire penaud.

— J'ai appelé mon père pour lui demander conseil. Sans entrer dans les détails, s'empressa de préciser Cesare, devant l'air effaré de Lizzie. Je lui ai juste expliqué que j'avais été très maladroit. Le conseil qu'il m'a donné tenait en un seul mot…

Il fit une pause et Lizzie l'interrogea du regard.

— « Rampe », finit-il par dévoiler.

Elle pouffa, ravie.

— C'est vrai ?

— Je ne le ferai qu'une seule fois, parce qu'il n'y a aucune chance que je me comporte de nouveau aussi stupidement avec toi, *amata mia*, répliqua Cesare en se redressant pour ouvrir la porte et revenir soulever sa femme de son fauteuil. Cette expérience m'a beaucoup appris.

— Vraiment ?

Lizzie se laissa aller contre son torse, suprêmement heureuse d'être de nouveau dans ses bras. Humant son parfum délicieux, elle savoura à l'avance la passion avec laquelle il s'apprêtait sans aucun doute à lui prouver son amour.

— Pendant un mois, je n'ai pas su apprécier à sa juste valeur la chance que j'avais d'avoir une femme comme toi. Je ne commettrai plus jamais cette erreur. Je t'aime.

Arrivé sur le palier, Cesare remit Lizzie sur ses pieds et s'empara de sa bouche dans un baiser enflammé.

Elle lui répondit avec ferveur, le cœur en fête. Une vie de

bonheur et d'amour s'ouvrait devant elle en compagnie de son mari et de son enfant…

Au rez-de-chaussée, Athene se félicitait de sa ruse.

— On dirait que j'ai arrangé les choses… Comme si j'avais l'habitude de m'endormir au milieu d'une conversation !

En gloussant, elle se rendit à la cuisine dans l'intention de confectionner le gâteau favori de son petit-fils.

— Je pense que nous dînerons tard ce soir, Primo…

Trois ans plus tard, Lizzie se détendait sur la terrasse de la maison de Lionos en attendant le retour de Cesare, parti en voyage d'affaires. Max, son fils de deux ans, avait les cheveux blonds de sa mère et les yeux bruns de son père, une association originale. Il jouait à ses pieds avec des voitures auxquelles il faisait faire la course avec des vroum-vroum sonores. A l'ombre, dans un berceau de voyage, une petite fille de six mois aux cheveux bruns dont la naissance n'avait pas été programmée, dormait paisiblement en suçant son pouce. Quant à Archie, il somnolait à proximité.

Lizzie se pencha sur le berceau avec un sourire attendri et tenta d'enlever le pouce de la bouche de sa fille. Elle y parvint sans la réveiller, mais le pouce reprit très vite sa place entre les petites lèvres. Au même instant, Lizzie entendit l'hélicoptère et se redressa.

Max reconnut lui aussi le bruit familier et abandonna ses voitures pour la rejoindre.

— Papa ! Papa !

Lizzie caressa la tête de son fils avec un sourire rêveur. Après la moindre absence, les retrouvailles avec Cesare étaient toujours volcaniques… Les trois années écoulées depuis leur rencontre n'avaient pas émoussé leur désir mutuel.

Athene passait le printemps et l'été sur l'île, mais en hiver elle préférait Rome et le confort de son appartement. Lizzie aimait tendrement la grand-mère de Cesare et tous les autres membres de sa famille. Il avait beaucoup de chance et il fallait reconnaître que la paternité l'avait rendu plus attentif à ses proches. Son père et ses sœurs rendaient des visites fréquentes au couple à Londres, en Toscane et à Lionos. Lizzie taquinait souvent son mari en lui disant que si elle était restée avec lui c'était pour sa famille.

Seule ombre au tableau, depuis son mariage elle voyait beaucoup moins son père et sa sœur. Brian Whitaker venait les voir de temps en temps, mais il n'aimait pas l'avion, ni la cuisine étrangère, ni le fait que les gens parlent dans leur langue en sa présence. Lizzie lui avait acheté une petite maison dans le village où il avait grandi et il y semblait aussi heureux qu'il pouvait l'être. Elle l'avait également emmené chez un spécialiste pour sa maladie de Parkinson et son état s'était considérablement amélioré depuis qu'il suivait un nouveau traitement.

Lorsque Cesare revenait d'un voyage d'affaires à Londres, Chrissie en profitait régulièrement pour prendre l'avion avec lui et rendre visite à sa sœur et à sa famille. Cependant, au grand dam de Lizzie, elle était devenue farouchement indépendante et elle avait des secrets qu'elle tenait à garder pour elle.

Consciente que sa sœur traversait une période difficile, Lizzie se serait volontiers précipitée à Londres pour tenter de résoudre ses problèmes d'un coup de baguette magique, mais Cesare l'en avait dissuadée. Chrissie préférait visiblement se débrouiller seule, avait-il plaidé. Mieux valait donc respecter sa volonté et ne pas se mêler de ses affaires. Il fallait accepter qu'elle soit désormais adulte et libre de faire ses propres choix, quitte à commettre quelques erreurs. Lizzie s'était rangée à son avis, tout en restant très proche de sa sœur et toujours prête à voler à son secours.

L'hélicoptère apparut dans le ciel sans nuages et descendit derrière les arbres. Max, qui sautillait sur place en tapant dans ses mains depuis qu'il avait entendu le bruit du moteur, s'élança dans le sentier pour aller à la rencontre de son père, Archie sur les talons.

— Vas-y, dit une voix derrière Lizzie. Je vais rester avec Gianna.

Lizzie adressa un sourire reconnaissant à Athene et partit en courant comme une adolescente. En voyant arriver sa femme, les cheveux au vent, les joues rouges et les yeux brillants, Cesare posa Max par terre et ouvrit les bras.

— Tu m'as manqué ! se plaignit-elle entre deux baisers. Tu me manques beaucoup trop quand tu pars !

— Je vais essayer d'y remédier, répliqua-t-il en écartant ses cheveux de son front.

Devait-il avouer qu'il avait travaillé jour et nuit pour pouvoir rentrer au bout d'une semaine ? Sa famille lui manquait un peu plus à chaque fois qu'il voyageait et il planifiait ses déplacements de manière à s'absenter le moins longtemps possible.

— Mais je ne devrais pas pleurnicher, murmura-t-elle savourant l'odeur familière de sa peau et le désir irrépressible qui la faisait vibrer contre lui.

— Tu ne pleurniches pas. Je t'ai manqué... et tu m'as manqué, *amata mia,* répliqua Cesare d'une voix rauque. Nous avons beaucoup de chance de nous être trouvés.

Ils remontèrent lentement le sentier jusqu'à la maison, tandis que Max courait devant eux et qu'Archie traînait derrière. Cesare s'immobilisa et prit entre ses mains le visage qu'il ne se lassait jamais de contempler.

— Je suis fou de toi, Signora Sabatino.

— Et moi, je suis folle de toi...

Nouant les bras sur sa nuque, elle lui offrit sa bouche et s'abandonna avec volupté à son baiser passionné.

Cesare était là... Son bonheur était parfait.

CATHY WILLIAMS

Le charme d'un patron

Traduction française de
FLORENCE JAMIN

AZUR

HARLEQUIN

Titre original :
AT HER BOSS'S PLEASURE

Ce roman a déjà été publié en 2016.

1.

Kate poussa un soupir désabusé. 18 h 30, un vendredi soir, et où était-elle ? Encore et toujours au bureau…

La dernière à son poste, comme d'habitude, les yeux rivés sur les interminables colonnes de chiffres affichées sur l'écran de son ordinateur. Des colonnes de chiffres qu'elle s'apprêtait à analyser et synthétiser jusqu'à pas d'heure, une tâche qui pouvait parfaitement attendre lundi. Alors pourquoi était-elle toujours là, scotchée à son fauteuil, comme tous les soirs ?

Elle se redressa pour détendre ses muscles ankylosés après des heures dans la même position et autorisa son esprit à divaguer quelques instants, loin des bilans financiers fastidieux sur lesquels elle travaillait depuis le matin. Elle se trouva soudain pitoyable : une jeune femme de vingt-sept ans n'avait rien à faire à cette heure-ci, un vendredi soir, dans ces bureaux ultramodernes du cœur de Londres déjà désertés par tous ses collègues. Elle aurait pu occuper son temps à mille choses plus amusantes, à l'instar de tous les gens de son âge dans cette ville qui vibrait de tant d'énergie. Par exemple, boire un verre au pub en discutant avec des collègues, ou se détendre sur les pelouses de Hyde Park pour profiter des températures exceptionnellement élevées pour un été anglais ; ou alors retrouver des amis autour d'un barbecue, dans un des petits jardins qui se cachaient derrière les maisons en brique bien alignées, voire rester chez elle à écouter de la musique en dégustant un petit vin blanc en bonne compagnie.

Elle soupira de nouveau. *Assez fantasmé !* s'intima-t-elle

avec une soudaine lucidité. Tout ça, c'était du domaine du rêve ! Déjà quatre ans qu'elle s'était installée à Londres, et elle pouvait compter sur les doigts d'une seule main ses nouveaux amis. Pire encore : depuis dix-huit mois qu'elle travaillait chez AP Logistics, elle n'avait fait aucune nouvelle rencontre.

Certes, elle avait sympathisé avec beaucoup de ses collègues, mais jamais leurs relations n'avaient dépassé un certain stade : ils restaient des connaissances, et ne seraient jamais des amis. Elle ne faisait pas partie de ces filles qui sont copines avec tout le monde, racontent leur vie pour un oui ou pour un non et affichent fièrement quatre cents amis plus ou moins virtuels sur Facebook. D'ailleurs, elle n'avait aucune envie de suivre leur exemple.

Pourtant, en cet instant, seule devant son écran dans les bureaux silencieux, elle se prenait presque à regretter de ne pas leur ressembler ne serait-ce qu'un tout petit peu…

Par les grandes baies vitrées, elle pouvait admirer le soleil rougeoyant qui entamait sa course descendante au-dessus des magnifiques frondaisons de Hyde Park. Elle imaginait les rires des jeunes gens qui se prélassaient sur les pelouses, une bière à la main, heureux de retrouver leurs copains et de prendre enfin du bon temps après une semaine de travail. Elle détourna les yeux et, derrière la porte vitrée qui délimitait son bureau de la grande salle où travaillaient secrétaires et assistants, elle aperçut la rangée d'ordinateurs éteints devant les fauteuils vides, qui semblaient la narguer presque méchamment. De nouveau, elle se demanda ce qu'elle faisait là, toute seule alors que les personnes de son âge s'éclataient à l'extérieur ? Pour se convaincre que le tableau n'était pas si noir, elle tenta désespérément de faire la liste de ce qui marchait bien dans sa vie.

D'abord, elle avait un travail passionnant dans une des sociétés les plus prestigieuses du pays, où on se battait pour entrer. Elle avait gravi les échelons plus vite que les autres, et son salaire avait été augmenté en conséquence. Ensuite, elle avait acheté son appartement, un charmant deux pièces dans un bon quartier de l'ouest londonien. Peu de filles seules pouvaient se targuer d'être propriétaires à son âge, étant donné les prix astronomiques pratiqués à Londres. D'accord, elle avait encore un crédit à rembourser, mais son plan de financement était étudié au centime près et elle n'avait pas d'inquiétude à avoir de ce côté. Elle s'était bien débrouillée. Certes, elle n'avait pas encore réussi à oublier ce passé qui la poursuivait, mais elle l'avait enfoui si profondément en elle-même qu'il ne l'affectait presque plus. Donc, tout allait très bien ! conclut-elle dans un dernier et pathétique effort pour pratiquer la méthode Coué.

Sauf que…

Sauf qu'elle était seule, sans aucun programme pour le week-end, alors que la soirée s'annonçait magnifique, et que les pubs et les restaurants devaient déjà se remplir de citadins bien décidés à s'amuser, à discuter et à flirter.

Agacée, elle chassa ces pensées stériles de son esprit. A quoi bon philosopher sur sa vie ? Elle était encore au bureau, alors autant en profiter pour avancer un peu son travail, ce serait toujours ça de fait pour la semaine suivante — qui s'annonçait très chargée.

Elle se replongea donc dans ses chiffres avec détermination. Sa conscience et son implication professionnelles étaient telles qu'elle oublia bientôt les pelouses de Hyde Park et les barbecues entre amis pour se concentrer sur ses savants calculs de rentabilité.

Obnubilée par sa tâche, elle réalisa que quelqu'un était entré dans son bureau seulement quand une voix grave la salua. De surprise, elle sursauta et se sentit rougir. L'espace d'un instant, elle perdit tous ses moyens, en parfaite contradiction avec l'image de la femme parfaitement contrôlée et maîtresse d'elle-même qu'elle s'efforçait de donner au travail.

Alessandro Preda avait toujours sur elle cet effet-là.

Kate ne comprenait pas trop pourquoi elle réagissait ainsi en présence de son patron. Cela n'avait rien à voir avec le fait qu'il était un redoutable chef d'entreprise, à la tête d'un vaste empire, un conglomérat de sociétés satellites toutes plus rentables les unes que les autres. Non, c'était plutôt lié à sa personne : sa stature athlétique, cette aura de virilité presque agressive qui émanait de lui, sans d'ailleurs qu'il semble faire quoi que ce soit pour l'accentuer. Ce n'était pas nécessaire… Il suffisait qu'il apparaisse quelque part pour que toutes les femmes retiennent leur souffle.

Elle se leva à la hâte et tenta d'une main de remettre en place les plis de sa sage jupe plissée, tout en resserrant son chignon de l'autre.

— Bonjour, monsieur Preda, murmura-t-elle. Puis-je faire quelque chose pour vous ?

Resté sur le pas de la porte, son employeur pénétra dans la pièce d'un pas ferme.

— Vous pouvez commencer par vous asseoir, Kate. Je ne suis ni la reine Elizabeth ni le prince de Galles, que je sache, et vous n'avez aucun besoin de vous lever quand j'entre dans une pièce. Quand j'aurai acquis un statut royal, je vous préviendrai, et nous en rediscuterons, ajouta-t-il avec un petit sourire narquois qui alluma un éclat taquin dans ses yeux noirs.

Kate esquissa un sourire poli et s'assit. Certes, Alessandro Preda était un homme séduisant, mais il n'était pas question qu'elle se laisse embobiner par son sourire sexy. Elle laissait ça à ses collègues féminines qui se pâmaient dès qu'il approchait : elle ne mangeait pas de ce pain-là.

Comment pouvaient-elles toutes tomber ainsi dans le panneau ? se demandait-elle à chaque fois. Car, à l'évidence, Alessandro Preda connaissait son pouvoir sur les femmes et ne détestait pas en jouer. Il devait trouver très drôle leurs battements de paupières, leurs mouvements d'épaules étudiés, leurs regards en coin, leurs soupirs étouffés. Comme tous les hommes séduisants, il se sentait en position de force et n'hésitait pas à en abuser. Mais il était avant tout son patron, et Kate ne pouvait décemment pas lui signifier qu'elle n'appréciait pas son humour.

— De plus, je vous ai déjà dit de ne pas m'appeler monsieur à chaque fois que vous m'adressez la parole, reprit-il. Je déteste ce genre de rapport protocolaire. Vous êtes d'accord avec moi, n'est-ce pas ?

Alessandro prit le temps d'observer le visage aux traits fins de cette employée qui, il l'avait remarqué, ne souriait jamais ou presque.

— Oui, monsieur, répondit-elle.

— Alessandro ! s'exclama-t-il avec force, agacé. Je m'appelle Alessandro, vous le savez bien ! Notre entreprise est une entreprise familiale, et je tiens à privilégier un rapport direct avec mes collaborateurs.

Il s'approcha doucement de sa table de travail et, sans même l'avoir décidé, Kate recula aussitôt dans son fauteuil à roulettes, comme s'il représentait un danger.

Une entreprise familiale, pensa-t-elle. L'expression était vraiment peu adaptée étant donné les ramifications internationales de son empire industriel. Mais peu importait : si son boss voulait qu'elle l'appelle Alessandro, elle se plierait à sa demande. De toute façon, avait-elle le choix ?

— Que puis-je pour vous, *Alessandro* ? lança-t-elle de sa voix la plus professionnelle.

— En fait, je suis venu déposer des papiers pour Cape, expliqua-t-il. Où est-il ? Et pourquoi êtes-vous toute seule dans le service comptabilité ?

— C'est-à-dire que..., commença-t-elle d'une voix hésitante, étonnée par sa question. Il est 18 h 30, ils sont tous partis.

Il consulta sa montre et eut une moue contrariée.

— En effet. Pourtant, il ne m'aurait pas semblé absolument invraisemblable que quelques-uns des cadres, que je paye si grassement, travaillent quelques minutes au-delà de l'heure légale, murmura-t-il comme s'il se parlait à lui-même.

Il fronça les sourcils et sembla soudain se souvenir de sa présence.

— Mais alors, vous, que faites-vous ici ? demanda-t-il en dardant sur elle son regard incisif.

— J'avais des choses à vérifier. Et à cette heure-ci on travaille mieux : il n'y a pas de coups de fil, pas de bruit. J'apprécie ce calme.

Alessandro nota que le ton de la jeune femme était posé, sa voix douce mais ferme, et qu'elle parlait le langage de la raison. Alors pourquoi l'intriguait-elle autant ? Il se remémora qu'il avait eu à plusieurs reprises l'occasion d'échanger avec elle sur certains points techniques un peu délicats et qu'à chaque fois, il avait été étonné par sa connaissance du sujet et par la pertinence de ses observations. Et cette maîtrise était rare dans le domaine de la finance chez une personne si jeune.

Il savait par George Cape, qui l'avait recrutée, que Kate ne comptait pas ses heures. Elle était une précieuse collaboratrice, qu'il avait rapidement promue pour ses évidentes compétences. En bref, il s'agissait d'une parfaite professionnelle, et pourtant il lui semblait qu'il y avait une faille dans le personnage. Il sentait confusément que quelque chose manquait. Mais quoi ?

Il ne lisait qu'une certaine défiance dans ses yeux vert émeraude, sa bouche aux lèvres bien dessinées n'esquissait pas le moindre sourire, pas une mèche rebelle ne s'échappait de son chignon bien serré. Quant à sa silhouette, Alessandro ne l'avait jamais vue, pour la bonne raison que la jeune femme semblait délibérément la cacher sous des vêtements toujours très longs et jamais près du corps. Même au plus fort de la chaleur estivale, alors que toutes les filles portaient des robes légères qui dévoilaient leurs jambes nues, elle s'en tenait à une jupe informe et à un chemisier au haut col boutonné qui n'auraient pas déparé dans un pensionnat de jeunes filles du siècle dernier. Il était même prêt à parier qu'elle portait des collants !

Cette Kate Watson était une énigme, et alors qu'elle n'aurait même pas dû attirer son attention, lui qui était toujours entouré d'une bande de sublimes créatures, Alessandro ne pouvait pas s'empêcher de se poser des questions sur elle.

Quelques semaines auparavant, il avait passé une journée entière avec elle à essayer de débrouiller un dossier compliqué. George Cape l'ayant laissée gérer seule l'affaire, il avait pu mesurer la finesse de son jugement et l'efficacité de son travail. Mais quand, au cours de pauses-café ou déjeuner — on leur avait apporté un plateau-repas dans la salle de réunion —, Alessandro avait tenté de poser à sa jeune employée quelques questions plus personnelles, il s'était heurté à un mur. D'habitude, quand il faisait poliment la conversation à ses subordonnées, elles semblaient ravies qu'il s'intéresse à elles, et, flattées, se prêtaient volontiers au jeu. Kate Watson, elle, s'était contentée ce jour-là de lui lancer un regard aussi indéchiffrable que peu engageant quand il avait essayé de lui parler de ses loisirs et ses vacances, avant de changer habilement de sujet.

Il n'avait pas oublié…

— Vous travaillez toujours aussi tard ? questionna Alessandro en s'asseyant au bord de son bureau.

Le tissu de son pantalon se tendit sur ses cuisses musclées et Kate cilla.

— Non, bien sûr que non ! protesta-t-elle avec une véhémence qu'elle se reprocha aussitôt.

En réalité, beaucoup trop souvent, acheva-t-elle en son for intérieur.

— Alors pourquoi justement aujourd'hui, alors que c'est le jour le plus chaud de l'année ?

Elle déglutit, soudain nerveuse, mais demeura imperturbable. Il n'était pas question de montrer à son patron qu'elle n'appréciait pas ses questions indiscrètes.

— Je n'aime pas trop la chaleur. Elle m'incommode.

— Je serais incommodé moi aussi si je portais des manches longues et une jupe plissée par ce temps.

Un éclat s'alluma dans ses yeux noirs, un sourire narquois se dessina sur ses lèvres sensuelles, mais Kate resta de marbre. Il n'allait pas, en plus, se mettre à commenter sa tenue !

— Vous n'avez qu'à me laisser les papiers pour George, suggéra-t-elle comme si elle n'avait rien entendu. Je les lui donnerai quand il rentrera.

— Quand il rentrera d'où ? interrogea Alessandro en haussant un sourcil stupéfait.

— Il est en vacances au Canada. Il est parti pour deux semaines.

— Deux semaines ! s'exclama-t-il, les yeux écarquillés.

— C'est la durée normale des vacances d'été, fit-elle observer d'un ton neutre.

— C'est ce que vous prenez ?

— Non, mais…

— Cette affaire ne peut pas attendre le retour de George, coupa Alessandro, la mine préoccupée.

Il posa sans ménagement sur le bureau de Kate la liasse de papiers qu'il tenait à la main, prit appui de ses paumes sur la table et se pencha face à elle.

— Voici de quoi il s'agit, asséna-t-il brutalement. J'ai demandé des informations à Watson Russell sur les centres de loisirs que nous sommes en train d'implanter sur la côte, car il semble qu'il y a des anomalies dans les comptes. Selon lui, c'est un projet piloté par George depuis le début. Est-ce exact ?

— Il me semble que c'est lui qui s'en occupe, confirma-t-elle après une hésitation.

— Il vous *semble* ?

La gorge de Kate se serra, et tout à coup un trouble étrange s'empara d'elle. Alessandro Preda l'intimidait soudain terriblement avec ses larges épaules d'athlète accompli, son visage aux traits virils et déterminés, cette façon qu'il avait d'imposer sa force et sa puissance. Son cœur se mit à battre la chamade et elle lutta pour retrouver le contrôle d'elle-même.

Ce n'est pas parce qu'il est penché sur toi et te dévisage de son regard pénétrant que tu dois perdre tes moyens, se dit-elle pour se donner du courage.

— George est le seul à gérer ses comptes, affirma-t-elle d'une voix plus ferme. Pourriez-vous me dire où est le problème ?

Alessandro se mit à faire les cent pas dans la pièce, notant au passage l'absence de tout objet personnel. Kate occupait seule le bureau, et pourtant il n'y avait pas la moindre photo, la moindre carte postale, le moindre pot de fleurs qui aurait marqué sa présence. Comme si, à l'instar de sa tenue, Kate Watson faisait tout pour surtout ne pas se faire remarquer…

Il se retourna brusquement et revint vers le bureau. De nouveau, il se pencha pour faire face à Kate qui semblait figée dans son fauteuil.

— Il se trouve qu'on m'a transmis par erreur des dossiers destinés à George, et que par acquit de conscience j'ai procédé à quelques vérifications, précisa-t-il. Le problème est que j'ai découvert des anomalies et des incohérences dans les bilans qui m'ont alerté. Ceci n'est pas normal, et il faut que nous en ayons le cœur net. Voilà pourquoi je souhaitais en discuter avec George.

Kate ne broncha pas. Elle ne voyait pas où Alessandro voulait en venir. Si erreurs il y avait — et c'était toujours possible —, George n'y était sûrement pour rien !

— Le plus étrange est que le dossier mentionne des sociétés dont je n'ai jamais entendu parler, et qu'elles sont placées dans la liste des organismes à payer, ajouta-t-il d'un ton soucieux.

Cette fois, Kate releva la tête, les yeux écarquillés. Elle

commençait à comprendre ce que sous-entendait Alessandro, et n'en croyait pas ses oreilles.

— Vous voulez dire que George… ? murmura-t-elle sans oser achever.

— Je n'incrimine personne, assura Alessandro, mais il faut tirer cette affaire au clair rapidement. En l'absence de George, je vous charge donc de consulter ses dossiers et de rassembler les éléments qui pourraient nous aider.

— Mais vous n'y pensez pas, balbutia-t-elle, choquée. George Cape est un homme respectable, proche de la retraite. Il est marié, il a des enfants, des petits-enfants !

Mal à l'aise, Alessandro se passa la main dans son épaisse chevelure noire.

— Je dois tout envisager, déclara-t-il d'un ton qui n'admettait pas la réplique. J'attends une honnêteté absolue de mes collaborateurs, et je serai intransigeant avec quiconque dérogera à cette règle. J'ai des soupçons, mais aucune preuve, et il n'est évidemment pas question d'accuser qui que ce soit. Il y a peut-être une autre explication, mais je veux savoir.

— Et s'il n'y a pas d'autre explication ? hasarda Kate, les mains moites.

— Alors je porterai plainte. En tant que chef d'entreprise, je ne peux pas laisser passer un comportement litigieux.

Un silence pesant s'instaura dans la pièce. Kate songea à George avec effroi. Ce n'était pas possible… Pas lui !

— Voilà comment nous allons procéder, décréta Alessandro. Je vous charge officiellement de vous plonger dans ces dossiers et de les étudier par le menu pour mettre à jour tout élément qui vous paraîtrait suspect. Il va sans dire que vous consulterez également l'ordinateur de George. Vous avez son mot de passe, je présume ?

— Non, je ne l'ai pas, répondit-elle d'une voix à peine audible.

Seigneur… Son employeur lui demandait d'espionner son

supérieur hiérarchique, un homme qui avait toujours été un appui pour elle.

— Alors nous demanderons à notre spécialiste informatique de le trouver. Quand vous aurez réuni les informations qui nous intéressent, vous viendrez me rendre compte de vos recherches. En dehors des heures de bureau, naturellement.

— En dehors des heures de bureau ? s'exclama-t-elle, abasourdie. Mais pourquoi ? Que soupçonnez-vous exactement ?

— Très bien, soyons clairs puisque vous me le demandez : je pense que George Cape a détourné de l'argent.

Les beaux yeux verts de Kate s'assombrirent soudain.

— Fort heureusement, reprit Alessandro, les sommes n'ont pas l'air d'être très importantes, ce qui expliquerait d'ailleurs pourquoi la chose est passée inaperçue jusqu'ici. Il faut intervenir au plus vite, avant que le phénomène prenne de l'ampleur.

— Vous me demandez de coincer George, en quelque sorte. Alors qu'il m'a toujours aidée, soutenue ? C'est grâce à lui si j'ai eu mes promotions !

— Et un peu grâce à moi aussi, enchaîna Alessandro, amusé. C'est moi qui ai signé ses demandes, il me semble. Toujours est-il que j'ai besoin de vous pour établir la vérité.

— Je ne suis pas une délatrice, assura la jeune femme avec vigueur. Et je n'ai jamais espionné personne. Je ne suis pas comme ça !

Alors comment êtes-vous ? faillit rétorquer Alessandro, la curiosité piquée au vif. Décidément, cette femme l'intriguait, et il aurait donné cher pour la pousser à bout et savoir ce qui se cachait derrière cette apparence si lisse. Quel que soit le temps que ça prendrait…

Etait-ce parce qu'il n'avait pas de programme pour la soirée, ayant mis un terme à sa relation avec Joan, un mannequin à la blondeur aussi parfaite que ses mensurations, ou parce qu'il détestait ne pas maîtriser les événements ? Quoi qu'il en soit, il se voyait parfaitement rester en compagnie de Kate

Watson pour tenter de la cerner. Pourtant, elle cristallisait tout ce qui d'ordinaire le faisait fuir chez une femme : elle était froide, distante, raide et susceptible. Et en prime, terriblement mal fagotée…

De plus, elle ne perdait pas une occasion pour lui rappeler qu'elle ne lui devait rien, à part son travail, et qu'elle n'avait pas l'intention d'aborder avec lui le moindre sujet touchant à sa vie privée.

Kate s'affola lorsque Alessandro tira une chaise vers le bureau, l'enfourcha puis darda ses pupilles flamboyantes sur elle, les mains sur le dossier. Pourquoi la fixait-il ainsi ? Pourquoi ne la laissait-il pas en paix ? Elle rassembla maladroitement ses papiers et se força à affronter son regard.

— Je m'apprêtais à partir, articula-t-elle avec difficulté. Peut-être pourrions-nous poursuivre cette conversation lundi matin, si vous n'y voyez pas d'inconvénient. Je serai présente dès 7 h 30.

— Bravo ! Je suis heureux de constater qu'il y a au moins une personne au département finances qui n'a pas les yeux rivés sur sa montre, fit-il observer d'un ton railleur.

— Vous avez certainement un programme ce soir, reprit-elle, et vous devez être pressé de partir. Je vais emporter les documents chez moi, les étudier et rédiger une synthèse que je vous soumettrai lundi. Qu'en dites-vous ?

Il tapota nerveusement le dossier de ses longs doigts élégants.

— Comme je vous l'ai déjà précisé, me semble-t-il, je préfère que nous discutions de ceci en dehors des heures normales de travail. Vous comprendrez aisément que cette affaire nécessite la plus grande discrétion : je ne tiens pas à ce que vos collègues se doutent de quoi que ce soit, d'autant que pour l'instant nous n'avons aucune preuve. Naturellement, vous serez payée pour vos heures supplémentaires.

— Ce n'est pas une question d'argent, rétorqua-t-elle sèchement.

Elle tenta de détourner les yeux, mais son regard était attiré par cet homme comme par un aimant. Avec son col de chemise ouvert, qui révélait la naissance de son torse musclé, ses manches de chemise retroussées qui dévoilaient ses bras puissants recouverts d'une toison brune, il dégageait une virilité presque animale qui la troublait infiniment. Dès leur première rencontre, elle avait été frappée par sa séduction mâle, la force qui émanait de toute sa personne.

Alessandro Preda constituait une menace pour elle, réalisa-t-elle soudain. Parce qu'elle ne maîtrisait en aucune façon l'effet qu'il lui faisait. Or, elle avait appris très tôt que la clé pour s'en sortir dans la vie, c'était de garder le contrôle, en toutes circonstances. Et c'était ce qu'elle s'efforçait de faire : elle contrôlait ses émotions, ses finances, sa carrière, ses projets ; et jusque-là ça ne lui avait pas trop mal réussi.

Elle avait aussi appris, dès son plus jeune âge, que la règle la plus simple à appliquer pour être heureuse était de faire exactement le contraire de ce que faisait sa mère…

A l'âge de dix-huit ans, Shirley Watson avait commencé à travailler dans des boîtes de nuit et des bars, où elle était indifféremment serveuse ou strip-teaseuse et où on la connaissait sous le nom de Lila. Sa blondeur, ses lèvres pulpeuses et ses formes généreuses attiraient immanquablement le regard des hommes, et elle ne se privait pas de répondre à leurs sollicitations. Désespérément fleur bleue, elle tombait folle amoureuse à chaque fois qu'un homme la prenait dans ses bras — ce qui, malheureusement pour elle, arrivait très souvent.

Or les hommes ne restaient pas. Ainsi, le père de Kate avait quitté Shirley avant même son accouchement, la laissant mère célibataire à seulement vingt-trois ans. S'était ensuivie une période agitée sur le plan sentimental, sa mère s'entêtant à croire que chacun de ses flirts était l'homme de sa vie. Elle avait eu plusieurs liaisons, s'était mariée deux fois et avait divorcé dans les deux cas au bout de quelques mois.

A près de cinquante ans, elle vivait seule désormais. Par miracle, son deuxième époux lui avait laissé une somme suffisante pour lui permettre de s'acheter une petite maison en Cornouailles, et l'âge avait un peu calmé ses ardeurs amoureuses. Mais le bilan de ses aventures sentimentales était si négatif que Kate s'était toujours juré de ne jamais suivre son exemple. Elle mènerait sa vie elle-même, sans rien devoir à personne, bien décidée à ne jamais dépendre des hommes, sous aucun prétexte. Le départ de son père et les désillusions amoureuses successives de Shirley lui avaient appris qu'on ne pouvait pas leur faire confiance.

Kate voulait réussir pour elle-même, parce qu'elle avait un cerveau dont elle était capable de se servir et non pas parce qu'elle avait une poitrine avantageuse ou un déhanchement aguichant. Dès l'adolescence, elle avait donc pris soin de dissimuler ses formes féminines pour ne surtout pas attirer les regards concupiscents des hommes, au contraire de sa mère qui mettait en valeur sa poitrine avec des décolletés plongeants et sa chute de reins avec des pantalons moulants.

Et si un jour elle tombait amoureuse — ce qu'elle avait du mal à imaginer —, ce serait d'un homme qui l'aimerait pour son intelligence, qui construirait avec elle une union solide basée sur la confiance et lui serait fidèle.

On pouvait toujours rêver, n'est-ce pas ? se disait-elle souvent en songeant à cet homme idéal qu'elle ne rencontrerait probablement jamais. Pas question en tout cas de se laisser stupidement séduire comme l'avait fait sa mère, même si l'homme en question était aussi charmant qu'Alessandro Preda.

— Si ce n'est pas une question d'argent, où est le problème ? lança Alessandro d'une voix qui trahissait son agacement, tirant Kate de ses rêveries. Votre vie sociale est-elle si trépidante que vous ne pouvez pas me consacrer un moment en dehors des heures de bureau ?

— Non, pas du tout, balbutia-t-elle. Je…

— Pourtant, la coupa-t-il, vous ne comptez pas vos heures, c'est évident ! Si vous avez été promue, c'est précisément parce que vous êtes très impliquée dans votre travail ; c'est du moins ce que m'a assuré George. Je vous demande simplement une nouvelle fois de faire preuve de conscience professionnelle.

Kate baissa les yeux, mal à l'aise. A quoi bon tenter de discuter avec Alessandro ? Il avait le pouvoir, de toute façon. Et elle n'avait pas envie de poursuivre cette conversation qui commençait à tourner sérieusement en rond.

— Vous étiez sur le départ, c'est bien ça ? interrogea-t-il tout à coup.

Elle acquiesça d'un signe de tête. Alors, il se leva d'un mouvement rapide, avec la souplesse d'un félin.

— Descendons ensemble, suggéra-t-il. Ou mieux encore, je vais vous raccompagner chez vous. Après tout, c'est bien normal puisque je vous ai retardée un vendredi soir. Où habitez-vous ?

Kate se mordilla la lèvre inférieure, nerveuse, et se mit à arranger une pile de papiers déjà parfaitement alignée.

— Depuis combien de temps êtes-vous ici ? demanda son employeur à brûle-pourpoint.

Elle leva la tête, étonnée.

— Vous voulez dire : dans ces bureaux ?

Elle jeta un coup d'œil autour d'elle. Se voir attribuer son propre bureau avait été pour elle le symbole de sa réussite professionnelle, la preuve qu'on appréciait son travail, et chaque matin quand elle en poussait la porte elle éprouvait une intense satisfaction à la pensée que ce qu'elle avait, elle ne le devait qu'à ses compétences.

— Oui, dans ces bureaux, confirma Alessandro.

Tandis qu'elle se levait et rangeait son ordinateur portable dans sa mallette, il nota chaque détail de sa tenue : jupe plissée, chemisier au col boutonné, chaussures à talons plats et oui, il avait raison, des collants ! Il retint un soupir désolé.

Quel dommage de s'attifer ainsi, comme si pour rien au monde on ne devait apercevoir une parcelle de sa peau nue, à part le visage et les mains ! Peut-être une jolie silhouette se cachait-elle par miracle sous ces vêtements informes ?

Il haussa les épaules, songeant qu'il n'aurait probablement pas la réponse à cette question et que, de toute façon, savoir si Kate Watson avait de jolies jambes ou pas lui était parfaitement égal.

— Presque six mois, dit-elle enfin. Au début, George m'a attribué ce bureau parce que j'avais des dossiers importants à gérer et que j'avais besoin de pouvoir me concentrer. Et puis je l'ai gardé après ma dernière promotion.

Elle se leva, mit sa sacoche en bandoulière, saisit son sac à main et, sans même s'en rendre compte, tira sur sa jupe comme si elle craignait qu'elle ne soit pas assez longue.

— Merci de votre proposition, ajouta-t-elle d'un ton parfaitement détaché, mais je vais la décliner. J'ai une ou deux courses à faire avant de rentrer chez moi.

— Des courses ?

— Oui, des courses, confirma-t-elle, légèrement agacée. Je dois passer chez l'épicier.

Alessandro nota avec surprise la contrariété de son employée. Il n'avait pas l'habitude que ses collaborateurs le renvoient ainsi dans ses buts — d'autant que c'était plus qu'aimable de sa part de lui avoir proposé de la raccompagner ! Piqué au vif, il décida de ne pas se laisser faire par cette étrange fille qui aiguisait de plus en plus sa curiosité.

— Pas de problème ! lança-t-il d'un ton léger. Mon chauffeur est rentré chez lui, c'est donc moi qui vous conduirai. Je m'arrêterai devant le magasin de votre choix, et ensuite je vous amènerai chez vous. Ainsi vous n'aurez même pas à porter vos paquets.

Elle garda le silence, et il considéra qu'il s'agissait d'une acceptation tacite.

— Nous en profiterons pour discuter de la meilleure

façon d'aborder la question avec George, une fois évaluées les sommes détournées, ajouta-t-il d'un ton impérieux.

— S'il les a détournées, corrigea sèchement Kate. Et de toute façon, il me semble que vous avez déjà décidé de ce que vous ferez ensuite, à savoir porter plainte et le jeter en prison.

Un silence tendu s'installa entre eux. Kate le dévisageait d'un regard accusateur, mais Alessandro ne broncha pas.

— Vous allez un peu vite en besogne, rétorqua-t-il. Je le poursuivrai s'il est coupable, mais je lui épargnerai la prison si je le peux. J'exigerai avant tout qu'il rembourse la société. Ensuite, nous verrons…

Il s'écarta pour la laisser passer. Elle éteignit les lumières et se dirigea vers la porte d'un pas décidé.

— Puis-je vous poser une question, Kate ? lança-t-il sur une soudaine impulsion. Alors que vous l'occupez depuis six mois, vous n'avez pas apporté la moindre touche personnelle à cette pièce. Pas de photos, de plante verte, de carte postale… Pourquoi ?

La jeune femme se raidit. Alessandro comprit qu'il avait touché un point sensible : sa vie personnelle, ses choix, c'était chasse gardée !

— Ici, c'est un bureau, répondit-elle d'une voix posée. Pas un boudoir.

Le mot l'amusa et il ne put s'empêcher de sourire.

— Un boudoir ? Pourquoi, chez vous, vous avez un boudoir ? lança-t-il, taquin.

Kate bouillait intérieurement. Qu'il la laisse en paix ! Elle ne voulait pas de ces questions, de ces railleries, de cette intrusion dans sa vie ! Elle devait se contrôler pour ne pas le remettre à sa place : il était son patron, elle ne devait pas l'oublier… Dommage, car elle aurait adoré lui faire comprendre que son charme ne marchait pas sur elle, que pour une fois il ferait un bide. Car, à l'évidence, il était convaincu qu'il lui suffisait de s'adresser à une femme pour qu'elle tombe en pâmoison.

On disait qu'il collectionnait les liaisons avec de ravissantes comédiennes ou mannequins. Qui étaient-elles ? Des filles un peu écervelées, comme sa mère autrefois, qui croyaient avoir trouvé le prince charmant ? Des arrivistes ravies de sortir dans des endroits branchés avec un chef d'entreprise en vue ? Des aventurières qui cherchaient un riche mariage ? Quoi qu'il en soit, ses histoires ne duraient jamais plus de quelques mois, et ce don Juan semblait avoir une réserve infinie de jolies blondes prêtes à se jeter dans ses bras.

— Non, je n'ai pas de boudoir, précisa-t-elle sèchement en se dirigeant vers l'ascenseur.

Elle pressa le bouton, évitant le regard de son compagnon.

— Dois-je vous envoyer par mail les informations que j'aurai trouvées ? interrogea-t-elle en redressant le menton, la sacoche serrée contre sa poitrine.

Alessandro resta un instant silencieux, perplexe. Il n'avait jamais rencontré une femme aussi tendue, aussi méfiante. Que s'était-il passé dans sa vie pour qu'elle ne se laisse jamais aller ? De quoi avait-elle peur ? De qui ? D'ordinaire, il lui suffisait d'un mot ou d'un sourire pour se mettre une femme dans la poche ; à trente-quatre ans, il n'avait jamais connu d'échec.

Sauf avec Kate Watson, cette étrange et brillante collaboratrice qu'il n'arrivait pas à dérider malgré tous ses efforts. Et ça commençait à sérieusement l'agacer…

L'ascenseur arriva, les portes coulissèrent en silence et Kate pénétra dans la cabine. Elle s'adossa à la paroi, la sacoche toujours plaquée contre elle comme un bouclier. Qu'imaginait-elle ? Qu'il allait profiter de l'exiguïté des lieux pour lui sauter dessus ? Il ne poussa pas le vice jusqu'à s'approcher d'elle et garda au contraire ostensiblement ses distances.

— Je préfère que vous évitiez les mails, déclara-t-il. N'importe qui peut les intercepter.

Kate inspira profondément, au plus mal. Dans cette cabine d'ascenseur, Alessandro lui paraissait plus viril que jamais, plus puissant, plus dangereux aussi. Dieu merci, le supplice ne durerait que quelques secondes...

— Vous êtes extrêmement prudent, murmura-t-elle en fixant avec intensité la paroi devant elle.

Soudain, elle perçut son odeur, subtil mélange de sa peau mâle et de son eau de toilette aux discrètes senteurs d'agrumes. Elle ne put réprimer un frisson. Ils n'avaient jamais été seuls dans un espace aussi restreint, et elle eut soudain l'impression étrange et terriblement déstabilisante d'être aussi vulnérable qu'une adolescente.

Alessandro se demanda soudain comment il n'avait pas remarqué avant la finesse des traits de Kate Watson, la grâce de son cou, la noblesse de son front. Malgré tous les efforts qu'elle faisait pour le cacher, elle était une belle femme. Une très belle femme. Si seulement elle détachait ses cheveux ! Elle aurait été alors carrément ravissante — abstraction faite naturellement de ses abominables vêtements.

— Peut-être George n'a-t-il strictement rien à se reprocher, reprit Kate d'un ton plus ferme. Peut-être vos soupçons sont-ils infondés.

— Pourquoi tenez vous tant à le protéger ?

— Je ne le protège pas ! J'affirme juste que jusqu'à preuve du contraire, il n'a rien fait de répréhensible. La présomption d'innocence, ça existe, non ?

Elle se découvrait tout à coup l'envie de se battre pour son supérieur direct, car elle ne pouvait pas envisager sa culpabilité. George avait été si prévenant avec elle, si précieux ! Il s'agissait sûrement d'une erreur, et elle serait heureuse de prouver à leur patron qu'il s'était trompé.

Alessandro ne releva pas le ton presque insolent de la jeune femme. Avec elle, il n'en était plus là, et elle se comportait de façon si étrange que plus rien ne l'étonnait.

— La présomption d'innocence, je connais, merci, dit-il sèchement. Il n'en reste pas moins que les comptes sont faux et qu'il manque de l'argent. Donc, George est soit incompétent, soit malhonnête, puisqu'il était le seul à gérer ces dossiers. Et dans les deux cas, il sera sanctionné. A présent, descendons récupérer ma voiture. Où dois-je vous déposer ?

2.

Pendant tout le week-end, Kate eut le plus grand mal à ne pas appeler George. Elle ne pouvait toujours pas envisager le fait qu'il se soit servi dans la caisse comme un vulgaire escroc. Il était si courtois, si charmant, un vrai gentleman ! Il l'avait prise sous son aile dès son arrivée dans la société, et lui avait prodigué de précieux conseils. Si elle avait si vite progressé, c'était en partie grâce à lui. Un geste aussi indélicat ne lui ressemblait pas.

Cependant, elle s'était souvenue a posteriori l'avoir en effet trouvé parfois un peu étrange ces trois derniers mois. Et puis, après avoir épluché les comptes pendant deux jours, elle avait bel et bien découvert des anomalies. Fort heureusement, il n'existait aucune société fantôme qui aurait pu faire craindre des fraudes de grande ampleur ; il n'en restait pas moins que certaines sommes débitées ne s'expliquaient pas.

Que s'était-il passé ?

Retenant un soupir, elle regarda sa montre. Il était presque 19 heures en ce lundi soir. A part quelques collègues qui bouclaient leur journée de travail, les employés étaient tous partis. Elle avait réussi à se débarrasser d'Alessandro le vendredi précédent, mais cette fois elle n'y coupait pas : elle était obligée de le rejoindre pour le mettre au courant de ses découvertes. Et l'idée de se retrouver seule avec lui ne la réjouissait guère, c'était un euphémisme !

La dernière fois qu'elle était allée dans le bureau directorial, c'était accompagnée de George et du chef du département financier, pour discuter d'un problème complexe de facturation. Elle se souvenait encore, avec une troublante précision, de l'instant où elle avait croisé son regard d'une extraordinaire intensité derrière ses longs cils. Elle avait aussitôt baissé les yeux, bouleversée sans raison. Et voilà qu'elle allait de nouveau se jeter dans la gueule du loup ! Elle était bien décidée à ne pas se laisser impressionner, cette fois.

Pourtant, quand elle s'arrêta devant la porte et frappa un coup discret, son pouls s'accéléra. Et quand Alessandro la pria d'entrer de sa voix grave, ce fut encore pire : ses jambes se dérobèrent presque sous elle.

Ridicule ! se dit-elle en entrant dans la vaste pièce à la décoration aussi raffinée que minimaliste.

— Changement de plan ! énonça-t-il sans préambule.

Elle s'arrêta net, partagée entre le soulagement et la déception. Il avait tellement insisté pour cet entretien, pourquoi ce brusque revirement ?

— Très bien, balbutia-t-elle. Je peux vous laisser le dossier, si vous n'avez pas de temps à me consacrer. Vous y lirez mes conclusions.

— Non, vous ne m'avez pas compris, protesta-t-il. Je vous emmène dîner dehors, nous serons mieux pour discuter.

Elle recula d'un pas, prise de court.

— Mais non, vous…

Il la coupa d'un geste.

— Acceptez voyons ! C'est tellement plus simple, et je meurs de faim !

— Mais…

Il se leva, attrapa sa veste de daim noir posée sur le canapé de cuir grège et la jeta négligemment sur son épaule.

— On y va ? Je vous demande de travailler au-delà de vos heures, il me paraît normal qu'en échange je vous invite à dîner !

Elle déglutit péniblement, terriblement consciente de sa présence physique. Il la dominait de sa haute stature, et dans sa chemise de lin blanc il semblait plus athlétique que jamais. Un trouble soudain l'envahit, et elle eut toutes les peines du monde à le lui cacher.

Au prix d'un gros effort sur elle-même, elle se redressa, resserra sa veste autour de sa poitrine et le regarda.

— Je peux vous laisser le dossier, répéta-t-elle lamentablement.

— Il s'agit de l'avenir d'un homme, affirma-t-il avec force. Il n'est pas question de s'en tenir à la seule lecture d'un dossier ! Nous avons besoin de discuter de tout en détail, de prendre du temps. Désolé si ce programme interfère pour vous avec un rendez-vous galant, mais dans la vie il faut faire des choix…

— Je n'ai pas de rendez-vous galant ! protesta-t-elle aussitôt avec vigueur.

Elle regretta de ne pas avoir tenu sa langue.

— Je n'aime pas sortir en semaine, ajouta-t-elle aussitôt. Et j'emporte parfois du travail chez moi. Je déteste quand les papiers s'accumulent.

Il s'arrêta net.

— Voyons, Kate, s'exclama-t-il, vous travaillez déjà plus que vos horaires officiels, vous n'allez pas en plus y passer vos soirées ! Je ne fais pas partie de ces patrons qui pensent que leurs employés n'ont pas de vie privée !

— Vraiment ? rétorqua Kate d'un ton ironique.

Ils se toisèrent du regard, et il nota une étincelle de défi dans son regard émeraude, qui n'était pas pour lui déplaire. Peut-être allait-elle enfin se dévoiler s'il poussait le bouchon un peu plus loin ?

— Que sous-entendez-vous ? demanda-t-il.

Elle réfléchit un instant et décida d'adoucir son propos.

— Qu'on n'arrive pas là où vous êtes si on est trop sentimental. Il faut être dur pour mener des hommes, j'imagine.

— Je ne suis pas d'accord. On peut être chef d'entreprise et avoir du cœur, figurez-vous ! D'ailleurs, en ce qui concerne

George Cape, j'appliquerai la règle s'il y a eu faute, rien de plus, rien de moins. Il assumera ses erreurs, si erreurs il y a.

Ils traversèrent le hall déserté de l'immeuble et se retrouvèrent dans la rue. Kate emboîta le pas à son patron. Elle avait décidé de ne pas insister au sujet de George : c'était inutile tant que rien n'était établi.

— Où allons-nous dîner ? demanda-t-elle d'un ton léger.

Il ralentit et lui jeta un regard de côté.

— Est-ce une façon subtile de m'indiquer que vous préférez changer de conversation ? lança-t-il avec un petit sourire.

Elle nota la fossette qui se creusait sur son menton volontaire, la lueur taquine dans ses yeux sombres, et lutta contre le trouble qui l'envahissait.

— Un peu, avoua-t-elle.

— Alors ne parlons plus de George… pour l'instant. Sachez simplement que j'ai beaucoup payé de ma personne pour créer et développer mes entreprises. Je ne laisserai personne les mettre en danger. Je fais confiance à mes collaborateurs. S'ils trahissent cette confiance, je m'en débarrasse. Point.

Alessandro s'arrêta devant ce qui semblait être un petit bar sans prétention, puis poussa la lourde porte. Kate aperçut une salle un peu sombre avec quelques tables dépareillées.

— Je ne vous imaginais pas dans ce genre d'endroit, murmura-t-elle comme si elle se parlait à elle-même.

Il sourit, amusé.

— Je connais le propriétaire depuis des années. Et j'aime le côté sans façon de ce lieu, comparé à tous les restaurants chichiteux où je suis obligé d'emmener mes clients.

A cet instant apparut leur hôte, un petit homme au sourire chaleureux. Il s'approcha d'Alessandro et le serra dans ses bras.

— Quelle bonne surprise ! s'exclama-t-il avec un fort accent italien.

Alessandro se mit à parler en italien, en gesticulant et en

souriant, à tel point que Kate eut l'impression de découvrir un autre homme. Un homme au charme méditerranéen terriblement efficace…

— Guido, je te présente Kate, dit-il enfin.

Elle serra la main du restaurateur, qui leur indiqua une petite table à l'écart, nappée d'un tissu à carreaux blancs et rouges et éclairée d'une simple bougie.

— Voilà, vous serez tranquilles ici !

Alessandro lui avança galamment sa chaise avant de s'asseoir. La lumière tamisée dessinait les traits racés de son compagnon, et une discrète musique de fond contribuait à détendre l'atmosphère. On aurait presque pu les prendre pour un couple d'amoureux, songea soudain Kate. Elle se raisonna aussitôt : en fait d'amoureux, on faisait mieux qu'un patron et son employée en pleine réunion de travail !

Elle fit mine d'ouvrir sa sacoche pour en extraire des papiers, mais il l'arrêta d'un geste.

— Pas de précipitation. Détendez-vous, profitez de l'endroit. Vous allez voir, la nourriture est délicieuse. Guido est le roi de l'osso-buco.

Il lui versa un verre de vin avant qu'elle ait le temps de protester.

— Vous me direz des nouvelles de ce chianti, lança-t-il. Il vient d'un petit producteur, cousin du patron. Laissez-vous un peu aller, nous ne sommes plus au bureau !

C'était bien là le problème, se dit Kate en se forçant à sourire. Au bureau, elle était en terrain neutre, protégée par le côté impersonnel des lieux. Dans ce restaurant, c'était tout le contraire…

— Vous n'enlevez pas votre veste ? demanda-t-il.

— Non, je préfère la garder.

Même si j'ai déjà trop chaud, ajouta-t-elle en son for intérieur. Elle n'avait aucune envie de se dévoiler, pas plus au propre qu'au figuré.

— J'ai mis un certain nombre de choses en évidence, commença-t-elle d'un ton détaché.

— Stop ! s'écria Alessandro en levant son verre. Accordons-nous quelques minutes agréables avant d'attaquer les sujets qui fâchent. Nous avons toute la soirée pour parler de George. Tchin !

Elle trinqua sans le moindre enthousiasme et se força à rendre son sourire à Alessandro, même si elle regrettait de plus en plus d'avoir accepté ce dîner.

Autour d'eux, les tables étaient toutes occupées à présent. Un joyeux brouhaha régnait dans la salle. Les convives semblaient être des habitués, et il régnait une ambiance presque familiale. Kate ne s'était jamais sentie aussi peu à sa place.

— Pourquoi travaillez-vous autant ? demanda tout à coup Alessandro.

— Je pensais que c'était le meilleur moyen de progresser dans une entreprise, mais peut-être ai-je tort, fit-elle observer d'un ton ironique après avoir posé son verre. Vous devriez être heureux que certains de vos employés se moquent des horaires.

— J'en suis satisfait, en effet. Mais je m'étonne simplement que vous ne privilégiiez pas plus votre vie privée.

Il lui lança un regard appuyé qui la fit rougir. Un frisson la saisit, son souffle s'accéléra. Elle nota combien les lèvres charnues de son vis-à-vis étaient sensuelles, puis se demanda comment elle réagirait s'il l'embrassait. Elle chassa aussitôt de son esprit l'image affolante d'Alessandro se penchant sur elle et lui prenant la bouche. Etait-elle en train de devenir folle ?

— Disons que je suis ambitieuse, dit-elle d'une voix qui par miracle ne tremblait pas. Je travaille beaucoup car je veux faire carrière. Je ne vois pas en quoi ceci est répréhensible. Je ne suis pas née avec une cuillère en argent dans la bouche. Tout ce que j'ai, j'ai dû me battre pour l'obtenir.

Kate s'interrompit, réalisant qu'elle ne lui avait jamais

autant parlé d'elle-même. Il valait mieux s'arrêter là. Son compagnon resta pensif un moment.

— Sous-entendez-vous que vos collègues viennent d'un environnement plus privilégié que le vôtre ? demanda-t-il enfin.

— Je ne sous-entends rien du tout. Je vous fais part d'un fait qui me concerne, parce que vous m'avez questionnée.

Alessandro avait remarqué que le rose était monté aux joues de la jeune femme. Il comprit à quel point ce sujet lui tenait à cœur. D'autre part, il était satisfait d'avoir enfin réussi à percer un peu la muraille qu'elle avait érigée autour d'elle. C'était inespéré. Hélas, déjà elle semblait s'être refermée comme une huître, comme si elle pensait en avoir trop dit. Ce constat le dépita.

Se redressant sur sa chaise, Kate Watson affichait un air déterminé qui signifiait à coup sûr qu'elle ne voulait plus qu'on l'importune.

— En tout cas, j'espère que de temps à autre vous vous accordez des moments de détente, sans plus vous préoccuper des bilans de nos clients et de votre carrière, fit-il comme s'il n'avait rien remarqué. Sinon, quel ennui…

Kate garda le silence. Sa vie manquait en effet terriblement de piquant, mais elle n'allait sûrement pas le reconnaître devant cet homme. Elle saisit ostensiblement la carte et l'étudia quelques secondes.

— Je prendrai le poisson, annonça-t-elle.

D'un discret signe de tête, Alessandro héla un serveur qui accourut immédiatement. Telle était la vie d'Alessandro Preda : il avait le charme et l'argent, alors un claquement de doigt, une inclinaison de la tête, et tout le monde accourait, sourire aux lèvres, prêt à tout pour le satisfaire. Et le comble était qu'il devait trouver cela parfaitement normal.

Tout comme il devait trouver normal que toutes les femmes succombent à son pouvoir de séduction. A en croire la presse people — et ses collègues —, rares étaient celles sur lesquelles il n'opérait pas. Par bonheur, elle faisait partie de celles-là. Kate esquissa une moue : pour être honnête, ce charme opérait peut-être un tout petit peu…

Alessandro commanda pour eux deux et offrit de lui remplir son verre déjà vide, ce qu'elle commença par refuser avant, après réflexion, d'accepter. Un peu d'alcool l'aiderait à se détendre, pensa-t-elle, et elle en avait bien besoin.

Elle ouvrit sa sacoche et en sortit un dossier qu'elle posa sur la table.

— Si on parlait de George ? suggéra-t-elle, la paume sur l'imposante liasse de papiers.

En guise de réponse, Alessandro posa la main sur la sienne. Le trouble de Kate fut tel qu'elle ne songea même pas à la retirer. Ils ne s'étaient jamais touchés, et cette soudaine intimité physique la déstabilisait profondément. Son pouls s'accéléra. Seigneur… Elle s'en voulait de réagir aussi violemment à un geste aussi anodin. Pas question de devenir comme ses collègues de bureau, qui défaillaient dès que leur patron arrivait ! Elle devait vraiment se contrôler, ou alors elle finirait par tristement leur ressembler.

— Nous ne sommes pas pressés, fit-il alors observer de sa voix grave aux accents sensuels.

Il retira sa main. Kate sourit avec peine. Il lui semblait que son corps tout entier était en ébullition.

— Désolée, je pensais que vous aviez fini de vous détendre.

— Je commence seulement ! protesta-t-il, amusé.

Il s'interrompit et fronça les sourcils, sérieux soudain.

— Plus j'y réfléchis, reprit-il, plus je réalise que j'aurais dû m'impliquer davantage dans le déroulement de votre carrière, puisque vous êtes une des étoiles montantes de la société.

— Etoile montante ? Vous exagérez ! s'esclaffa-t-elle. Et ne me dites pas que vous avez le temps de gérer les plans de carrière de vos employés.

Le serveur apporta leurs plats et s'éclipsa aussitôt, au grand soulagement d'Alessandro. La glace commençait à fondre avec Kate, mais elle était tellement sur la défensive qu'un rien pouvait la faire rentrer dans sa coquille. Ce tête-à-tête lui donnait enfin l'occasion d'établir un dialogue.

— Non, en effet, reconnut-il. Je laisse ça à mon directeur des ressources humaines. Qui probablement ne sait même pas que vous travaillez beaucoup plus que vos collègues…

— Ecoutez, ça, c'est mon problème, coupa-t-elle, agacée qu'il revienne encore et toujours sur le sujet.

— Mais le mien aussi ! J'ai tout intérêt à ce que mes employés soient heureux. Or le secret du bonheur, c'est l'équilibre entre vie professionnelle et vie privée. Vous semblez privilégier la première aux dépens de la seconde. Un jour ou l'autre, vous le paierez.

Kate serra les lèvres, cette fois franchement contrariée.

— Désolée de vous parler sur ce ton, mais j'estime que ceci ne vous regarde pas, répliqua-t-elle sèchement. Je donne toute satisfaction au bureau, et ce qui se passe dans mon appartement ne concerne que moi.

Pour tout dire, il ne s'y passait pas grand-chose, pensa-t-elle, non sans une pointe d'amertume. Qu'elle rentre tôt ou tard ne changeait rien à l'affaire puisque personne ne l'attendait. Aucun homme ne lui téléphonait le soir venu, inquiet de ne pas la voir, et quand elle poussait la porte de son deux-pièces, elle ne trouvait que le silence.

Un jour, cela changerait. Elle aurait un partenaire avec lequel échanger des idées, fonder une famille, donner un sens à sa vie. Mais quand ? Ce n'était pas en travaillant tous les soirs jusqu'à 22 heures qu'elle allait dénicher l'âme sœur… Alessandro n'avait pas tout à fait tort, et elle le savait très bien, même si elle avait du mal à l'admettre.

— A quoi pensez-vous ? murmura-t-il d'une voix préoccupée.

Elle se redressa brusquement et se sentit rougir comme un enfant pris en faute.

— Pardon ?

— Vous aviez l'air à des milliers de lieues d'ici !

— Non, pas du tout, bafouilla-t-elle en se rendant compte

avec effroi qu'elle avait un instant imaginé l'homme de sa vie sous les traits d'Alessandro.

— Ah… Je ne voulais pas être indiscret, et c'est vrai que votre vie privée ne me regarde pas. D'ailleurs, on peut travailler tard et avoir des fins de soirées très occupées, ajouta-t-il avec un petit sourire. Peut-être êtes-vous un oiseau de nuit…

Ces mots évoquèrent pour Kate un souvenir encore terriblement douloureux : elle revit sa mère se préparer pour partir travailler, au moment où elle-même allait se coucher. Elle se souvenait avec une cruelle précision de ses pantalons en lycra moulants, de ses bustiers qui lui remontaient la poitrine, de ses talons hauts sur lesquels elle trébuchait. Dès son plus jeune âge, Kate avait compris que des hommes la regarderaient, la toucheraient, la considéreraient comme un objet.

— Je vous interdis de dire ça ! s'écria-t-elle d'une voix étranglée en fustigeant son compagnon du regard.

La réaction de Kate avait été si violente qu'Alessandro resta un moment sans voix.

— Mais qu'ai-je dit de mal ? protesta-t-il enfin, stupéfait.

La jeune femme s'était déjà reprise.

— Rien, rien du tout ! balbutia-t-elle, confuse. J'ai réagi un peu fort, je le crains.

Il la dévisagea, perplexe. Pourquoi était-elle sortie ainsi de ses gonds ?

— Expliquez-moi, je vous en prie, insista-t-il en fronçant les sourcils. Je ne vois pas ce que j'ai pu dire d'offensant pour vous.

Il posa les mains sur la table et se pencha vers elle. Ses yeux la fixaient avec une extraordinaire intensité, comme s'il cherchait à lire en elle, et Kate eut l'impression qu'il avait le pouvoir de la mettre à nu. Infiniment troublée, elle décela sur les traits de son visage une expression d'empathie qui la bouleversa. Alessandro voulait vraiment la comprendre, et ce n'était pas de la curiosité malsaine. Pourquoi ne pas tout simplement répondre à sa question ? Pourquoi se cacher, encore et toujours ? N'était-il pas temps de parler à quelqu'un, puisque ce quelqu'un semblait réellement s'intéresser à elle ? Et tant pis si c'était son patron ! C'était si rare qu'on se préoccupe de son sort.

— C'est-à-dire que…

Elle s'interrompit, la voix soudain cassée. Alessandro l'encouragea d'un sourire.

— Je n'ai pas l'habitude de m'épancher, vous savez, avoua-t-elle, mal à l'aise.

En réalité, depuis son arrivée à Londres, elle n'avait jamais raconté son enfance à personne.

Adolescente, Kate était toujours restée à l'écart des autres. Pourquoi se faire des amis qui la rejetteraient dès qu'ils apprendraient qui était Lila ? Qui aurait voulu d'une copine dont la mère s'exhibait dans les bars et s'habillait comme une traînée, qui se donnait au premier venu pour peu qu'il lui ait fait une déclaration d'amour ?

Aussi avait-elle grandi sans amis ou presque, portant seule le fardeau de la honte, un fardeau double car elle avait honte de sa mère, honte de ce sentiment envers une femme qu'elle aimait malgré tout et plaignait du plus profond de son cœur. Oui, elle avait pitié de Lila, qui n'avait connu que la solitude et la désillusion et n'avait pas su offrir autre chose que son corps pour garder les hommes qui lui tournaient autour. Mais elle ne pouvait rien pour elle.

— J'ai eu une enfance un peu… compliquée, commença-t-elle d'une voix mal assurée. Trop inconstante pour garder un emploi de bureau, ma mère travaillait la nuit dans des bars ou des night-clubs et me laissait à garder chez des voisins quand j'étais petite fille. Dès l'âge de douze ans, j'ai été seule tous les soirs, livrée à moi-même. J'aimais ma mère, je l'aime toujours, mais je détestais la façon dont elle gagnait sa vie.

Il y eut un silence, et Kate sut gré à Alessandro de ne pas lui poser la question qui devait lui brûler les lèvres.

— Elle était hôtesse dans des bars, expliqua-t-elle d'une voix sourde, strip-teaseuse à ses heures, et l'idée que des hommes la voyaient à moitié nue me révulsait. Elle tombait amoureuse pour un oui ou pour un non, et bien sûr les types profitaient d'elle avant de la laisser tomber au bout de quelques semaines.

— Je comprends à présent pourquoi l'expression « oiseau de nuit » vous a fait bondir, fit observer Alessandro d'une voix grave.

Kate fixa son verre vide, regrettant déjà d'avoir parlé. Personne ne connaissait son histoire au bureau, alors pourquoi avait-elle eu l'idée saugrenue de la raconter à son patron ?

— Où vit votre mère aujourd'hui ?

— En Cornouaille.

Elle leva les yeux. La beauté virile d'Alessandro la frappa comme jamais. Il semblait soucieux, visiblement ébranlé par ce qu'il venait d'entendre, et ses traits nobles exprimaient une réelle compassion. De ses longs doigts, il jouait machinalement avec une petite cuillère. Kate ne pouvait pas détourner ses yeux de ses mains puissantes et fines à la fois, magnifiques, qu'elle imagina sur la peau d'une femme. Sur sa peau à elle…

Un frisson la parcourut, et elle se ressaisit avec difficulté. Elle divaguait.

— Elle s'est mariée deux fois, reprit-elle. Par bonheur, son deuxième époux lui a laissé suffisamment d'argent après leur divorce pour qu'elle s'achète une petite maison. Elle avait toujours rêvé de vivre au bord de la mer. Pour l'instant, elle semble s'être enfin posée. Je croise les doigts.

— Et votre père ?

— J'ignorais que je serais soumise à un tel feu de questions, rétorqua-t-elle, ironique.

Elle hésita un instant à botter en touche, mais à quoi bon ? D'abord, c'était trop tard, elle en avait trop dit, et surtout,

Alessandro était si attentif ! Elle avait si peu l'habitude qu'on s'intéresse à elle.

— Pour tout vous dire, je ne l'ai jamais vu, répondit-elle d'un ton presque détaché. Il a quitté ma mère juste après ma naissance. Elle ne s'en est jamais remise. Je crois qu'elle l'a cherché sa vie entière à travers tous ces hommes qui abusaient de sa naïveté.

— Et aujourd'hui, il y a quelqu'un dans sa vie ?

Kate sourit, d'un sourire qui illumina l'ovale parfait de son visage, jetant des étincelles dans le magnifique vert émeraude de ses grands yeux en amande, creusant des fossettes au creux de ses joues. *Quelle jolie fille !* pensa Alessandro. Comment ne s'en était-il pas aperçu plus tôt ?

— Non, répondit-elle d'une voix presque paisible. Je crois qu'elle a enfin compris. Elle vit seule.

— Et dans votre vie à vous, y a-t-il quelqu'un ? enchaîna-t-il sans la quitter du regard.

Ses pensées s'égarèrent soudain, et il l'imagina dans ses bras. Kate Watson était bien plus que ce qu'elle s'autorisait à dévoiler aux autres. Sans qu'il comprenne pourquoi, elle avait entrouvert la porte pour lui, et il devinait que cette femme sur ses gardes, qui savait si bien cacher sa beauté, recelait des trésors.

Il aurait tout donné pour qu'elle ouvre la porte plus grand, qu'elle le laisse découvrir encore plus de sa personnalité. Mais rien n'était moins sûr : elle allait probablement non seulement regretter ses confidences, mais lui en vouloir de l'avoir écoutée…

Soucieux de ne pas se laisser mener par ses émotions, Alessandro avait toujours été très méfiant avec les femmes. Fils unique, il avait souffert en silence d'être exclu du couple fusionnel que formaient ses parents. Ni sa mère ni son père ne l'avaient laissé prendre sa place au sein de la famille ; ils avaient géré leur existence en dépit du bon sens, sans jamais se soucier du sort de leur fils.

Il s'était donc juré de garder le contrôle sur sa vie amoureuse. Quand il séduisait une femme, il savait pertinemment qu'il s'en lasserait rapidement et avait l'honnêteté de la prévenir. La plupart de ses conquêtes faisaient fi de ses mises en garde, chacune étant persuadée qu'elle serait celle qui le ferait définitivement craquer. Elles se trompaient. Jusque-là, il ne s'était jamais laissé prendre au piège.

Pourtant, cette fois, c'était différent. Aucune femme ne l'avait intrigué comme Kate, et il détestait ne pas comprendre. Il s'était toujours interdit de mélanger vie sentimentale et vie professionnelle, mais elle lui faisait oublier cette règle.

Il l'observa à la dérobée, de plus en plus sous le charme, à tel point qu'une violente érection le saisit par surprise. Il était temps de se reprendre…, s'ordonna-t-il, gêné. Ne savait-il plus se tenir !

— Vous ne répondez pas ? demanda-t-il d'une voix sourde.

Elle se mordit la lèvre dans un geste qui trahissait sa nervosité, et la rendait plus charmante encore. Sa poitrine se souleva sous l'effet de l'émotion ; Alessandro tenta d'imaginer ses seins sous le coton, comme un adolescent à son premier flirt.

— Je…

Kate s'interrompit, chamboulée, et dut faire un effort pour poursuivre :

— J'ai tout misé sur ma carrière jusqu'à aujourd'hui, expliqua-t-elle d'une voix mal assurée. Je n'ai pas eu le temps pour autre chose.

— Même pas pour vous distraire un peu ?

Elle toisa son compagnon d'un regard peu amène. Cette fois, il allait trop loin !

Alessandro nota avec surprise les traits crispés de Kate, sa mine sombre. Elle était soudain redevenue la collaboratrice au look de vieille fille dont personne ne pouvait deviner les pensées.

— Ce n'est pas mon genre, répondit-elle d'un ton pincé qui signifiait que le sujet était clos. Et à présent, je crois que je vais m'éclipser, si vous m'y autorisez. Il est trop tard de toute façon pour discuter chiffres. Je suggère que nous remettions ça à plus tard, au bureau. George mérite qu'on lui consacre du temps avant de le cataloguer comme coupable, vous ne pensez pas ?

Tout en parlant, elle triturait machinalement son chignon, en plein désarroi, comme pour s'aider à tenir tête à Alessandro. Au moins, son chignon, lui, était à sa place ! Quant au reste de sa personne, c'était autre chose… Jamais elle ne s'était sentie aussi fragilisée !

— Alors, quel est votre genre ? murmura Alessandro, d'une voix grave qui déclencha chez elle un frisson incontrôlable.

Kate le regarda comme s'il lui avait parlé chinois.

— Vous préférez ne pas répondre, c'est ça ? Vous avez décidé de redevenir l'employée modèle aussi discrète qu'une souris ?

Le ton vaguement méprisant qu'elle décela dans sa voix lui déplut infiniment.

— Modèle ou pas, je suis ici en tant que votre employée, en effet, précisa-t-elle, glaciale. Et c'est pour parler de George que j'ai accepté ce dîner. Pas de moi.

Guido arriva fort opportunément sur ces entrefaites, évitant à Alessandro de réagir à ces mots peu aimables. Il remercia encore une fois Alessandro de sa présence, avec force exclamations. Dès qu'il se fut éloigné, Kate se leva.

— Je vais prendre un taxi, annonça-t-elle d'un ton décidé.

— Il n'en est pas question !

Il la prit par le bras et l'entraîna vers la sortie sans lui demander son avis. Une fois sur le trottoir, il passa un bref appel sur son téléphone portable.

Une limousine stoppa devant eux quelques instants plus tard.

— Voici ma voiture de fonction, annonça Alessandro. John, mon chauffeur, va vous ramener chez vous. Vous serez ravie d'apprendre que je ne viens pas avec vous. Je récupère ma propre voiture. Vous serez enfin seule, débarrassée de moi.

Ils se contemplèrent longuement, et Kate comprit qu'il savait exactement par quelles affres elle était passée pendant toute la soirée.

— Merci, balbutia-t-elle, confuse.

— Nous reprendrons tout ceci un peu plus tard, affirma-t-il. Je vous appellerai pour fixer un nouveau rendez-vous.

Elle se contenta d'acquiescer d'un mouvement de tête. Une chose était certaine : elle ne dînerait plus jamais seul à seule avec lui. Jamais !

Alessandro ouvrit la portière à la jeune femme et se pencha sur elle quand elle fut installée.

— Bonne nuit, mademoiselle Watson, murmura-t-il. Faites de beaux rêves.

Puis il referma la portière et resta un moment à regarder la limousine filer vers le bout de la rue. Alors, il esquissa un petit sourire de satisfaction. La période qui s'annonçait promettait d'être particulièrement intéressante.

3.

Jusque-là, Kate avait toujours considéré son lieu de travail comme un refuge, un endroit où, parfaitement en sécurité, elle contrôlait ce qui se passait, bâtissait jour après jour son avenir en réalisant ses projets, où personne ne l'importunait jamais, ne connaissant ni sa famille ni son histoire.

Ça, c'était avant…

A présent, dès qu'elle pénétrait dans le hall de la grande tour au centre de Londres qui abritait le siège d'AP Logistics, elle devenait nerveuse, agitée. Elle rejoignait son étage, s'asseyait dans son confortable fauteuil, puis avait le plus grand mal à se concentrer sur son travail. Ce qui ne lui était encore jamais arrivé. Sans vouloir vraiment se l'avouer, elle guettait l'apparition d'Alessandro.

Depuis leur dîner quelques jours auparavant, il était venu la voir plusieurs fois sous un prétexte ou un autre. A chaque fois, il commençait par s'excuser de la déranger.

— Je sais, vous êtes débordée, Kate, disait-il avec un de ces sourires ravageurs dont il avait le secret, mais en l'absence de George Cape, il n'y a que vous qui puissiez démêler ce problème.

La veille, il avait même ajouté :

— D'ailleurs, il semble prendre des vacances à rallonge, et je finis par me demander s'il reviendra un jour. S'il s'évanouit dans la nature, il faudra que vous repreniez le flambeau, c'est vous qui le remplacerez. Alors autant vous y mettre tout de suite !

Une heure auparavant, ça n'avait pas manqué : alors que la journée tirait à sa fin, il avait surgi à l'improviste dans le service, au grand dam de ses collègues. La plupart avaient déjà levé le pied en prévision de leur départ proche, et avaient aussitôt replongé le nez dans leurs dossiers dans l'espoir que le big boss ne remarquerait rien.

Kate, elle, était restée de marbre, même si la seule présence d'Alessandro la rendait fébrile. Elle ne s'était toujours pas pardonné de lui avoir stupidement raconté sa vie et éprouvait une terrible gêne à la pensée de tout ce qu'il savait désormais sur elle.

— Cette fois, Kate, j'ai vraiment besoin de votre expertise ! annonça-t-il d'emblée en entrant dans son bureau. Notre plus gros client est en guerre avec les impôts sur un point de TVA litigieux et me demande conseil. Une récente fusion-acquisition ne fait que compliquer les choses et, pour couronner le tout, il y a des antécédents de redressement fiscal.

Kate esquissa une moue dubitative.

— Je crains de ne pas avoir les compétences requises, répondit-elle prudemment. Pourquoi n'interrogez-vous pas le chef du service financier ? Il serait certainement plus à même de vous renseigner.

Alessandro s'assit au bord de la table avec une parfaite décontraction, et le fin lainage de son pantalon se tendit sur ses cuisses puissantes, dessinant ses muscles d'athlète accompli. Kate, le souffle court, s'obligea à détourner les yeux de ce spectacle infiniment troublant. Il émanait de toute sa personne une telle aura de virilité, une telle sensualité, qu'elle ne parvenait pas à se concentrer sur ses paroles.

— Pourquoi ? Parce que vous avez déjà traité ce genre de dossiers et que j'ai confiance en votre flair, répondit-il en plongeant son regard dans le sien. Vous saurez trouver la solution, j'en suis sûr.

Elle acquiesça, résignée. Quoi qu'il arrive, il aurait le dernier mot. N'était-il pas son patron ? Elle ne pouvait décemment pas refuser la tâche qu'il lui confiait.

De plus, et quand bien même elle ne l'aurait admis devant lui sous aucun prétexte, sa proposition ne lui déplaisait pas, bien au contraire. Elle avait toujours aimé relever les défis, et c'est précisément parce qu'elle savait prendre des risques qu'elle était montée en grade aussi vite.

Dès le départ d'Alessandro, les secrétaires se tournèrent vers Kate, surexcitées, et l'assaillirent de questions. Que pensait-elle de lui ? Pourquoi venait-il si souvent la voir, alors que précédemment il ne mettait pas les pieds dans le service ? Y avait-il anguille sous roche ? ajouta la plus hardie en jetant un clin d'œil complice à ses collègues.

Kate haussa les épaules d'un air détaché, comme si tout cela n'était qu'enfantillages.

— Si M. Preda vient souvent me voir, c'est uniquement parce que George est absent, expliqua-t-elle d'un ton détaché. Vous avez vraiment trop d'imagination.

D'ailleurs, au grand étonnement de Kate, Alessandro n'avait pas abordé le cas George. Peut-être était-il trop occupé ? Ou avait-il décidé de lâcher l'affaire ? Elle le souhaitait pour George. Car si celui-ci avait quelque chose à se reprocher, il n'avait nulle compassion à attendre de la part de leur employeur.

Ebranlée par cette entrevue, elle quitta les lieux plus tôt que d'habitude et arriva chez elle avant 19 heures.

Heureuse de se retrouver enfin seule, loin des tracas du bureau — et surtout d'Alessandro —, elle referma la porte derrière elle avec un soupir de soulagement et s'empressa d'ouvrir grand les fenêtres. En cette belle journée d'été, la température était encore élevée, et les rayons du soleil déjà déclinant inondaient son appartement.

De la rue lui parvenaient d'alléchantes odeurs de nourriture. Les voisins devaient préparer un barbecue, se dit-elle, comme ils le faisaient tous les week-ends. C'était un jeune couple avec deux enfants, les seuls qu'elle connaissait dans l'immeuble.

Elle regretta d'avoir refusé d'accompagner au pub deux de ses collègues qui l'avaient gentiment sollicitée. Pourquoi déclinait-elle toujours ce genre de proposition ? Que risquait-elle à s'accorder une heure devant une bière à discuter de tout et de rien ? Elle ne connaissait pas vraiment la réponse, mais les faits étaient là : il était 19 heures, la soirée s'annonçait magnifique, et elle allait la passer seule devant sa télé ou avec un bouquin, alors qu'elle aurait pu être dehors, à rire et plaisanter avec des gens de son âge, à flirter et, pourquoi pas, se laisser séduire par un homme qui lui ferait l'amour toute la nuit. C'était ce que faisaient les filles de sa génération, alors pourquoi pas elle ? Voilà si longtemps qu'elle n'avait pas passé la nuit avec un homme !

Trois ans exactement… Depuis qu'elle avait rompu avec Sam, son seul véritable petit ami jusque-là. Leur relation avait duré quelques mois, elle y avait presque cru, puis tout s'était gâté. Sam aurait voulu qu'elle consacre plus de temps à leur couple et moins à sa vie professionnelle. Elle n'avait pas répondu à ses attentes. Elle avait même jugé inconcevable qu'il ne la comprenne pas. Elle voulait faire carrière, son travail était pour elle primordial. Dans ces conditions, il était normal selon elle qu'elle rentre tard le soir en rapportant parfois des dossiers. Sam n'avait pas supporté, et elle n'avait rien voulu changer à son rythme de vie.

Résultat : elle était seule. Elle ne regrettait pas Sam, car elle savait qu'il n'était pas l'homme de sa vie, mais elle aurait apprécié de la compagnie, avoir quelqu'un à qui parler tout simplement, quelqu'un à retrouver le soir.

D'un geste rageur, elle referma les fenêtres. Elle ne voulait pas sentir les délicieuses odeurs du barbecue, entendre les voisins discuter et plaisanter avec leurs amis, la renvoyant à sa propre solitude. Pour la première fois, cette solitude qu'elle se targuait d'avoir choisie lui pesait terriblement.

Elle se dit qu'une douche la délasserait. Elle resta longtemps sous le jet puissant, qui en effet la détendit quelque peu. Il faisait toujours chaud, aussi enfila-t-elle un short et un débardeur. Pieds nus, elle se jeta sur son canapé et se prépara à affronter une longue soirée. Pourvu qu'il y ait une bonne émission à la télé ; ou même un programme stupide qui lui permettrait de ne pas penser, ni à son travail ni à Alessandro.

Car, elle ne pouvait pas se le dissimuler : plus le temps passait, plus il occupait son esprit…

Non seulement il était l'homme le plus séduisant qu'elle ait jamais rencontré, mais il avait réussi à lui faire dire des choses qu'elle n'avait pratiquement jamais avouées à personne. Elle s'était dévoilée comme jamais auparavant, sans comprendre comment elle en était arrivée là.

Plus elle côtoyait Alessandro, plus elle découvrait sa personnalité fascinante, son charisme. Il débordait d'énergie, d'intelligence, croquait la vie à belles dents comme s'il ne voulait rien rater de ce que pouvait lui offrir l'existence. Exactement le contraire d'elle-même, qui se méfiait de tout le monde, ne partageait rien avec personne, vivait dans un univers rétréci. Côtoyer Alessandro la renvoyait à ses faiblesses, à ses blocages, à ses peurs, et ce n'était pas agréable. Voire douloureux.

Agacée contre elle-même et le monde entier, elle se redressa et saisit la télécommande, prête à s'abrutir devant n'importe quel programme. Dorénavant, elle éviterait Alessandro Preda. Il ne lui faisait pas de bien. Elle se tiendrait sur ses gardes et s'abstiendrait de s'épancher. Sa vie ne le regardait pas.

Soulagée d'avoir pris cette décision, elle se mit à zapper. Elle venait d'arrêter son choix sur un programme animalier quand la sonnette la fit sursauter. Qui pouvait bien la déranger à cette heure-ci, alors qu'elle n'avait jamais de visites ?

De nouveau, on sonna.

Elle se leva à contrecœur. Quand elle ouvrit, prête à éconduire un démarcheur un peu trop zélé, elle crut que son cœur s'arrêtait de battre.

Dans l'espace exigu du palier, Alessandro Preda paraissait plus athlétique et viril que jamais. Kate eut du mal à intégrer le fait que c'était bien lui, là, dans son immeuble, tant sa présence lui paraissait incongrue !

Les traits figés, il ne prononça pas un mot. Il se contenta de la fixer avec intensité, comme s'il ne l'avait jamais vue. Elle réalisa tout à coup en voyant un éclat trouble s'allumer dans ses prunelles qu'en effet, vêtue comme elle l'était, il ne devait pas la reconnaître !

Le regard de son visiteur glissa de ses seins, que l'on devinait sans peine sous le fin coton du débardeur, jusqu'à ses longues jambes que dévoilait son minishort. Sous cette caresse visuelle infiniment troublante, elle frissonna comme s'il l'avait touchée.

Le silence se prolongea, chargé soudain d'une tension presque électrique.

— Vous ne me proposez pas d'entrer ? lança Alessandro d'une voix rauque.

Le choc était tel qu'il avait du mal à articuler correctement. « Tel est pris qui croyait prendre », pensa-t-il. Il avait voulu miser sur l'effet de surprise en débarquant chez son employée sans crier gare, et c'était lui qui en était pour ses frais.

Il n'en croyait pas ses yeux… Il avait l'impression de découvrir une autre Kate Watson, ou plutôt d'avoir confirmation de ce qu'il avait confusément pressenti. Mais il n'aurait jamais imaginé qu'elle était aussi belle, aussi désirable, aussi excitante ! Avec son short et sa queue-de-cheval, elle avait le charme juvénile et la fraîcheur sensuelle d'une adolescente. S'il n'avait pas été sûr d'avoir sonné chez elle, après avoir vérifié trois fois que c'était la bonne porte, il ne l'aurait pas reconnue.

Qui aurait pu deviner que sous ses jupes plissées et ses chemisiers boutonnés jusqu'au cou, Kate Watson cachait un corps de rêve ? Des seins fermes et généreux, haut placés, dont il distinguait les mamelons épanouis sous le tissu légèrement transparent, une taille de guêpe, des jambes fuselées au galbe parfait.

Il déglutit péniblement. Kate Watson était une véritable bombe, et la surprise allait bien au-delà de ses attentes. Tout séducteur chevronné qu'il était, Alessandro en était tout étourdi !

— Puis-je vous demander ce que vous faites ici ? demanda-t-elle d'un ton glacial, le ramenant au réel.

Il perçut sa colère rentrée : elle n'appréciait pas qu'il vienne la débusquer jusque chez elle, dans cette sphère privée qu'elle défendait si jalousement. Reculant d'un pas, elle croisa les bras sur sa poitrine dans une tentative dérisoire pour cacher ses seins.

— Désolé, je vous prends un peu au dépourvu, je sais, rétorqua Alessandro en se passant la main dans les cheveux. J'ai été très occupé cette semaine. Je voulais absolument discuter du cas de George avec vous, mais je n'en ai malheureusement pas eu le temps. Alors j'ai pensé que la meilleure solution était de venir ici. Commc vous l'avez fait remarquer, ce problème mérite qu'on y consacre du temps ; or vous savez qu'au bureau nous sommes toujours pressés.

Elle ne sembla pas convaincue : son visage restait fermé, ses sourcils froncés.

— Pourtant, vous avez trouvé le temps de venir me voir plusieurs fois cette semaine, fit-elle observer sèchement.

Il fit semblant de ne pas avoir entendu :

— Ce palier est très charmant, mais ce serait tout de même plus agréable de discuter à l'intérieur, vous ne trouvez pas ? A moins que vous teniez à ce que vos voisins entendent notre conversation…

De mauvaise grâce, elle lui fit signe d'entrer et l'entraîna vers la cuisine. Alessandro la suivit. Sa libido monta encore d'un cran en voyant ses fesses rondes et fermes moulées par le short, ses cuisses fines, la ligne gracieuse de ses épaules. De nouveau, une érection le prit au dépourvu — comme quand, jeune adolescent, il commençait à rêver aux filles.

Kate Watson se rendait-elle seulement compte de l'effet qu'elle avait sur les hommes ? Qu'ouvrir à n'importe qui dans cette tenue était le comble de la tentation sensuelle pour la plupart des mâles ?

— Attendez-moi un instant, je vais me changer, annonça-t-elle comme si elle avait lu dans ses pensées. Pour tout vous dire, je trouve assez désagréable que vous arriviez ainsi sans crier gare.

— Pourquoi donc ?

Le rose vint aux joues de Kate comme Alessandro parcourait avec insistance ses formes. Ses mamelons se dressèrent. Affolée, elle serra encore plus fort les bras sur sa poitrine. Telle une petite souris, elle aurait voulu pouvoir se glisser dans un trou pour se soustraire au regard de cet homme qui lui faisait perdre tous ses moyens.

Alessandro avait le plus grand mal à maîtriser la vague de désir qui le submergeait. Voilà bien longtemps qu'il n'avait pas éprouvé un tel émoi ! La violence de son érection l'étonnait et le gênait tout à la fois. Pourtant, il séduisait des top models, des comédiennes en vue, des filles ravissantes ! Alors pourquoi Kate Watson lui faisait-elle cet effet-là ?

Et si c'était justement parce que non seulement elle ne jouait pas de sa féminité, mais prenait un malin plaisir à cacher son pouvoir de séduction ? Peut-être aussi avait-elle tout simplement éveillé sa curiosité, suscité en lui l'envie de la forcer à se dévoiler, à lui prouver qu'elle pouvait être séduite — par lui, en l'occurrence… Ou alors il était célibataire depuis trop longtemps. En effet, depuis quelques mois, après avoir enchaîné plusieurs liaisons sans lendemain, il marquait une pause, lassé d'avoir à expliquer à des compagnes en pleurs qu'il ne les épouserait jamais.

Toutefois, quelle qu'en soit la raison, il réagissait face à Kate Watson comme il n'avait jamais réagi face à aucune autre femme ; et cela l'intriguait, voire même l'inquiétait.

— Allez-vous vous changer parce que vous ne pouvez pas supporter l'idée de vous présenter à moi autrement que comme mon employée ? reprit-il sans la quitter des yeux, provocateur. Parce que me voir en dehors du bureau vous met mal à l'aise ?

Elle resta silencieuse et Alessandro regretta soudain son agressivité.

— Cela dit, vous avez raison : je n'aurais pas dû venir sans m'annoncer, concéda-t-il d'un ton plus doux. Je peux comprendre que vous soyez contrariée.

— Ce n'est pas cela qui me contrarie, dit Kate d'une voix hésitante.

Elle s'interrompit, gênée. Elle aurait dû changer de sujet. Mais après tout, elle était chez elle, c'était lui l'intrus ! Elle pouvait bien lui dire ce qu'elle avait sur le cœur.

— Ce qui me contrarie, reprit-elle, c'est que les gens parlent au bureau.

— Les gens parlent ? répéta-t-il en fronçant les sourcils, l'air étonné. Que voulez-vous dire par là ?

— Vous savez…, balbutia-t-elle, cruellement consciente d'être ridicule. Vous êtes venu souvent dans mon bureau ces derniers temps, et…

Elle s'arrêta de nouveau, au plus mal.

— Et ? reprit-il, sans faire le moindre effort pour la tirer de cette mauvaise passe.

— Les employés se posent des questions, se força-t-elle à poursuivre.

— Quelles questions ?

Kate leva les yeux au ciel, outrée. Ainsi, Alessandro avait décidé de lui faire passer le plus mauvais quart d'heure de sa vie ! Elle était acculée, mais ne pouvait reprocher à personne d'autre qu'à elle-même de s'être mise dans une situation aussi inconfortable.

— Je ne sais pas exactement, mais je n'aime pas les ragots, voilà tout, répondit-elle en reprenant un peu d'assurance.

Il leva les bras avec un sourire désarmant

— Mon Dieu, Kate, mais les ragots, ça fait partie de la vie de bureau ! s'exclama-t-il d'un ton désabusé. Depuis tout ce temps, vous ne le saviez pas ? Vous ne pourrez pas rester indéfiniment dans votre tour d'ivoire, protégée des commérages et du qu'en-dira-t-on !

Il n'avait pas tort. Il était illusoire d'espérer maintenir une barrière étanche entre vie privée et vie professionnelle. Personne ne le pouvait. Elle devait donc rester prudente. C'est-à-dire éviter de raconter sa vie à son patron comme elle l'avait fait récemment.

— Peut-être, fit-elle, pensive. Si vous me le permettez, je vais me changer. Il y a une bouteille de vin blanc ouverte dans le réfrigérateur. Ou du café, comme vous préférez. La cuisine n'est pas grande, vous trouverez sûrement votre bonheur.

Sur ces mots, elle s'éclipsa à la hâte, impatiente de se soustraire au regard d'Alessandro.

Dans sa chambre, elle jeta un œil au miroir en pied et eut un choc. C'était ainsi qu'il l'avait vue ! pensa-t-elle affolée. Les cuisses nues, les seins libres sous le débardeur, les cheveux négligemment attachés en queue-de-cheval ! Elle songea avec horreur que quand sa mère sortait le soir pour travailler, elle était presque aussi dénudée. Quelle image avait-elle donné d'elle-même à son patron ?

Elle prit une grande respiration pour recouvrer son calme

et jeta un coup d'œil par la fenêtre. Sur la pelouse des voisins, autour du barbecue, elle aperçut deux filles en short et T-shirt elles aussi, qui n'étaient pas pour autant des hôtesses de bars mal famés. Quand s'affranchirait-elle de ce jugement négatif qu'elle portait sur toute fille un peu aguicheuse, un peu court vêtue, sous prétexte qu'elle lui rappelait sa mère ?

Cinq minutes plus tard, Kate ressortit de sa chambre, le cœur plus léger. Elle avait enfilé un jean et un chemisier, remis en place sa queue-de-cheval après avoir renoncé à se faire son sempiternel chignon. Elle ne s'était pas maquillée, mais s'était parfumée légèrement, comme pour se donner du courage face à Alessandro. Ce n'était pas aussi efficace qu'une jupe longue et un col boutonné, mais l'odeur discrètement vanillée l'apaisait.

Alessandro était assis devant le bar, un verre de vin blanc dans les mains.

— J'aime votre appartement, déclara-t-il. Il est lumineux, bien agencé, plein de charme avec ses tommettes et sa cheminée. Un immeuble ancien, ça change tout !

— Vous avez visité mon appartement ? s'étonna-t-elle. En tout cas, ça n'a pas dû vous prendre beaucoup de temps, il n'est pas grand.

Elle se servit un verre à son tour. Elle buvait peu, mais ne pouvait décemment pas ne pas accompagner son visiteur. Elle n'avait pas l'intention de lui dérouler le tapis rouge, mais il ne s'agissait pas pour autant d'être discourtoise.

— Vous ne lui ressemblez pas, vous savez, affirma-t-il tout à coup.

De qui parlait-il ? se demanda Kate, prise au dépourvu. Elle ne mit que quelques secondes à comprendre, et sa main se crispa autour du verre, au risque de le briser.

— Ah oui ? fit-elle comme si elle n'avait pas enregistré les paroles d'Alessandro. Si vous me donnez quelques instants, je vais aller chercher le dossier de George, ajouta-t-elle aussitôt, dans une tentative aussi désespérée que maladroite pour changer de sujet.

— Vous avez parfaitement entendu, Kate. Vous ne ressemblez pas à votre mère.

Elle se figea.

— J'ai vu des photos sur votre bibliothèque, expliqua-t-il. C'est bien d'elle qu'il s'agit, n'est-ce pas ?

Une colère sourde s'empara de Kate. Pourquoi son patron venait-il l'importuner dans son appartement ? S'immiscer dans ses affaires ?

— Vous n'auriez pas dû venir, rétorqua-t-elle d'une voix sèche. Je regrette amèrement de vous avoir parlé l'autre jour.

— Pourquoi ? En quoi est-ce répréhensible de faire des confidences à quelqu'un qui vous écoute de manière bienveillante ?

— C'est inutile, c'est tout. Et sans objet. Je suis sûre que vous, vous savez tenir votre langue au lieu de vous répandre bêtement sur vous-même comme je l'ai fait l'autre soir. Vous ne vous confiez pas à ces superbes filles avec lesquelles vous sortez, n'est-ce pas ?

Elle se mordit la lèvre. Seigneur, pourquoi faire allusion à la vie amoureuse d'Alessandro, dont elle se fichait comme de l'an quarante, n'est-ce pas ? Elle retint un soupir comme elle réalisait avec effarement que, malgré tout ce qu'elle pouvait se raconter à elle-même, eh bien non, elle ne se fichait pas du tout d'Alessandro Preda et de sa vie amoureuse ! Depuis qu'ils se côtoyaient en tête à tête, elle ne pensait plus qu'à lui.

Il entrait dans la pièce, et plus rien d'autre n'avait d'importance. Quand il la regardait, elle se sentait femme ; quand il se penchait vers elle, des frissons la parcouraient et elle prenait conscience comme jamais auparavant de son sexe, de ses seins, de son corps tout entier, avec ses pulsions et ses attentes. Il éveillait chez elle un désir qu'elle croyait maîtrisé depuis longtemps, et ce déchaînement de sensualité la laissait pantelante. En sa présence, elle ne se reconnaissait plus. N'était-ce pas terriblement inquiétant, particulièrement pour quelqu'un comme elle qui avait fait du contrôle de soi la ligne directrice de son existence ?

— C'est exact, je ne parle jamais de moi à mes maîtresses, concéda-t-il. Je ne suis pas du genre à m'étendre sur moi-même. Vous et moi, sur ce point, nous sommes semblables. Mais vous avez tellement peur de ressembler à votre mère que vous êtes prête à tout pour qu'on ne vous remarque pas. Que les hommes ne vous regardent pas. Or, vous savez, il n'y a rien de honteux à assumer sa féminité.

— Mais je l'assume parfaitement, protesta Kate d'un ton aigre.

— Ah bon, vous croyez ? Avec vos jupes longues et votre chignon serré ? Il y a plus féminin, il me semble !

— Je vous défends de me juger ! s'écria-t-elle, poussée à bout. C'est mon choix, et il est respectable. Vous ne pouvez pas vous rendre compte de ce que c'est que de vivre une enfance dans une telle insécurité.

Elle avait prononcé cette dernière phrase d'une voix étranglée. Alessandro fixa ses beaux yeux verts avec intensité.

— Et pourquoi ne le saurais-je pas ?

— Parce que j'imagine que vous avez eu une enfance heureuse. Parce que vous êtes riche, puissant, adulé, que rien ni personne ne vous résiste.

Il la dévisagea longuement et un sourire crispé étira ses lèvres.

— Peut-être les choses sont-elles un peu plus compliquées que vous les imaginez, se contenta-t-il de faire observer.

Alessandro eut une pensée pour ses parents qui n'avaient pas plus contribué que la mère de Kate avec sa fille à lui donner confiance en lui. Sur ce plan, ils avaient malheureusement des parcours similaires. Etrange coïncidence… Il hésita un instant à poursuivre cette conversation qui l'aurait peut-être aidée à se livrer davantage, mais elle semblait s'être renfermée dans sa coquille.

— Alors, qu'avez-vous trouvé sur George ? demanda-t-il d'un ton plus léger.

Kate mit un certain temps à réagir. Perdue dans ses pensées, elle tentait d'imaginer l'enfance d'Alessandro. Cachait-il lui aussi des blessures secrètes ? Se confierait-il un jour à elle ? Et pourquoi se confierait-il à elle, alors qu'elle manifestait avec une telle fermeté sa volonté de ne rentrer en contact avec personne, de ne pas communiquer ? Comme Alessandro l'avait compris, elle faisait le vide autour d'elle pour se protéger. Que craignait-elle exactement ? De succomber à son charme ? Qu'il s'intéresse trop à elle ?

— Je vais chercher le dossier, déclara-t-elle en s'éclipsant, soulagée de se retrouver seule quelques secondes pour reprendre ses esprits.

Quand Kate revint dans la cuisine, elle arborait un sourire figé. Alessandro comprit qu'elle était redevenue mademoiselle Watson, l'employée modèle et inaccessible.

— Voulez-vous un café ? demanda-t-elle d'un ton professionnel.

— Non merci, dit-il. Je ne bois pas de café le soir.

— Sauf l'autre jour, quand nous avons travaillé toute la soirée. Vous en avez même pris trois !

Il leva un œil étonné.

— Je ne savais pas que je représentais pour vous un tel sujet d'intérêt, fit-il observer d'un ton taquin. Vous avez noté tous mes faits et gestes ?

— Non, protesta-t-elle en rougissant. C'est juste que…

— Vous êtes charmante quand vous souriez ainsi, Kate, murmura-t-il. On ne vous l'a jamais dit ?

— Si, répondit-elle en rougissant de plus belle.

C'était un pur mensonge, mais comment lui avouer que

Sam, son unique petit ami, ne lui avait jamais fait le moindre compliment ?

Alessandro prit les papiers qu'elle lui tendait et les parcourut rapidement.

— Si je comprends bien, les dysfonctionnements ont commencé il y a peu de temps.

— En effet.

— Mais il n'en reste pas moins qu'il semble s'être servi dans la caisse, grâce à d'habiles tours de passe-passe comptables.

— Il y a sûrement une explication, osa Kate.

— Sûrement, jeta Alessandro, froidement. L'appât du gain, le jeu, des dettes à rembourser, que sais-je ? Je me fiche des raisons pour lesquelles il a volé. Tout ce que je vois, c'est qu'il a volé.

— George est un homme sensé, je ne peux pas imaginer qu'il perde de l'argent au jeu. Ni qu'il achète des rivières de diamants à sa femme, s'écria-t-elle dans un cri du cœur.

— Qu'en savez-vous ? Vous ne l'avez jamais fréquenté en dehors du bureau, si ? S'il est effectivement coupable de malversations, je porterai l'affaire en justice. J'ai besoin d'avoir une confiance absolue dans mes collaborateurs, et il semble avoir trahi cette confiance. Dans ce cas, il ne peut plus travailler pour moi.

— Je vous demande juste de parler avec lui, de l'écouter, supplia Kate. De lui laisser une chance.

Alessandro lut une telle compassion sur le visage de son employée qu'il en fut ému. Elle semblait dure, insensible, détachée de tout, mais elle était tout le contraire. La passion avec laquelle elle défendait George en témoignait. Un autre des paradoxes de Kate Watson ; et une autre raison d'essayer de percer le mystère qu'elle représentait dorénavant pour lui.

Tout à coup, il réalisa qu'il n'aurait pas de paix tant qu'il n'aurait pas compris qui était vraiment cette femme.

Une idée germa dans son esprit.

Une très bonne idée.

— Vous avez raison, déclara-t-il soudain. Peut-être devrais-je commencer par voir George et discuter avec lui.

— Il a sûrement une excuse, renchérit-elle, soulagée. Il est si prévenant, si gentil, si proche de sa famille ! Je ne peux l'imaginer avec une double vie. C'est merveilleux si vous acceptez de le rencontrer.

— Le problème, c'est qu'il n'est pas là.

— Non, il est au Canada.

— Et personne ne sait quand il rentre, n'est-ce pas ?

— Non.

— Alors il n'y a qu'une solution : aller là-bas. Vous êtes d'accord ?

Kate dévisagea son interlocuteur, prise de court. Il ne pensait tout de même pas…

— Parfait, asséna-t-il sans attendre sa réponse. Nous partons lundi matin. Je vais charger Mary, ma secrétaire, de préparer notre voyage. Pourrez-vous lui communiquer votre numéro de passeport ?

Elle resta muette de stupéfaction.

— J'espère que vous avez un passeport en cours de validité. Sinon, ce n'est pas grave, il y a des procédures d'urgence. Mary est au courant. Je reprendrai bien un peu de vin blanc, si vous n'y voyez pas d'inconvénient ? lança-t-il d'un ton guilleret.

Kate ne répondit pas, ne bougea pas. Elle avait l'impression que le ciel lui était tombé sur la tête…

4.

Kate distingua immédiatement la haute silhouette d'Alessandro au milieu du vaste hall de l'aéroport. Rien d'étonnant à cela : il dominait tout le monde d'une tête, et sa prestance naturelle était telle qu'on le remarquait aussitôt dans cette foule cosmopolite.

Il était adossé à un comptoir, accroché à son téléphone portable, un élégant sac de voyage en cuir grège à ses pieds. Sa tenue d'un chic décontracté lui allait à ravir : pantalon mastic, chemise blanche portée col ouvert, qui laissait apparaître la toison brune qui lui recouvrait le torse, blouson de cuir négligemment jeté sur l'épaule. Un véritable jet setter, avec la classe en plus. Exactement le contraire de ce qu'on aurait pu dire d'elle, avec son chignon serré, son tailleur gris, ses chaussures plates démodées.

Elle avait choisi délibérément cette tenue plus que discrète pour deux raisons : d'abord, elle était confortable, ce qui était indispensable pour le long vol transatlantique qui s'annonçait, ensuite parce qu'elle était aussi peu féminine et sexy que possible.

Quatre jours s'étaient écoulés depuis qu'Alessandro avait débarqué chez elle sans crier gare, et elle avait eu le temps de réfléchir, de prendre du recul par rapport à une situation qu'elle n'avait pas maîtrisée sur le moment.

La faute d'abord à sa tenue : il l'avait vue à moitié nue ou presque, mais elle n'y était pour rien. Si elle avait su qu'il venait la voir, elle aurait bien entendu pris soin de ne rien porter qui la mette en valeur, ou même qui dévoile ce corps qu'elle s'efforçait en permanence de cacher.

Ensuite, elle ne se remettait toujours pas d'avoir fait des confidences à Alessandro, qu'elle connaissait à peine, qui se souciait d'elle comme de l'an quarante, et qui de surcroît était son patron — c'est-à-dire l'individu par excellence avec lequel elle devait garder ses distances !

Désormais, elle était déterminée à reprendre le contrôle des événements, à ne plus se laisser surprendre. Fini les confidences sur son enfance, sur sa mère, sur tout ce qui de près ou de loin touchait à sa vie privée. Il était grand temps de reprendre la main, et il lui faudrait être doublement vigilante pendant ce séjour à Toronto où elle côtoierait Alessandro au quotidien. Et ce alors même qu'elle était troublée à la seule pensée qu'elle passerait ses journées avec lui.

Il l'aperçut et rangea son téléphone.

— Vous êtes en retard, lança-t-il sans même prendre la peine de la saluer.

— Désolée, il y avait des bouchons. J'aurais dû prendre le métro au lieu d'accepter de me faire conduire par votre chauffeur. Mais vous avez tellement insisté. J'espère que vous n'êtes pas là depuis trop longtemps, ajouta-t-elle après un silence. Vous avez enregistré vos bagages ?

— Je vous attendais.

Elle jeta un œil au sac de voyage de son compagnon, puis à l'énorme valise qui transportait ses propres affaires. Ils ne seraient absents qu'une semaine, mais, incapable de faire un choix, elle avait apporté quasiment toute sa garde-robe. C'était un peu ridicule…

Elle songea tout à coup à George, et s'assombrit. La tâche qui les attendait ne la réjouissait pas, loin de là. Ils avaient enfin réussi à savoir où il logeait avec sa femme, sans toutefois le prévenir de leur arrivée : Alessandro voulait jouer sur l'effet de surprise. En prenant George au dépourvu, il accroissait ses chances d'apprendre la vérité.

Kate n'avait pas protesté, sachant que toute discussion sur le sujet était inutile. Mais elle n'approuvait pas ce procédé, qui lui semblait déloyal. Pour elle, George ne pouvait pas être un vulgaire escroc, elle n'en démordait pas. Alessandro l'avait assurée qu'il laisserait à son supérieur tout loisir de s'expliquer, mais serait-il capable de le pardonner si effectivement il avait fait preuve d'indélicatesse ?

Elle craignait le pire...

Connu pour son intransigeance en affaires, Alessandro n'était pas du genre à s'apitoyer quand ses intérêts étaient en jeu. Pour lui, business et grandeur d'âme n'allaient pas de pair. Il traçait sa route, indifférent aux dommages collatéraux que ses décisions pouvaient causer. D'ailleurs, n'était-ce pas là le secret de sa réussite ?

Il jeta un coup d'œil amusé à son énorme valise.

— Etes-vous sûre d'avoir pris assez de vêtements ? la taquina-t-il.

Elle se sentit rougir, comme une bécasse.

— Je n'ai pas vraiment l'habitude de voyager, avoua-t-elle.

En dehors de ses sempiternels jupes et chemisiers stricts et classiques, elle avait tout de même glissé dans sa valise un jean et quelques T-shirts qu'elle pourrait porter le soir dans sa chambre d'hôtel, lorsqu'elle serait enfin seule devant la télévision ou avec un bon livre.

Car il n'était pas question qu'elle passe ses soirées avec Alessandro ! De 9 heures à 18 heures, elle serait sa collaboratrice, zélée, efficace, discrète ; ensuite, elle redeviendrait Kate Watson, sans plus aucune obligation envers son employeur. Rien ne l'obligerait à accepter de dîner avec lui. Si d'aventure il l'invitait, elle n'aurait aucun scrupule à refuser. Elle lui faisait confiance pour trouver une jolie fille pour lui tenir compagnie si la solitude lui pesait...

— Vous, au contraire, vous parcourez sans cesse le monde, ajouta-t-elle.

Il sourit.

— C'est vrai. Je prends beaucoup l'avion, j'ai donc appris à voyager très léger. Et s'il me manque quelque chose, je l'achète sur place.

Ils enregistrèrent en quelques minutes à un guichet réservé aux clients VIP. Tout était si simple quand on avait le pouvoir et l'argent ! Kate ne put s'empêcher de penser qu'ils ne vivaient vraiment pas dans le même monde.

Cette impression fut encore renforcée quand Alessandro l'entraîna vers le salon destiné aux voyageurs de la première classe. Une ravissante hôtesse les accueillit avec déférence, et se mit aussitôt à minauder devant Alessandro en rougissant. Comme toutes les autres. Désabusée, Kate confia son bagage à main à la jeune femme en ignorant le regard envieux que celle-ci lui lançait.

Ils s'installèrent dans de confortables fauteuils en cuir. L'endroit, décoré avec goût, contrastait avec le grand hall bruyant qu'ils venaient de quitter. Ici, tout était fait pour le confort des privilégiés : des journaux étaient à leur disposition, un buffet offrait toutes sortes de mets alléchants, une musique douce et des lumières tamisées contribuaient à créer une atmosphère raffinée.

Kate décida de profiter du moment. Après tout, c'était probablement la seule fois de son existence où elle serait acceptée dans ce genre de salon. Elle jeta un coup d'œil autour d'elle et se sentit aussitôt mal à l'aise. Avec son tailleur démodé, elle dénotait par rapport aux autres femmes qui affichaient pour la plupart un chic de bon aloi.

— J'ai peur de ne pas être tout à fait dans le ton, murmura-t-elle. Toutes ces femmes sont si élégantes…

Alessandro sourit, amusé par la candeur de sa collaboratrice. Il réalisa tout à coup qu'il vivait depuis si longtemps dans un monde de privilégiés, entouré des plus belles créatures, qu'il avait un peu perdu contact avec la réalité. Kate Watson remettait un peu les choses à leur place, et c'était très bien.

— Ne vous en faites pas ! dit-il d'un ton léger. Dans deux minutes, elles cesseront de vous regarder comme une curiosité. Pourquoi n'allez-vous pas vous servir au buffet ? Les fruits frais ont l'air délicieux.

Elle ne se fit pas prier, et revint quelques minutes plus tard avec une assiette bien garnie.

— Je me suis un peu lâchée, confessa-t-elle, confuse, mais tout avait l'air si bon.

— Vous avez bien raison ! Je déteste les femmes qui préfèrent mourir de faim plutôt que prendre quelques grammes.

Comme la plupart de celles qu'il fréquentait. Elles étaient filiformes, mais à quel prix ! Et parfois si maigres qu'elles en devenaient disgracieuses.

Kate dégusta salade de fruits et viennoiseries avec appétit, tandis qu'Alessandro se contentait d'un café.

— Vous avez eu raison de me pousser, c'était vraiment bon. Puis-je vous poser une question ? ajouta-t-elle brusquement.

Il lui jeta un regard surpris. Allait-elle se risquer à aborder des sujets plus personnels, qu'elle semblait jusque-là tout faire pour éviter ? Il le souhaitait…

— Je vous en prie.

— Comment allez-vous procéder quand vous serez enfin face à George ?

Il dissimula sa déception. Elle ne voulait décidément pas quitter le registre professionnel !

— Je n'ai pas encore réfléchi à la question, avoua-t-il. Mais je ne tournerai pas longtemps autour du pot avant de le confronter à ses responsabilités, je vous le promets !

Kate fronça les sourcils, soudain soucieuse face à l'air soudain déterminé de son boss.

— J'espère qu'il ne va pas imaginer que je suis à l'origine de toute cette enquête, murmura-t-elle comme si elle se parlait à elle-même. Il a été si prévenant avec moi…

— Les escrocs sont d'ordinaire très prévenants, vous savez, sinon ils n'escroqueraient jamais personne, rétorqua-t-il avec humour. Et vous n'avez pas à vous sentir coupable de quoi que ce soit.

Elle lui lança un regard désapprobateur.

— Eh bien si ! Quand j'ai de la sympathie pour quelqu'un, je n'aime pas le savoir dans l'embarras. Mais vous ne pouvez pas comprendre. Vous êtes toujours si détaché, si froid ! On dirait que vous ne vous engagez jamais. Comment faites-vous ?

Il y eut un silence. Elle songea qu'elle y était allée un peu fort.

Bien que surpris par la virulence de Kate, Alessandro dut reconnaître qu'elle n'avait pas tout à fait tort. Si peu de gens avaient le privilège d'être ses amis, de recueillir ses confidences. A l'instar de Kate, mais pas pour les mêmes raisons, il se méfiait des autres et se livrait rarement. Peut-être trop rarement d'ailleurs…

— Rassurez-vous : froid et détaché ne sont pas des adjectifs qu'on m'attribue d'ordinaire. Surtout pas les femmes ! ajouta-t-il avec un petit sourire entendu.

Kate le fixa d'un œil noir. Quelle arrogance ! Il était si riche, si puissant, si séduisant qu'il pensait avoir le monde à ses pieds ! Et malheureusement, c'était un peu vrai, elle était obligée de le reconnaître… Il suffisait d'être avec lui dans un lieu public pour constater à quel point il attirait tous les regards. Dès qu'il se présentait, les serveurs se mettaient en quatre pour lui trouver la meilleure table, le directeur arrivait pour s'assurer que tout allait bien, les femmes cessaient de parler pour l'admirer. A tel point qu'il avait sans doute fini par trouver tout ça normal.

Elle décida impulsivement de le remettre à sa place :

— Désolée, mais je suis une femme et je maintiens ce que je viens de dire. J'espère que vous ferez preuve d'un peu d'empathie avec George, quelle que soit sa responsabilité. Et que vous ne vous contenterez pas de charger vos avocats de le poursuivre avant de vous laver les mains de toute cette histoire sans plus vous soucier de son sort. Dans le cas contraire, les qualificatifs « froid » et « détaché » seront tout à fait appropriés, même si ça déplaît à votre fan-club ! conclut-elle avec une fermeté qui l'étonna elle-même.

Alessandro la regarda, bouche bée. Elle dépassait vraiment les bornes ! Il n'aurait accepté de personne ce genre de sortie, alors pourquoi ne contre-attaquait-il pas ? Il ne le comprenait pas vraiment lui-même.

— Ecoutez, nous allons passer une semaine ensemble, et je n'ai pas l'intention de me faire agresser pendant tout ce temps, déclara-t-il, agacé. Alors si vous avez quelque chose à me reprocher, videz votre sac et passons à autre chose.

Kate réalisa tout à coup qu'elle avait manqué de respect à son employeur : il n'avait certainement pas l'habitude que ses subordonnés le traitent ainsi.

— Je… je n'ai rien à dire, balbutia-t-elle, au plus mal.

— Bien sûr que si ! Votre jugement sur moi est très négatif, c'est évident.

— Pas du tout, protesta-t-elle maladroitement. J'ai beaucoup d'admiration pour votre réussite professionnelle, le courage et l'énergie dont vous avez fait preuve en créant vos sociétés. Vous êtes un vrai entrepreneur, qui prend des risques et les assume. Peu de gens ont l'audace de relever ce genre de défis.

Elle s'interrompit, rougissante. Peut-être cette fois en avait-elle trop dit…

Alessandro se plongea dans les yeux émeraude de Kate.

— Dites donc, on dirait presque que vous venez de rejoindre mon fan-club, constata-t-il, amusé.

Elle rougit de plus belle. Elle était décidément charmante. Il revit tout à coup avec une cruelle précision ses longues jambes nues, ses cuisses fuselées, sa poitrine ronde sous le T-shirt, ses mamelons dressés, ce corps superbe qu'elle lui avait involontairement dévoilé lorsqu'il s'était rendu chez elle sans prévenir. La reverrait-il encore ainsi, désirable, sensuelle ? Rien n'était moins sûr. Elle allait probablement mettre un point d'honneur à ne plus lui laisser voir la moindre parcelle de ce corps parfait qu'elle avait si bien appris à cacher.

— On peut avoir de l'estime pour votre parcours professionnel sans pour autant faire partie de votre fan-club, précisa-t-elle après un silence.

Sa voix était calme, ses traits impassibles, mais le regard insistant qu'Alessandro posait sur elle troublait profondément Kate. Pour la première fois de sa vie, elle comprenait l'expression « déshabiller quelqu'un du regard ». C'était exactement ce qu'il faisait, et elle se sentait tout à coup infiniment vulnérable.

— Ce qui veut dire que vous me trouvez… inintéressant dès lors qu'on ne parle plus de travail, c'est bien ça ? suggéra Alessandro, devinant le désarroi de la jeune femme et décidé à l'exploiter.

Kate toussota nerveusement, de plus en plus mal à l'aise. Où voulait-il en venir ? Pourquoi essayait-il toujours de la mettre en difficulté, comme s'il voulait lui signifier le pouvoir qu'il avait sur elle ? Probablement avait-il été piqué au vif par ses remarques, puisque personne n'osait jamais le critiquer. Peut-être trouvait-il très amusant de la pousser dans ses retranchements, pour bien lui montrer qu'au final, c'était lui qui aurait le dernier mot.

Elle devait lui tenir tête, malgré le vertige qui la prenait dès qu'elle le regardait, fascinée par ses yeux noirs à l'éclat intense, ses longs cils, sa bouche sensuelle, l'aura de virilité qui émanait de toute sa personne. C'était le plus bel homme qu'elle ait jamais vu, et sa simple présence lui faisait perdre tous ses moyens.

— Je… Pas inintéressant, non mais…, balbutia-t-elle avec peine. Disons que… que toutes les femmes n'ont pas les mêmes critères.

Alessandro se pencha vers elle au-dessus de la table basse, ce qui accrut encore son trouble.

— Soyez plus précise, voyons, Kate, murmura-t-il de sa voix grave sans la quitter des yeux. Quels sont donc vos critères ? Qu'est-ce qui vous plaît chez un homme ?

Elle regretta amèrement d'être restée sur le même sujet au lieu de botter en touche — parler de George, du bureau, de n'importe quoi, mais surtout pas d'elle. Et encore moins de ce qu'elle pensait des hommes. Hélas, il était trop tard pour se soustraire à la curiosité perverse d'Alessandro. Il la dévisageait comme un chasseur attend sa proie, ravi de l'avoir prise dans ses filets. Il lui fallait répondre, malgré sa fébrilité.

— Je n'aime pas les hommes qui collectionnent les aventures.

Kate retint sa respiration, espérant que sa réponse relativement neutre satisferait Alessandro et qu'il cesserait de l'asticoter. Malheureusement, elle comprit vite à son expression ironique que l'épreuve n'était pas terminée.

— Et les femmes alors ? J'en connais beaucoup qui font la même chose. Peut-être d'ailleurs appartenez-vous à cette catégorie…

— Pas du tout ! protesta-t-elle, indignée.

Elle se mordit l'intérieur de la joue, dépitée. A présent, il allait la trouver ridiculement prude. Une véritable vierge effarouchée. Décidément, elle gérait fort mal cette situation…

— Ah, me voilà rassuré, lâcha-t-il, ironique. Vous avez déjà eu un petit ami ?

— Bien sûr, répondit-elle d'un ton sec.

— Et où est l'heureux élu à l'heure actuelle ?

Elle faillit ne pas répondre, lui dire que ce sujet ne le regardait pas, mais il n'aurait pas lâché prise. Mieux valait le renseigner sur ce point pour, enfin, passer à autre chose.

— Nous avons rompu, précisa-t-elle de mauvaise grâce.

— Désolé. C'est lui qui vous a quittée, pour compléter sa collection ?

— Non. Ça n'a pas marché, c'est tout.

Elle se tortilla sur le canapé, avec la très pénible impression d'être l'accusée sur le banc du tribunal. Qu'avait-elle donc fait pour mériter une telle épreuve ?

— Que s'est-il passé ?

Cette fois, il ne souriait plus, mais plissait le front d'un air sérieux. Il voulait vraiment savoir, songea Kate, étonnée. Curiosité malsaine ? Simple volonté d'en savoir plus sur elle ? De cerner la collaboratrice avec qui il allait devoir résoudre le délicat problème que posait George Cape ?

— Et ne me gratifiez pas de votre éternel refrain sur le fait que ça ne me regarde pas, ajouta son compagnon. Je ne suis pas si froid et détaché que vous le croyez, et je m'intéresse aux gens avec lesquels je travaille, figurez-vous. Peut-être devriez-vous faire quelques efforts de communication, vous aussi…

Piquée au vif, elle se redressa et affronta son regard.

— Sam et moi avons rompu. Ce n'était pas le bon moment. Je n'étais pas prête. J'étais très occupée, pas disponible pour une relation suivie. Il m'en demandait trop.

— Et vous n'avez pas réussi à trouver un terrain d'entente ? A faire des efforts dans votre emploi du temps pour vous libérer ?

— J'ai préféré couper net.

Le silence se fit, qu'Alessandro brisa d'une voix pensive :

— Vous semblez avoir une drôle de conception des hommes. Ou vous les considérez comme des séducteurs professionnels, que vous fuyez, ou vous n'êtes pas capable de leur donner ce qu'ils vous demandent. Tout ça manque un peu de cohérence, vous ne trouvez pas ?

— La cohérence et les rapports amoureux ne font pas souvent bon ménage, rétorqua-t-elle du tac au tac.

— Pourquoi dites-vous cela ? A cause de votre mère et de ses errances sentimentales ? Bien sûr, son comportement était incohérent, mais probablement était-elle avant tout dans la quête désespérée d'une stabilité affective.

— Je ne vous permets pas de parler de ma mère ! coupa-t-elle, la gorge soudain nouée. Vous ne la connaissez pas.

— En effet, mais il semble que ce qu'elle vous a fait subir vous a durablement marquée, observa-t-il avec calme.

Kate poussa un profond soupir et regarda Alessandro d'un air navré.

— Je n'aurais jamais dû vous parler de mon enfance, murmura-t-elle. Vous me renvoyez mes confidences à la figure en me jugeant. C'est terriblement indélicat.

Lors de ce dîner où elle s'était épanchée sans même s'en rendre compte, Alessandro l'avait écoutée avec attention, et même une certaine empathie. Sur le moment, cela lui avait fait du bien, elle ne pouvait pas le nier.

Elle but une gorgée de son café déjà presque froid et posa sa tasse sur la table d'un geste déterminé, pour signifier à Alessandro que cette conversation n'avait déjà que trop duré.

— Peut-être devrions-nous vérifier que l'embarquement n'a pas commencé, suggéra-t-elle.

En constatant combien les traits de sa collaboratrice étaient figés, et sa nervosité palpable, Alessandro réalisa tout à coup à quel point cette conversation l'avait perturbée. Cédant à une pulsion soudaine, il avança la main et la posa sur le poignet de la jeune femme. Sa peau était douce, délicieusement tiède, son pouls palpitait sous ses doigts. Un trouble étrange s'empara de lui. Comme elle était vulnérable ! A cet instant, s'il avait tenté de la prendre dans ses bras, peut-être n'aurait-elle pas résisté…

Tout à coup, il sentit un frémissement la parcourir. L'émotion le submergea. Il retira aussitôt sa main, ne sachant plus ce qu'il souhaitait : continuer à la poursuivre de ses questions, qui visiblement la déstabilisaient, ou renoncer à pousser son avantage et la laisser en paix ?

Kate Watson lui faisait perdre le contrôle. Il se trouvait surpris de la violence de sa propre réaction quand il l'avait touchée. Jamais aucune femme n'avait eu sur lui cet effet-là.

C'était étrange et déroutant à la fois, car il découvrait en lui une fragilité qu'il n'avait pas soupçonnée jusque-là.

— Si je comprends bien, vous lancez une conversation, et quand ça vous dérange vous coupez court, attaqua-t-il. On ne vous a pas appris à aller au bout de vos réflexions, de vos pensées ? Je ne saisis pas bien votre vision du couple…

A peine remise du trouble provoqué par le geste d'Alessandro, Kate parvint cependant à lui répondre d'une voix à peu près maîtrisée :

— Soit, puisque vous insistez. Je pense simplement qu'il y a une différence entre quelqu'un qui débute une relation amoureuse en sachant qu'il y mettra prochainement fin et quelqu'un qui s'engage en faisant tout son possible pour qu'elle continue à se développer.

— Je devine assez facilement dans quelle catégorie vous me rangez, lâcha-t-il, cynique.

Pourquoi persistait-il d'une part à l'interroger et d'autre part à commenter le moindre de ses propos ? s'interrogea Kate, perplexe. En quoi ce qu'elle pensait avait-il la moindre importance pour lui ? Elle savait pourtant bien qu'il s'en moquait. Ce devait être un simple jeu un peu malsain. Coincé avec elle dans ce salon, il essayait de se distraire comme il pouvait. C'était peu de dire qu'elle n'appréciait guère sa méthode…

— Je ne me risquerais pas à vous juger aussi rapidement, répondit-elle avec prudence.

— Mais c'est pourtant précisément ce que vous faites ! Vous venez de me reprocher de donner mon opinion sur votre mère. Ne trouvez-vous pas cela un peu hypocrite, ou tout au moins illogique ?

Il la sonda d'un regard perçant et toute sa détermination l'abandonna. Soudain, ce fut comme s'ils étaient seuls. Elle entendait le bruit de sa respiration, percevait son odeur enivrante, enregistrait chacun de ses traits virils comme si elle voulait les graver à jamais dans sa mémoire. Il n'y avait plus ni hôtesses, ni voyageurs en attente de leur vol, ni convives devant le buffet. Tout l'espace était occupé par cet homme fascinant qui ne la laissait pas en paix, mais dont elle n'aurait voulu pour rien au monde qu'il se désintéresse d'elle.

— Les rapports humains, ça ne marche pas à sens unique, reprit-il d'une voix sourde. Vous ne pouvez pas interdire aux autres ce que vous vous autorisez, Kate. Ce serait trop facile.

Le simple fait qu'il prononce son prénom la déstabilisa plus encore. Il l'avait déjà fait auparavant, mais cette fois, elle eut la sensation qu'il voulait donner à leur entretien un caractère intime, personnel. Exactement ce qu'au fond d'elle-même, elle cherchait à éviter…

— Quoi qu'il en soit, je suis heureux que vous vous soyez exprimée sur le sujet, ajouta-t-il. Je préfère que nous mettions les choses au point pour repartir sur de bonnes bases, étant donné la semaine qui nous attend.

— J'aurais très bien pu ne pas venir.

— Si. Vous deviez venir parce que je suis votre patron et que je le souhaitais. Et pour qu'il n'y ait plus d'ambiguïté entre nous, sachez que je ne suis pas un séducteur compulsif qui brise le cœur de ses conquêtes et leur fait des promesses qu'il ne tiendra pas dans le seul but de les entraîner dans son lit.

Kate baissa la tête, mal à l'aise. Il lui parlait comme il l'aurait fait à un enfant qui a fait une bêtise.

— Croyez-moi, je n'ai pas besoin de ça pour ne pas dormir seul, conclut-il sèchement.

Une accorte serveuse passa leur proposer du café, et Kate nota immédiatement son sourire aguicheur quand elle s'adressa à Alessandro. En effet, il n'avait nul besoin d'élaborer des stratégies compliquées pour amener les filles dans son lit ; elles semblaient désireuses d'y aller d'elles-mêmes.

— Vous n'avez donc jamais brisé de cœur ? le provoqua-t-elle, agacée malgré elle.

Il sourit, de ce sourire charmeur qui le rendait si irrésistible.

— Je ne pense pas, répondit-il, soudain sérieux. Et si c'est le cas, je n'y étais pour rien.

Un peu facile ! songea Kate. Peut-être ne promettait-il rien à ses conquêtes, mais elles devaient toutes être follement amoureuses de lui et espérer qu'il les épouse — ce qui ne devait pas le gêner beaucoup…

— Vous êtes sûr ?

— Certain. J'annonce toujours la couleur, dès le début.

— Ah oui ? Quelle couleur ?

— Je les préviens que je ne m'engagerai pas, qu'elles n'ont rien à attendre de moi. Si elles se laissent prendre au jeu et se mettent à rêver, tant pis pour elles. Je joue cartes sur table, moi. Les règles sont claires : on ne passe pas la nuit entière ensemble, elles ne viennent pas chez moi sans avoir prévenu.

— Les règles sont faites pour être contournées. Que faites-vous si votre petite amie décide de rester dormir chez vous, par exemple ?

— Si elle refuse de partir, alors je mets un terme à notre relation, répondit-il, abrupt. A présent, si vous n'y voyez pas d'inconvénient, je vais travailler un peu.

Kate tâcha de masquer sa surprise. Cet homme avait vraiment le don de souffler le chaud et le froid. C'était lui qui venait d'initier cette conversation ridicule sur les rapports hommes/femmes, lui qui l'assaillait de questions, et quand il jugeait que l'exercice avait assez duré, il sifflait la fin de la récré comme si elle avait dix ans. Quel goujat !

Elle ravala sa colère, tandis qu'il ouvrait son ordinateur portable, lui signifiant que la conversation était terminée. Elle n'était pas à sa disposition comme toutes ces femmes qui lui obéissaient au doigt et à l'œil, au bureau comme en privé.

Il allait bien falloir qu'il le comprenne.

5.

Le vol s'annonçait sous les meilleurs auspices.

Les fauteuils de première classe étaient incroyablement spacieux, confortables, et les ravissantes hôtesses au petit soin, tout particulièrement pour Alessandro bien sûr, auquel elles ne cessaient de proposer qui une coupe de champagne, qui un journal, qui un oreiller. Probablement dans le seul but de lui soutirer un regard ou quelques mots.

Elle n'avait eu que peu d'occasions de prendre l'avion jusque-là. Ses dernières vacances à l'étranger remontaient à trois ans auparavant. Elle avait passé une semaine avec sa mère dans un club à Ibiza, où elle avait trouvé les gens peu discrets et la plage bondée. Le vol avait mis leurs nerfs à rude épreuve : l'avion de la compagnie low cost était plein à craquer et les fauteuils d'une terrible étroitesse.

C'était donc le jour et la nuit par rapport à cette pénible expérience, pensa-t-elle en inclinant son siège. Plus tard, elle pourrait le mettre en position couchette. Avec les couvertures et les coussins que leur avaient fournis les hôtesses, elle serait aussi bien que dans son lit, voire mieux.

Elle regretta de n'avoir pas mis une tenue plus confortable, mais ne se résolut pas pour autant à passer les pantoufles qu'on lui avait fournies ni à enlever sa veste. Pas question de se déshabiller devant Alessandro !

Par bonheur, il s'était plongé dans ses dossiers à peine installé dans l'avion et ne lui avait plus adressé la parole. Echaudée par leur conversation précédente, elle priait en silence pour que cela dure le plus longtemps possible. Pourtant, il fallait bien se résoudre à l'évidence : ils allaient passer une semaine ensemble, et elle devait se préparer à d'autres moments gênants, à d'autres conversations trop personnelles durant lesquelles, incapable de se soustraire à l'attraction qu'Alessandro exerçait sur elle, elle aurait la bêtise d'en dire trop sur elle-même. Car il suffisait qu'il lui lance un de ses coups d'œil dont il avait le secret, qu'il la gratifie de son irrésistible sourire en coin pour qu'elle perde tous ses moyens et oublie ses bonnes résolutions.

Elle devait absolument se reprendre ! Dans le cas contraire, cette semaine serait un enfer. Ils allaient vivre ensemble au quotidien, pas question donc de relâcher la surveillance, bien au contraire. A vrai dire, elle ne se reconnaissait pas, elle d'ordinaire si prudente, si réservée, si méfiante. Face à lui, elle n'était plus la même.

Etait-ce l'exceptionnel pouvoir de séduction d'Alessandro qui lui faisait baisser la garde ? Son célibat qui durait depuis trop longtemps et commençait à lui peser ? Ou simplement le besoin de parler, d'échanger, de communiquer avec un autre être humain ? Quoi qu'il en soit, il n'était pas question qu'elle établisse une relation personnelle de quelque ordre que ce soit avec Alessandro Preda, son patron.

Elle devait coûte que coûte maintenir ses distances.

Le vol passa plus vite que prévu : Kate dormit la majeure partie du trajet, excepté le moment des repas, digne d'un restaurant étoilé, et le temps d'un film. Quand ils atterrirent enfin, Kate était plus apaisée. Elle avait pris de bonnes résolutions, et se sentait tout à fait capable de les tenir.

— Le voyage ne vous a pas semblé trop long ? demanda Alessandro en débouclant sa ceinture.

— Pas du tout. Dans ces conditions de confort, il aurait même pu durer plus longtemps, je ne m'en serais pas aperçue.

Ils récupérèrent leurs bagages rapidement — première classe oblige — et sortirent de l'aéroport avant les autres voyageurs.

La chaleur moite de Toronto surprit Kate, qui regretta sa jupe longue et ses collants. Son patron, lui, avait enlevé sa veste et semblait parfaitement à son aise dans sa chemise à manches courtes.

Alessandro jeta un bref regard à Kate et retint un sourire. Elle avait réajusté son chignon et, avec son tailleur et sa mallette, semblait prête à entrer en salle de réunion. Quelle drôle de fille ! Pourquoi ne se laissait-elle pas aller à dévoiler sa beauté ? De qui avait-elle peur ?

Une longue limousine s'arrêta devant eux. Le chauffeur en sortit à la hâte et vint les accueillir.

— Monsieur Preda ! lança-t-il en saisissant sac et valise. Bienvenue dans notre ville. Le voyage s'est bien passé ?

Kate comprit qu'Alessandro avait ses habitudes à Toronto, même s'il ne lui en avait rien dit. Cela n'avait d'ailleurs rien d'étonnant : ne possédait-il pas des filiales sur tous les continents ?

Le chauffeur leur ouvrit la portière avec déférence et ils s'engouffrèrent dans le luxueux véhicule. Kate promena un regard admiratif sur les sièges en cuir, les garnitures en bois précieux.

— Je ne suis jamais montée dans une voiture aussi magnifique, avoua-t-elle. Quel luxe ! Est-ce vraiment nécessaire pour un séjour aussi court ?

Alessandro se mit à rire.

— Le luxe est le luxe précisément parce qu'il n'est pas nécessaire, rétorqua-t-il amusé en ouvrant le bar placé devant eux. Et pour ma part, je ne boude pas mon plaisir. Voulez-vous un verre ? Il y a du champagne au frais.

Kate refusa d'un signe de tête. Etant donné ce qui s'était passé la dernière fois qu'elle avait bu en sa compagnie, elle avait intérêt à rester sobre.

Elle se plongea dans le spectacle de la rue, curieuse de découvrir cette ville qu'elle ne connaissait pas, soucieuse également de ne pas regarder Alessandro. La banquette était fort heureusement très large, mais elle avait terriblement conscience de sa présence virile à côté d'elle. Dans un instant de folie, elle songea qu'en étendant le bras elle aurait pu lui toucher la cuisse, lui caresser la main. Elle se serra de plus belle contre la portière pour s'éviter toute tentation.

— Vous connaissez Toronto, n'est-ce pas ? l'interrogea-t-elle.

— Oui. J'étais ici il y a six mois pour discuter avec mes avocats du projet Kenwood. Vous êtes au courant ? Il s'agit de rénover un grand centre commercial.

— En effet, j'ai vu passer ce dossier. Comme je n'en étais pas en charge et je l'ai parcouru très rapidement.

— Désormais, si elle se concrétise, c'est vous qui suivrez cette affaire et non plus George.

— Vous n'y pensez pas ! s'exclama-t-elle, stupéfaite. C'est un énorme budget, n'est-ce pas ?

— En effet, mais je vous crois tout à fait capable de le gérer. Cessez donc de vous dévaloriser, Kate. Vous êtes une excellente professionnelle. Vous êtes ambitieuse, et vous avez raison. Assumez-le.

L'émotion la submergea tant les encouragements d'Alessandro lui allaient droit au cœur.

— J'aime mon métier, concéda-t-elle, et je souhaite progresser, c'est vrai.

— Vous avez tout pour réussir : l'énergie, l'intelligence, la pugnacité. J'ai beaucoup apprécié votre travail sur le chantier de Dallas. Et, pourtant, la situation était complexe.

— C'est vrai ? s'écria-t-elle, ravie.

— Oui. Je comprends pourquoi George vous a poussée, vous le méritez.

Il fit une pause et se rembrunit.

— Probablement était-il aussi doublement ravi d'avoir une

assistante aussi compétente que vous, car cela lui permettait de gérer ses affaires illégales en toute tranquillité.

Kate fronça les sourcils, contrariée. Comme à chaque fois qu'on évoquait George, elle se sentait mal à l'aise.

— Je...

— J'ai une proposition à vous faire, Kate, coupa Alessandro. A terme, je souhaite que vous preniez la place de George. Il faudra se donner du temps, pour ne pas désorganiser l'équipe et pour que la transition se fasse en douceur. Je veillerai à ce que vous traitiez les plus gros dossiers en priorité, et vous nommerai à la direction du service quand la situation sera stabilisée.

— Mais... et George ? demanda-t-elle d'une voix mal assurée. Que devient-il là-dedans ? Je ne veux pas le pousser dehors.

Son beau visage se crispa.

— Nous sommes là pour résoudre cet épineux problème, et nous allons y arriver, je vous le garantis. Cessez d'avoir des scrupules inutiles.

— Je vous l'ai dit, j'aurais l'impression de le trahir si je prenais son poste, avoua-t-elle du bout des lèvres.

Cette fois, Alessandro lui jeta un regard exaspéré, visiblement à bout de patience.

— Voyons, Kate, si quelqu'un a trahi, c'est George ! Ne renversez pas les rôles. Saisissez plutôt cette opportunité qui va vous valoir une extraordinaire promotion. Et ne vous inquiétez pas, nous allons procéder en douceur. A la fois pour ne pas froisser vos collègues et pour que vous vous habituiez à une nouvelle charge de travail. De plus, ne perdez pas de vue que vous serez beaucoup mieux payée. C'est un argument intéressant, non ?

— En effet, bredouilla-t-elle. Mais tout ça est un peu prématuré. Tant que nous n'avons pas laissé George s'expliquer, je...

— Je l'écouterai, je vous l'ai promis, trancha-t-il. Mais

les faits sont là : il y a des trous dans la caisse et il est le seul suspect. Vous avez le cœur trop tendre. Dans vos futures fonctions, il faudra vous aguerrir.

— Vous voulez dire qu'on ne réussit pas professionnellement si on est trop sensible ? fit-elle, choquée. Qu'il faut avoir un cœur de pierre pour monter en grade ?

— Je n'irais pas jusque-là. Mais plus on avance dans l'existence, plus on apprend à maîtriser ses émotions. En fait, si on veut progresser, on n'a guère le choix.

Elle le dévisagea, étonnée. Ses traits virils étaient impénétrables. Parlait-il de lui ? En tout cas, c'était une vision plutôt désabusée de la vie. Comme s'il avait renoncé à une part de lui-même pour arriver là où il était.

— Je suis sûr que vous serez capable de diriger l'équipe, reprit-il. Mais il faudra que nous abordions un certain nombre de points avant de concrétiser les choses. Cette limousine ne me paraît pas l'endroit le plus propice pour discuter. Nous reverrons tout cela ce soir au dîner.

— Dîner ? balbutia Kate, prise de court.

Elle avait imaginé qu'ils dîneraient chacun de leur côté, et avait déjà décidé qu'elle se ferait monter un plateau dans sa chambre. Apparemment, elle s'était trompée : son cher patron avait d'autres projets…

— Oui, dîner. Pourquoi cet air surpris ? Je suis un être humain, j'ai besoin de me sustenter de temps à autre. Pas vous ?

Elle le foudroya du regard. Elle n'appréciait pas du tout qu'il se moque d'elle de la sorte.

— Si, figurez-vous. Mais je pensais souper dans ma chambre. La journée a été longue.

— J'ai peur que vous ne deviez modifier vos plans.

— Pourquoi ça ? enchaîna-t-elle, de plus en plus remontée.

— Parce que vous n'aurez pas la cruauté de me laisser dîner en tête à tête avec mon assiette. J'imagine que dans votre immense valise, vous avez mis autre chose que vos sempiternels tailleurs gris ou bleu marine ?

— Pourquoi me posez-vous cette question ? s'agaça Kate.

— C'est que ce soir, ce ne sera pas un dîner de travail. Vous pourrez vous autoriser à relâcher la pression, et même, suprême audace, à porter un jean…

Et surtout à oser perdre le contrôle, pour une fois, eut envie d'ajouter Alessandro. *Etre vous-même, enfin, une jeune femme belle, désirable, et non plus ce bourreau de travail dénué de toute vie personnelle que vous êtes devenue. Vous accepter, au lieu de vous cacher derrière vos tenues asexuées, votre chignon tristounet.*

— Un moment de détente autour d'un bon repas en ma compagnie, est-ce vraiment insurmontable ? la provoqua-t-il.

— Non, admit-elle, laconique.

— Vous pourriez avoir l'air plus convaincue. Quoi qu'il en soit, nous sommes arrivés…

Déstabilisée par la présence d'Alessandro, par ses incessantes questions, Kate n'avait pas remarqué que la limousine s'était arrêtée devant un grand hôtel à l'architecture futuriste.

Une fois sur le trottoir, elle jeta un regard autour d'elle, curieuse. Une foule animée déambulait dans la grande avenue, qui alignait boutiques de luxe et restaurants huppés. Elle devina qu'ils étaient dans le plus beau quartier de la ville. D'ailleurs, pouvait-elle s'attendre à autre chose en accompagnant Alessandro ? Il ne descendait que dans les meilleurs établissements.

Portier et bagagiste se précipitèrent à leur rencontre, puis les formalités d'enregistrement leur furent épargnées. Alessandro, connu comme le loup blanc, était reçu comme un VIP.

Ils traversèrent le grand hall dallé de marbre. Les clients qui allaient et venaient rivalisaient d'élégance et de distinction. Pour la seconde fois depuis son départ, Kate regretta de ne pas avoir fait un effort vestimentaire. A force de ne pas vouloir ressembler à sa mère, elle avait l'air d'une institutrice coincée sortie tout droit du XIXe siècle. Pourtant, elle ne mourrait pas de s'autoriser quelques fantaisies comme des jupes courtes et des hauts talons, et personne ne la prendrait pour autant pour une professionnelle du sexe !

Alessandro avait raison, elle avait du mal à se lâcher. C'était probablement d'ailleurs pourquoi il trouvait si amusant de la provoquer. Elle réagissait au quart de tour à la moindre de ses remarques, et c'était ce qu'il attendait.

Elle se remémora cette fin d'après-midi où il avait sonné à sa porte et où elle lui avait ouvert en short et en T-shirt. Un trouble soudain l'envahit. Alessandro l'avait vue comme peu d'hommes avant lui : telle qu'en elle-même, sans cette carapace sous laquelle elle se cachait. Cette pensée la perturbait infiniment. Pour la première fois depuis bien longtemps, elle s'était souvenue, sous le regard viril d'Alessandro, qu'elle était une femme qu'on pouvait admirer et désirer. Il avait fissuré le système de défense qu'elle avait mis si longtemps à ériger autour d'elle ; dorénavant, elle serait plus vigilante.

Un garçon d'étage les escortait vers leurs chambres à travers de longs couloirs recouverts de moquette rouge carmin. Kate avait tellement hâte d'être enfin seule qu'elle avait accéléré le pas presque sans s'en rendre compte. Le jeune homme s'arrêta devant la dernière porte, l'ouvrit et s'effaça respectueusement devant eux pour les laisser entrer. Après s'être assuré que les bagages avaient été apportés, il s'éclipsa discrètement.

Kate, paralysée de stupeur, regardait autour d'elle comme si elle se trouvait tout à coup transportée sur la Lune : Alessandro n'avait tout de même pas réservé une seule chambre ! Le premier choc passé, elle réalisa qu'il s'agissait d'une suite, probablement la plus luxueuse de l'hôtel.

Un grand salon, décoré avec raffinement dans des tons de grège et de blanc, donnait sur la ville à travers d'immenses baies vitrées. Canapés et table basse invitaient au repos, de magnifiques bouquets de fleurs et des fruits frais avaient été préparés à leur intention. Une porte s'ouvrait sur la gauche, une autre sur la droite, et Kate comprit, atterrée, qu'il s'agissait de leurs deux chambres.

Elle se tourna vers son compagnon, courroucée. Alessandro retint un sourire. Kate était presque attendrissante dans cette attitude de vierge effarouchée : ses joues avaient rosi, un éclat intense s'était allumé dans ses prunelles, sa bouche entrouverte laissait apercevoir des dents d'une blancheur éclatante. Partager une suite avec lui devait lui paraître impensable, sachant qu'elle considérait déjà comme le comble du vice un dîner en tête à tête. Pourtant, ils auraient chacun leur chambre et, jusqu'à preuve du contraire, il n'avait jamais violé personne.

— Qu'est-ce que c'est que ça ? protesta Kate d'une voix tremblant d'indignation.

Alessandro lui décocha une moue amusée.

— C'est une suite. Dans un hôtel, il y a beaucoup de chambres, et aussi quelques suites. Vous ne saviez pas ?

Son ironie acheva de la révolter.

— Vous vous moquez de moi ? Pourquoi n'avez-vous pas réservé deux chambres séparées, tout simplement ?

Il redevint soudain sérieux.

— Le directeur de cet hôtel a cru bien faire en m'attribuant cette suite, qui est la plus belle de l'établissement dans lequel j'ai souvent séjourné. Je ne vois pas pourquoi vous poussez des cris d'orfraie : il y a deux chambres, avec deux lits, que je sache !

Vexée, Kate réussit à se calmer. Alessandro avait le don de la pousser à bout et de la rendre ridicule, c'était insupportable ! Quoi qu'il en soit, elle était coincée. Faire un esclandre pour obtenir une autre chambre aurait aggravé son cas. Mieux valait en rire, sous peine de passer pour une oie blanche.

— Très bien, fit-elle, contrite. Alors où est ma chambre ?

Alessandro fit un geste vers la gauche.

— Ici, par exemple.

De mauvaise grâce, elle se dirigea vers la porte désignée.

Sa « chambre » était en réalité une pièce aussi spacieuse que le salon. Un immense lit invitait au repos, des fauteuils confortables entouraient une table basse sur laquelle étaient posés un bouquet de fleurs rares et une corbeille de fruits exotiques, ainsi que les journaux du jour. Une discrète porte menait de toute évidence à la salle de bains. L'endroit était si agréable que Kate renonça à faire la mauvaise tête.

— Et pour vous mettre parfaitement à l'aise, sachez que vous pouvez vous enfermer grâce à un verrou, précisa Alessandro. Mais je vous confirme que je ne suis pas le grand méchant loup.

Le grand méchant loup, certainement pas, songea Kate, soudain fébrile. Mais l'homme le plus séduisant qu'elle ait jamais rencontré, oui. Et dormir à quelques mètres de lui, même protégée par un verrou, ne l'inciterait certainement pas au sommeil…

— J'en suis certaine. Je crois que je vais me reposer et prendre un bain. Nous pourrons continuer cette discussion demain, n'est-ce pas ?

— Vous n'y pensez pas ! Il n'est que 19 h 30, vous n'allez pas vous coucher avec les poules. La seule façon de ne pas souffrir de décalage horaire, c'est de se mettre tout de suite à l'heure locale. Je vous retrouve dans une heure au bar, d'accord ?

Pour toute réponse, Kate hocha la tête en signe d'assentiment. Elle n'avait ni l'énergie ni l'envie de discuter avec Alessandro. De toute façon, il aurait le dernier mot…

Un long bain moussant dans la luxueuse salle de bains dallée de marbre la détendit un peu. Elle éprouva une joie de petite fille à découvrir les crèmes et autres savons raffinés mis à sa disposition.

Sa bonne humeur se dissipa une fois qu'elle eut rangé ses affaires dans le vaste dressing. Elle regrettait tout à coup amèrement de n'avoir emporté que ses tenues de travail, en dehors d'un jean tout à fait inadapté pour un dîner dans un établissement aussi select. De quoi aurait-elle l'air avec ses talons plats et sa jupe plissée ? Elle décida de lâcher ses cheveux pour une fois et enfila un haut rouge vif qui trancherait avec ses stricts chemisiers. C'était tout ce qu'elle pouvait faire pour améliorer son look, mais c'était déjà ça.

Alessandro l'attendait au bar, un espace feutré au charme très british avec ses fauteuils de cuir, ses tentures rouges et ses gravures anciennes.

Il s'était changé, et Kate nota l'élégance décontractée de sa tenue, pantalon clair, chemise rose pâle au col ouvert, mocassins en daim. Il semblait à son aise, parfaitement accordé avec le luxe discret de l'endroit, son charme plus magnétique que jamais. Ils allaient passer la soirée ensemble, perspective qui lui parut soudain terriblement troublante. Seigneur, jamais elle n'aurait dû accepter…

La gorge serrée, Kate se força à sourire en s'asseyant dans un fauteuil face à Alessandro et posa son ordinateur portable sur la table basse.

— Pourquoi cet ordinateur ? demanda-t-il avec un regard stupéfait. Vous avez prévu de regarder un film ? Auriez-vous peur de vous ennuyer en ma compagnie ?

— Pas du tout, bafouilla-t-elle piteusement. J'ai pensé que je prendrais des notes directement sur écran plutôt que sur papier.

Il lui servit un verre de vin sans même lui demander si elle en voulait, puis le lui tendit en la regardant droit dans les yeux.

— Ce n'est pas un dîner de travail. Vous n'aurez pas besoin de votre ordinateur. Nous dînerons au restaurant de l'hôtel, si cela vous convient, acheva-t-il sans lui laisser le temps de réagir.

Kate acquiesça de la tête et ses boucles encadrèrent gracieusement son visage. Heureusement qu'elle ne s'était pas fait son sempiternel chignon, songea Alessandro. Elle était tellement charmante avec les cheveux en liberté ! Hélas, elle portait son habituel tailleur informe, qui dissimulait les formes parfaites qu'il avait eu la chance d'entrevoir en arrivant chez elle à l'improviste. Il chassa de son esprit l'image de ses jolies fesses moulées par son short, de ses longues cuisses fuselées, et se demanda s'il pourrait de nouveau les admirer un jour.

— J'espère que vous avez des tenues plus légères. Demain, on annonce des températures élevées. Si vous avez apporté un short, n'hésitez pas à le mettre, ne put-il s'empêcher d'ajouter. Ce sera tout à fait adapté à la météo.

Une soudaine fébrilité s'empara de Kate. Comment Alessandro pouvait-il être assez indélicat pour faire allusion à cet épisode qu'elle aurait tant voulu oublier ? Jamais un gentleman n'aurait agi ainsi !

Un serveur vint les chercher pour les conduire à leur table, faisant heureusement diversion. Après les avoir installés, il leur présenta des menus.

— Le chef est excellent, annonça Alessandro. Le meilleur de Toronto, à en croire les critiques.

Kate se força à consulter la carte, gagnée par un étrange malaise. Leur table était isolée, éclairée par de simples bougies qui donnaient à la scène une connotation romantique, et elle allait dîner seule à seul avec un homme qui la troublait infiniment : comment aurait-elle pu se sentir dans son état normal ?

Après avoir commandé, et comme le silence s'installait, elle se décida à casser cette ambiance beaucoup trop intime à son gré.

— J'aimerais que vous me précisiez quelques points au sujet de mon futur poste, attaqua-t-elle d'un ton brusque.

Alessandro lui retourna un sourire ironique, qui lui prouva qu'il jugeait la ficelle un peu grosse.

— Certainement. Je serai ravi de parler affaires avec vous, assura-t-il, avec une expression qui disait tout le contraire.

Elle remarqua qu'il ne s'était pas rasé. Elle se trouvait incapable de détourner le regard de son visage, dont le charme viril était accentué par la barbe naissante. Elle imagina soudain Alessandro se penchant sur elle, cherchant ses lèvres… Un frisson la parcourut, que fort heureusement il ne sembla pas remarquer. Etait-elle en train de devenir folle ?

Le serveur leur apporta leur entrée, un foie gras mi-cuit qu'il leur avait chaudement recommandé. Il se révéla exquis, comme le constata Kate dès la première bouchée.

— Parlons donc de vos horaires, suggéra Alessandro, après avoir dégusté en connaisseur une gorgée de sauternes.

— Il n'y a rien à dire sur le sujet. Comme vous le savez, j'ai l'habitude de travailler tard.

Il se recula sur sa chaise et la scruta avec insistance.

— Il n'est pas question que vous sacrifiiez votre vie privée à votre job, asséna-t-il. Imaginez l'homme de votre vie rongeant son frein devant son assiette vide parce que vous n'êtes pas là pour lui préparer le dîner !

Elle le fusilla du regard, courroucée.

— Vous avez tout faux ! Premièrement, je vis seule ; et si ce n'était pas le cas, je ne supporterais pas que mon compagnon s'attende à ce que je prépare son repas. A vrai dire, c'est exactement pour cette raison que j'ai rompu avec mon dernier petit ami.

A peine Kate avait-elle prononcé ces paroles qu'elle les regretta. Ne s'était-elle pas promis de ne jamais évoquer sa vie privée avec Alessandro ? Pourquoi diable ne pouvait-elle tenir sa langue ? Mais aussi, pourquoi se débrouillait-il toujours pour la provoquer et la faire parler contre son gré ?

— Je comprends, fit-il après un silence. Il vous en demandait trop, et cela vous déplaît chez un homme. C'est bien ça ?

— C'est-à-dire que…, bafouilla-t-elle. J'étais très prise professionnellement, et je…

— … et vous avez privilégié votre travail, ce qui semble être le cas dans bien des domaines. Votre façon de vous vêtir, par exemple. On a l'impression que vous passez votre vie au bureau.

Elle soutint son regard narquois et faillit le remettre à sa place. De quel droit se permettait-il de porter un jugement sur sa façon de s'habiller ? Qu'est-ce que ça pouvait bien lui faire ?

Serrant les dents, elle décida de faire comme si elle n'avait rien entendu, tout en se promettant qu'un jour ou l'autre elle lui dirait sa façon de penser.

— Pour conclure, disons que je travaillerai aussi longtemps qu'il le faudra, comme je l'ai toujours fait, déclara-t-elle d'un ton sec. Qu'avez-vous prévu au juste pour la journée de demain ?

6.

Kate eut beau vérifier et revérifier qu'elle avait bien tiré le verrou, elle passa une nuit agitée.

Certes, elle n'imaginait pas une seconde qu'Alessandro puisse surgir dans sa chambre, mais le simple fait de le savoir endormi à quelques mètres d'elle la perturbait infiniment.

Le réveil la tira de sa somnolence avant 7 heures et elle mit quelques secondes à réaliser où elle était. Alors, elle s'accorda un peu de temps pour profiter du grand lit moelleux, plein de charme avec son baldaquin à l'ancienne et ses rideaux de mousseline rebrodée, et du luxe raffiné de la décoration.

Mais cet instant de détente ne dura pas : elle se souvint brutalement que si tout se déroulait comme l'avait annoncé Alessandro, ils verraient George dans la journée. La confrontation serait sans nul doute pénible, mais elle gardait le secret espoir que son supérieur parviendrait à leur démontrer son innocence.

— Vous avez l'air préoccupée, observa Alessandro quand elle le rejoignit pour le petit déjeuner.

— Je le suis un peu, admit-elle aussitôt. Ce qui nous attend n'est pas très agréable…

Il la regarda se diriger vers le buffet, particulièrement raffiné et pléthorique, et nota avec intérêt le galbe de ses jambes, son léger déhanchement que ne parvenait pas à masquer la stricte jupe.

Pourquoi Kate Watson le fascinait-elle autant ? s'interrogea-t-il de nouveau. Il aimait les filles sexy, libérées, qui ne lui demandaient rien d'autre que de passer un bon moment. Or sa collaboratrice était coincée, prude, habillée comme un sac, et probablement du genre à ne pas coucher avant le mariage ! En toute logique, il aurait mieux fait de passer son chemin, mais il n'y parvenait tout simplement pas. Tant qu'il ne saurait pas qui elle était vraiment, tant qu'il ne l'aurait pas obligée à se dévoiler, il ne lâcherait pas…

— Ce sera désagréable, je ne vous dirai pas le contraire, dit-il quand elle fut revenue à sa place. Mais nous savons vous et moi qu'il faut en passer par là, n'est-ce pas ? De toute façon, c'est moi qui interviendrai, vous n'aurez pas à parler si vous n'y tenez pas. Néanmoins, je m'étonne de votre soudaine émotivité, vous qui n'avez pas hésité à virer votre dernier petit ami parce qu'il vous reprochait de trop travailler !

Elle lui lança un regard noir.

— Vous n'avez pas le droit…, commença-t-elle d'une voix vibrant de colère.

— Tout doux, tout doux ! coupa-t-il avec un sourire qui acheva d'exaspérer Kate. Je plaisantais. Ne montez pas tout de suite sur vos grands chevaux.

— Je ne monte pas sur mes grands chevaux, je n'apprécie pas la façon dont vous vous immiscez dans ma vie privée.

— Je m'intéresse aux gens qui travaillent à mes côtés, je vous l'ai déjà dit. Cela vous choque ? C'est important pour moi de savoir si mes collaborateurs, surtout quand ils occupent des postes à responsabilité, sont heureux ou non en ménage, s'ils ont des enfants, etc. Et croyez-moi, je peux vous assurer que vous aurez de plus en plus de responsabilités dans notre société si vous continuez ainsi, Kate. Vous êtes une excellente professionnelle.

Elle se calma aussitôt. D'une part, les compliments d'Alessandro la ravissaient et d'autre part, elle réalisait qu'elle avait réagi avec trop de virulence, encore une fois. Il s'intéressait à elle comme employée, rien de plus. Inutile de se sentir remise en cause en tant que personne dès qu'il lui parlait.

— J'ai rompu avec Sam parce que ça ne marchait pas entre nous, voilà tout.

Et surtout parce qu'ils n'avaient rien à construire ensemble, ajouta-t-elle en son for intérieur, et qu'elle avait besoin d'une visibilité à long terme dans une relation amoureuse. Elle réalisa au même moment qu'encore une fois, elle était obsédée par l'idée de n'imiter sa mère à aucun prix. Au risque de se méfier de tous les hommes et de finir célibataire. Quand donc s'affranchirait-elle de l'ombre maternelle ?

Chassant ces pensées de son esprit, elle se tourna vers Alessandro.

— Notre relation n'allait nulle part, ajouta-t-elle d'un ton qui signifiait que le débat était clos.

Malheureusement, Alessandro ne l'entendait pas de cette oreille :

— A votre avis, où doit aller une relation ? Nécessairement vers le mariage ? Répondez-moi, et ne me dites pas que vous êtes mon employée, donc que cette discussion est hors sujet. J'aime entendre différents points de vue, et votre avis m'intéresse.

— Je ne suis pas certaine que nous parlions le même langage tant vous ne semblez pas être le genre d'homme à vouloir vous engager.

— Tiens donc ! s'exclama-t-il, comme piqué au vif. Alors expliquez-moi ce que je rate.

Le sourire qu'il lui lança désamorça la mauvaise humeur de Kate. Comment résister à son charme, à la lueur taquine qui, derrière ses longs cils que lui auraient enviés beaucoup de femmes, brillait dans ses yeux noirs ? Elle en était tout simplement incapable.

— Puisque vous insistez, je vais vous expliquer ce que j'imagine être une relation réussie, commença-t-elle. Il faut avant tout se donner le temps de se connaître. Puis accepter l'autre avec ses défauts et ses qualités, se respecter et tenir ses engagements.

— Pas très vendeur, votre description, pour parler franc, rétorqua-t-il avec une moue ironique. Il faut s'amuser aussi, vous ne trouvez pas ? Vous ne vous amusiez pas, avec votre Sam ?

— Si, bien sûr, mentit-elle en rougissant.

Car son ex était totalement dénué de fantaisie, comme elle l'avait découvert avec le temps. Et quand il lui avait déclaré que la carrière d'une épouse passait nécessairement au second plan derrière celle de son mari, Kate en avait tiré les conclusions évidentes : elle avait mis un terme à leur histoire.

A présent, elle faisait certes carrière, mais elle était seule, sans homme, et presque sans amis. Etait-ce la vie dont elle avait rêvé ? Qu'était-elle prête à sacrifier pour réussir dans son travail ? Elle se demanda soudain si elle s'était jamais vraiment amusée, elle dont le but premier dans l'existence était de tout contrôler, de ne jamais se laisser surprendre par personne, de ne pas se soumettre à ses émotions.

— Pour résumer, ce n'était pas le bon moment, reprit-elle. Ce qui ne veut pas dire que je n'ai pas essayé. Et je ne pense pas que dans un couple, l'essentiel soit de s'amuser. Pour beaucoup d'hommes, s'amuser, c'est satisfaire un besoin physique. Il n'y a pas que le sexe entre un homme et une femme.

Elle baissa les yeux, gênée de s'être abandonnée à ces confidences. Son boss allait probablement se moquer d'elle et de sa pudibonderie.

Alessandro réfléchissait. Il ne s'était jamais beaucoup intéressé à la psychologie féminine, ses brèves aventures ne lui laissant en général pas assez de temps pour aborder des sujets sérieux avec ses conquêtes. Il avait écouté Kate avec intérêt, et percevait désormais mieux la femme qu'elle était, prisonnière du code de bonne conduite étroit qu'elle s'était fixé, ne s'autorisant jamais aucun débordement, aucune passion, aucune folie.

Il ne la pensait pas heureuse. Probablement, au fond d'elle-même, attendait-elle autre chose de l'existence qu'une belle carrière et un gentil mari, mais jamais elle ne se l'avouerait. Elle doutait, il en était certain, et cette conversation le prouvait. Ses affirmations étaient trop sages, ses explications trop policées. Elle se protégeait, obsédée par la volonté d'afficher envers et contre tout aux yeux du monde l'image d'une femme distante et cérébrale.

Encore une fois, il se demanda qui elle était vraiment et s'il le saurait jamais un jour. Peut-être ne le savait-elle pas elle-même…

— Ces viennoiseries étaient un délice ! ajouta-t-elle soudain. Vous avez raison, le chef est vraiment talentueux. Et pourtant, en quittant ma chambre, je n'avais aucun appétit. A cause de ce qui nous attend aujourd'hui, certainement.

Elle marqua une pause avant de reprendre, sérieuse de nouveau :

— A propos, j'ai apporté toutes les informations que j'ai réunies sur George.

— Parfait, dit-il. On y va ?

Il se leva. Sa haute stature parut plus impressionnante que jamais à Kate. Il était redevenu Alessandro Preda, un homme invulnérable, un dirigeant d'entreprises sûr de sa force. Comme si leur conversation sur le couple n'avait pas eu lieu.

Elle se leva à son tour et lui emboîta le pas. Devant l'hôtel, le portier les salua.

— Nous prenons un taxi ? demanda-t-elle.

— Non. Nous disposons d'un chauffeur privé pour toute la durée du séjour. C'est plus simple.

— Vous voulez dire que vous avez réservé la limousine d'hier soir ?

— Je vois que vous vous habituez au luxe ! plaisanta-t-il.

Non, notre véhicule sera beaucoup plus discret, et moins gourmand en essence. Ah, le voilà !

Une berline noire stoppa devant eux. Ils grimpèrent à l'arrière. Comme à chaque fois qu'elle se retrouvait trop près d'Alessandro, Kate sentit son sang pulser dans ses veines. Cette proximité pourtant anodine — même si leurs cuisses se frôlaient presque — la troublait beaucoup plus qu'elle ne l'aurait souhaité.

L'hôtel où résidaient George et son épouse se trouvait à une quarantaine de minutes de Toronto, en pleine campagne, juste après une immense zone industrielle.

— Vous ne trouvez pas ça bizarre de vous installer au milieu de nulle part quand vous visitez une ville ? fit remarquer Alessandro. Je ne comprends pas bien le principe.

Désireuse de prendre la défense de George, Kate trouva aussitôt une explication :

— George adore la nature et sa femme le shopping. Peut-être ont-ils trouvé un compromis, suggéra-t-elle. Et la prochaine fois qu'ils partiront en vacances, ils prendront un hôtel en ville. N'est-ce pas le secret d'une relation réussie de lâcher du lest à tour de rôle ?

Alessandro ne parut pas convaincu.

— Il doit y avoir une autre explication. Et si vous avez raison, ce que je ne crois pas, avouez que comme vie de couple, ça ne fait pas rêver !

Ils échangèrent un sourire amusé. Ce bref moment ne dura pas, mais Kate savait qu'elle s'en souviendrait longtemps. Pour la première fois, au-delà des rapports hiérarchiques et des joutes oratoires, elle avait perçu entre eux une étonnante connivence.

Alessandro chercha à retenir le regard de Kate, mais déjà elle avait tourné la tête vers la vitre, comme si elle regrettait de s'être abandonnée. L'espace d'un instant pourtant, il avait entraperçu une autre Kate, drôle et taquine, délicieusement fraîche et spontanée, et son intérêt pour elle n'en était que plus grand.

L'hôtel, modeste immeuble coincé entre un fast-food et un parking, était totalement dénué de charme. Ni l'un ni l'autre ne firent le moindre commentaire en sortant de la voiture, mais Kate vit une surprise égale à la sienne se peindre sur le visage d'Alessandro. Comment George et sa femme avaient-ils pu choisir ce sinistre endroit pour passer leurs vacances ? semblait-il penser.

Accrochée à son portable, une jeune réceptionniste les accueillit d'un signe de tête, visiblement agacée qu'on la dérange en pleine conversation. Au bout de quelques instants, elle daigna enfin lever les yeux.

— Bonjour, marmonna-t-elle.

— Bonjour. Pouvez-vous appeler M. Cape et lui dire que M. Preda l'attend à la réception ? demanda Alessandro.

— M. et Mme Cape ne sont pas là, répondit-elle aussitôt. C'est simple, depuis leur arrivée, ils partent tous les matins à 8 heures et reviennent à 18 heures. Vous pouvez leur laisser un message si vous voulez.

— Drôles d'horaires pour des touristes ! observa Alessandro. Ils ne sortent pas le soir ?

La réceptionniste fronça les sourcils, sans doute intriguée par toutes ces questions.

— Vous êtes de la famille de George et Karen ? demanda-t-elle d'un ton suspicieux.

Elle semblait décidément bien les connaître… Alessandro paraissait tout aussi étonné que Kate par cette familiarité. Ils échangèrent un regard. Décidément, ils allaient de surprise en surprise.

— Non. Je suis le patron de George, expliqua Alessandro.

— Alors il n'a pas dû vous expliquer…, murmura la jeune femme.

— M'expliquer quoi ?

— Ils passent leurs journées à l'hôpital. Les horaires de visite sont limités, mais ils restent pour s'occuper de Gavin et Caroline.

Kate, eut l'impression que le sang se retirait de son visage. Elle se tourna vers Alessandro.

— Caroline est leur fille, et Gavin leur gendre, expliqua-t-elle.

— Auriez-vous l'amabilité de nous dire de quel hôpital il s'agit ? demanda Alessandro à la réceptionniste.

Celle-ci s'exécuta sans difficulté.

Le trajet fut rapide. Alessandro et elle n'échangèrent pas une parole, chacun plongé dans ses réflexions. George avait-il des problèmes de santé ? se demandait Kate. Ou quelqu'un d'autre de sa famille ?

La voiture s'arrêta devant un bâtiment flambant neuf, sur lequel on pouvait lire en grandes lettres de néon : Institut Pédiatrique.

Kate sentit l'émotion l'envahir. Un enfant malade, était-ce là le secret de George ?

— Attendez-moi dans la voiture, ordonna Alessandro. Je vous appellerai quand j'en saurai plus. Ce que nous allons apprendre risque d'être désagréable.

Kate se redressa, piquée au vif.

— Vous n'avez pas à me protéger ! George est en difficulté, et je veux savoir ce qui se passe. Je viens, que cela vous plaise ou non.

Alessandro s'inclina, partagé entre l'admiration devant la détermination de Kate et l'agacement qu'elle lui tienne tête. Personne n'osait jamais le faire.

— Très bien.

Regrettant son franc-parler, Kate eut un instant l'envie absurde de lui poser la main sur le bras pour s'excuser. Mais elle s'abstint : en aucun cas elle ne voulait établir entre eux la moindre complicité, et un contact physique, même minime, n'était décidément pas une bonne idée, étant donné la fièvre qui s'emparait d'elle dès qu'il s'approchait.

Il restait son boss, rien de plus, rien de moins.

Une infirmière charmante — et charmée par Alessandro, comme le remarqua aussitôt Kate non sans agacement — leur suggéra d'attendre dans la cafétéria le temps qu'elle aille prévenir George. Alessandro se plongea dans ses dossiers sur son ordinateur portable. Kate, nerveuse, était incapable de se concentrer sur quoi que ce soit, même pas les magazines féminins posés devant elle.

Au bout d'une demi-heure, George apparut au bout du couloir, amaigri et fatigué. Il avança vers eux d'un pas lent. Lui d'ordinaire si soucieux de sa tenue portait un pantalon froissé et un pull informe, détail qui alarma Kate. Jamais, même dans les moments les plus stressants au bureau, elle ne l'avait vu aussi négligé. Bouleversée, elle reconnaissait à peine le directeur triomphant dans cet homme abattu qui semblait soudain avoir vieilli de dix ans. Il devait être en grande détresse.

Les traits crispés, il serra la main que lui tendait Alessandro et donna une accolade affectueuse à Kate — ce qu'il n'avait jamais fait. Décidément, il se passait quelque chose de grave, pensa-t-elle en le serrant contre elle pour lui donner du courage.

— D'une certaine manière, je vous attendais, murmura-t-il d'une voix à peine audible. Je savais que je serais découvert un jour ou l'autre. J'espérais juste avoir eu le temps de vous rembourser ce que je vous ai emprunté, Alessandro. Mais peut-être n'êtes-vous pas d'accord avec le terme « emprunté », et de toute façon vous m'avez pris de vitesse.

Les traits d'Alessandro restaient impénétrables. Son visage n'exprimait pas la moindre empathie. Kate serra les poings, redoutant le pire.

— Je me forgerai une opinion quand j'aurai pris

connaissance des faits, dit-il d'une voix sèche. Je vous écoute, George.

Il était près de 15 heures quand ils quittèrent l'hôpital. Comme Kate s'y attendait, la séance avait été éprouvante, mais le dénouement avait déjoué tous ses pronostics.

— Alessandro, commença-t-elle en regagnant la voiture à ses côtés, je voulais vous dire…

Le cœur battant, elle réalisa qu'elle l'avait appelé par son prénom. Pour la première fois.

— Me dire que vous êtes impressionnée par ma magnanimité, mon grand cœur ? coupa-t-il d'un ton ironique.

— Non. Je voulais vous remercier pour ce que vous avez fait pour George, dit-elle simplement.

Alessandro hocha la tête. Comment aurait-il pu agir autrement ? La situation était en effet particulièrement douloureuse : la petite-fille de George, gravement malade, avait un seul espoir de s'en sortir : être traitée à Toronto, où des médecins venaient de mettre au point un traitement révolutionnaire.

Et ce traitement coûtait une fortune…

George avait vidé tous ses comptes un à un, mais le traitement n'était pas terminé. Alors, acculé, il s'était servi dans la caisse. C'était aussi simple et dramatique que cela…

A la stupéfaction de Kate, qui connaissait l'intransigeance de son patron, ce dernier avait fait preuve d'une élégance et d'une générosité qui l'honoraient. Non seulement il avait pardonné l'infortuné grand-père en lui assurant qu'il ne lui demanderait pas de rembourser les sommes détournées, mais il avait offert de prendre en charge tous les frais médicaux jusqu'à ce que la fillette soit sauvée.

George, les larmes aux yeux, s'était confondu en remerciements.

Pouvait-on être plus compréhensif et plus généreux qu'Alessandro Preda, pourtant réputé pour sa dureté en affaires ? songea Kate en le suivant sur le parking.

— Ce que j'ai fait pour George ? répéta-t-il d'un ton dégagé. Vous auriez fait la même chose à ma place, j'en suis sûr. Mais je continue à penser qu'il aurait dû commencer par me parler de tout cela.

Alessandro jeta un regard de côté et observa Kate, fasciné. Les rayons du soleil jetaient sur ses cheveux blonds des reflets dorés, jouaient avec les traits gracieux de son visage à l'ovale parfait. Elle était charmante. Vraiment charmante…

— Nous devions profiter de ce séjour à Toronto pour aller voir un client, n'est-ce pas ? demanda-t-elle tout à coup.

— En effet. Mais ça attendra demain. Nous avons bien droit à un peu de détente après ce que nous venons de vivre, vous ne trouvez pas ?

Elle lui adressa un sourire d'une infinie douceur.

— C'est vrai, murmura-t-elle. Vous avez été formidable. Je n'aurais jamais imaginé que vous réagiriez ainsi.

Il s'arrêta et contempla l'émeraude de ses yeux.

— Je vous ai surprise ? Alors surprenez-moi aussi, Kate, lui chuchota-t-il d'une voix grave. Abandonnez votre tailleur qui me fait trop penser au bureau, sortez de votre rôle d'employée modèle. J'ai besoin de me changer les idées moi aussi.

— Mais je n'ai pas d'autre tenue, protesta-t-elle d'une voix étranglée.

— Alors achetez en une. Avec la carte bancaire de la société, cela va sans dire.

— Mais…

— Faites-moi ce plaisir, Kate. Est-ce trop vous demander que d'être enfin vous-même, ne serait-ce que pour une soirée ?

7.

« Est-ce trop vous demander que d'être enfin vous-même ? »

La question d'Alessandro avait piqué Kate au vif. Alors comme ça, il la prenait pour une pauvre fille coincée, incapable de se lâcher, de profiter de la vie, de prendre du bon temps ? Il n'hésitait pas à la provoquer pour voir jusqu'où elle pourrait aller, convaincu que jamais elle ne relèverait le défi, trop intimidée par lui, ce grand séducteur qui fréquentait les plus belles filles de Londres. Il devait trouver très amusant ce petit jeu qui consistait à la déstabiliser en usant de son charme, juste pour le plaisir de la voir se dégonfler au final.

Eh bien il allait être surpris ! Elle était décidée à lui prouver qu'il ne l'impressionnait pas et qu'elle n'était pas celle qu'il croyait. Oui, il allait être très surpris… Elle allait lui démontrer que même lui, le grand Alessandro Preda, pouvait avoir tort. Et pour une fois, puisqu'il avait tant insisté, elle laisserait ses scrupules de côté et s'habillerait aux frais de l'entreprise. Tant pis pour lui, il l'avait bien cherché !

Elle avait toujours détesté faire les magasins, et savait parfaitement pourquoi : sa mère l'avait traînée tant de fois dans des boutiques de vêtements où elle choisissait immanquablement les tenues les plus voyantes, les plus vulgaires, à sa grande honte. En attendant la fin de l'épreuve, elle sortait un livre et tentait de se concentrer pour ne pas voir sa mère se pavaner devant la glace en arborant des pantalons moulants, des hauts outrageusement décolletés, des escarpins aux talons interminables. Sa mère n'avait jamais compris qu'elle se ridiculisait, et que c'était un supplice pour sa fille de la voir ainsi. Le pire était quand elle insistait pour l'habiller, lui conseillant des robes trop courtes, des pantalons trop serrés, et s'offusquant quand Kate refusait obstinément ne serait-ce que de les essayer.

— Tu devrais écouter ta maman, disait-elle, au lieu de porter des jeans et des chemises trop grandes pour toi qui te donnent l'air d'un garçon. Tu ne séduiras jamais un homme, ma fille !

Or c'était précisément ce que cherchait Kate : qu'on ne la regarde pas…

Mais cette fois, son objectif était exactement le contraire. Kate éprouva un frisson d'excitation à l'idée que pour la première fois de sa vie, elle allait choisir des vêtements qui la mettraient en valeur, précisément dans le seul but qu'on la remarque. Et pas n'importe qui : Alessandro Preda en personne !

Elle se renseigna auprès du portier, qui lui conseilla la boutique la plus chic de Toronto.

Elle en ressortit une heure après y être entrée, sourire aux lèvres. Elle avait constaté avec étonnement que faire du shopping pouvait être un plaisir. Conseillée par une vendeuse très attentive à ses souhaits, elle avait choisi des tissus raffinés et des coupes élégantes, et ce qu'elle avait vu dans le miroir de la cabine d'essayage la réjouissait : elle venait de découvrir qu'elle pouvait être séduisante, que les robes courtes lui allaient à ravir et que les talons hauts donnaient à ses jambes un galbe tout à fait flatteur.

Munie de ses emplettes, elle regagna l'hôtel et passa un long moment dans la salle de bains à se coiffer et à se maquiller. Il fallait qu'elle apprenne à maîtriser les artifices que toutes les femmes utilisaient pour être plus belles et qu'elle avait jusque-là méprisés, et c'était follement amusant !

Avant de rejoindre Alessandro, elle jeta un dernier coup d'œil dans le miroir en pied et fut aussitôt rassurée. Elle avait devant elle une autre Kate, une Kate qui lui plaisait beaucoup dans sa robe en soie corail au-dessus du genou, avec ses sandales à talons, son décolleté généreux qui laissait entrevoir la naissance de sa poitrine, son allure sexy.

Oui, elle pouvait être sexy ! se dit-elle, stupéfaite et ravie. *Maman, si tu me voyais aujourd'hui, tu serais fière de moi*, pensa-t-elle, amusée. Joignant le geste à la parole, elle se prit en photo sur son téléphone portable et envoya aussitôt le cliché à sa mère. Elle n'en reviendrait pas !

Les regards appréciateurs que lui jetèrent les hommes qu'elle croisa dans le hall lui firent monter le rose aux joues. Mais comment Alessandro allait-il réagir ? Une sourde appréhension s'empara d'elle. Et s'il n'appréciait pas sa transformation ? S'il la trouvait trop apprêtée, ridicule ? S'il se moquait d'elle ?

Il l'attendait devant l'entrée et ses traits se figèrent quand il l'aperçut. D'abord, Kate crut qu'il était choqué, qu'il n'aimait pas ce qu'il voyait. Bientôt cependant, elle vit une lueur trouble s'allumer dans son regard, un sourire se dessiner sur ses lèvres pleines, et un sentiment d'intense soulagement l'envahit. Son cœur se mit à battre la chamade. Il ne semblait pas la trouver ridicule, bien au contraire. Il semblait lui aussi conquis par son nouveau look.

Quand Kate apparut à l'autre bout du grand hall, éclatante d'élégance et de féminité, Alessandro crut d'abord avoir la berlue. Ce ne pouvait pas être elle ! Pourtant, quand il eut repris ses esprits, il dut se rendre à l'évidence : son stratagème avait réussi bien au-delà de ce qu'il avait espéré.

Il avait délibérément provoqué la jeune femme pour voir si elle était capable de se mettre en danger, de prendre des risques, mais jamais il ne l'aurait imaginée capable d'une telle métamorphose. Tel un papillon sorti de sa chrysalide,

Kate Watson avait pris son envol : elle était devenue une vraie femme, dans tous les sens du terme.

Dans sa robe au tissu fluide et à la coupe délicieusement féminine, chic et sobre comme il aimait, Kate irradiait de beauté, tout simplement. Avec un incroyable naturel, comme si elle ne s'en rendait absolument pas compte, elle alliait à la perfection distinction et sensualité. Ses boucles d'un blond cendré encadraient gracieusement l'ovale parfait de son visage, un rose à lèvres mettait en valeur sa bouche pulpeuse, ses yeux verts, magnifiés par le mascara, étaient plus attirants que jamais. Et son corps svelte aux courbes prometteuses, bon sang, pourquoi l'avait-elle si longtemps caché ? La soie fluide dessinait sa poitrine ronde, soulignait sa taille de guêpe et, sous sa jupe courte, ses jambes paraissaient plus longues encore grâce aux élégantes sandales à talons qui chaussaient ses petits pieds aux ongles, ô surprise ! laqués de rouge.

Elle jouait le grand jeu avec un air de rien qui le laissait pantois.

Au fur et à mesure qu'elle avançait vers lui, les hommes se retournaient sur son passage, comme attirés par un aimant, et il en fut presque jaloux. Un spasme de désir le saisit, aussi violent qu'inattendu. C'est pour lui qu'elle s'était habillée ainsi, pensa-t-il avec une satisfaction mâle dont le côté primitif ne lui échappa pas. Rien que pour lui…

Elle s'arrêta devant lui et sourit, comme si elle avait été habillée ainsi toute sa vie.

— Je vois que vous avez fait des emplettes, murmura-t-il.

Elle rejeta ses cheveux en arrière et il perçut la senteur discrète de son parfum sucré. Ses talons hauts la grandissaient, accentuant encore l'élégance de sa silhouette, et Alessandro eut soudain l'envie irrépressible de la prendre dans ses bras et de sentir ses seins généreux contre son torse. Victime d'une érection incontrôlée, il lui sourit à son tour en espérant qu'elle n'ait pas remarqué l'effet qu'elle avait sur lui.

— Vous aviez raison de me pousser à aller dans les

magasins. Il fait chaud, mes tenues n'étaient pas adaptées. J'ai suivi vos conseils.

Kate nota, troublée, l'étincelle qui s'était allumée dans le regard d'Alessandro. *Je lui plais*, pensa-t-elle, affolée par l'émoi que cette évidence provoquait en elle. *Jamais je n'aurais cru cela possible.*

— Des achats fort judicieux, fit-il observer d'une voix sourde.

Il contempla sa silhouette, s'attarda sur son cou, ses seins, ses jambes nues, et Kate ne put retenir un frisson. Elle réalisait avec ravissement qu'elle avait tout à coup un pouvoir sur ce don Juan. Mais ne jouait-elle pas avec le feu en sortant du rôle qu'elle s'était toujours assigné ? Comment tout cela allait-il finir ?

Elle chassa cette pensée dérangeante de son esprit. C'était tellement nouveau et merveilleux d'être cette jolie fille que tout le monde regardait ! Autant en profiter.

— J'espère que vous ne vous êtes pas contentée de cette robe.

— J'ai aussi choisi une veste.

Il fronça les sourcils.

— Il vous faut une autre robe, voyons ! Je veux bien vous accompagner dans d'autres magasins, si vous le souhaitez.

Elle le regarda, stupéfaite. Elle se voyait mal discuter vêtements avec Alessandro, et encore moins solliciter son avis pendant un essayage !

— Je croyais que nous avions un rendez-vous professionnel prévu, dit-elle pour changer de sujet.

— Il est annulé. Le vendeur ne vend plus. Et si par hasard il change d'avis, nous sommes de toute façon les seuls acquéreurs potentiels. Donc inutile de commencer la discussion, je préfère les laisser venir. Vous êtes déçue ? l'interrogea-t-il avec une œillade taquine. Vous aviez vraiment envie de discuter chiffres et bilans alors qu'il fait un temps magnifique et que Toronto nous attend ?

Son enthousiasme était si communicatif que Kate se laissa aussitôt convaincre.

— Non, avoua-t-elle avec franchise. En fait, je serais ravie de ces petites vacances. Mais je n'en reviens pas que vous soyez un adepte du shopping.

— Moi ? C'est tout le contraire : je déteste faire les boutiques. Je ne m'achète jamais rien pour moi.

— Alors qui le fait à votre place ?

— Pour être franc, j'ai eu une petite amie qui s'en chargeait très bien.

— Une petite amie avec laquelle vous avez donc dû rester un moment. Je croyais pourtant que vous étiez adepte des liaisons d'un soir…

— Pas du tout ! Qui vous a mis ça dans la tête ?

— C'est vous qui m'avez expliqué que vous ne vouliez pas vous engager, murmura-t-elle, mal à l'aise soudain.

— Il y a un moyen terme entre une liaison d'un soir et l'engagement d'une vie, il me semble.

D'autorité, il la prit doucement mais fermement par le bras et l'entraîna vers la sortie. Kate se laissa faire, le souffle court, soudain terriblement consciente de son corps mâle pressé contre le sien, de sa main posée sur son avant-bras. Oui, elle jouait avec le feu. Mais c'était merveilleusement excitant, et elle n'avait aucune envie d'arrêter.

— Le concierge m'a conseillé un bon restaurant à côté d'ici, dit Alessandro. Vous pouvez marcher dix minutes ?

— Bien sûr, je ne suis pas en sucre.

— Je sais, mais vos talons sont très hauts et vos chevilles très fines. Cela dit, ne vous inquiétez pas, je vous rattraperai si vous tombez, ajouta-t-il de sa voix mâle aux accents sensuels.

Elle s'imagina tout à coup dans les bras d'Alessandro, pressée contre son large torse, et son souffle s'accéléra. Et si elle faisait semblant de trébucher, juste pour voir ce que ça faisait de se retrouver dans les bras de l'homme le plus attirant et le plus sexy qu'elle ait jamais connu ?…

Cet instant de folie ne dura pas. Elle n'avait pas quinze ans, tout de même ! Revenue à la raison, elle se concentra au contraire pendant tout le chemin pour ne pas chuter.

Au bout de quelques dizaines de mètres seulement les pieds de Kate commencèrent à la faire souffrir. Ses talons étaient si hauts qu'elle avait l'impression d'être sur le point de se tordre la cheville à chaque pas, les lanières de ses sandales étaient trop serrées, et elle dut faire un effort terrible pour continuer à marcher normalement. Il n'était pas question de casser sa nouvelle image glamour en avouant à Alessandro qu'elle souffrait le martyre car elle n'avait pas l'habitude de porter des talons. Elle aurait vraiment eu l'air d'une idiote.

Aussi poussa-t-elle un soupir de soulagement quand ils arrivèrent enfin et qu'elle put discrètement enlever ses sandales sous la table qu'on leur avait réservée. Elle ne savait pas comment elle parviendrait à rentrer à l'hôtel, mais décida de ne pas y penser.

Elle accepta volontiers le cocktail qu'Alessandro lui suggéra. A nouveau look, nouvelles habitudes ! Elle était décidée à faire preuve d'audace.

— Vous n'êtes jamais venue en Amérique du Nord, n'est-ce pas ? demanda-t-il en portant un toast.

Elle leva son verre à son tour et soutint son regard intense, exigeant, impudique. De nouveau, elle se dit que c'était de la folie, qu'elle regretterait dès le lendemain son comportement déraisonnable. Mais le cocktail était délicieux, le sourire d'Alessandro magnétique, sa virilité affolante. Alors elle sourit elle aussi.

— Je ne suis partie qu'une fois en vacances à l'étranger, à Ibiza avec ma mère. Inutile de vous dire que je n'en garde pas un très bon souvenir.

— Pourquoi ?

— Parce qu'elle me poussait à faire la fête avec elle, et

que le simple fait de la voir se trémousser sur une piste de danse m'était insupportable.

— Peut-être avait-elle juste envie de s'amuser. Etait-ce si blâmable ?

Kate resta silencieuse un moment, interloquée. Elle n'avait jamais envisagé les choses sous cet angle, et la réflexion d'Alessandro lui ouvrait de nouveaux horizons. N'avait-elle pas été trop rigide dans le jugement qu'elle portait sur sa mère ?

— Peut-être, fit-elle, pensive.

Ensuite, la conversation roula sur de multiples sujets, heureusement bcaucoup plus légers. Kate savoura chaque instant de cette soirée, exceptionnelle à tous points de vue. Alessandro se révélait un convive passionnant, aussi spirituel que cultivé. Ils se découvrirent de nombreux points communs en matière de lecture et de cinéma.

Quand vint le moment de rentrer, Kate retourna à la triste réalité. Telle Cendrillon chaussée de ses pantoufles de vair, elle redoutait la fin de la soirée.

Elle avait raison : à peine eut-elle fait quelques pas que la douleur surgit, plus vive encore qu'à l'aller. Elle parvint à sortir du restaurant sans éveiller l'attention, mais dès qu'ils avancèrent sur le trottoir, Alessandro s'arrêta net.

— Que vous arrive-t-il ? demanda-t-il en fronçant les sourcils.

— Rien, rien…

— Ce sont vos chaussures, n'est-ce pas ?

— Non, tout va bien, je vous assure, protesta-t-elle maladroitement.

Comme s'il n'avait rien entendu, son compagnon s'agenouilla devant elle d'un mouvement leste. Ses doigts souples lui enserraient délicatement la cheville, sa paume pressait sa chair. Kate ferma les yeux. C'était divin… Toutefois, elle prit bien vite conscience de l'incongruité de la situation.

— Je vous en prie, Alessandro, relevez-vous ! murmura-t-elle d'une voix étranglée. Qu'est-ce que les gens vont croire ?

— Ce que les gens croient m'est parfaitement égal, rétorqua Alessandro en se mettant debout. En tout cas, une chose est sûre, c'est que vous ne pouvez pas marcher dans ces conditions.

— Et pourtant, il le faut. Nous ne sommes pas très loin, j'y arriverai.

Il lui lança un sourire équivoque qu'elle eut du mal à analyser.

— Il y a une autre solution, déclara-t-il. Une solution très simple, vous allez voir.

Joignant le geste à la parole, il lui passa un bras autour de la taille, un autre derrière les genoux et la souleva comme une plume. Il se mit à avancer d'un pas assuré. Kate se figea. Tenter de se débattre aurait été aussi vain que ridicule ; contre Alessandro, si grand, si fort, elle n'aurait jamais gain de cause. Alors, vaincue, bouleversée de sentir ses seins pressés contre ses pectoraux, de respirer son odeur mâle, elle s'abandonna aux sensations exquises qui l'envahissaient.

Jamais elle n'avait vécu une telle expérience. C'était un éblouissement que d'être blottie contre Alessandro, de se sentir tout à coup si femme à son contact. Elle ferma les yeux pour mieux se pénétrer du battement de leurs cœurs qui vibraient à l'unisson, pour mieux s'imprégner du parfum envoûtant de sa peau.

Un instant, elle se dit qu'ils devaient avoir une étrange allure et se demanda ce que pensaient les gens qui les croisaient. Puis, suivant l'exemple d'Alessandro, elle réalisa que cela lui était parfaitement indifférent. Alors, passant les bras autour du cou de son partenaire, elle s'abandonna à son étreinte et pria pour que ce trajet ne prenne jamais fin.

Alessandro la porta jusque sur son lit, où il l'allongea précautionneusement. Depuis leur départ du restaurant, ils n'avaient pas prononcé un seul mot.

Kate s'assit aussitôt au bord du matelas, mal à l'aise. La réalité reprenait droit de cité, et elle regrettait tout à coup d'avoir eu la faiblesse de s'être laissé porter ainsi. Il l'avait serrée dans ses bras presque comme s'ils avaient été amants : n'était-ce pas le comble de l'absurde, alors qu'ils ne partageaient rien ? Toute cette affaire prenait soudain un tour terriblement intime, et elle ne savait plus où elle en était.

— Merci, murmura-t-elle. Je suis désolée, je n'ai pas l'habitude des talons hauts, avoua-t-elle d'un air contrit.

Il eut un sourire indulgent.

— Je comprends. Vous auriez dû me le dire, nous aurions pris un taxi. Montrez-moi ces blessures.

— Non, non, je vous assure, tout va très bien ! protesta-t-elle, avec l'impression plus que désagréable d'avoir l'air d'une idiote.

— Ne soyez pas bête, rétorqua-t-il comme en écho à ses pensées. Je vois bien que vous souffrez, je vais m'occuper de vous.

Elle eut beau lui assurer que c'était inutile, il insista. Il nettoya et sécha ses ampoules comme un vrai professionnel, tandis qu'elle tentait de faire abstraction de ses doigts sur sa peau.

— Vous auriez dû être médecin ! s'exclama-t-elle, presque amusée.

— Figurez-vous que j'ai commencé des études de médecine.

— Vraiment ?

Alessandro s'assit sur le lit à côté de la jeune femme, hésitant à poursuivre la conversation. Il avait si peu l'habitude de parler de sa famille, de son passé. D'ordinaire, il éludait toute question sur le sujet. Mais le sourire de Kate avait une telle douceur, son écoute était si attentive qu'il décida de déroger à la règle.

— J'ai dû arrêter par manque de moyens.

Elle ouvrit de grands yeux étonnés.

— Cela vous surprend, n'est-ce pas ? poursuivit-il. Vous pensiez que j'étais né dans l'opulence.

— Eh bien… oui.

— Disons que ça a bien commencé, et mal fini. Je suis venu au monde dans une famille aisée, mais mes parents ont dilapidé leur héritage dans des placements hasardeux. J'ai donc été contraint d'abandonner mes études pour gagner ma vie au plus vite et rembourser leurs emprunts. J'en veux à mes parents d'avoir été aussi irresponsables. Mais je ne me plains pas. Les choses vont bien pour moi aujourd'hui.

— Vous voulez dire, parce que vous êtes riche ? fit observer Kate d'une voix narquoise.

Il lui lança un coup d'œil aigu.

— Oui, en effet. L'argent, c'est important, non ? Sinon, pour quelle autre raison sacrifiez-vous votre vie personnelle sur l'autel du travail ?

Son ton était vif, son regard presque accusateur. Kate frissonna, soudain terriblement consciente de ses jambes nues, de sa robe courte, de ce lit sur lequel ils étaient assis tous les deux. Jamais elle n'aurait dû le laisser entrer dans sa chambre… Et pourquoi la harcelait-il de ses questions impossibles ?

— Je ne sacrifie pas ma vie, protesta-t-elle d'une voix faible.

— Voyons, Kate, vous n'avez ni vie sociale ni vie amoureuse !

— C'est faux, je…

— Quand avez-vous fait l'amour pour la dernière fois ? coupa-t-il.

La question était si directe, si dérangeante, si violente, que Kate eut l'impression de recevoir un coup de poing. Son pouls s'accéléra. Elle réalisa tout à coup qu'elle était seule dans sa chambre avec Alessandro, que la nuit ne faisait que commencer, que le lit semblait déjà prêt à les accueillir. La tête lui tournait. Elle avait l'impression de ne plus rien contrôler.

— Kate, soyez honnête avec vous-même, insista-t-il.

Pourquoi êtes-vous toujours sur vos gardes ? Pourquoi ai-je dû insister pour que vous acceptiez de vous habiller comme la femme que vous êtes, une femme superbe et terriblement désirable ?

Alessandro lui posa la main sur l'avant-bras et la sentit se crisper comme s'il l'avait brûlée. Elle susurra son prénom, l'air éperdu.

— Il faut savoir profiter du moment, reprit-il en accentuant la pression de sa paume. Entre deux êtres, il y a parfois des alchimies qu'il ne faut pas laisser passer. C'est ce qui nous arrive, c'est exceptionnel, et il nc faut pas le rater. Nous le regretterions toute notre vie.

Leurs regards se croisèrent et, fascinée, Kate lut dans les prunelles noires d'Alessandro l'éclat de la passion, comme en écho à son propre désir qui montait par vagues puissantes, prêtes à tout balayer sur leur passage, même ses blocages les plus profonds.

— Vous comprenez ce que je veux dire, Kate ?

Elle ne répondit pas, tétanisée. Elle en était incapable. Tout ce qu'elle savait, c'était qu'Alessandro allait l'embrasser, et que ce baiser changerait le cours de son existence.

Il l'attira à lui d'un geste possessif et prit la bouche qu'elle lui offrait.

Alessandro l'embrassa longuement, sans urgence, comme s'il voulait s'accorder le temps de la découvrir, de l'apprivoiser. Elle glissa le bras autour de son cou et lui rendit son baiser avec une passion qu'elle n'avait jamais éprouvée jusque-là.

Avec lui, elle était une autre, et elle adorait cette femme libre et fougueuse qu'elle devenait dans ses bras comme sous l'effet d'un coup de baguette magique.

— On ne devrait pas, balbutia-t-elle cependant entre deux baisers.

Elle avait raison, songea Alessandro dans un éclair de

lucidité. Kate travaillait pour lui, et il s'était toujours interdit de séduire une collaboratrice. Jusque-là, il n'avait eu aucun mal à respecter cette règle, malgré les jeunes et jolies assistantes qui lui tournaient autour au bureau et qui n'auraient probablement demandé que ça.

Mais avec Kate Watson, si étrange, si imprévisible, c'était différent. Il avait tellement envie d'elle qu'il n'arrivait pas à se contrôler, comme un adolescent à son premier flirt.

— Nous sommes attirés l'un par l'autre. Nous sommes adultes, libres. Pourquoi refuser le plaisir que nous pouvons nous donner mutuellement ? Pourquoi te priver de ce bonheur ? La vie, c'est ça aussi. Un homme et une femme sur le point de s'unir : quoi de plus simple ? Quoi de plus beau ?

Kate ferma les yeux, submergée par les forces irrépressibles qui la poussaient vers cet homme incroyable. Elle le regretterait, mais elle n'avait pas la force de lutter contre ses pulsions, contre ce désir qui la taraudait.

Comme si Alessandro la sentait fléchir, il l'embrassa de nouveau, cette fois avec une passion et une urgence qui la laissèrent pantelante. Un vertige la saisit, et elle se rendit à peine compte qu'il l'allongeait sur le lit, qu'il enlevait sa chemise. Une bouffée d'émotion s'empara d'elle quand elle vit son torse recouvert d'une toison brune, ses biceps et abdominaux d'athlète. Alessandro Preda était l'archétype de la beauté virile.

Cependant, un dernier sursaut de raison l'arrêta.

— Je travaille pour toi, balbutia-t-elle en le tutoyant à son tour.

— Quelle importance, Kate. J'ai envie de toi, autant que tu as envie de moi. Ose dire le contraire !

Elle n'essaya même pas… Il avait raison : à cet instant, plus rien ne comptait que cet homme au charme envoûtant et à l'incroyable virilité qui voulait la faire sienne. Elle ne voulait ni ne pouvait lui résister. Alors, avec une audace et une impudeur qu'elle assumait soudain parfaitement, elle se serra contre lui, le corps en feu, avança la main et la posa sur son pantalon pour percevoir son érection. Il était déjà prêt pour elle !

Elle comprit à cet instant que rien ni personne ne pouvait plus s'interposer dans ce processus qui, inéluctablement, les destinait à devenir amants…

8.

Le geste de Kate décupla le désir d'Alessandro. Elle le rendait fou, et il était presque effrayé de la violence de son érection.

A grand-peine, il maîtrisa son envie de lui arracher sa robe sans autre forme de procès et de la faire sienne sur-le-champ. Mais elle n'était certainement pas très expérimentée en matière amoureuse, et il ne voulait pas la brusquer. Et puis, pour son propre plaisir, il souhaitait savourer chaque seconde de ces moments si précieux — ces premiers moments d'amour avec Kate, cette femme qu'il désirait comme jamais il n'avait désiré aucune autre.

Il allait découvrir ce corps qui le faisait fantasmer nuit après nuit, l'apprivoiser de ses caresses, de ses baisers, oser peu à peu les gestes les plus fous, en espérant qu'elle les recevrait sans s'offusquer. Mais pas question de s'imposer à elle. Il voulait l'amener à assumer son désir, sa féminité, venir vers lui en toute liberté.

— Pourquoi moi ? demanda-t-elle tout à coup en lui lançant un regard timide.

Kate ne comprenait toujours pas pourquoi il s'intéressait à elle, l'exact contraire des filles branchées qu'il fréquentait d'ordinaire, top-modèles ou comédiennes qui faisaient régulièrement la une des magazines. Oui, pourquoi avait-il envie de lui faire l'amour à elle, cette obscure collaboratrice à la vie monacale, au look sage, qu'aucun homme ne remarquait jamais ? Devait-elle s'en réjouir ou s'en inquiéter ? Et si, après, il était terriblement déçu ? s'interrogea-t-elle, cédant à un accès de panique.

Alessandro réfléchit un instant, perplexe. Il s'était lui-même posé cette question cent fois et n'avait pas la réponse. Il savait seulement que Kate ne ressemblait à aucune de ses conquêtes précédentes et que plus il la connaissait, plus elle le fascinait.

— Je ne sais pas, répondit-il enfin. Hormis que je rêve de toi toutes les nuits, que tu as la peau la plus douce que j'ai jamais touchée, et que si nous ne faisons pas l'amour tout de suite, j'en mourrai.

Elle lui sourit, comblée. Que demander de plus ? Au fond, peu lui importait si l'attraction qu'elle exerçait sur Alessandro n'était que physique. Elle avait envie de lui, elle ne s'était jamais senti désirée ainsi, c'était tout simplement magique.

— Déshabille-toi, commanda-t-il. Rien que pour moi.

Le rouge vint aux joues de la jeune femme, et Alessandro se sentit fondre de tendresse. Ce mélange de fraîcheur et de sensualité le charmait comme jamais. Il avait presque l'impression d'être le premier ! C'était tellement plus excitant que toutes ces créatures rompues aux jeux du sexe qu'il séduisait d'ordinaire !

Kate hésita. Elle n'y arriverait pas. Elle ne s'était jamais déshabillée devant un homme ! Mais le regard brûlant qu'Alessandro lui lança acheva de dissiper ses derniers doutes. Elle lui plaisait, et cela seul comptait.

Alors, faisant fi de toute pudeur, elle prit le temps de se dévêtir. Elle fit glisser sa robe à terre avec un mouvement de hanches lascif, baissa lentement les bretelles de son soutien-gorge et écarta la dentelle noire pour mieux faire jaillir ses seins gonflés par le plaisir. Avant d'enlever son string, elle hésita un instant, effrayée de son audace. Allait-elle trop loin ?

— Tu es si belle, murmura-t-il comme s'il avait deviné ses doutes. Si belle… Continue, je t'en prie ! Je te veux toute à moi.

N'y tenant plus, confortée par ses paroles, Kate ôta son string avec une lenteur calculée.

Bouleversé à la fois par sa beauté, ses formes sculpturales, et surtout le magnifique cadeau qu'elle lui offrait en se dévoilant ainsi dans tout l'éclat de sa nudité, Alessandro attendit quelques instants avant de se déshabiller à son tour. Car si elle soutenait bravement son regard, il la sentait tendue encore, comme si elle doutait de son pouvoir de séduction. Quelle erreur ! Jamais il n'avait été aussi attiré par une femme. A lui de se montrer suffisamment patient et délicat pour que leur première nuit soit un enchantement.

Lorsqu'il fut nu, il la vit battre des paupières, effarouchée, les yeux rivés à son sexe déployé.

Alors, avec une infinie douceur, il enlaça la jeune femme et la serra contre lui en enfouissant son visage dans ses cheveux dénoués, s'imprégnant de leur rafraîchissant parfum. Elle s'abandonna aussitôt à son étreinte. Puis il s'écarta et admira longuement ses seins dressés, avant de les toucher, ébloui de palper leur douceur veloutée, leur rondeur généreuse. Tout en les massant, il lui déposa dans la nuque et le cou des myriades de baisers.

Kate se pâmait sous les exquises caresses de son amant. Au fur et à mesure que le rythme de ses baisers s'accélérait, elle rejeta la tête en arrière, cambra le buste pour mieux lui offrir ses mamelons durcis. Alessandro se pencha et les prit entre ses lèvres l'un après l'autre, léchant d'abord doucement, puis suçant, au point de lui tirer un gémissement de plaisir.

Pantelante, elle s'abandonna aux sensations vertigineuses qui la submergeaient. Puis, avide de sentir enfin la peau nue d'Alessandro contre la sienne, elle l'attira à elle.

Il s'allongea à côté d'elle, attentif à ne pas aller trop vite, à vivre chaque seconde de cette aventure qui, déjà, lui paraissait unique.

Leurs regards se croisèrent. Celui d'Alessandro brillait de la même fièvre qui irradiait sa propre chair. Ils s'étreignirent avec violence et leurs bouches s'unirent pour un baiser si profond qu'elle en eut le souffle coupé. Leurs langues se mêlèrent, et plus rien n'exista pour Kate que ce moment d'intense plaisir. Il lui semblait que chaque parcelle de sa peau prenait vie, par la magie de la bouche d'Alessandro, par la grâce de ses caresses. C'était comme si elle n'avait jamais réalisé jusque-là la puissance de la passion physique, l'intensité de sa propre sensualité, la force de l'alchimie qui pousse un homme et une femme dans les bras l'un de l'autre.

Son corps tout entier se mit à onduler, un spasme la traversa jusqu'au cœur de sa féminité. Elle était prête, prête à le recevoir en elle. A cette seule pensée, son souffle se fit court et elle se lova contre lui pour mieux chercher sa chaleur, son odeur.

Il lui glissa un genou entre les cuisses et elle les écarta en un geste infiniment érotique parfaitement assumé. Elle était fière de son corps : elle voulait s'offrir à cet homme, ne rien lui cacher. Pour cette nuit au moins, tout était permis…

Alessandro eut toutes les peines du monde à ne pas la pénétrer aussitôt tant le désir le tenaillait. Un désir d'une violence jamais ressentie jusque-là avec ses précédentes conquêtes. Il effleura le sexe de Kate et joua avec son clitoris. Elle gémit de plus belle sous sa caresse et se cambra, jambes ouvertes.

— Tu aimes ce que je te fais ? murmura-t-il d'une voix rauque.

— Oui, balbutia-t-elle. Oui, continue…

Alors, n'y tenant plus, il se pencha et sa bouche prit le relais de ses mains. Sa langue était si audacieuse que Kate cria de plaisir. Elle se souleva pour le regarder, bouleversée, parcourue de frissons, tandis que la bouche gourmande et experte d'Alessandro embrasait son bas-ventre. Quand l'orgasme la cueillit, elle ne put retenir un cri. C'était merveilleux… Mais elle exigeait plus. Elle le voulait en elle, uni à elle au plus profond…

Alessandro s'allongea de nouveau à côté d'elle et Kate posa la main sur son sexe fièrement dressé.

— Dis-moi ce que tu veux maintenant, murmura-t-il d'une voix rauque en frémissant sous ses doigts insistants.

Elle n'hésita pas une seconde : elle se lova amoureusement contre lui et passa une jambe autour des siennes en se frottant contre sa cuisse. Cette fois, elle revendiquait sa volonté de se donner à lui.

— Je veux que tu me fasses l'amour.

Il se redressa sur son coude et la dévisagea comme s'il cherchait à lire dans ses pensées.

— Tu es sûre ?

— Je n'ai jamais été plus sûre.

Dans un état second, Kate le vit s'écarter quelques instants et prendre un petit étui dans sa poche. Elle comprit qu'il se protégeait.

Quand Alessandro eut enfilé le préservatif, la vision de Kate qui l'attendait, lascive, acheva de l'enflammer. Incapable de se maîtriser plus longtemps, il la pénétra d'un long mouvement puissant. Elle se cambra, soulevant les hanches pour l'accueillir en elle au plus profond.

Il se dressa sur ses mains et l'observa tandis qu'il entrait de nouveau en elle. Alors, une émotion indicible l'envahit à la pensée de ce qu'elle lui offrait d'elle-même. Jamais Alessandro n'aurait cru qu'elle puisse ainsi se dépasser, s'autoriser à libérer si simplement toutes ses pulsions.

Kate poussa un long soupir comblé. Bouleversée, elle se dit confusément qu'elle éprouvait pour la première fois un tel sentiment de plénitude. C'était comme si, de tout temps, Alessandro et elle étaient destinés à s'appartenir…

Ils s'enlaçaient désormais avec passion, en proie à la même frénésie, à la même urgence de s'appartenir. Kate s'accrocha au dos de son amant, lui enfonça ses ongles dans la chair. Leurs sueurs et leurs soupirs se mêlèrent dans une montée en puissance incontrôlable. Le plaisir déferlait en eux comme un raz-de-marée, de plus en plus puissant, impossible à maîtriser.

Ils étaient pris dans un tourbillon de plaisir sensuel qui les dépassait désormais.

Le rythme de leur danse d'amour s'accéléra, un même gémissement les saisit : ils arrivèrent ensemble au point de non-retour, et c'est ensemble qu'ils crièrent leur plaisir.

Longtemps, ils restèrent enlacés, immobiles, tandis que leurs respirations s'apaisaient peu à peu.

Puis Kate reprit conscience de la réalité. Elle souhaitait que cet instant ne cesse jamais. Blottie contre Alessandro, le bras sur sa taille, elle savourait chaque seconde de ce moment de bonheur absolu qui, elle le savait, ne durerait pas. Il ne s'était pas encore retiré d'elle, et c'était le paradis.

Finalement, Alessandro bougea, mettant fin à leur étreinte. Il s'écarta de sa maîtresse et la regarda, comblé. Son extraordinaire beauté était encore magnifiée par le passage du plaisir. L'intensité et la profondeur avec lesquelles elle venait de se donner avec lui le chamboulaient. Que lui arrivait-il ? Jamais il n'avait été aussi ému après avoir fait l'amour.

Lorsque Alessandro avança la main et effleura d'un geste tendre la courbe de son sein, Kate s'étira comme un chat repu. Elle se sentait extraordinairement bien dans son corps, et c'était grâce à lui. Hélas, cette sensation de pur contentement ne dura pas, car la pensée que cette parenthèse magique allait s'achever dégrisa Kate. Dans quelques heures, Alessandro et elle seraient redevenus de simples individus liés par des liens hiérarchiques, rien de plus. Il faudrait qu'elle oublie leurs baisers, leurs caresses, cette impression merveilleuse de n'avoir fait plus qu'un avec lui.

Et elle savait déjà qu'elle n'y arriverait pas…

L'espace d'un instant, elle songea à lui dire à quel point leur rencontre avait changé sa vie, l'avait transformée en profondeur. Les mots s'arrêtèrent dans sa gorge. Inutile d'espérer attendrir Alessandro, de communiquer avec lui sans fard. Non seulement il n'attendait rien des femmes, mais il s'en méfiait. Il se protégeait : ce qui comptait pour lui avant tout, c'était sa liberté, son indépendance, son absence d'attaches. Qu'ils aient eu une relation sexuelle flamboyante ne changerait rien à l'affaire. Il y avait eu d'autres femmes avant elle, il y en aurait d'autres après. Même si elle devinait en son for intérieur que pour elle, il serait le seul et l'unique, que jamais dans les bras d'aucun autre homme elle ne connaîtrait le même bonheur.

Kate le regarda, si beau, si émouvant dans sa nudité, et son cœur se serra. Elle resterait une passade pour Alessandro, mais décida, déterminée, qu'elle vivrait si intensément chaque seconde de sa relation avec lui qu'elle s'en souviendrait toute sa vie, dût-elle vivre cent ans. Et quand leurs chemins se seraient séparés — ce qui, elle le savait, arriverait dès leur retour à Londres —, elle chérirait sa mémoire, se souviendrait de chacun de ses baisers, de chacune de ses caresses. Il serait pour toujours dans son cœur.

Soudain, Alessandro se tourna vers elle, l'attrapa par la taille et l'attira à lui. Aussitôt Kate oublia ses tristes pensées pour savourer le bonheur d'être dans ses bras. Seul comptait désormais l'instant présent. Il ne fallait pas penser à l'avenir.

— Je suis sûr que tu as encore mal aux pieds, lui murmura-t-il à l'oreille, taquin.

— Ah bon ? répondit-elle, surprise.

— Et si tu ne peux pas marcher, nous serons obligés de rester ici toute la journée. C'est dommage, non ?

Elle croisa son regard amusé et affecta un air attristé.

— Vraiment dommage, renchérit-elle.

— Je ne vois pas du tout comment nous allons tuer le temps, coincés ici pendant des heures…

En disant cela, il lui avait glissé une main entre les cuisses. Un frisson la parcourut. Ils venaient de faire l'amour, mais elle brûlait à nouveau de désir pour lui.

— Moi non plus, balbutia-t-elle, le souffle court.

— J'ai quelques suggestions à te faire, fit-il en la pénétrant doucement de ses doigts. Dans ce genre... Ça te va ?

Pour toute réponse, elle s'agrippa à lui avec violence et il entra en elle au plus profond.

De nouveau, ce fut un enchantement, et plus rien ne compta pour Kate que leurs souffles mêlés, leurs pouls qui battaient à l'unisson, et cette explosion finale qui les transporta vers des contrées inconnues, où seul régnaient le plaisir des sens et la sensation merveilleuse de ne plus faire qu'un avec l'autre.

Ils s'assoupirent dans les bras l'un de l'autre.

La sonnerie du téléphone portable d'Alessandro tira Kate du sommeil. Il sortit rapidement du lit. Dans un état second, encore étourdie par leurs ébats, elle comprit qu'il discutait affaires avec son directeur financier. Elle se réveilla tout à fait, et la réalité de la situation lui apparut dans toute sa cruauté.

Se donner à Alessandro était à la fois la plus belle décision de sa vie et la plus stupide. Car il n'y aurait à la clé que souffrance, puisqu'il se désintéresserait d'elle comme il avait fait de toutes les autres. Ne professait-il pas haut et fort son souhait de ne pas s'engager ? Il fallait donc qu'elle considère leur relation comme une parenthèse merveilleuse qui ne serait jamais advenue sans ce voyage à Toronto, une parenthèse limitée dans le temps. C'était un rêve éveillé, qui prendrait fin dès leur retour à Londres. Elle ne voulait pas devenir la maîtresse occasionnelle d'un homme avec lequel elle ne pourrait jamais rien construire, une femme frustrée et insatisfaite à la merci du bon vouloir de son amant. Elle avait cédé à un accès de folie et connu dans les bras d'Alessandro des plaisirs dont elle ne soupçonnait même pas l'existence. Elle ne regrettait rien. Il l'avait révélée à elle-même, et elle chérirait toute sa vie chaque instant de ce qu'ils avaient partagé. Mais pour son propre salut, elle mettrait un terme à cette histoire dès leur retour. Il le fallait. Alessandro redeviendrait son boss, et personne ne saurait qu'ils avaient eu une aventure. Même si cela l'anéantissait, c'était la seule chose à faire.

Elle le regarda, debout devant la fenêtre, éclatant de virilité et de puissance, et sa gorge se serra douloureusement à l'idée que bientôt, ce serait une autre femme qui le verrait ainsi. Elle devait tenir le coup. Il n'était pas question de s'attendrir, il ne le supporterait pas.

— Alessandro…, murmura-t-elle tandis qu'il raccrochait.

Il se retourna et sourit à sa maîtresse. Elle était si charmante au milieu des draps défaits, avec ses boucles en désordre, ses longues jambes fines, ses seins généreux, ses lèvres gonflées par leurs baisers. Kate Watson, cette étrange jeune femme, s'était révélée une véritable bombe sexuelle au charme envoûtant.

— Je veux que tu me promettes une chose, déclara-t-elle d'une voix étranglée. Quand nous rentrerons à Londres, on ne se verra plus qu'au bureau. Tout redeviendra comme avant.

Il fronça les sourcils, nota ses traits tendus, son regard presque hostile. Pour une douche froide, c'était une douche froide ! Que lui arrivait-il tout à coup ?

— Mais pourquoi ? Ne sommes-nous pas bien ensemble ?

— Si, mais ce que nous partageons est purement physique, déclara Kate, d'une voix qui par miracle ne tremblait pas. Et nous n'allons nulle part.

— Et alors ? L'essentiel est que nous ayons plaisir à être ensemble, non ?

Elle retint ses larmes avec peine.

— C'était une aventure merveilleuse, et je ne regrette rien. Mais si tu as le moindre respect pour moi, je te demande de faire comme si rien ne s'était passé entre nous quand nous serons rentrés en Angleterre. D'accord ?

Alessandro haussa les épaules, désemparé. Kate était décidément terriblement imprévisible, et il avait l'impression très déplaisante qu'elle lui échappait. Il revint vers le lit, s'allongea à côté d'elle et la serra contre lui. Il ne la comprenait pas, mais elle semblait si lointaine tout à coup qu'il ne voulait pas discuter. Pas tout de suite en tout cas…

— Comme tu voudras, lui chuchota-t-il. Mais alors j'ai bien l'intention de profiter à 100 % du temps qui nous est imparti.

Il chercha ses lèvres et elle répondit aussitôt à son baiser. Le désir les embrasa à l'unisson. Au-delà des mots, leurs corps étaient en parfaite adéquation, comme s'ils avaient été de tout temps destinés à devenir amants. Et cette évidence le troublait infiniment.

9.

Alessandro jeta un œil distrait au panorama de Londres qui s'offrait à lui depuis son bureau, situé au quinzième étage.

Depuis son retour de Toronto, dix jours auparavant, l'été avait presque laissé la place à l'automne. Un petit vent frisquet faisait voleter sur les trottoirs les premières feuilles mortes ; imperméables et parapluies avaient refait leur apparition. Son humeur aurait dû commencer à s'améliorer au fur et à mesure que le temps passait, mais il n'en était rien. Même la perspective de revoir Rebecca, une ravissante avocate qui n'avait pas caché son intérêt pour lui quelques mois auparavant, ne parvenait pas à lui redonner le moral. A l'époque, il sortait avec une jolie rousse, comédienne promise à un bel avenir. Mais à présent, il était libre, et décidé à se changer les idées au lieu de penser encore et toujours à Kate Watson.

Elle avait tenu parole : à peine avaient-ils posé le pied à Heathrow qu'elle était redevenue la collaboratrice zélée et distante qu'elle avait toujours été. Il se remémorait sans cesse les moments d'exception qu'ils avaient vécus dans les bras l'un de l'autre, pendant cette semaine à Toronto qui était passée comme dans un rêve.

Après cette conversation où elle lui avait annoncé son intention de ne plus le voir une fois de retour à Londres, Kate n'avait plus évoqué le sujet, et ils ne s'étaient pas quittés. Leurs nuits étaient courtes, d'une sensualité torride, et ils s'endormaient épuisés au petit matin, le corps fourbu par leurs ébats. Dans la journée, ils jouaient les touristes, se baladant dans les parcs, arpentant les musées, discutant de tout et de rien comme s'ils s'étaient toujours connus, se découvrant mille points communs. Ils étaient merveilleusement assortis, et pas un instant il n'avait eu envie de se retrouver seul, lui qui d'ordinaire s'impatientait au bout de quelques heures en compagnie de la même femme.

Il ne comprenait toujours pas l'attitude de Kate. Chaque fois qu'il repensait à ses paroles, une bouffée de rage impuissante l'envahissait. Les femmes les plus belles étaient prêtes à tout pour sortir avec lui, et voilà que celle-ci le congédiait au bout d'une semaine !

Pourtant, s'il était honnête avec lui-même, il se devait de reconnaître qu'elle avait raison. Elle attendait d'un homme ce qu'il ne pourrait jamais lui donner : l'engagement, la stabilité, des enfants. Pour lui, seul comptait le travail ; il n'aurait jamais de temps à consacrer à une vie de couple, et a fortiori de famille.

Son téléphone portable sonna, interrompant le cours de ses pensées. C'était Rebecca. Exactement l'antithèse de Kate. Une fille ambitieuse, prête à tout sacrifier à sa carrière, même le mariage et les enfants. Plus jeune associée d'un grand cabinet d'affaires, elle gagnait des fortunes et collectionnait les amants, tous des hommes de pouvoir, choisis pour le réseau qu'ils lui constituaient peu à peu. Elle ne lui demanderait jamais rien. Et, cerise sur le gâteau, elle ne faisait pas mystère de son goût pour le sexe. Bref, exactement celle qu'il lui fallait. Ils avaient prévu de se retrouver à son bureau, avant d'aller à l'opéra et de dîner ensemble à l'issue de la représentation. Et ensuite ? Il avait sa petite idée sur la question, et soupçonnait que Rebecca serait exactement sur la même longueur d'onde. Il lui confirma leur rendez-vous et éteignit l'appareil.

A cet instant, oubliant la jolie blonde avec laquelle, selon toute vraisemblance, il s'apprêtait à passer la nuit, il songea à Kate. L'image de la jeune femme étendue sur le lit de la chambre d'hôtel afflua à sa mémoire comme s'il venait à peine de la quitter. Il revoyait avec une cruelle précision ses seins fermes, son ventre plat et sucré, ses lèvres pulpeuses. Kate, dont le sourire le faisait chavirer ; Kate si douce et empathique qu'elle réussissait à le faire parler de lui. Sans même s'en rendre compte, mis en confiance par sa qualité d'écoute, sa discrète attention, il lui avait confié sur lui-même et sur son passé des choses qu'il n'avait jamais dites à personne. Elle l'avait ensorcelé, et il fallait que cela cesse. Jamais personne n'avait eu sur lui une telle emprise, et il n'aimait pas ça.

Il avait tout fait pour ne pas la croiser dans les bureaux. Ainsi, il évitait soigneusement de s'arrêter à son étage, ne communiquait avec elle que par mail, et seulement quand il ne pouvait pas faire autrement. Sa promotion était désormais connue de tous, tout comme la retraite anticipée de George, officiellement pour raisons familiales — ce qui n'était d'ailleurs pas tout à fait faux.

Kate ne cessait de hanter ses nuits, et il se tournait et se retournait dans son lit jusqu'à l'aube sans trouver le sommeil. Où était-elle ? L'avait-elle déjà oublié ? Reviendrait-elle un jour sur sa décision ? Il aurait tout donné pour la revoir quelques heures, pour la serrer dans ses bras et la faire sienne encore une fois. Pourquoi les privait-elle de ce bonheur ? C'était insoutenable !

Brutalement, il eut besoin d'en avoir le cœur net. Avant de retrouver Rebecca, il devait savoir où il en était avec Kate. Et tant pis s'il rompait la promesse qu'elle lui avait extorquée. Il composa son numéro. Elle décrocha à la première sonnerie.

Kate aurait reconnu sa voix entre mille, et il lui sembla que son cœur s'arrêtait de battre.

Deux semaines s'étaient écoulées depuis leur retour, et pas une heure ne s'écoulait sans qu'Alessandro fasse irruption dans ses pensées. Elle avait pris la bonne décision, tentaitelle de se convaincre quand l'absence était trop douloureuse, quand les larmes lui montaient aux yeux.

D'ailleurs, il avait à peine protesté quand elle lui avait demandé de ne plus entrer en contact avec elle, et il n'avait pas cherché à la revoir, ni même à lui parler. Au fond, peut-être était-il secrètement satisfait de s'être débarrassé d'elle aussi vite, lui qui ne cherchait que de brèves aventures. Probablement avait-il déjà en vue une autre fille pour lui tenir compagnie. Une fille qui se contenterait de ce qu'il voulait bien lui donner, c'est-à-dire pas grand-chose en dehors de nuits d'exception.

Et sans doute l'avait-il déjà oubliée. Pour elle, c'était hélas l'inverse. Elle était littéralement habitée par lui, chaque parcelle de sa peau avait gardé le souvenir de ses caresses, de ses baisers.

Il n'était pas seulement un amant d'exception, l'homme qui l'avait entraînée dans un extraordinaire tourbillon de sensualité et fait d'elle une femme à part entière, il était aussi un délicieux compagnon avec lequel on pouvait parler de tout, un patron humain comme l'avait prouvé son attitude avec George. Ils avaient partagé des fous rires mémorables, refait le monde avec ardeur et passion, s'étaient endormis dans les bras l'un de l'autre dans la tendresse et la paix.

Il était l'homme parfait, se dit-elle avec une douloureuse amertume, le seul qui compterait jamais pour elle. Elle l'aimait d'un amour absolu, unique, inextinguible, elle l'aimerait toujours.

Et rien n'était possible entre eux…

Il lui manquait tellement qu'à plusieurs reprises, elle avait failli l'appeler pour lui avouer qu'elle ne pouvait pas vivre sans lui et lui dire qu'elle acceptait ses conditions : pas d'engagement dans le temps, aucune promesse, aucun avenir commun. Mais elle avait trouvé la force de se raisonner. Il ne fallait pas. Le revoir, c'était, à long terme, souffrir plus encore.

Aussi ce coup de téléphone la bouleversait-il.

L'espace d'un instant, elle imagina qu'il l'appelait pour lui dire qu'elle lui manquait et qu'il voulait la revoir. Elle chassa ce fantasme. Il ne pouvait s'agir que d'un coup de fil professionnel. Et elle devait trouver la force de lui répondre.

— Bonjour, murmura-t-elle. Tu as de la chance, j'allais partir. Tu voulais me parler du dossier Wilson, n'est-ce pas ?

— Le dossier Wilson ? Heu… Oui, bien sûr, c'est ça.

— Je viens de recevoir les conclusions de l'expert-comptable. Je vais les étudier.

— Très bien. Dépose-moi le dossier, s'il te plaît.

— Je m'en occupe à la première heure demain.

Il y eut un silence. Kate ne comprenait pas comment elle pouvait avoir eu avec Alessandro une conversation à peu près normale étant donné son état de fébrilité, et pourtant, elle y était parvenue.

— Non, maintenant. Je t'attends dans mon bureau.

Alessandro raccrocha sans laisser à Kate le loisir de répondre. C'était idiot de la revoir, il le savait, mais tant pis. Il n'avait pas pu se contrôler. Il composa à la hâte le numéro de Rebecca et lui annonça qu'il aurait quelques minutes de retard.

— Pas de problème, répondit-elle, je suis dans le taxi et je boucle un dossier sur mon portable. Prends ton temps, on se retrouve dans le hall.

A peine avait-il raccroché que la porte s'entrouvrit.

Il s'attendait à voir Kate dans un de ses habituels tailleurs passe-partout, et eut la surprise de constater qu'elle portait une robe fluide qui soulignait ses courbes féminines et des escarpins à talons qui mettaient en valeur ses longues jambes au galbe parfait. Elle était plus attirante que jamais, même si ses yeux étaient légèrement cernés, ses traits tirés. Dormait-elle aussi mal que lui ? s'interrogea-t-il tout à coup.

Elle avança de sa démarche délicieusement féminine, posa le dossier sur le bureau sans prononcer un mot et fit mine de se diriger vers la porte.

— Attends un instant ! lança-t-il.

Elle se retourna, une expression indéchiffrable sur le visage. Il remarqua avec surprise qu'elle avait du rouge à lèvres, et qu'une jolie barrette retenait partiellement ses cheveux. Fini le chignon, les souliers plats, les jupes en dessous du genou. Elle était transformée, et il ne savait pas s'il devait s'en réjouir ou le déplorer. Peut-être, au gré de son changement d'équipe, avait-elle rencontré un homme ? Un homme qu'elle cherchait à séduire ? Cette idée le mit en rage.

— Tout se passe bien dans ta nouvelle organisation ? demanda-t-il. En tout cas, je ne sais pas si tu fais des frais pour tes collègues, mais tu es d'une rare élégance.

Kate tiqua. Il avait prononcé cette dernière phrase d'un ton acerbe. Elle se força à affronter son regard et sentit son rythme cardiaque s'accélérer dangereusement. Pas question qu'il devine son trouble. Même si elle avait l'impression d'être sur le point de s'effondrer, elle tiendrait le coup.

— Je sors ce soir, voilà l'explication, dit-elle.

Aller faire des courses au supermarché, c'était sortir, n'est-ce pas ? ajouta-t-elle en son for intérieur. Elle ne lui mentait pas vraiment…

Où allait-elle ? s'interrogea aussitôt Alessandro. Et avec qui ? La seule idée qu'elle pouvait retrouver un homme le rendait fou ! Son téléphone sonna. Il l'éteignit aussitôt et le rangea dans sa poche.

— Et où vas-tu, exactement ?

— Dans un endroit très sympa ! s'exclama-t-elle avec un petit rire joyeux qui sonna presque juste. Il y a tellement d'endroits sympas à Londres, n'est-ce pas ? Et ce week-end, je vais me balader. Ça fait du bien de quitter la ville de temps en temps, non ?

Alessandro, interloqué, resta muet.

C'est l'instant précis que choisit Rebecca pour entrer dans son bureau, sans même avoir pris la peine de frapper.

La belle avocate portait une robe de cuir rouge moulante qui dessinait avec impudeur ses fesses rondes et des sandales aux talons vertigineux. Son regard alla de Kate à lui, et elle fronça les sourcils d'un air réprobateur.

— Je te présente Kate, dit Alessandro. Kate, Rebecca.

Celle-ci s'était déjà reprise.

— Vous devez travailler au service financier, n'est-ce pas ? lança-t-elle à Kate avec un petit rire condescendant. Ce sont toujours les derniers à partir. J'espère qu'il vous paye bien, au moins !

Un instant, Alessandro hésita à enlacer Rebecca par la taille juste pour voir la réaction de Kate, dans l'espoir d'éveiller sa jalousie comme elle éveillait la sienne en sortant avec d'autres. Il se retint à temps. Il n'avait pas douze ans, tout de même !

— Rebecca, je…, commença-t-il.

Elle ne le laissa pas achever. Enjôleuse, elle glissa son bras sous le sien.

— On y va ? demanda-t-elle d'une voix mutine. Désolée de vous abandonner à votre triste sort, ma chère, ajouta-t-elle à l'adresse de Kate, mais nous allons à l'opéra.

— Justement, non, déclara Alessandro d'une voix ferme. Je suis désolé, mais c'est impossible. Nous devons régler un problème urgent avec Kate. Le dossier est complexe.

— Je vous en prie ! s'exclama Kate, au plus mal. Ne bouleversez pas vos plans ! Nous reparlerons de tout cela demain.

— Non, asséna Alessandro. Je veux que ceci soit solutionné ce soir. Mon chauffeur te raccompagnera, Rebecca. Accepte mes excuses pour ce contretemps.

Elle lui lança un regard furibond.

— Personne ne m'a jamais traitée comme ça ! s'exclama-t-elle, rouge de colère. Tu le regretteras, Alessandro. Tu ne sais pas à qui tu as affaire.

— Si, je sais, Rebecca, et encore une fois je suis désolé. A présent, il faut que tu nous laisses travailler, conclut-il en l'entraînant fermement vers la sortie.

Hors d'elle, l'avocate quitta la pièce sans se retourner et claqua violemment la porte derrière elle.

Bon débarras ! pensa Alessandro, ravi de savoir qu'il ne la reverrait plus jamais. Quelle étrange idée il avait eue de la recontacter.

Un silence pesant se fit tout à coup dans la pièce.

Kate jeta à Alessandro un regard chargé d'incompréhension. Devait-elle se réjouir ou s'inquiéter de se retrouver en tête à tête avec lui ? Elle ne savait plus où elle en était.

— Il n'y avait rien d'urgent à régler dans le dossier, balbutia-t-elle, en plein désarroi.

— Ecoute, Kate, tu n'as pris ce nouveau poste que depuis deux semaines, et je préfère m'assurer que tout est en ordre.

— Mais c'est le cas. S'il y a un problème je te le ferai savoir, assura-t-elle, piquée au vif. Tu ne te rends pas compte de la façon dont tu t'es comporté ! Ta petite amie n'a pas apprécié, et je la comprends.

— Et ton petit ami ? rétorqua-t-il aussitôt en la toisant d'un regard incendiaire. Peut-être devrais-tu le prévenir que tu seras en retard à votre rendez-vous.

— Mais…

— Ne proteste pas ! coupa-t-il. Cette robe ajustée, ces hauts talons, c'est bien pour quelqu'un, non ? Tu n'as pas perdu de temps, en tout cas.

Il croisa les bras sur son torse. Kate resta interdite. Comment osait-il lui faire ce reproche alors qu'il sortait déjà avec cette Rebecca ? Alors que dès le départ, il lui avait annoncé qu'il ne cherchait pas une relation stable ? C'était le monde à l'envers !

— De qui s'agit-il, d'ailleurs ? reprit-il avec une agressivité mal contrôlée.

— Mais ça ne te regarde pas, Alessandro ! Il n'y a plus rien entre nous, et tu le sais très bien.

— Là n'est pas la question ! Tu portes des tenues provocantes pour émoustiller tes collègues de bureau, tu…

— Arrête ! coupa-t-elle d'une voix étranglée. Tu es plus

que mal placé pour me faire des leçons de morale. Serais-tu jaloux, par hasard ? Alors que tu as déjà retrouvé quelqu'un ? C'est absurde !

Il ne sembla pas entendre ce qu'elle disait. Il avança vers elle, menaçant, et elle recula, affolée. Alors, il lui caressa lentement la joue. L'émotion terrassa Kate. C'était si bon de sentir sa peau contre la sienne, de respirer son odeur ! Elle ne put retenir un frisson.

— Tu as envie de moi, affirma-t-il en plongeant le regard dans le sien. Tu ne peux pas le nier.

Au prix d'un effort surhumain, Kate s'écarta de lui. Elle ne devait pas se laisser aller aux forces qui la poussaient vers cet homme. Mais quel déchirement de s'interdire la joie de se donner à lui encore une fois ! Jamais elle n'avait été aussi heureuse que dans ses bras.

— Je veux savoir qui est ce type. Je veux savoir s'il te donne autant de plaisir que je t'en ai donné, si…

— Arrête ! répéta-t-elle, au bord des larmes. Tu es passé à autre chose, moi aussi, alors ne parlons plus de ça.

Elle comprit tout à coup que son salut était dans la fuite. Si elle restait plus longtemps en sa présence, elle ne pourrait pas lutter contre la terrible passion qui la consumait. Elle devait absolument prendre du recul par rapport à la situation, se persuader encore et encore que rien de bon ne pouvait sortir d'une relation avec lui. Il n'attendait rien d'elle que la satisfaction d'un besoin physique. Il jouait avec elle comme un chat joue avec une souris, pour se prouver qu'il était irrésistible et qu'elle allait lui retomber dans les bras.

Elle devait mettre un terme à ce jeu cruel, au risque d'y perdre son âme et sa raison. Alors, cédant à une irrésistible impulsion, elle quitta la pièce en trombe, sans laisser à Alessandro le temps de réagir. Elle s'engouffra dans un ascenseur qui, par miracle, était à l'étage.

Une fois dans la rue, Kate se retourna plusieurs fois sans s'arrêter de courir. Aucune trace d'Alessandro. Probablement n'avait-il même pas essayé de la rattraper. Et dans le cas contraire, bénéficiant de l'effet de surprise, elle avait réussi à le semer.

Elle s'engouffra dans le premier métro. Jamais elle ne s'était sentie aussi seule, aussi déboussolée. Elle aurait tout donné pour parler à quelqu'un.

Brusquement, elle songea à sa mère. Elle seule pourrait l'aider. Elle avait toujours géré ses propres histoires d'amour en dépit du bon sens, mais elle saurait l'écouter et la réconforter sans la juger.

D'une main tremblante, elle composa son numéro.

— Maman ?

— Oui, ma chérie. Ça fait si longtemps ! Je suis si heureuse de t'entendre. Tout va bien ?

— Non, maman, avoua Kate au bord des larmes. J'ai fait la plus grosse erreur de ma vie : je suis tombée amoureuse d'un homme qui ne m'aimera jamais.

Et elle éclata en sanglots.

— Ma pauvre petite ! s'exclama Shirley, la gorge nouée. Je comprends, tu es triste, mais peut-être te trompes-tu ? Peut-être t'aimera-t-il un jour ?

— Non, je sais que non.

A l'autre bout du fil, le silence.

— On ne sait jamais, Kate, reprit sa mère. Et de toute façon, ce que tu as eu avec lui, tu le garderas en toi toute la vie. C'est ce qui m'est arrivé avec ton père. J'ai eu des tas d'hommes après lui, et j'ai enfin compris que je ne le remplacerais jamais dans mon cœur. Aujourd'hui, j'ai trouvé la paix.

Elle s'interrompit le temps de raffermir sa voix :

— En tout cas, tu ne dois pas rester toute seule, ma chérie. Viens passer quelques jours à la maison. Tu verras, on fera de longues promenades au bord de la mer et je m'occuperai de toi.

Alessandro faisait les cent pas dans son immense appartement, taraudé depuis des heures par les mêmes questions : qui Kate allait-elle rejoindre dans cette robe qui révélait si généreusement ses formes sculpturales ? Avec qui allait-elle passer le week-end, et où ?

Bon sang ! A quoi bon se torturer de la sorte alors qu'il n'y avait plus rien entre eux ? N'avait-elle pas mis un terme à leur relation de façon incompréhensible en lui signifiant qu'elle préférait ne plus le voir ? Il n'était pas dans ses habitudes de s'imposer auprès d'une femme et il n'était pas question qu'il déroge à cette règle pour Kate Watson !

Il n'en restait pas moins qu'elle occupait toutes ses pensées, et que le seul fait de l'imaginer dans les bras d'un autre le rendait dingue. Plus il réfléchissait, moins il comprenait son attitude, et plus il s'inquiétait. Elle n'était pas du genre à sortir avec n'importe qui, alors où avait-elle déniché ce mystérieux petit ami ? Ne prenait-elle pas des risques ? Elle était si naïve, si inexpérimentée, si vulnérable. Elle pouvait être la proie de n'importe quel homme mal intentionné. D'un homme qui abuserait d'elle, au sens propre comme au figuré…

En un instant, sa décision fut prise. Il ne supportait pas l'idée qu'elle souffre.

Il connaissait son adresse.

Il savait ce qu'il lui restait à faire.

10.

Kate était prête à partir pour rejoindre sa mère. Elle ferma son sac de voyage et jeta un dernier coup d'œil à son appartement. Puis elle prit une profonde inspiration et regarda son reflet dans le miroir en pied de l'entrée.

Elle y vit la nouvelle Kate, cette jeune femme habillée comme tant d'autres filles de son âge d'un jean taille basse et d'un T-shirt moulant, ses cheveux dénoués encadrant son visage. La nouvelle Kate portait un maquillage discret qui masquait ses cernes et ses traits tirés, un rouge à lèvres qui contrastait avec son teint pâle. Faisait-elle illusion ? Aux autres peut-être mais pas à elle-même. Car elle savait que la Kate d'avant était toujours là. Elle ne se cachait plus derrière ses jupes longues et ses souliers plats, mais elle était aussi fragile et vulnérable qu'auparavant et désespérément amoureuse d'un homme qui n'était pas pour elle.

Sa mère et elle étaient convenues de se retrouver à Exeter, à mi-chemin du trajet. Shirley irait en train, en profiterait pour faire des courses, et elles feraient le reste de la route ensemble dans la voiture louée par Kate.

Une fois au volant, elle tenta de se concentrer sur sa conduite, mais ses pensées revenaient encore et toujours vers Alessandro.

Comment avait-il fait pour tourner la page aussi vite et démarrer une nouvelle histoire avec cette flamboyante Rebecca ? Peut-être la connaissait-il déjà avant ? Peut-être Kate n'avait-elle été qu'un intermède entre deux épisodes d'une liaison explosive et passionnelle, puisque, à l'évidence, Rebecca semblait elle aussi dotée d'une forte personnalité.

Impossible de nier qu'entre une employée aussi obscure que timorée, qui croyait au grand amour, et la sublime vamp croisée dans le bureau d'Alessandro, il n'y avait pas photo. Rebecca était la compagne qu'il fallait à Alessandro. Ils se retrouveraient au lit ou à l'opéra quand leurs emplois du temps surchargés le leur permettraient, fréquenteraient les grands restaurants et n'attendraient rien d'autre qu'une relation basée sur le sexe et sans le moindre engagement.

D'ailleurs, si elle avait compté un tant soit peu pour lui, il ne l'aurait jamais laissée partir sans la retenir, sans essayer au moins de discuter. Mais depuis Toronto il n'avait pas cherché à la voir, à lui parler. Jusqu'à aujourd'hui où, blessé dans son ego de mâle, Alessandro avait voulu se prouver qu'aucune femme ne pouvait lui résister — et encore moins l'insignifiante Kate Watson.

Quand, sur l'autoroute, un camion la doubla en klaxonnant, Kate réalisa qu'elle roulait trop lentement. D'un geste déterminé, elle choisit la station de radio la plus rock qu'elle put trouver et haussa le volume. Elle devait rester vigilante, ne pas laisser ses pensées divaguer sur ce qui aurait pu être. Alessandro et elle, ça n'avait jamais existé, et ça n'existerait jamais.

Le brouillard matinal s'était dissipé, le soleil brillait, mais rien ne pouvait dissiper son humeur morose.

Elle arrivait à Exeter. Il était temps. Ces derniers jours avaient été si pénibles qu'elle était épuisée.

La foule était dense dans le centre historique de la ville, touristes et flâneurs mêlés, attirés par les boutiques bien achalandées de cette petite capitale régionale.

Quand sa mère avait exprimé le souhait de s'installer en Cornouailles, Kate avait suggéré Exeter, mais Shirley n'avait rien voulu savoir. Elle voulait la mer, la nature, et tant pis si elle s'isolait un peu. Et elle avait eu raison, devait reconnaître

Kate. Non seulement sa mère adorait sa petite maison perdue au milieu des champs, mais elle s'était créé une nouvelle vie qui lui convenait parfaitement. A cinquante-cinq ans, elle semblait avoir enfin trouvé un équilibre, à la grande surprise de sa fille. Elle ne parlait jamais de son ancien travail, de ses nombreux amants qu'elle n'avait jamais réussi à garder. Elle ne montrait aucune amertume, aucun ressentiment. Assumant son passé, elle vivait pleinement le présent, profitant de chaque instant de cette nouvelle vie qu'elle s'était choisie.

N'était-ce pas, paradoxalement, un modèle à suivre ? songea Kate. L'exemple d'une femme courageuse et positive que rien ne parvient à abattre, même dans les circonstances les plus difficiles. Alors qu'elle-même, si soucieuse de se protéger, de ne pas prendre de risque, de contrôler le moindre détail de son existence, n'avait jamais été vraiment heureuse. Et, comble de l'ironie, lorsqu'elle s'était enfin autorisée à tomber amoureuse, elle avait choisi le seul homme ou presque qui ne pourrait jamais l'aimer !

Si ça n'avait pas été aussi triste, elle en aurait presque ri…

En traversant la place ombragée devant la cathédrale, impossible de ne pas remarquer les couples d'amoureux enlacés sur la pelouse, heureux de profiter ensemble de ce beau samedi ensoleillé. Eux avaient tout compris, ils avaient fait le bon choix. Pas elle.

A sa veste rouge vif rayée de vert, elle repéra de loin sa mère assise à une terrasse. Elle retint un sourire. La discrétion n'était toujours pas le fort de Shirley. Mais, comme le reste, elle l'assumait. Alors qui était-elle pour la juger ?

Elle s'approcha en souriant. Dès qu'elle l'aperçut, sa mère se précipita vers elle et l'enlaça tendrement.

— Comme je suis heureuse de te voir, ma chérie ! Si heureuse ! s'écria-t-elle avec chaleur. Viens, assieds-toi, et raconte-moi.

Caché derrière un poteau, comme dans un mauvais film policier, Alessandro avait vu Kate se diriger vers une petite voiture — de location, avait-il deviné à son immatriculation —, ranger son sac de voyage dans le coffre et prendre le volant.

Un instant, il avait hésité à se précipiter vers elle pour exiger sur-le-champ une explication, mais avait changé d'avis au dernier moment, poussé par une curiosité morbide. Il avait décidé de la suivre, peut-être ainsi rencontrerait-il celui qui lui avait succédé dans les bras de Kate. Il n'avait élaboré aucun plan, mais son désir de comprendre pourquoi elle l'avait éconduit était tel qu'il était prêt à tout. Et s'il devait casser la gueule à ce type, il le ferait !

Elle s'était engagée vers l'ouest, et il l'avait suivie à distance. Elle ne connaissait pas sa voiture personnelle et n'avait aucune raison de se méfier.

Une fois à Exeter, Alessandro ne l'avait pas lâchée des yeux. Il avait traversé la place derrière elle, protégé par les promeneurs qui déambulaient sans hâte.

Probablement avait-elle rendez-vous dans un hôtel avec son amant, avait-il imaginé. Probablement allaient-ils faire l'amour sans attendre, comme deux amoureux qui ne se sont pas vus depuis un moment.

Il l'avait imaginée nue sur un grand lit, enlacée par un autre, caressée par un autre, pénétrée par un autre, et un spasme douloureux l'avait saisi.

Mais non, elle se dirigeait vers une terrasse de café. Ce n'était que partie remise…

— Il y a quelqu'un qui nous regarde, murmura Shirley. Un homme. Un *très bel* homme.

Kate ne prêta pas attention à sa remarque et avala d'un coup un biscuit au chocolat. Elle en était à son quatrième, alors que sa mère en avait à peine picoré un seul. Elle allait finir non seulement vieille fille, mais vieille fille obèse, se lamenta-t-elle *in petto*. Comment en était-elle arrivée là ? Comment avait-elle accepté de se jeter dans la gueule du loup en accompagnant Alessandro à Toronto ? Si c'était à refaire, elle changerait tout !

— Il vient vers nous, dit Shirley.

L'esprit ailleurs, Kate ne se retourna même pas. A vrai dire, plus rien ne lui importait. Quand elle entendit une voix mâle qu'elle ne connaissait que trop bien prononcer son prénom, elle crut halluciner.

Elle pivota, blême. Alessandro était là, plus séduisant que jamais dans un élégant costume gris clair qui sublimait sa haute silhouette virile. Son cœur bondit dans sa poitrine.

— Tu as dépassé plus d'une fois la limitation de vitesse sur l'autoroute, badina-t-il.

Il accentua le sourire qui ne quittait plus son visage depuis qu'il avait compris que Kate n'allait pas passer le week-end avec un homme mais avec sa mère — la ressemblance entre les deux femmes était flagrante.

— Bonjour, je suis Alessandro, dit-il en s'inclinant devant sa mère en parfait gentleman qu'il était. Vous êtes la maman de Kate, c'est cela ?

Le premier choc passé, elle suffoqua de colère. Non seulement il la poursuivait, mais il faisait des ronds de jambe à Shirley ! Pourquoi ne la laissait-il pas en paix ?

— Que fais-tu ici ? articula-t-elle d'un ton glacial.

— Je voulais te parler, répondit-il en la clouant du regard.

Elle maîtrisa avec peine l'émotion qui l'envahissait. Elle s'apprêtait à lui répondre qu'elle n'avait rien à lui dire quand sa mère prit la parole en se levant :

— Je vous laisse. Il me reste quelques courses à faire. Nous nous verrons tout à l'heure, ma chérie.

Elle s'éclipsa discrètement, non sans avoir adressé un petit sourire à l'homme si séduisant qui courtisait sa fille. Car il était intéressé par elle, elle en était certaine. *Très* intéressé…

— Pourquoi m'as-tu suivie ? attaqua Kate.

— Parce que je m'inquiétais. Je te rappelle que tu n'as pas voulu me dire où tu allais.

— Et alors ? Je suis une grande fille ! En quoi cela te regarde-t-il ? Et que dirait ta copine Rebecca si elle te savait ici ?

— Ce n'est pas ma copine.

— Ah bon ? Tu l'as déjà remerciée ? Pas assez performante au lit ?

— Je n'ai pas couché avec elle.

Cette réponse lui coupa la chique, elle s'attendait à tout sauf ça.

— Très bien, fit-elle. De toute façon cette conversation est ridicule puisqu'il n'y a rien entre nous. Il n'y a jamais rien eu d'ailleurs. Rien d'autre qu'une relation sexuelle.

— Je ne te laisserai pas dire ça, contesta-t-il, vibrant d'émotion. Nous avons vécu quelque chose de fort. Et ce n'est pas fini.

Kate leva les yeux, décontenancée. Puis elle se ressaisit en comprenant qu'il n'était question que d'ego, de la fierté virile d'Alessandro.

— Arrête ce petit jeu, s'il te plaît. Tu n'as pas admis que je mette un terme à cette histoire, tout simplement. Tu te fiches de moi, j'en suis certaine, mais d'habitude c'est toi qui siffles la fin du jeu. Alors ton orgueil de mâle en a pris un coup. C'est pour ça que tu t'obstines. Parce que tu es persuadé qu'aucune femme, surtout aussi négligeable que moi, ne peut résister à Alessandro Preda.

Il resta silencieux. Kate nota avec surprise un éclat douloureux dans ses prunelles, et son évident malaise.

— Tu te trompes, Kate, dit-il enfin. Il s'est passé quelque chose entre nous à Toronto.

Il se passa la main dans les cheveux et poussa un profond soupir. Jamais elle ne l'avait vu ainsi déstabilisé.

— Quittons ce café, lança-t-il. Il y a trop de monde, et j'ai besoin de te parler.

Il se leva et elle le suivit, de plus en plus interloquée. Que lui arrivait-il ? Que voulait-il lui dire ?

Une fois dans le parc, il la prit doucement par la main. Ce geste si simple bouleversa Kate. Leurs doigts s'entremêlèrent. Alors, un frisson la parcourut jusqu'au cœur de sa féminité. Le souvenir de leurs ébats était si vif que ce simple contact déclencha en elle une vague de chaleur incontrôlable.

Ils s'assirent sur la pelouse à l'ombre d'un arbre.

— Kate, commença Alessandro d'une voix mal assurée, il faut que tu saches que depuis notre retour de Toronto, je ne cesse de penser à toi. J'ai vu d'autres filles pour essayer de te sortir de mon esprit, mais rien n'a marché. Tu es toujours là, en moi.

Elle leva la tête et le dévisagea, le cœur battant à se rompre. Il semblait si ému tout à coup. Elle était tout ouïe.

— Je t'imaginais avec d'autres, et je me consumais de jalousie, ajouta-t-il.

— En réalité, tu étais simplement blessé dans ton orgueil, non ? demanda-t-elle, prêchant le faux pour savoir le vrai.

— Non. Ce n'est pas une question de sexe, de virilité, de fierté. C'est beaucoup plus profond.

N'y tenant plus, Alessandro leva la main et effleura doucement la joue de la jeune femme, maîtrisant avec peine l'envie de l'attirer à lui et de l'embrasser.

— Tu ne peux pas savoir à quel point j'ai envie de toi, avoua-t-il dans un souffle.

— Que tu aies envie de moi ne me suffit pas, Alessandro, asséna Kate, décidée à enfoncer le clou.

Peut-être était-ce la dernière fois qu'elle le voyait. Elle devait être claire.

— A moi non plus, dit-il d'une voix tremblante. Je ne pensais pas pouvoir perdre ainsi le contrôle de mes émotions. J'ai vu mes parents esclaves de leur passion, une passion qui les a conduits au désastre, qui les a enfermés dans un duo si exclusif que je n'avais pas de place dans leur existence. Je ne voulais pas de ça pour moi.

Elle leva les yeux, prise soudain d'une immense tendresse pour le petit garçon solitaire qu'il avait dû être.

— Jusqu'à ce que je te rencontre, poursuivit-il, j'étais convaincu que tomber amoureux était une preuve de faiblesse, un état de dépendance à éviter à tout prix.

Il lui prit la main et la sentit frémir sous ses doigts.

— Et puis tu es venue, et tout a changé.

Kate retint son souffle. Alessandro était si solennel ! Elle pressentit qu'ils allaient tous deux vivre un instant qui allait sceller leur avenir.

— Je suis tombé amoureux de toi, Kate, déclara-t-il. Je ne sais pas comment c'est arrivé, mais je sais simplement qu'il y a un avant et un après toi.

— Oh ! Alessandro ! s'écria-t-elle, éperdue. J'ai tellement prié pour que tu reviennes vers moi ! Quand tu m'as convoquée dans ton bureau, j'espérais que peut-être quelque chose s'était passé en toi. Mais cette femme est arrivée et j'ai perdu tout espoir.

— J'essayais de me désenvoûter en lui donnant rendez-vous, mais c'était peine perdue. Tu es la seule et l'unique, Kate Watson.

Elle le croyait. Il respirait la sincérité et l'amour, Kate ne pouvait se méprendre. Radieuse, elle se lova contre lui. Elle s'autorisait enfin à croire à son bonheur.

— Je t'aime, Alessandro, murmura-t-elle. Je t'aime plus que tout au monde.

— Au point de vivre avec moi ?

— Toute ma vie, assura-t-elle.

— Au point de m'épouser ?

— Au point de devenir ta femme et de porter tes enfants, oui. C'est mon souhait le plus cher.

Ils s'embrassèrent avec passion, confiants dans l'avenir qui s'ouvrait devant eux. Ensemble, ils étaient prêts à tout affronter. Kate le ressentait dans tout son être et le lisait dans le regard étincelant de l'homme de sa vie.

— C'est ta mère qui va être surprise, lui glissa-t-il en riant quand ils se furent enfin détachés l'un de l'autre.

— La surprise, elle l'a déjà eue quand je lui ai raconté que j'étais amoureuse, perdue, au désespoir. Quand j'ai cessé de faire comme si j'étais un robot qui contrôlait tout dans son existence, qui ne ressentait aucune émotion. Non seulement tu as fait de moi une femme, mon amour, mais tu m'as aidée à assumer mes fragilités, à m'accepter telle que je suis.

— Tu es parfaite, dit-il en la serrant contre lui à l'étouffer. Ne change rien, ma chérie. Jamais.

KIM LAWRENCE

Le secret d'une nuit d'amour

Traduction française de
CHRISTINE MOTTI

AZUR

HARLEQUIN

Titre original :
HER NINE MONTH CONFESSION

Ce roman a déjà été publié en 2016.

Prologue

Lily se réveilla à 6 heures du matin, comme le voulait son horloge interne. Une bizarrerie génétique qu'elle ne s'expliquait pas, mais dont elle s'accommodait depuis longtemps. Malgré sa certitude de ne pas parvenir à se rendormir, elle décida de rester couchée encore quelques minutes.

Dormir peu comportait certains avantages : celui de ne jamais être en retard par exemple, ou de pouvoir accomplir une multitude de tâches bien avant de partir travailler.

Repoussant d'une main la masse de cheveux roux bouclés qui lui masquait une partie du visage, elle poussa un long soupir. Elle enviait les adeptes des grasses matinées, comme Lara, sa sœur jumelle. Mais, quoi qu'elle fasse, quelle que soit l'heure à laquelle elle se couchait, Lily se réveillait toujours très tôt…

Soudain, elle fronça les sourcils tandis qu'une pensée étrange lui traversait l'esprit. Il lui semblait que quelque chose était différent, ce matin. De quoi pouvait-il bien s'agir ?

Avait-elle dormi un peu plus que de coutume ?

Pour s'en assurer, elle chercha à tâtons son téléphone portable sur la table de nuit, l'agrippa puis l'alluma. Il était bien la même heure que d'habitude. L'appareil toujours en main, elle se pelotonna sous la couette, songeuse. C'est alors qu'une autre bizarrerie lui apparut : pourquoi avait-elle ôté sa nuisette alors qu'elle détestait dormir nue ?

Ouvrant grand les yeux, elle scruta la pénombre et observa ce qui l'entourait…

Seigneur, cette pièce n'était pas sa chambre !

Comme les événements de la veille lui revenaient en mémoire, elle sentit son cœur s'emballer dans sa poitrine. Se pouvait-il qu'elle ait rêvé ? Serrant les dents, elle tourna doucement la tête sur le côté…

Non, ce n'était pas un rêve.

Se relevant sur un coude, elle contempla le visage de l'homme endormi qui reposait près d'elle. Il était beau comme un dieu, avec ses traits ciselés, sa mâchoire bien dessinée, son nez aquilin, et sa bouche si douce…

Soudain, une vague de nostalgie l'assaillit tandis que les souvenirs affluaient à son esprit. Cet homme n'était pas un inconnu pour elle, loin de là. Il était son amour de jeunesse, celui pour qui son cœur avait battu pour la première fois…

La propriété dans laquelle le père de Lily avait travaillé toute sa vie comme chef jardinier appartenait à la famille de Benedict Warrender. Les villageois parlaient souvent de ce garçon né avec une cuiller en argent dans la bouche, qui était la fierté de son grand-père.

Alors que tout le monde accueillait avec enthousiasme l'installation définitive du petit-fils prodige dans le grand manoir familial, Lily, de son côté, nourrissait un sourd ressentiment à son égard.

Warren Court, l'une des seules grandes demeures privées dans la région, se trouvait à cinq cents mètres seulement de la modeste dépendance dans laquelle vivait Lily. Les deux bâtisses avaient beau être proches, pour elle, elles se situaient à des années-lumière l'une de l'autre.

Le jour de l'enterrement de son père, Lily avait ignoré la présence de Benedict à côté de son grand-père. Elle s'était éclipsée du cimetière pour gagner l'étang où son père s'amusait à faire ricocher des pierres.

Une activité qu'il ne pratiquerait plus désormais.

Comme lui autrefois, elle avait saisi un gros caillou, l'avait soupesé dans sa main, puis envoyé le plus loin possible. Elle avait eu le sentiment que son cœur sombrait dans les eaux noires en même temps que la pierre. Alors, elle en avait saisi une autre, puis une autre encore, jusqu'à ce que son bras l'élance. Les larmes ruisselaient sur son visage. Toute à son chagrin, elle n'avait pas entendu le bruissement de feuilles que l'on écrasait derrière elle.

— Non, il ne faut pas s'y prendre comme ça, avait dit Benedict en se matérialisant à ses côtés. Pour réussir des ricochets, il faut choisir des pierres plates… comme celle-ci.

En silence, elle avait regardé la pierre bondir plusieurs fois sur l'eau avant de gagner l'autre rive.

— Je n'y arrive pas, avait-elle dit en ravalant ses larmes.

— Mais si, c'est facile…

— Non, je n'y arrive pas !

Les poings serrés, elle s'était tournée vers Benedict, déterminée à l'affronter, bien qu'il soit beaucoup plus grand et plus fort qu'elle.

— Mon père est mort et je vous déteste ! avait-elle asséné.

C'est alors qu'elle avait été saisie par l'éclat de ses yeux d'un bleu si profond.

Hochant la tête avec compassion, il avait déclaré :

— C'est triste, en effet…

Puis, il lui avait tendu un caillou.

— Essayez celui-ci.

Ensemble, ils s'étaient exercés pendant des heures à faire le plus de ricochets possible, si bien que Lily en avait presque oublié sa peine. Et l'inévitable s'était produit : elle était tombée amoureuse du garçon qu'elle avait pourtant détesté pendant toute son enfance.

Benedict s'était métamorphosé en héros pour elle, en tout point semblable à ceux qui figuraient dans les romans qu'elle dévorait à l'époque : beau, riche, élégant, il vivait dans un château plein de mystère. A partir de ce moment, elle avait nourri le secret espoir de devenir un jour sa princesse, qu'il l'enlève et l'emporte sur son cheval blanc… Elle avait cru à ce conte de fées jusqu'à cette fameuse nuit de Noël où tous ses rêves s'étaient envolés en fumée…

Elle avait attendu pendant des semaines la fête organisée par le grand-père de Benedict en l'honneur du personnel du domaine. La réception devait se tenir dans le grand hall élisabéthain de Warren Court, où sa mère travaillait à présent en qualité de gouvernante. Elle savait que Benedict, qui occupait un poste important à Londres depuis l'obtention de son diplôme à Oxford l'été précédent, serait présent.

Lily avait mis des heures à se préparer. Elle était même parvenue à convaincre sa sœur Lara de lui prêter l'une de ses plus jolies robes.

Puis Benedict avait fait son apparition. Lily s'était étonnée des changements qui s'étaient opérés en lui. Il était encore plus beau et plus élégant qu'avant.

Mais plus distant aussi…

Et il n'était pas venu seul.

Alors que la fête battait son plein, Lily avait entendu la splendide jeune femme blonde pendue au bras de Benedict déclarer d'une voix plaintive :

— Tu ne m'avais pas dit qu'il n'y aurait que des bouseux, ce soir !

Bouleversée, Lily s'était éloignée du couple et retranchée. Hélas, Lara, bien décidée à taquiner sa sœur, était venue la débusquer.

— Alors, qu'est-ce que tu attends ? lui avait-elle glissé à l'oreille. Si tu le veux, cours donc le rejoindre !

Agacée, Lily avait fini par s'emporter.

— Lâche-moi, Lara. Ce type ne m'intéresse pas ! Et il ne me plaît pas ! Il est ennuyeux à mourir et imbu de sa personne.

C'est alors que Benedict était apparu à ses côtés. Rouge de confusion, elle s'était enfuie…

Après cet incident embarrassant, Lily avait chassé le souvenir de Benedict de sa mémoire. Au bout de quelques années, elle avait presque fini par l'oublier. Bien sûr, il lui arrivait d'entendre parler de lui. Son nom apparaissait parfois dans les pages économiques des quotidiens. Mais la finance ne l'intéressait pas, pas plus que les magnats des affaires…

Par un étrange coup du destin, alors qu'elle pensait ne plus jamais croiser à nouveau sa route, elle était tombée nez à nez avec lui en sortant d'une librairie alors qu'il s'apprêtait à y entrer veille. Cette rencontre inopinée avait bousculé ses certitudes. Comment interpréter un tel concours de circonstances ?

Sortant de sa rêverie, elle contempla de nouveau Benedict. L'envie d'effleurer sa joue la saisit, mais elle la refréna. Les ombres de la nuit laissaient apparaître des cernes sombres sous ses yeux fermés. La fatigue lui seyait à merveille.

Réprimant un soupir, elle détailla la finesse de ses traits. Cet homme était beau à couper le souffle.

Et il était son amant.

Son premier… son merveilleux amant…

Elle se sentit devenir rêveuse tandis que l'instant qui avait bouleversé sa vie la veille lui revenait en mémoire…

— Lily !

Benedict figurait parmi les rares personnes qui ne l'avaient jamais prise pour sa sœur.

En lui tendant le livre qui lui avait échappé, sa main avait frôlé la sienne, envoyant des ondes électriques dans tout son corps. De nouveau, le livre était tombé. Tous deux, en se baissant, s'étaient retrouvés accroupis face à face.

Comme figés, ils s'étaient longuement dévisagés, puis avaient éclaté de rire dans un bel ensemble.

En se relevant, Benedict avait contemplé la couverture du livre qu'il venait de ramasser puis le lui avait rendu en veillant cette fois à ne pas effleurer ses doigts.

— Vous avez toujours aimé lire, avait-il dit avec un sourire. Je me souviens de la fois où je vous ai surprise dans la bibliothèque de mon grand-père avec l'édition originale d'un roman de Dickens caché sous votre pull.

— Vous vous en souvenez ? Seigneur, c'était une édition originale ?

— Ne prenez pas cet air coupable ! Le vieil homme ne vous en a jamais voulu.

— Il savait ?

Devant son air contrit, les yeux de Benedict s'étaient plissés, puis il avait éclaté de rire.

— Que vous vous serviez dans sa bibliothèque ? Bien sûr. Rien ne lui échappait…

Il s'était interrompu pour jeter un coup d'œil à sa montre, puis avait repris :

— J'avais prévu… En fait, non, je n'avais rien prévu… Mais un café en votre compagnie me ferait le plus grand plaisir. Ça vous dit ?

Lily s'était sentie excitée et angoissée à la fois à l'idée de prolonger ce tête-à-tête avec Benedict. Mais son hésitation n'avait été que de courte durée.

— Eh bien… d'accord. Je dois retrouver Sam dans une demi-heure.

— Sam… votre petit ami ?

— Non, une simple relation…

Elle n'avait pas jugé utile de préciser que Samantha Jane était une amie, la première qu'elle s'était faite à son cours d'art dramatique. Sam ne lui en voudrait pas si elle était en retard. Mieux encore, elle approuverait. Sans cesse, elle l'encourageait à mettre un terme à sa solitude et à trouver un petit ami.

— Tu es trop difficile, lui disait-elle. Prends exemple

sur moi. J'ai embrassé de nombreux crapauds, mais j'ai bon espoir que l'un d'entre eux se transforme en prince charmant. Et puis, les crapauds sont amusants, parfois.

Une heure plus tard, Lily et Benedict se trouvaient toujours dans un bar, à parler de tout et de rien. Mais elle l'avait fait rire et il n'avait cessé de la regarder avec intérêt, comme s'il la trouvait intelligente et sexy.

Au bout d'à peine cinq minutes, sa tension s'était apaisée et elle avait baissé sa garde à mesure que leur conversation se prolongeait autour de sujets aussi divers que la littérature, la politique, son parfum de glace favori, ses cours d'art dramatique et la merveilleuse chance qui venait de lui être offerte. Benedict, de son côté, s'était très peu livré, mais elle n'en avait pas pris ombrage.

— Alors, d'ici peu, je vous verrai sur le grand écran ? avait-il demandé en posant les coudes sur la table, l'air intéressé.

Pendant toute leur conversation, son attention était demeurée centrée sur elle et sur elle seule. Lily n'avait pu s'empêcher de se sentir flattée.

— Pour un petit rôle, avait-elle corrigé.

— Ce n'est pas bon pour une actrice de faire preuve de modestie.

— Je suis réaliste, c'est tout.

— Mais pour la comédie télévisée, vous aurez le premier rôle ?

— C'est un vrai coup de chance.

— Franchement, il vous faudrait des cours d'autopromotion !

— Seriez-vous prêt à m'en donner ? avait-elle demandé avec un sourire qui s'était figé très vite sur ses lèvres quand elle avait perçu l'effet de cette invitation dans le regard de Benedict.

Jamais elle n'aurait pensé qu'inspirer du désir à un homme puisse être aussi exaltant. Surtout quand il s'agissait de l'homme qui, durant une grande partie de votre vie, avait représenté un tel idéal que la comparaison avait rendu impossible toute autre relation.

Se pouvait-il que ce soit la raison pour laquelle elle n'avait jamais connu d'histoire sérieuse, depuis leur rencontre ?

Chassant cette question dérangeante, elle était revenue à l'instant présent. Les doigts de Benedict dessinaient des arabesques sur ses poignets, faisant courir mille frissons délicieux dans son corps. Ce qu'elle avait ressenti à ce moment-là l'avait stupéfiée par son intensité et par sa nouveauté. Toute au plaisir de l'instant, elle avait fermé les yeux.

— J'ai une chambre près d'ici, avait murmuré Benedict.

— D'accord… Allons-y…

A présent, elle se trouvait allongée près de lui. La nuit qu'elle venait de vivre dépassait de loin ses rêves les plus fous. La sensualité de leurs étreintes lui avait arraché des gémissements de plaisir et son cœur battait encore la chamade.

Et ce n'était pas fini.

Les jours et les nuits à venir promettaient d'être radieux. L'idée d'un avenir possible avec Benedict l'exaltait… Elle sentait que cette relation dépassait la simple attirance physique. Quelque chose de spécial s'était produit entre eux.

— Qu'attends-tu donc, Lily ? lui demandait souvent Sam, qui ne comprenait pas comment on pouvait manquer à ce point de réalisme et poursuivre des buts aussi inatteignables.

A présent, elle connaissait la réponse à cette question : Benedict était l'homme qu'elle attendait.

S'était-il rendu compte qu'il était son premier amant ? Lui en voudrait-il de ne pas lui avoir avoué qu'elle était vierge ?

Soudain avide de réponses, elle eut envie de le réveiller, puis elle se raisonna et, renonçant à perturber son sommeil, le contempla longuement avant de se rallonger avec un léger soupir.

Pour se distraire, elle fit défiler les messages sur son portable et prit connaissance des derniers ragots qui circulaient sur le monde du théâtre et du cinéma. Les nouvelles se succédaient sur son écran : la pièce qu'elle avait vue la semaine précédente était en lice pour obtenir le célèbre prix Laurence Olivier ; les fans d'un feuilleton réclamaient sa diffusion à des heures de grande écoute ; un couple célèbre se séparait et un autre…

Soudain, son doigt se figea sur les touches de son téléphone tandis que des images effroyables se formaient dans son esprit et qu'une sourde colère l'assaillait.

— Non…, murmura-t-elle en sentant des larmes perler à ses paupières.

Comment avait-elle pu se montrer stupide à ce point ?

L'article qu'elle venait de lire relatait les fiançailles récentes d'un jeune couple. Sur l'un des clichés qui les représentaient, la future mariée exhibait un diamant à son doigt. L'homme souriant qui l'accompagnait n'était autre que Benedict.

Eberluée, Lily laissa tomber son téléphone sur le lit.

« Ce n'est pas une surprise », avait-elle lu.

Eh bien, c'en était une pour elle, et de taille.

Un profond dégoût la saisit. Elle avait vu en Benedict ce qu'elle rêvait de voir, et non la réalité : il était un homme volage et elle, une fille facile.

Réprimant un sanglot, elle serra les poings et tourna son visage vers celui de son amant.

Ricn n'cxcusait son comportement…

Une fois de plus, elle contint son envie de le réveiller, dans le but de le confronter aux faits.

A quoi bon ? se dit-elle tout en cherchant à retrouver le contrôle de ses émotions. Lui faire part de son indignation ne ferait que renforcer son sentiment d'humiliation. Cela équivaudrait à admettre qu'elle n'était qu'une pauvre idiote qui croyait aux contes de fées et aux princes charmants.

Tremblant de tout son corps, elle repoussa doucement le drap et se figea quand elle entendit Benedict soupirer dans son sommeil. Elle attendit que sa respiration redevienne régulière, puis se leva sans bruit.

Elle rassembla ses vêtements à tâtons et se rendit dans la salle de bains pour s'habiller. Quand elle regagna la chambre, Benedict dormait toujours.

Alors, sans un regard en arrière, elle disparut comme une voleuse dans le petit matin. Jamais elle ne s'était sentie aussi vulnérable, aussi humiliée. Dans sa précipitation, elle avait oublié l'une de ses boucles d'oreilles.

Mais elle avait perdu bien plus qu'un bijou dans cette aventure…

1.

Trois ans plus tard

Lily avait passé ses deux premières journées de vacances en maillot de bain ou en robe légère. Elle se rendait à la plage pieds nus, ses sandales à la main. Comme les autres clients, elle prenait ses repas sous le grand auvent dressé pour cet usage. Et le soir, elle se détendait sur la terrasse qui donnait sur l'océan et contemplait le coucher du soleil tout en dégustant un cocktail exotique.

L'endroit avait beau offrir un cadre idyllique, Lily souffrait de n'avoir personne avec qui partager ces moments, et était blessée par le regard que les autres portaient sur elle, renforçant son sentiment de solitude.

C'est pourquoi ce matin, elle avait décidé de prendre son petit déjeuner sur la terrasse devant son bungalow.

— N'hésitez pas à nous appeler si vous souhaitez déjeuner ici, mademoiselle, lui avait dit Mathilde, la serveuse venue débarrasser sa table.

— Je pense explorer un peu les environs. Aller faire un tour en ville, peut-être, et revenir dîner ici.

— Aller seule en ville ? avait protesté Mathilde avec un petit air réprobateur, semblable à celui que lui aurait opposé sa mère dans les mêmes circonstances.

Lily avait alors hoché vigoureusement la tête pour montrer sa détermination.

Elle était lasse de croiser des couples venus passer leur

lune de miel dans cet endroit paradisiaque. La seule personne célibataire qui y séjournait était une écrivaine d'âge mûr, plutôt bavarde. Même si elle avait trouvé intéressant d'apprendre que l'île avait appartenu au Danemark avant d'être cédée à l'Amérique, supporter un autre cours magistral dans la soirée lui paraissait au-dessus de ses forces.

Par ailleurs, elle vivait comme un luxe le fait d'être seule pendant quelques jours. Depuis qu'elle était mère, les occasions de s'occuper d'elle uniquement étaient plutôt rares. Non qu'elle regrettât d'avoir une petite fille, mais se ressourcer comme elle le faisait pendant ces courtes vacances lui procurait beaucoup de plaisir. Elle pouvait s'accorder plusieurs heures de lecture sans être interrompue ou faire la sieste en toute tranquillité.

Même si Lily n'avait pas prévu de tomber enceinte, la naissance d'Emmy l'avait comblée de joie. Aujourd'hui, elle était incapable d'envisager sa vie sans elle.

Au départ, quand elle avait appris qu'elle avait gagné un séjour d'une semaine sur cette île de rêve, elle avait failli renoncer à son prix.

— Serais-tu devenue folle ? avait protesté sa mère. Il est hors de question que tu ne profites pas de cette aubaine.

— Mais Emmy…

— Me crois-tu incapable de m'occuper de ma petite-fille une semaine ?

— Bien sûr que non. Mais je ne peux pas te demander une chose pareille…

Lily était très reconnaissante à sa mère de l'avoir soutenue et accompagnée pendant sa grossesse, qui s'était révélée extrêmement difficile. Les premiers mois, elle en avait presque perdu le sommeil. Sans elle, elle n'aurait jamais pu reprendre son emploi à temps partiel.

— Mais que ferai-je sur cette île ? avait-elle demandé.

— Le simple fait de poser cette question prouve à quel point tu as besoin de vacances. A quand remonte la dernière fois où tu as disposé d'une demi-heure pour toi seulement ?

Tu n'es pas sortie avec des jeunes gens de ton âge depuis des mois. Tu as besoin de t'amuser. Tu pourrais même rencontrer quelqu'un, qui sait ?

Lily avait levé les yeux au ciel.

— Je sais que tu aimerais me voir mariée, maman, mais…

— Je ne veux que ton bonheur, Lily. Et celui de ma petite-fille.

Lily savait ce que le mot « bonheur » signifiait pour sa mère. Cette dernière disait souvent :

« Chacun d'entre nous a une âme sœur quelque part. Il suffit de la trouver. Comme moi j'ai trouvé ton père. Il était et restera le seul homme de ma vie. »

Lily gardait pourtant de son enfance des souvenirs de portes qui claquaient, de disputes effroyables suivies de larmes. C'est pourquoi elle peinait à croire que sa mère ait pu être aussi heureuse qu'elle le prétendait. A force d'asséner qu'elle l'avait été, sans doute avait-elle fini par le croire. Peut-être était-ce sa manière à elle de supporter l'idée de s'être retrouvée veuve si jeune.

— Je suis heureuse, maman, avait-elle déclaré d'un ton las.

Pourquoi ne la croyait-on jamais quand elle disait cela ? De toute façon, elle n'avait pas de temps à consacrer à la recherche d'une « âme sœur ». Entre ses cours d'art dramatique à l'université, ses heures de bénévolat dans un hospice et celles qu'elle consacrait à sa fille de deux ans, ses journées étaient bien occupées.

Lily trouvait sa vie riche et bien remplie. Parfois, elle se demandait à quoi elle aurait ressemblé si… Puis, elle chassait vite cette idée saugrenue. Et elle avait toujours des projets. Pas les mêmes, bien sûr, que lors de sa dernière année universitaire. A cette époque, elle avait à son actif plusieurs petits rôles dans des séries télévisées et un premier rôle dans une fiction, décroché juste après son diplôme.

Puis, contre toute attente, sa vie avait pris un tournant radical, mais elle ne regrettait rien. Aujourd'hui, elle était déterminée à tenir son rôle de mère à la perfection. Et, si elle avait été une assez bonne actrice, Lily s'était découvert un talent encore plus grand en tant qu'enseignante. Dès qu'Emmy entrerait à l'école, elle suivrait un cursus diplômant en vue d'obtenir un poste de titulaire. Peut-être ne verrait-elle jamais son nom à l'affiche d'un grand film, mais elle élèverait sa fille le mieux possible pour l'aider à devenir une jeune fille sûre d'elle. Lily y était parvenue grâce au théâtre, qui lui avait permis de vaincre sa timidité.

Tandis qu'elle arpentait la plage déserte en balayant le sable sous ses pieds nus, Lily repensa à la conversation qu'elle avait eue via Internet avec sa fille, la veille au soir, même si le terme « conversation » était un peu exagéré. Assise sur les genoux de sa grand-mère, Emmy avait déclaré vouloir un chien, puis s'était endormie, son pouce dans la bouche.

— Aujourd'hui, elle n'a pas arrêté de tirer la queue du labrador de Robert, avait expliqué Elizabeth en riant, tout en ébouriffant les fins cheveux bouclés de sa petite-fille.

A ce souvenir, Lily sentit son cœur se serrer. La chaleur du petit corps d'Emmy contre le sien lui manquait, de même que son odeur et ses sourires.

Lâchant sa serviette de bain dans le sable, elle avança dans l'eau, puis plongea pour chasser la tristesse et le sentiment de solitude qui s'étaient emparés d'elle.

Ben avait réussi un véritable tour de passe-passe en récupérant un tableau que son grand-père avait confié à une salle de ventes. Furieux, le vieil homme avait incendié son petit-fils, refusant d'admettre qu'il était totalement déraisonnable de liquider une partie de leur héritage familial de cette manière.

Luttant contre la frustration que lui avait causée cette scène, Ben avait préféré quitter le bureau de son grand-père avant que leur dispute ne s'envenime. Son aïeul refusait toujours de le considérer en adulte responsable. Pourtant, tous ses clients, qu'ils soient banquiers ou hauts fonctionnaires, appréciaient la justesse de ses analyses. Tous suivaient ses conseils, sans douter une seule seconde de leur pertinence. Seul son grand-père refusait de voir en lui l'expert financier qu'il était devenu.

Alors qu'il s'apprêtait à quitter Warren Court, il marqua un temps d'arrêt pour répondre à son assistante qui lui rappelait son rendez-vous à Paris prévu plus tard dans la journée. C'est alors que des cris en provenance des cuisines le firent sursauter. Tendant l'oreille, il comprit qu'il s'agissait d'un enfant qui pleurait.

Après avoir rangé son téléphone dans sa poche, il se dirigea vers les cuisines pour en avoir le cœur net. Que pouvait bien faire un enfant dans la maison de son grand-père ?

La porte de la grande pièce était ouverte. Il y découvrit Elizabeth, la gouvernante, avec une petite fille dans les bras. Une petite fille aux cheveux roux bouclés qui le ramenèrent soudain des années en arrière…

Chassant les images qui s'étaient formées devant ses yeux, il pénétra dans la cuisine.

— Eh bien, quelle voix ! s'exclama-t-il avec un petit rire forcé.

— Benedict ! s'écria Elizabeth avec un large sourire. Votre grand-père ne m'avait pas informée de votre venue.

Benedict sentit sa gorge se serrer devant un tel accueil. Elizabeth se serait-elle montrée aussi chaleureuse si elle avait su que Benedict avait couché autrefois avec l'une de ses filles ?

— Il l'ignorait, dit-il en accompagnant ces mots d'un geste las.

— Serez-vous présent pour… ? Peu importe… Vous voulez bien la tenir un instant ?

Avant qu'il puisse battre en retraite, Benedict se vit confier la petite fille, qui hurlait toujours. C'était une situation inédite pour lui. Tenant la fillette à bout de bras comme s'il s'agissait d'une bombe à retardement, il la dévisagea avec curiosité.

Ben n'avait rien contre les enfants et comprenait que certaines personnes ressentent le besoin de procréer. Il comprenait moins, en revanche, que l'on puisse mettre des enfants au monde sans les avoir désirés. Comme sa mère, par exemple, qui avait tout fait pour oublier l'existence de son enfant sitôt après avoir accouché. Elle n'avait jamais caché non plus que pour elle le plus important était sa carrière. Et comme elle l'avait souligné, le fait que Ben n'ait jamais été dorloté dans son enfance l'avait rendu autonome très tôt.

Il avait hérité de certains des traits de caractère, pour ne pas dire des défauts, de sa mère. Il était ambitieux, investi dans le travail et — il fallait bien l'avouer — fondamentalement égoïste. Des caractéristiques qui, couplées à un instinct aiguisé, lui avaient permis de réussir dans sa carrière.

Avec un tel profil, il aurait été un père épouvantable. Il fallait avoir le sens du sacrifice et des compromis pour être un bon parent. Cette décision de ne pas avoir d'enfant constituait une autre source de discorde avec son grand-père. Le vieil homme réclamait une descendance pour que le nom de leur dynastie perdure.

— Est-elle malade ? demanda Benedict en sondant le regard de l'enfant, qui poussait toujours des cris effroyables.

— Elle est tombée en pourchassant le chat et s'est cogné la tête, répondit Elizabeth en inspectant le crâne de la fillette. La blessure n'est pas profonde… mais elle saigne toujours. Ne bouge pas, Emmy, je vais te mettre un pansement. Tu es courageuse, n'est-ce pas, chérie ?

La gamine poussa un cri encore plus strident que les précédents, arrachant une grimace à Benedict.

— J'ignorais que Lara avait un enfant, dit-il en essayant de se faire entendre malgré les cris d'Emmy. Est-elle ici en ce moment ? Son mari et elle sont-ils rentrés des Etats-Unis ?

Lara Gray était la dernière personne qu'il aurait imaginée se mariant jeune. Enfant, elle était plutôt du genre sauvage. Mais on ne pouvait jamais savoir. Il n'aurait pas imaginé non plus que la sœur de Lara serait le type de femme à se volatiliser après avoir passé la nuit avec un homme…

Pourtant, c'était précisément ce qu'elle avait fait.

En guise de souvenir, elle lui avait laissé l'odeur de son parfum sur l'oreiller, une boucle d'oreille et quelques égratignures sur les épaules… Lorsqu'il s'était rendu compte de sa disparition, un sentiment de perte immense s'était emparé de lui, puis une colère noire l'avait assailli.

Pourtant, il aurait dû se sentir soulagé. A cette époque, il devait s'attacher à ne commettre aucun impair. Il savait que l'annulation de ses fiançailles allait faire jaser. Il aurait été malvenu de sa part de s'afficher aussi vite avec une nouvelle conquête. Mais il n'avait pas pu résister à l'attirance que Lily exerçait sur lui.

Toutefois, contre toute attente, alors qu'elle lui avait offert la plus belle nuit d'amour de sa vie et avait réveillé en lui des instincts chevaleresques inédits, elle avait pris la poudre d'escampette, le laissant seul avec sa frustration.

La vie était étrange, avait-il conclu, et il s'était fait une raison. Lily lui avait donné ce dont il avait besoin précisément au moment où il en avait besoin. Inutile de chercher plus loin. Sans doute sa carrière occupait-elle tout son temps. Elle appartenait sans doute à cette race de femmes pour qui le sexe n'était qu'une activité récréative.

— Lara ? s'exclama Elizabeth, stupéfaite. Lara n'a pas d'enfants. Emily Rose est la fille de Lily.

— Quoi ? Lily est mariée ?

— Non, elle n'est pas mariée. Elle élève sa fille toute seule… Je suis très fière d'elle. Depuis qu'elle est revenue vivre au village, elle travaille à mi-temps pour l'université et je l'aide autant que possible.

Sous le choc de cette révélation, Benedict demeura silencieux tandis que des émotions contradictoires l'assaillaient. Ainsi, elle avait abandonné sa carrière d'actrice…

Baissant les yeux, il dévisagea la petite Emmy, qui avait

cessé de pleurer. Lorsqu'il croisa son regard bleu cobalt, inondé de larmes, il ressentit une vive émotion.

— Ce doit être difficile, s'entendit-il dire.

— Oh ! J'adore m'occuper de ma petite-fille… Ne bouge pas, chérie, que je finisse de te soigner. Emmy est un amour et Lily…

— Je veux ma maman tout de suite ! lança la fillette d'une voix forte et déterminée.

— En tout cas, elle a un caractère bien trempé ! dit Benedict.

— Oh oui ! acquiesça Elizabeth en riant. Pas comme Lily qui était si douce. Avec Lara, c'était une autre paire de manches… Maman sera bientôt de retour, ma chérie. Tu dois faire encore cinq dodos.

Benedict sourit à cette dernière remarque. Ça ne devait pas être facile d'enseigner la notion du temps aux enfants.

Après avoir collé un sparadrap sur le front de la fillette, Elizabeth recula pour juger de l'effet et tapa des mains en riant.

Aussitôt, Emmy l'imita. Ben plongea un regard perplexe dans les grands yeux bleus de la petite fille, encore noyés de larmes. Son cerveau bouillonnait, mais aucune pensée sensée ne le traversait, comme si un brouillard opaque l'avait enveloppé. Il cherchait des explications à une question qui n'était même pas clairement posée. Puis la tension qui l'habitait le quitta comme par enchantement tandis que ses lèvres esquissaient un sourire d'autodérision. Il avait failli tomber dans un piège grossier. De nombreuses personnes avaient les yeux bleus sur cette planète, comme le père de cette enfant, probablement.

Soudain, son sourire se figea lorsque la gamine se mit à gigoter dans ses bras, tournant la tête dans tous les sens, révélant, tout près de la tempe, une marque reconnaissable entre toutes… Qui, à part sa propre mère, pouvait se targuer d'avoir une marque de naissance en forme de croissant de lune, juste à cet endroit-là ?

— Ma… man… Ma… man, gémit Emmy en attrapant la cravate de Ben pour la porter à sa bouche.

Qui cette petite fille appelait-elle « papa » ?

— Ne fais pas ça, Emmy, tu vas t'étrangler ! protesta Elizabeth en lui retirant la fine étoffe de la bouche tout en adressant un sourire d'excuse à Ben. Je suis désolée… Est-ce que… vous allez bien ?

Visiblement, Elizabeth avait décelé la tension qui l'habitait.

— Oui, la rassura-t-il avec un sourire crispé. J'ai eu… des mots avec mon grand-père, c'est tout.

L'explication parut satisfaire Elizabeth, qui tendit les bras pour récupérer la petite fille. Comme Ben n'esquissait pas le geste de la lui rendre, elle fronça imperceptiblement les sourcils.

Et si cette enfant… était sa fille ? songea-t-il soudain.

C'était tout bonnement surréaliste.

Impossible !

Son regard se reporta sur Emmy, qui lui sourit d'un air espiègle en portant de nouveau la cravate à sa bouche.

— A moi ! s'écria-t-elle en se mettant à la mâchouiller.

Ben sentit son cœur se serrer d'émotion.

— Non, Emmy ! Désolée, Ben…

Cette fois, il tendit la petite fille à sa grand-mère. A contrecœur, comme si on lui arrachait une part de lui-même.

Elizabeth eut beaucoup de mal à lui faire lâcher la cravate et, quand elle y parvint, Emmy poussa un cri de frustration qui leur perça les tympans. Heureusement, elle se calma très vite.

— Vous manquez à votre grand-père, vous savez.

— Ah oui ? Il le cache bien, maugréa Ben.

Il peinait à retrouver le contrôle de ses émotions. Il avait l'impression de se trouver à un tournant de sa vie. Ce qu'il pressentait ne lui plaisait pas. Il fallait à tout prix qu'il en ait le cœur net, car vivre avec ce doute lui serait insupportable désormais.

— Ainsi, c'est vous qui gardez cette petite ? demanda-t-il à Elizabeth en s'efforçant de cacher sa désapprobation.

Il n'avait jamais compris pourquoi certaines personnes avaient des enfants, si c'était pour les confier à d'autres.

— En fait, je l'aurai toute la semaine, n'est-ce pas, chérie ?

Elle s'interrompit pour caresser les boucles rousses de la fillette puis reprit :

— Lily a gagné un prix dans un concours : une semaine au soleil ! Elle voulait le refuser. Il a presque fallu que je l'emmène de force à l'aéroport. Elle a mis sa vie entre parenthèses depuis trop longtemps. Ce n'est sain pour personne. Je n'arrête pas de lui dire qu'Emmy ne peut pas être toute sa vie. Hélas, elle refuse de m'écouter.

Alors que l'image de Lily en bikini sur une plage lui traversait l'esprit, le ramenant des années en arrière, il la chassa pour se concentrer sur le moment présent. Même si Emmy n'était pas sa fille, il méprisait les parents qui faisaient passer leurs propres besoins avant ceux de leurs enfants. Réprimant son agacement, il dit en observant la gouvernante avec attention :

— Emmy a une drôle de marque de naissance près de la tempe…

Sans manifester aucune surprise, Elizabeth releva les cheveux de la petite fille pour caresser la petite marque dont Ben venait de parler.

— On dirait un croissant de lune, vous ne trouvez pas ?

— Quel âge a-t-elle ? poursuivit Ben d'un ton égal.

— Deux ans. Elle aurait dû naître un mois plus tard, mais Lily a fait une mauvaise chute qui a déclenché l'accouchement.

— Ma mère a exactement la même marque de naissance, remarqua Ben.

— Ah bon ? Comment se porte votre maman ? demanda Elizabeth, polie.

Ben haussa les épaules.

— Je n'en ai pas la moindre idée.

Impulsivement, il leva la main pour toucher les cheveux de la petite, puis y renonça.

— Elle a les mêmes cheveux que Lily, remarqua-t-il.

Et les mêmes yeux que moi. S'il n'y avait eu que les yeux, le doute n'aurait fait que l'effleurer, mais cette forme de visage, cette marque de naissance confirmaient ses soupçons.

Pas de doute, Emmy était sa fille. Fort de cette conviction, il redressa les épaules et prit une profonde inspiration. Oui, à moins qu'on ne lui offre une preuve irréfutable du contraire, cette petite était bien le fruit de sa brève aventure avec Lily.

Elizabeth lui sourit d'un air nostalgique, puis soupira.

— J'adorais brosser les cheveux de mes filles quand elles étaient petites. Mais le temps passe si vite…

Les yeux rivés sur les boucles d'Emmy, qui lui rappelaient tant de souvenirs, il dit d'une voix étranglée :

— Ses cheveux ont une teinte…

— Magnifique, oui, je sais ! coupa Elizabeth. Dans la famille de mon mari, il y a beaucoup de roux à la peau claire. Leurs origines irlandaises, sans doute. Mais je crois qu'Emmy ne souffrira pas du soleil comme eux. Sa peau est plutôt mate.

Les yeux rivés sur le visage de l'enfant, Ben peinait à garder le contrôle de ses émotions. S'exhortant au calme, il demanda :

— Comme celle de son père ?

Elizabeth baissa les yeux, visiblement gênée par la question qui venait de lui être posée.

— Je ne sais pas. Lily ne parle jamais de lui.

Ben observa la fillette, qui s'était endormie dans les bras de sa grand-mère, le visage posé sur son épaule. Une sourde colère l'habitait, à présent. Pas étonnant que Lily ne parle jamais du père de son enfant. Mais elle le ferait bientôt… Ben saurait l'y obliger dès son retour.

Soudain, une idée lumineuse lui traversa l'esprit. A quoi bon attendre ?

— Dormirez-vous ici ce soir ? demanda Elizabeth.

— Je ne reste pas, mais je prendrais volontiers un café avec vous avant de partir.

Ben s'attarda une demi-heure encore, autour d'un café, le temps d'obtenir les informations dont il avait besoin. Il avait l'intention de surprendre Lily au moment où elle s'y attendrait le moins. Pour voir l'expression de son visage quand il surgirait devant elle et surtout pour entendre la vérité de sa propre bouche. Même s'il arrivait trois ans trop tard…

Luttant contre le souvenir de ces lèvres si douces, si pulpeuses contre les siennes, il quitta Warren Court, animé par une détermination farouche.

— Dois-je annuler tous vos rendez-vous pour les… disons trois jours à venir ? lui demanda son assistante personnelle avec son efficacité habituelle.

— Plutôt quatre, corrigea-t-il.

— D'accord. Habiterez-vous la maison ou bien dois-je vous réserver une chambre quelque part ?

— La maison ? répéta Ben, surpris.

— Avez-vous changé d'avis à propos de sa mise en vente ?

C'est alors que le puzzle se mit en place. Son assistante faisait référence à la propriété dont il avait hérité de son grand-oncle l'année précédente, propriété située précisément sur l'île où séjournait Lily.

— Pour le moment, oui. J'irai la visiter pour voir si elle est habitable.

Le voyage dura une éternité. Lorsque son jet privé atterrit, Ben demanda que son sac soit déposé dans la maison de son grand-oncle puis se rendit aussitôt à l'hôtel de Lily. Un gros pourboire lui permit d'apprendre où se trouvait son bungalow.

Légèrement perturbé par le décalage horaire, il observa l'immense plage de sable fin qui courait devant le logement puis frappa à la porte. Dans son costume taillé sur mesure et chaussé de ses souliers faits main, il se sentait un peu déplacé. Toutefois, malgré la fatigue, l'adrénaline courait dans ses veines. Les heures écoulées depuis sa découverte n'étaient pas parvenues à apaiser sa tension, au contraire. Il était à bout de patience.

Comme personne ne répondait, il s'accroupit devant le bungalow désert, à la recherche d'empreintes de pas dans le sable. Sa mâchoire se crispa en découvrant que des traces menaient vers l'océan.

Se redressant, il les suivit d'une démarche assurée puis s'immobilisa à hauteur d'une serviette de bain abandonnée sur le sable. Il la prit dans ses mains et reconnut aussitôt cette senteur de rose dont elle était imprégnée. Il ne s'était pas trompé : cette serviette appartenait à Lily.

Les nerfs à fleur de peau, il étouffa un juron et serra l'étoffe entre ses mains. Soudain, il aperçut au loin un nageur qui se dirigeait vers le large. Pourtant, plusieurs pancartes disposées un peu partout déconseillaient aux baigneurs de dépasser la barrière de corail. Visiblement, le nageur prit conscience du danger, car il fit une grande boucle pour regagner le rivage.

Derrière elle, le ciel d'un azur d'une pureté étonnante semblait se fondre dans l'eau. Lily se sentait merveilleusement bien dans cette mer cristalline et nager longtemps lui procurait un plaisir infini. Tout en se dirigeant vers le rivage, elle pensa à cette touriste qui, après un dîner bien arrosé, avait nagé au-delà de la barrière de corail et avait été emportée par le courant. Lily n'aurait jamais pris un tel risque et encore moins maintenant. Depuis la naissance d'Emmy, elle faisait preuve d'une vigilance accrue.

Lorsqu'elle émergea de l'eau, elle se rendit compte qu'elle n'était plus seule sur la plage. Une silhouette masculine se tenait à l'endroit où elle avait laissé sa serviette.

Sans doute s'agissait-il d'un des clients de l'hôtel. Sans

être privée, cette plage était difficile d'accès et très peu de touristes s'y aventuraient.

Repoussant ses cheveux en arrière, elle cligna plusieurs fois des yeux pour mieux voir. Et soudain, elle se figea sur place, sous le choc. Pendant un instant, elle crut à un mirage. Puis, elle dut se rendre à l'évidence. Elle aurait reconnu cette silhouette familière entre mille.

Quand son regard croisa celui de Ben, d'un bleu si particulier, si semblable à celui d'Emmy, elle sentit son sang se glacer dans ses veines…

2.

Contre toute attente, le père de sa fille se tenait là, devant elle, encore plus grand et plus imposant que dans son souvenir. Il portait un costume gris souris, sur mesure, une chemise blanche impeccable et des souliers probablement cousus main. Cette tenue incongrue rendait la situation encore plus inconfortable pour Lily.

Faisant appel à ses anciens talents d'actrice, elle hocha la tête en signe de bienvenue. Malgré l'assurance qu'elle affichait, son cœur battait la chamade. Une chose était sûre : la présence de Ben n'augurait rien de bon. Chassant la panique qui menaçait de la gagner, elle trouva un peu de réconfort dans l'idée que sa fille était à l'abri, loin de cet endroit. Elle aurait préféré se trouver près d'elle à cet instant, plutôt qu'au milieu de ces sables mouvants prêts à l'engloutir.

Bien qu'elle eût beaucoup de mal à paraître calme alors que la tempête faisait rage dans son esprit, elle s'avança vers Ben d'une démarche assurée. A mesure qu'elle approchait, elle prit conscience de la rigidité de sa posture. Une sourde colère semblait irradier de lui. Une colère dirigée contre elle et elle seule. Il lui décocha un regard dur, aussi glacial que de l'acier.

Assaillie de honte et de culpabilité, Lily chassa la frayeur qui s'immisçait en elle et demeura de marbre face à son évidente hostilité. Mille questions se pressaient dans sa tête tandis qu'elle imaginait plusieurs scénarios susceptibles d'expliquer la présence de Ben, en évitant soigneusement le plus évident.

Il savait.

Luttant contre l'envie de tourner les talons et de se jeter dans l'océan, elle redressa les épaules, puis repoussa ses longs cheveux en arrière.

— Bonjour, Ben.

Bonjour… ?

Lily n'avait même pas la décence d'afficher la moindre culpabilité. Au contraire, elle paraissait impassible…

Les poings serrés, Ben lutta contre l'envie de se jeter sur elle pour lui arracher des aveux. Puis, son regard embrassa les courbes ravissantes de sa silhouette longiligne. La fureur qui s'était emparée de lui se mêla soudain de désir pour ce corps sublime, à demi nu.

Comment résister à l'image d'une déesse émergeant des flots ? Son bikini noir faisait ressortir la blancheur crémeuse de sa peau satinée et mettait en valeur sa poitrine voluptueuse. Son corps était aussi parfait que dans son souvenir.

Revenant au présent, il constata qu'il tenait encore son drap de bain. Avec une moue désapprobatrice, il le lui lança et elle l'attrapa au vol.

— Merci, dit-elle avec un sourire de circonstance.

Immobile, elle s'enveloppa dans la serviette et attendit patiemment que Ben se décide à parler.

Elle était étonnée de ne pas trembler malgré la frayeur qui pulsait dans ses veines. Pourtant, son pire cauchemar se réalisait. Comme Ben demeurait silencieux, elle décida de l'affronter.

— Cette visite surprise m'étonne. Que faites-vous ici ?

— Devinez, répliqua-t-il d'une voix rauque.

— Je ne suis pas douée pour les devinettes, rétorqua-t-elle sans se laisser démonter. Alors, si vous avez quelque chose à me dire…

Elle laissa sa phrase en suspens, espérant une réaction qui hélas ne vint pas. Agacée, elle poursuivit :

— Si vous n'avez rien à me dire, vous m'excuserez, car je vais être en retard pour mon massage.

Sur ces mots, elle voulut le dépasser, mais il lui bloqua la route.

— J'aimerais bien que nous ayons une petite conversation, si votre emploi du temps surchargé le permet. Au sujet de cette enfant dont vous avez oublié de me révéler l'existence et dont je suis pourtant le père…

Lily ferma les yeux un court instant en retenant son souffle, puis les rouvrit et hocha la tête. A quoi bon nier l'évidence ? Mieux valait en finir tout de suite.

— Désolée…, commença-t-elle avant de s'interrompre.

Affolée à l'idée qu'il la croie désolée d'avoir eu Emmy, elle ajouta en bredouillant :

— Désolée que vous l'ayez appris… de cette manière.

— Ainsi, vous ne niez pas ! rétorqua-t-il d'une voix menaçante.

— Je ne sais pas mentir…

— Faux ! Vous êtes la pire menteuse que je connaisse !

— Je n'ai pas menti. J'ai simplement décidé de ne pas…

— Me faire porter ce fardeau ?

Lily grimaça sous le sarcasme, mais préféra garder le silence.

— A moins que vous n'ayez eu des doutes sur l'identité du père, lâcha Ben d'un air ironique.

L'insulte, car c'en était une, la frappa en plein cœur. Mais elle s'efforça de ne rien laisser paraître. Jamais elle ne lui avouerait à quel point elle avait été naïve…

— Je n'ai jamais eu le moindre doute, lui répondit-elle d'un ton calme tout en soutenant son regard.

— Franchement, je m'interroge… Il ne vous est jamais venu à l'idée de m'informer ?

— J'y ai songé, lâcha-t-elle avant de se taire, assaillie par des images du passé.

Après le choc initial, Lily avait longuement réfléchi. Alors qu'elle patientait en salle d'attente pour son rendez-vous avec une sage-femme, elle était tombée sur une interview de l'ex-fiancée de Ben.

Cette dernière révélait que ses fiançailles avec ce dernier avaient très vite été rompues. L'élément déclencheur avait été le refus du jeune homme de fonder une famille.

Lily avait apprécié le courage de cette jeune femme. Au lieu de se plaindre et de se morfondre, elle avait décidé de se concentrer sur son avenir et d'accomplir ce qui lui tenait à cœur : abandonner sa carrière de mannequin pour s'adonner à sa passion, la cuisine. Son premier livre de recettes se vendait déjà comme des petits pains.

Après la lecture de cet article, Lily avait atteint un point de non-retour. Il était hors de question qu'elle informe Ben de sa grossesse.

— Je savais comment vous réagiriez, ajouta-t-elle.

— Ah oui ? ironisa Ben en haussant un sourcil. C'est-à-dire ?

Le cœur serré, Lily contempla le visage de Ben. Seigneur, cet homme était toujours aussi beau !

— Précisément comme vous venez de le faire…

Avant de tomber enceinte, elle ne s'était jamais interrogée sur son désir d'avoir ou non des enfants. Contrairement à Ben, qui avait proclamé son refus de fonder une famille. Un homme capable de rompre des fiançailles sur ce motif ne ferait jamais un bon père.

— Comment avez-vous appris l'existence d'Emmy ? demanda Lily d'un air las.

— Comment je l'ai appris ? répéta-t-il en lui décochant un regard venimeux. Je l'ai vue à Warren Court… tout simplement. Votre mère ne sait rien ?

Lily déglutit avec peine en se rappelant toutes les fois où l'envie de se confier à quelqu'un l'avait saisie.

— Non… maman ne sait rien. Vous pouvez être tranquille, je ne l'ai dit à personne.

Pas même à sa sœur jumelle. *Encore moins* à sa sœur jumelle, qui désespérait de tomber un jour enceinte. Cette situation dramatique avait obligé Lily à garder le silence, alors que sa sœur avait toujours été sa confidente. Elle espérait que le mur qui les séparait aujourd'hui volerait en éclats le jour où Lara attendrait enfin un enfant.

— *Tranquille* ? répéta Ben d'un air outré.

Lily ressentit les ondes de colère qui le traversaient. Luttant péniblement contre la frayeur qu'il lui inspirait, elle s'efforça de demeurer impassible.

— Personne n'a besoin de savoir, insista-t-elle. Inutile de changer quoi que ce soit.

Les yeux fermés, Ben jura entre ses dents. Quand il les rouvrit, il fusilla Lily du regard.

— Impossible, gronda-t-il.

Lily ouvrit la bouche pour le contredire, mais aucun son ne franchit ses lèvres. Détournant les yeux, elle prit une profonde inspiration pour se donner une contenance. Il lui était de plus en plus difficile de supporter l'atmosphère pesante de cet échange.

— Votre mère, reprit Ben, comment est-ce possible qu'elle n'ait rien vu ?

— Je ne sais pas, admit-elle à contrecœur. La ressemblance saute pourtant aux yeux, mais curieusement personne ne l'a jamais remarquée. C'est pourquoi, je ne me suis jamais souciée…

— *Souciée* ? coupa Ben abruptement. Je suis le père de votre fille, bon sang !

— Son père biologique, oui, admit Lily en baissant les yeux pour cacher sa peine.

Emmy était une enfant délicieuse qui aurait mérité d'avoir des parents aimants. Mais la vie en avait décidé autrement.

Comme s'il avait lu dans ses pensées, Ben reprit :

— Ne croyez-vous pas qu'un enfant a besoin de son père ?

— En général, oui. Mais tout dépend du père…

Lily avait toujours cru que son propre père l'aimait ainsi que sa sœur jumelle. Jusqu'à ce qu'elle assiste à une dernière querelle entre ses parents. Cette scène continuait de la hanter. Avec le recul, elle avait compris que les propos tenus par son père ce soir-là avaient dépassé sa pensée.

— Pourquoi n'avons-nous pas d'argent, à ton avis ? avait-il crié sur son lit de mort. C'est à cause de nos filles ! C'est toi qui as voulu les garder, pas moi !

Lily secoua la tête pour chasser ce sombre souvenir. Serrant les poings, elle se promit de protéger son enfant. Jamais Emmy ne se sentirait exclue ou non désirée.

Comme elle…

Lily devait l'admettre : c'était aussi pour se protéger qu'elle avait décidé de cacher l'existence d'Emmy à Ben. S'il avait été présent dans la vie de sa fille, elle ne se serait jamais remise de son rejet. Elle aurait sombré dans la dépression.

Bien sûr, elle n'était plus la jeune fille naïve d'autrefois. Ce qu'elle avait pris pour de l'amour n'était que du désir, du moins de l'avis de Ben…

La dernière repartie de Lily avait atteint Ben en plein cœur. Se pouvait-il qu'elle ait raison ?

Son propre père avait été sensiblement plus proche de lui que ne l'avait été sa mère. Non parce qu'il éprouvait des sentiments pour son fils, mais par souci des apparences.

Ben valait-il mieux que son père ?

Rien n'était moins sûr. Ce doute qui l'habitait le tenait souvent éveillé la nuit. Toutefois, même s'il avait pris de mauvaises décisions dans sa vie, il les avait toutes assumées.

Ne pas avoir été consulté pour une décision aussi grave le rendait fou de rage.

— Ainsi, vous avez choisi de me tenir à l'écart…, lâcha-t-il avec hargne.

Même si la paternité ne l'avait jamais tenté, son sens des responsabilités prenait le pas sur son désir de liberté. Il était déterminé à assumer son rôle auprès de sa fille.

— Je n'y ai jamais songé en ces termes… mais vous avez raison, d'une certaine manière, admit Lily.

— Etes-vous certaine de n'avoir pensé qu'à Emily Rose ? demanda-t-il avec un soupçon d'ironie.

— Evidemment !

— Vous avez donc décidé que *sa* vie serait meilleure sans moi ?

Lily serra les dents, déterminée à ne pas répondre à cette provocation. Le sous-entendu ravivait d'anciennes blessures, mais elle n'en laissa rien paraître.

Comme elle demeurait silencieuse, Ben reprit :

— Et *elle*, que veut-*elle* ?

Lui jetant un regard soupçonneux, elle demanda :

— Que voulez-vous dire ?

— Un enfant ne devrait jamais grandir avec le sentiment de ne pas être aimé ou désiré.

— Elle n'a jamais ressenti une chose pareille !

— Vous lui avez pourtant laissé croire que son père ne voulait pas d'elle, au risque de compromettre son développement émotionnel. Quelles conséquences aura sur sa vie le rejet supposé de son père ? Y avez-vous songé ? Vous voulez priver votre fille de ce que vous-même avez reçu… C'est très injuste de votre part.

Le propos de Ben fit mouche dans l'esprit de Lily. Il se montrait objectif, factuel, sans chercher à attiser sa culpabilité, comme si ce que lui ressentait ne comptait pas…

Soudain, une image du passé resurgit. Elle n'était qu'une petite fille à l'époque où elle avait connu Ben et ne s'était jamais interrogée sur le fait qu'il ait été élevé par son grand-père. Se pouvait-il que ses parents l'aient rejeté ? A cette idée, elle sentit son cœur se serrer.

— Je veux que ma fille reçoive le traitement qu'elle mérite, déclara Ben, déterminé. Elle aura tout ce qu'un enfant désire, contrairement…

A moi, acheva Lily pour elle-même. Fouillant dans sa

mémoire, elle dut se rendre à l'évidence : à compter du moment où Ben avait emménagé à Warren Court, elle n'avait jamais revu ses parents.

— Je suis désolée que vous n'ayez pas eu une enfance heureuse…, commença-t-elle avant d'être interrompue.

— Il ne s'agit pas de moi, mais de *notre* enfant. Vous estimez sans doute mériter une distinction honorifique pour l'avoir élevée seule jusqu'ici, mais…

Ce fut au tour de Ben d'être interrompu.

— Pas du tout ! protesta faiblement Lily. Vous… vous n'avez jamais voulu d'enfant…

— Et vous, aviez-vous vraiment envie de renoncer à votre carrière qui démarrait à peine ?

— Cela n'a rien à voir !

— Exactement ! acquiesça Ben avec un sourire triomphant. Malgré la piètre opinion que vous avez de moi, il est important que vous sachiez ceci : si j'avais eu mon mot à dire, j'aurais assumé mes responsabilités, au moins au plan financier.

— Il n'est pas question d'argent !

— Il est question de beaucoup plus que cela, en effet ! Je me moque de votre fierté. Ma fille aura tout ce que je pourrai lui donner, que vous le vouliez ou non.

— Pour qui vous prenez-vous ? Vous arrivez de nulle part et espérez prendre le contrôle de ma vie ?

Malgré le mépris qu'elle affichait, Lily sentit la peur s'infiltrer par tous les pores de sa peau.

Ben haussa négligemment les épaules. Ebauchant un sourire féroce, il répliqua :

— Tout à fait.

Malgré le soleil qui inondait la plage, Lily fut parcourue de frissons glacés.

Soudain, un récent article publié sur Ben lui revint en mémoire. L'un de ses rivaux en affaires le décrivait ainsi : « Cet homme est un loup derrière son apparence raffinée :

pour augmenter ses profits, il pourrait vous détruire d'un coup de croc. »

Même si la presse en rajoutait, il était de notoriété publique que Ben était un prédateur dans le monde des affaires. Un homme qui n'était pas habitué à ce qu'on lui résiste, que ce soit en affaires ou en amour.

— Vous êtes sous le choc, intervint Lily d'une voix assurée. Une fois calmé, vous reviendrez à la raison…

— Un sacré choc, oui !

— Je… je ne veux rien de vous, bafouilla-t-elle, soudain en proie à la panique. Nous n'avons besoin de rien. Pourquoi vous aurais-je dit quoi que ce soit ? C'était inutile et ça l'est encore aujourd'hui.

— Seriez-vous devenue sourde, par hasard ? lâcha Ben, les mâchoires serrées.

Une énergie nouvelle s'empara de Lily tandis qu'une vague de colère l'assaillait. Ben semblait croire que tout avait été facile pour elle. Qu'elle n'avait jamais été terrifiée à l'idée d'élever un enfant toute seule.

— Pas du tout ! Je vous rejoins sur un point : le bien-être d'Emmy. Elle n'a pas besoin d'un père qui ne veut pas d'elle.

En prononçant ces mots, elle refoula l'image idyllique qui lui venait parfois à l'esprit : l'image de Ben découvrant l'existence de sa fille et tombant follement amoureux d'elle… et de sa mère.

— Que je l'aie voulue ou non, Emmy existe, dit Ben avec un soupir.

Le ton las qu'il venait d'employer lui parut encore plus déplaisant que sa colère.

— Je ne l'ai pas faite seule.

— J'avais pris mes précautions, répliqua Ben, sur la défensive.

— Eh bien, cela n'a pas suffi.

Surpris par la douleur qu'il venait de lire dans le regard de Lily, Ben l'observa attentivement. Jusqu'ici, il ne s'était préoccupé que de lui, de ses propres sentiments. Pour la première fois, il se demanda comment Lily avait accueilli cette grossesse inattendue. Avait-elle eu peur, éprouvé de la colère ? L'avait-elle haï ? Avait-elle cherché à le punir en le tenant à distance ?

Bon sang, pourquoi se sentait-il coupable, à présent ?

— Il se trouve que je suis là, maintenant, dit Ben d'un ton qui lui valut un regard de suspicion de la part de Lily.

— Je ne veux pas...

— De moi ?

Comme il la contemplait avec dérision, elle détourna les yeux.

— Je voudrais rentrer..., murmura-t-elle. Le soleil... me brûle.

Comme Ben ne s'écartait pas pour la laisser passer, elle commit l'erreur de croiser son regard d'un bleu si profond qu'il lui donna le tournis. Elle se sentit soudain fébrile, affreusement vulnérable.

— Vous pensez que je ferais un très mauvais père, reprit Ben avec un haussement d'épaules. Peut-être avez-vous raison, mais nous n'en savons rien, ni vous, ni moi. Et c'est ce que nous allons découvrir.

— Mais vous ne voulez pas...

Ben la coupa avec un geste d'impatience.

— Ne me dites pas ce que je veux et inutile de batailler avec moi. Vous ne l'emporterez pas. Oublions nos récriminations mutuelles et gérons la situation en adultes.

— C'est impossible, protesta Lily. Il n'y a pas de solution...

Bouleversée, au bord des larmes, elle contourna Ben et se mit à courir à perdre haleine. A bout de souffle, elle s'immobilisa devant son bungalow pour essuyer les larmes qui ruisselaient sur son visage.

Elle n'avait nulle part où aller, où se réfugier. Fuir ne servait à rien. Totalement perdue, elle se laissa tomber sur les marches du perron et attendit, les yeux rivés sur ses pieds enfouis dans le sable.

Ben ne tarda pas à la rejoindre. Posté devant elle, il attendit qu'elle lève le visage vers lui. Ce qu'elle fit, les yeux noyés de larmes. Malgré l'horreur de la situation, son cœur battait la chamade. Pressant ses lèvres pour les empêcher de trembler, elle soutint son regard implacable.

— C'était puéril de ma part… désolée.

Le désarroi de Lily fit fondre la colère de Ben. Elle paraissait si vulnérable qu'il dut lutter contre l'envie de la consoler. Sans un mot, il se laissa tomber sur les marches à côté d'elle. Décidément, rien ne se passait comme il l'avait imaginé…

Lily se raidit. Elle avait beau regarder droit devant elle, la proximité de Ben à ses côtés la mettait au supplice.

— Je sais que nous devons parler, finit-elle par concéder. Mais cela pourrait-il attendre un peu ?

— J'ai attendu assez longtemps, vous ne croyez pas ? répliqua-t-il d'un ton égal. Je n'ai pas été présent pour mon enfant parce que j'ignorais son existence. Et vous, quelle est votre excuse ?

Les joues soudain rouges de colère, Lily se leva d'un bond. Dardant sur Ben un regard hostile, elle demanda :

— Que voulez-vous dire ?

— Je n'ai pas abandonné mon enfant à ma mère pour aller me prélasser à moitié nu sur une plage tropicale.

— Je n'ai pas abandonné… Je n'avais jamais passé une seule nuit sans Emmy jusqu'à maintenant…

Agacée d'avoir été poussée à se justifier, elle se tut tandis qu'un horrible soupçon se formait dans son esprit.

— Essaieriez-vous par hasard de me faire passer pour une mauvaise mère ? Cherchez-vous à me prendre Emmy ?

Affolée, Lily recula de quelques pas.

— Ne soyez pas paranoïaque ! protesta Ben en se levant.

La détermination qu'il lut dans les yeux de Lily força son admiration. Telle une lionne, elle semblait prête à tout pour protéger sa progéniture. S'il devait engager une procédure contre elle, pas de doute, elle serait de taille à l'affronter.

— Vous l'aimez, n'est-ce pas ?

— Bien sûr ! Je suis sa mère !

Ben garda un instant le silence. L'image de sa propre mère ne voyant aucun inconvénient à ce que son fils appelle sa nourrice « maman » lui revint en mémoire. Une situation dont elle s'était parfaitement accommodée jusqu'à ce qu'elle trouve la nourrice en question dans les bras de son mari…

— Très bien, concéda-t-il. Si vous aimez cette enfant, vous serez d'accord avec moi pour dire qu'elle a besoin de stabilité.

— Sa vie est très équilibrée.

— Pour l'instant, peut-être. Mais qu'en sera-t-il plus tard ? Je ne souhaite pas que ma fille…

— *Votre* fille ? coupa Lily, furieuse. Où étiez-vous lorsque votre fille souffrait de coliques ou quand…

Consciente de s'être emportée, elle ferma les yeux un instant.

— Désolée, se reprit-elle. Je suis injuste… mais vous l'êtes aussi.

Après lui avoir adressé un dernier regard de reproche, elle reprit :

— Je ne suis peut-être pas parfaite, mais je fais de mon mieux et ma mère m'aide en cas de besoin. Maintenant… j'aimerais prendre une douche. Alors, si vous voulez bien m'excuser…

Agacé, Ben se passa la main dans les cheveux avant de dire :

— Vous ne vous en tirerez pas comme ça…

— Je ne cherche pas à fuir, j'ai simplement besoin… Au fait, pourquoi êtes-vous venu me débusquer ici ? Pour m'entendre m'excuser d'avoir eu Emmy ? Ce serait peine perdue. Même si vous m'aviez demandé d'avorter, je ne l'aurais jamais fait.

— Croyez-vous réellement que je vous aurais demandé une chose pareille ? Est-ce la raison pour laquelle vous ne m'avez rien dit ?

Lily baissa la tête pour échapper au regard intense de Ben. Après une longue hésitation, elle déclara d'un ton très bas :

— J'avais déjà assez de soucis à l'époque et je n'aurais pas supporté de devoir me battre avec vous. Je savais que vous ne vouliez pas d'enfant… C'était de notoriété publique. C'était votre choix. Le mien a été de garder Emmy.

Suffisamment de personnes lui avaient conseillé de mettre un terme à sa grossesse. Un avis de plus n'aurait rien changé à sa décision.

— Croyez-vous vraiment que je vous aurais forcée à avorter ? demanda Ben, choqué à cette idée.

— Ce n'était pas à vous de choisir, poursuivit Lily avec courage. N'essayez pas aujourd'hui de me faire croire que vous auriez été ravi d'apprendre ma grossesse. Nous avons passé une seule nuit ensemble… Ce qui s'est produit ensuite ne regardait que moi.

— Mais… dans quel monde vivez-vous ? Comment osez-vous croire que je n'ai aucun sens des responsabilités ? Vous rendez-vous compte que j'aurais pu un jour croiser Emmy dans la rue sans savoir qu'elle était ma fille ?

S'efforçant de garder son calme, Ben reprit plus posément :

— Si vous croyez que je vais disparaître de votre vie comme ça, vous vous leurrez. Cela ne se produira pas, quoi que vous disiez ou fassiez.

Lily redressa la tête.

— J'ai peut-être eu tort de ne pas vous avoir parlé d'Emmy…

— Peut-être ?

— Vous continuez à me chercher querelle, alors que…

— Je sais, admit Ben en se rapprochant d'elle.

Pétrifiée, elle sentit ses mains se poser sur ses épaules.

— Regardez-moi, lui dit-il.

Luttant contre les larmes, une fois de plus, Lily obtempéra.

— J'ai des droits, reprit-il. Vous aimeriez sans doute qu'il en soit autrement, mais je suis le père de cette enfant et je veux jouer un rôle dans sa vie.

Ben retira ses mains de ses épaules.

— Que faisons-nous maintenant ? demanda Lily d'un air las.

— Nous devons parler… Mais pas maintenant. Je passerai vous prendre… disons à 19 heures à la réception de l'hôtel. Cela vous convient-il ?

A quoi bon lutter ?

Lily hocha la tête puis regarda Ben s'éloigner. Quand il eut disparu, elle pénétra dans son bungalow. Toute l'émotion retenue jusque-là la submergea et elle fondit en larmes.

3.

Lily émergeait d'un sommeil agité lorsqu'on lui apporta son thé de l'après-midi.

— Tout va bien, mademoiselle ?

— J'ai une migraine affreuse.

Mathilde secoua la tête d'un air désolé tout en déposant le plateau sur la table basse du salon.

Lily se leva et se mit à fouiller ses bagages à la recherche d'une aspirine, puis se rendit dans la salle de bains pour se servir un verre d'eau. Son reflet dans le miroir lui renvoya l'image d'une femme aux abois. Pas étonnant, après l'horrible scène survenue plus tôt dans la journée !

A son retour dans la chambre, Mathilde lui indiqua du doigt le plateau qu'elle lui avait apporté.

— Vous avez un message important, mademoiselle, lui dit-elle, les yeux brillants.

Lily saisit l'enveloppe que lui montrait la jeune femme et l'ouvrit. Elle contenait un feuillet à l'en-tête de l'hôtel portant simplement la mention : « 18 h 30. »

Ben ne s'embarrassait pas de formules de politesse, songea-t-elle en sentant poindre une sourde colère. Puis elle se raisonna. Mieux valait rester calme et consacrer toute son énergie à la bataille qui allait prochainement l'opposer à lui. Il ne s'agissait là que d'un simple changement d'horaire, pas de quoi se formaliser.

— L'homme qui a déposé ce message à la réception est un riche Anglais, dit Mathilde d'un air important.

— Tous les Anglais ne sont pas riches, voyons !

— Lui si ! insista la jeune femme. Il est arrivé à bord d'un avion privé ce matin. Les membres de l'équipage logent de l'autre côté de l'île. Je le sais parce que ma cousine travaille dans leur hôtel. Ils sont payés à ne rien faire en attendant de repartir. Il paraît qu'ils se goinfrent de nourriture et prennent des bains de soleil sur la plage. Si ça ce n'est pas une preuve de richesse !

Lily préféra ne pas débattre de la question. Inutile de révéler à Mathilde que Benedict Warrender figurait depuis cinq ans parmi les cent plus grosses fortunes du monde.

— Cet homme est-il votre petit ami ?

Dans d'autres circonstances, Lily aurait pouffé de rire, mais, préférant ne pas alimenter les ragots, elle répondit :

— Non, Mathilde. Nous ne vivons pas dans le même monde, vous savez. Ma mère travaille pour sa famille. Mon père aussi, autrefois. C'est la raison pour laquelle nous nous connaissons.

Lily chassa la vague de nostalgie qui l'assaillit au souvenir de l'époque bénie de son enfance.

Ecoutant d'une oreille distraite les babillements de Mathilde, elle savoura son thé tout en songeant aux longues heures qui la séparaient encore du rendez-vous avec Ben.

Dès qu'elle fut seule, sa nervosité monta d'un cran. Elle ne cessait de s'interroger sur le futur. Quel tournant sa vie et celle d'Emmy allaient-elles prendre ? Quel compromis serait-elle contrainte d'accepter ?

A force de faire les cent pas dans sa chambre, elle se rendit compte que le temps s'était écoulé beaucoup plus vite qu'elle ne l'aurait cru. Il fallait à présent qu'elle songe à se préparer. Indécise quant à la tenue qu'elle devait porter, elle se changea trois fois. Lorsqu'elle fut enfin prête, elle courut jusqu'à la réception de l'hôtel. Puis, avisant la pendule sur le mur, elle maudit sa précipitation. Elle était très en avance. Tout en reprenant son souffle, elle songea à son allure pitoyable.

Venue seule dans cet hôtel et déterminée à le rester, elle n'avait emporté que des vêtements de plage et des sandales. Rien qui puisse lui donner un peu plus d'assurance.

Toujours plongée dans ses pensées, elle sursauta lorsqu'une hôtesse de la réception se matérialisa devant elle.

— Mademoiselle Gray, M. Warrender m'a demandé de vous prévenir : il vous attendra dehors à 18 h 30.

— Merci, répondit Lily du bout des lèvres, agacée par ce rappel.

Ben craignait-il qu'elle ne sache pas lire ? Le message succinct que lui avait apporté Mathilde était pourtant parfaitement clair.

— Puis-je vous proposer un cocktail pour patienter ?

— Volontiers.

Un peu d'alcool l'aiderait à se préparer psychologiquement à affronter son destin…

Lily attendait dehors depuis quelques minutes lorsque Ben arriva au volant d'un 4x4 décapotable flambant neuf. Il avait troqué son costume contre une chemise blanche dont il avait roulé les manches, un pantalon en lin crème assorti à la veste qui reposait sur le siège arrière. Les cheveux au vent, un coude appuyé sur la portière, il paraissait parfaitement décontracté et maître de lui.

Un portier se précipita pour aider Lily à grimper dans le 4x4.

Une fois qu'elle l'eut rejoint, Ben remarqua à quel point Lily paraissait tendue.

— Désolé… Peut-être vous attendiez-vous à une limousine ? lança-t-il dans l'espoir de détendre l'atmosphère.

— Pas du tout, répondit-elle d'une voix faible. Où allons-nous ?

— On m'a conseillé un restaurant pas très loin d'ici mais, comme les routes sont un peu défoncées de ce côté de l'île, j'ai préféré opter pour un véhicule adapté.

Oppressée par le regard insistant de Ben, elle détourna les yeux. Pourquoi la dévisageait-il ainsi ? Quand il reprit la parole, elle sentit son cœur s'emballer.

— Votre parfum… est toujours le même, non ? lui demanda-t-il d'un ton étrangement accusateur.

Lily respira la délicate fragrance au creux de son poignet. Ben devait avoir un odorat particulièrement prononcé pour détecter la délicate senteur de rose qu'avait laissée son eau de toilette.

Elle haussa les épaules sans répondre puis entreprit de boucler sa ceinture de sécurité.

Cette odeur était celle qu'elle avait laissée sur son oreiller avant de disparaître comme une voleuse…

Agacé par ce souvenir intempestif, Ben serra les dents puis détailla la tenue de sa jeune passagère. La robe d'été qu'elle portait révélait la finesse de ses épaules. Quand elle se pencha en avant pour ajuster sa ceinture de sécurité, la masse soyeuse de ses cheveux retomba devant son visage, dévoilant son cou délicat. Perturbé par l'excitation que lui provoquait ce spectacle, il détourna vivement les yeux. L'heure n'était pas à la séduction, mais à la négociation des droits de garde sur leur enfant. Obtenir gain de cause ne serait pas facile, alors mieux valait garder la tête froide.

— Merci d'avoir été aussi ponctuelle, lui dit-il en passant la première vitesse.

— Avec une note écrite suivie d'un rappel à l'ordre par une hôtesse à la réception, je ne risquais pas d'être en retard, marmonna Lily.

— Je déteste qu'on me fasse attendre, répliqua Ben avec un sourire amusé.

Comme le 4x4 s'engageait sur une route qui ressemblait à une piste, il dit :

— Je vous conseille de vous accrocher.

Bien que peu désireuse de lui obéir, Lily finit par oublier sa fierté et se cramponna à la portière.

Après plusieurs virages escarpés, la voiture s'immobilisa à une centaine de mètres d'un port magnifique niché au fond d'une baie.

— On m'a dit qu'il n'y aurait pas de place pour stationner plus près, expliqua Ben en stoppant le moteur. Vos talons supporteront-ils une petite incursion dans les galets ?

Luttant contre la gêne qui s'était emparée d'elle en sentant le regard de Ben sur ses jambes, Lily décroisa ses chevilles et lissa sa robe sur ses genoux.

— Je ne porte pas de talons, répliqua-t-elle plus sèchement qu'elle ne l'aurait voulu. Je ne m'attendais pas à un dîner…

— J'ai pensé que mieux valait nous retrouver en terrain neutre. Et nous avons besoin de nous restaurer. Rassurez-vous, il ne s'agit pas d'un rendez-vous galant.

— Je m'en doute, lâcha-t-elle en ignorant la main secourable que lui tendait Ben pour l'aider à descendre de voiture.

Dans sa précipitation, elle faillit trébucher sur les pierres disjointes, mais elle parvint à se rétablir sans se ridiculiser. Pestant intérieurement, elle redressa les épaules et s'engagea sur le chemin caillouteux aux côtés de Ben. La soirée s'annonçait pénible. Une âpre négociation allait s'engager entre eux, à l'issue de laquelle Lily serait contrainte d'accepter un compromis. Il fallait à tout prix qu'elle lutte de pied ferme pour ne pas sortir perdante de cette aventure.

Soudain, des éclats de rire provenant du port attirèrent son attention dans cette direction. Dans son mouvement, elle croisa le regard de Ben dont elle eut un mal fou à se détacher. Seigneur, cet homme avait un charme magnétique. Ne pas y succomber relevait de l'impossible. Dans la clarté lunaire, ses traits paraissaient ciselés dans du marbre…

— Attention, lui dit Ben en lui prenant le bras. A partir d'ici, la pente est plutôt escarpée.

Ce contact la ramena dans le passé… les mains douces et fermes de Ben sur son corps, ses lèvres contre les siennes, son souffle mêlé au sien…

Prise de frissons, elle faillit trébucher une fois encore.

Au bout d'une marche qui lui parut durer une éternité, ils approchèrent du port de plaisance animé, avec ses lumières, ses cafés, ses promeneurs. L'atmosphère joyeuse qui y régnait contrastait avec la lande désolée qu'ils venaient de traverser. Le café décontracté dans lequel ils pénétrèrent se trouvait à mille lieues du monde confiné et luxueux de l'hôtel dans lequel elle séjournait. Dans d'autres circonstances, Lily aurait adoré ce choix. Hélas, elle avait le cœur trop lourd pour l'apprécier pleinement.

Ben la conduisit sur une terrasse surélevée qui donnait sur l'océan.

— J'ai pensé que vous préféreriez dîner dehors, lui dit-il en l'invitant galamment à prendre place à une table isolée, juste au-dessus de l'eau.

Un air de jazz provenant de l'intérieur du café se mêlait au son des vagues qui venaient s'échouer sur le rivage.

— Apparemment, la nourriture est bonne, ici, ajouta-t-il avec un sourire de satisfaction.

Lily réprima un soupir d'impatience. Que cherchait Ben ? A détendre l'atmosphère ? A quoi bon ? La conversation qu'ils allaient avoir serait tout sauf décontractée.

— Je n'ai pas faim, maugréa-t-elle.

Ben se pencha en avant, les yeux rivés sur son visage fermé. Leur table était si petite que leurs genoux se touchaient presque. Résistant à l'envie de reculer sur son siège, Lily redressa les épaules.

— Ce n'est pas la peine de rendre la situation encore plus difficile, lui dit-il d'un ton calme.

Sans prévenir, une nouvelle image surgit dans son esprit. Une image encore plus torride que la précédente : leurs corps mêlés dans une étreinte passionnée, leur peau humide, leurs halètements de plaisir…

Portant une main à son cœur, elle répéta :

— Je n'ai pas faim.

Avec un haussement d'épaules, Ben s'adossa à son siège.

— Comme vous voudrez.

Bien qu'agacée par l'indifférence qu'il manifestait en consultant tranquillement le menu, elle décida de l'imiter.

Quand le serveur se présenta à leur table, Ben leva les sourcils, interrogeant Lily du regard.

— Je prendrai juste une salade composée, s'il vous plaît, dit-elle du bout des lèvres.

Ben commanda un menu complet puis reporta son attention sur Lily. Il attendit qu'ils soient de nouveau seuls pour déclarer :

— J'ai parlé à mon avocat.

Ses signaux d'alarme se déclenchèrent aussitôt. En proie à la panique, elle garda le silence.

— Un peu d'eau ? proposa Ben.

Lily hocha la tête en signe d'assentiment.

— Votre avocat… ? finit-elle par demander, la gorge sèche.

— Il se charge de modifier les termes de mon testament, répondit-il en remplissant leurs deux verres d'eau pétillante.

— Je ne comprends pas…

— Je n'ai pas l'intention de mourir demain ou dans un futur proche, mais s'il devait m'arriver quoi que ce soit…

De tels propos dans la bouche d'un homme paraissant au meilleur de sa forme la stupéfièrent. L'idée qu'il disparaisse brutalement lui parut inconcevable… voire insupportable.

— Je suis réaliste, ajouta-t-il avec un soupir. Et il faut que je prenne des dispositions.

En prononçant ces mots, une image dérangeante s'imposa à l'esprit de Ben. Si assumer ses responsabilités à l'égard de sa fille au plan financier ne lui posait aucun problème, il doutait de ses capacités affectives. Pouvait-on apprendre à aimer ? Une personne n'ayant jamais reçu d'amour maternel ou paternel était-elle capable d'en donner ?

La tête de Lily se mit à tourner.

— Tout cela me dépasse, dit-elle dans un souffle. Je pensais que vous me poseriez des questions…

— A propos de quoi ? demanda-t-il, feignant de ne pas remarquer le trouble de Lily.

— A propos d'Emmy.

A la mention du prénom de sa fille, elle perçut une ombre dans les yeux de Ben. Une sorte de douleur qui très vite s'estompa.

— N'avez-vous pas envie d'en savoir plus sur elle ? reprit-elle avec curiosité.

— Je ne connais pas grand-chose aux jeunes enfants, aux bébés… Elle semble aller très bien. En tout cas, elle a du coffre !

Lily ne put réprimer un sourire, puis elle se raidit.

— Comment… comment le savez-vous ?

— Je vous rappelle que je l'ai vue.

— Oui, mais… pourquoi pleurait-elle ?

— Pas de panique ! répliqua Ben en levant les mains dans un signe d'apaisement. Elle s'était cogné la tête en tombant. Elle poursuivait un chat, je crois. Elle avait une petite bosse sur le front, c'est tout… Et elle a mangé ma cravate.

— Elle met tout à la bouche, convint Lily en ébauchant un sourire, qu'elle réprima vivement. Alors, que souhaitez-vous, Ben ? Passer du temps avec elle ?

— Bien sûr ! C'est ma fille et j'aimerais apprendre à la connaître.

— Un enfant demande beaucoup de temps. Or votre agenda est surchargé, j'imagine.

Pas besoin d'être devin pour faire de telles suppositions. La carrière fulgurante de Ben laissait supposer qu'il n'avait guère de temps à consacrer à autre chose qu'à ses affaires.

Une expression glaciale se peignit sur ses traits quand il rétorqua :

— Qu'est-ce que vous insinuez ? Que je suis le genre d'homme à faire passer le travail avant mon enfant ?

Un peu surprise par cette repartie, Lily tenta de tempérer les choses.

— Je n'insinue rien, mais vous ne seriez pas le premier... Ce que je veux dire, c'est que les gens ne se rendent pas compte de la charge que représente un jeune enfant... même simplement le temps d'un week-end.

Lily s'interrompit. Une question lui brûlait les lèvres, mais la poser la mettait au supplice.

— Si un jour vous... ou plutôt, quand vous en aurez la garde, prendrez-vous une nourrice ? Si la réponse est oui, j'aimerais être consultée sur le choix de la personne.

— Ainsi, vous n'avez rien contre les nourrices ?

— Mieux vaut une nourrice... qu'une de vos maîtresses.

— Souhaitez-vous également être consultée sur le choix de ces dernières ? Ou préférez-vous m'imposer le célibat ?

— Je n'ai pas envie de plaisanter, protesta Lily en rougissant.

— Du calme ! Je veux simplement faire connaissance avec ma fille, sans tierces personnes.

Lily baissa les yeux pour masquer sa tristesse. Un jour, Ben la considérerait-il aussi comme une *tierce personne* ?

Soudain prise de panique, elle dut se maîtriser pour ne pas lui dire qu'elle avait changé d'avis, qu'elle ne voulait conclure aucun accord avec lui.

Comme s'il avait deviné son tourment, Ben déclara :

— Je n'ai pas l'intention de la kidnapper, vous savez. Je veux simplement faire partie de sa vie. Je veux...

Incapable de poursuivre sur sa lancée, il s'interrompit.

Que voulait-il au juste ?

Quand la réponse à cette question lui vint, il se détendit sur son siège.

— Je veux qu'elle sache que je suis là si elle a besoin de moi.

Lily devait en convenir : Ben paraissait tout à fait sincère. Elle n'avait pas le droit de priver sa fille de son père... Accablée par la culpabilité, elle détourna les yeux.

— Souhaitez-vous que je sois présent quand vous annoncerez la nouvelle à votre mère ?

Lily reporta son attention sur Ben et écarquilla les yeux face à cette suggestion.

— Non ! Je n'ai jamais songé à lui en parler.

— Je ne crois pas que vous ayez le choix.

— Non… oui… enfin, rien ne nous oblige à rendre la chose publique. C'est une affaire privée.

Ben sentit son agacement croître. Pas de doute, ce que Lily entendait par « privé » signifiait « secret ».

— Désolé de vous contredire mais, une fois mon grand-père informé, cette affaire n'aura plus rien de privé.

— Seigneur ! gémit Lily en prenant conscience de l'impact qu'aurait cette nouvelle sur le vieil homme.

— Rassurez-vous, il sera ravi, reprit Ben avec un sourire ironique. Une fois qu'il aura digéré le fait d'avoir vécu à cinq cents mètres de son arrière-petite-fille pendant deux ans sans le savoir. Deux années de perdues.

— Tout va changer…, lâcha-t-elle dans un souffle, avant de baisser les yeux.

— Je vous félicite pour votre clairvoyance ! Dites-moi… comment imaginiez-vous que cela se passerait ?

— Je suppose que…

Elle s'éclaircit la gorge avant de poursuivre.

— J'imaginais que nous pourrions y aller doucement… Je vous aurais laissé voir Emmy en ma présence une heure ou deux de temps en temps, pour que vous fassiez connaissance. Après, peut-être, je vous aurais laissé l'emmener au parc ou ailleurs… Ce soir, je pensais que nous discuterions sérieusement…

— Nous avons assez discuté…

— Non ! protesta Lily en secouant la tête. Vous n'avez fait que… dire des choses. Il n'y a pas eu de discussion.

— Très bien. De quoi voulez-vous que nous parlions ?

Lily se mit à tordre sa serviette entre ses mains tout en jetant des regards affolés autour d'elle. Frustrée à l'extrême, elle peinait à organiser ses pensées.

— Tout cela va trop vite. Vous pourriez très bien changer d'avis. Je ne voudrais pas qu'Emmy apprenne à vous connaître et qu'ensuite vous disparaissiez de sa vie. Elle a besoin de stabilité, de continuité…

— Elle a besoin d'un père, coupa Ben. Je vois très bien où vous voulez en venir. Vous n'avez aucune estime pour moi.

— Je n'ai pas dit cela, protesta mollement Lily.

Il posa couteau et fourchette pour planter son regard dans le sien. Un regard aussi acéré qu'un scalpel de chirurgien.

— Rien de ce que vous imaginez ne se produira, Lily. J'ai fermement l'intention de faire partie de la vie de ma fille. Mieux vaudrait vous habituer à cette idée. Je vise le long terme, voyez-vous.

L'ultimatum contenu dans les propos de Ben la frappa en plein cœur.

— Vous dites cela maintenant, mais vos antécédents ne plaident pas en votre faveur. Et je dois protéger ma fille.

— Mes *antécédents*… Qu'entendez-vous par là ?

— Eh bien… J'imagine que vous aviez dit à cette femme… celle avec qui vous étiez fiancé autrefois… que vous envisagiez une relation *à long terme*…

— Caro ? coupa Ben en éclatant de rire.

— Pourquoi cette question ? Aviez-vous plusieurs fiancées à l'époque ?

— Caro et moi ne nous sommes jamais vraiment fiancés.

La mauvaise foi évidente de Ben la sidéra.

— J'ai vu la bague ! lança-t-elle avec mépris.

— Cette bague était un cadeau, rien de plus.

Lily pressa ses mains sur ses tempes pour combattre la migraine qu'elle sentait poindre à nouveau. Puis elle poussa un profond soupir avant de demander :

— Que voulez-vous dire ? Elle aurait inventé ces fiançailles ?

— Oui, la coupa Ben à nouveau. Elle a tout inventé.

Des images surgies du passé lui revinrent en mémoire. Caro l'avait entraîné dans une boîte de nuit saturée de monde et bruyante à souhait. Le genre d'endroit qu'il exécrait et évitait autant que possible. Voir Caro glisser la bague qu'il lui avait offerte à sa main gauche l'avait amusé. Puis, il avait compris le piège qu'elle lui avait tendu. Des paparazzi surgis de nulle part avaient pris des dizaines de clichés. Une telle ingéniosité forçait l'admiration. Et elle n'avait même pas cherché à nier.

— Sais-tu combien de livres de cuisine sont publiés chaque année ? lui avait-elle demandé. Des centaines. Mon aura d'ancien top-modèle ne me permettra pas de vivre des ventes de mon livre. En revanche, quand on apprendra ma rupture avec un milliardaire de renom, je deviendrai célèbre à mon tour.

— Et les ventes de ton livre exploseront.

— En effet. Mais je vise plus haut encore. Si je passe à la télé, je deviendrai incontournable !

Caro possédait des qualités qu'il avait appréciées : sa franchise et son appétit pour le sexe.

— Nous allons donc rompre ? lui avait-il demandé.

— Désolée de briser ton cœur fragile, avait-elle gloussé à son oreille. Mais il faut que je songe à ma carrière !

Ben secoua la tête pour chasser cette scène de son esprit. Puis, soudain, il comprit pourquoi Lily ne lui avait pas avoué sa grossesse…

Déterminé à la provoquer, il dit :

— Quand on couche avec une personne que l'on connaît à peine, il faut s'attendre à tout.

Indignée, Lily se redressa sur sa chaise, les yeux flamboyant de rage.

— Et surtout au pire ! Rassurez-vous, j'ai retenu la leçon !

— Je reconnais ne pas être exemplaire au plan moral. Toutefois, je n'ai jamais profité du sommeil de ma partenaire pour disparaître comme un voleur…

Sentant le rouge lui monter aux joues, Lily baissa les yeux sur son verre.

— Ce soir-là, vous m'aviez envoûté, déclara soudain Ben d'un ton très bas. Fiancé ou pas, j'aurais tenté ma chance…

Surprise, Lily croisa son regard intense. La lueur étrange qui brillait dans ses yeux disparut aussi vite qu'elle était venue, laissant place à un océan de glace.

— Alors, reprit-il d'un ton las, voulez-vous que je sois présent quand vous annoncerez la nouvelle à votre mère ?

— *A ma mère* ? répéta-t-elle d'un air hébété.

— Oui, pas à la mienne.

— Pourquoi pas ?

— Toute sa vie, elle a oublié qu'elle avait un fils. Je doute que cela l'intéresse d'apprendre qu'elle a une petite-fille.

Lily sentit son cœur se serrer.

— Vraiment ?

— Le sens de la famille ne l'étouffe pas. J'ai bien peur d'avoir hérité d'elle sur ce point. J'ai tout à apprendre en la matière.

Cet aveu la surprit.

— On dirait que… vous détestez votre mère ?

— La détester… non. Disons que nous ne sommes pas proches, mais j'admire sa réussite. Elle fait autorité dans son domaine : le droit international. Sa réputation est excellente.

— C'est votre mère ! s'exclama Lily, choquée par la froideur des propos de Ben. On dirait que vous parlez d'une étrangère.

— Tout le monde n'a pas la chance comme vous d'avoir eu une famille parfaite.

— Ma famille était loin de l'être. Mon père…

Lily s'interrompit, trop émue pour poursuivre.

— Désolé, je me souviens très bien de votre père. Un Noël, alors que nous séjournions à Warren Court, avant que je m'y installe définitivement, il m'a appris à pêcher.

— Ah oui ? Je l'ignorais.

— C'était un brave homme.

— J'ai l'impression d'entendre ma mère. Elle se réfère au passé comme s'il s'agissait d'une époque bénie, comme si tout allait pour le mieux dans le meilleur des mondes. Alors qu'en vérité mes parents se querellaient sans arrêt. Je détestais cela. J'avais l'impression… d'être en danger.

Lily s'interrompit, de peur d'en avoir trop dit. Comment avait-elle pu se livrer ainsi alors qu'elle n'avait jamais évoqué ce sujet avec sa propre sœur ?

— Je suppose que tout dépend de la manière dont on interprète les choses. De mon côté, je souffrais des silences, de l'indifférence qui régnait entre les miens. Ils ne se donnaient même plus la peine de se disputer ; leur relation était comme morte. Se battre peut être sain.

Lily ébaucha une moue sceptique. Comme elle ne disait rien, Ben reprit :

— Vos parents donnaient le sentiment d'être passionnément amoureux. J'avoue toutefois ne pas être un expert sur le sujet.

Sur ces mots, il piocha un morceau d'avocat dans la salade de Lily et le porta à sa bouche.

— Je vous en prie, servez-vous, proposa Lily en poussant son assiette presque intacte vers lui.

— Merci. Je n'ai pas eu le temps de manger aujourd'hui, et la seule chose que j'aie trouvée chez moi était une boîte de pêches au sirop.

— Chez vous ?

— Il se trouve que je possède une maison sur cette île.

— Ah bon ?

— L'un de mes grands-oncles vivait ici. Aviez-vous entendu parler de nos racines danoises ?

— Vaguement.

— Mon grand-oncle est mort l'année dernière.

— Désolée.

— Je ne le connaissais pas. Ma mère n'a jamais cherché à entretenir les liens familiaux. Le fait est que j'ai hérité de sa maison qui se trouve dans la vieille ville. Je n'ai pas encore eu le temps de m'occuper de sa revente.

— Dans le centre historique ? demanda Lily avec intérêt.

Dans le cadre de ses promenades solitaires, Lily était tombée sous le charme de la vieille ville et de ses rues sinueuses.

— Je vous y inviterais bien, mais elle croule sous la poussière.

— Votre grand-oncle y vivait-il seul ?

— Oui, avec tous ses souvenirs.

— C'est triste.

Les yeux dans le vague, Ben écorchait distraitement l'étiquette de la bouteille d'eau posée devant lui. Lily contempla ses longs doigts soignés, élégants. Sans prévenir, des images de ces mains tenant ses seins en coupe lui revinrent en mémoire. Fermant un instant les yeux, elle prit une profonde inspiration pour chasser le trouble qui venait de s'emparer d'elle.

— J'aurais dû vous demander si vous souhaitiez boire du vin, reprit Ben. Pour ma part, j'évite quand je conduis.

— Non merci…

Il se servit un grand verre d'eau et le leva comme pour porter un toast.

— Trinquez avec moi.

Comme elle haussait les sourcils, il expliqua :

— C'est mon anniversaire.

— Vraiment ?

Ben ébaucha un sourire moqueur.

— Eh oui, j'avais oublié.

— Comment peut-on oublier une chose pareille ?

Chez elle, les anniversaires étaient sacrés. La seule fois où Lara et elle ne l'avaient pas fêté ensemble datait de l'année précédente.

— Eh bien, bon anniversaire, dit Lily en levant son verre à son tour.

— En tout cas, je n'oublierai pas celui-ci !

— Allons ! Je suis sûre que vous vous souvenez de votre dernier anniversaire !

— Vous avez raison… Il se trouve que je m'en souviens. Je l'ai passé au lit.

4.

— Etiez-vous malade ?

Il y eut un silence, puis Ben éclata de rire. Comprenant l'allusion, Lily rougit de confusion.

Ben contempla son visage avec ravissement. Le rose qui avait envahi ses joues lui seyait à merveille. Il se surprit à admirer son cou, puis son décolleté qui laissait entrevoir la naissance de ses seins.

Comme pour se protéger, Lily porta une main à sa poitrine.

— Du calme, lui dit Ben en se penchant vers elle. Je n'ai jamais attendu d'une femme qu'elle couche avec moi pour le prix d'un dîner, même si certaines soirées se sont parfois achevées de cette manière.

— Pas celle-ci, croyez-moi !

Ben plissa les yeux tandis que le souvenir de leurs retrouvailles, un peu plus tôt, lui revenait en mémoire. Une bouffée de désir l'avait saisi lorsqu'il l'avait aperçue devant l'hôtel. Sa robe légère laissait deviner les courbes de son corps et ses jambes interminables révélaient un galbe parfait.

Trop émoustillé pour venir lui ouvrir la portière, il avait laissé le portier s'en charger.

Heureusement, le trajet jusqu'au restaurant lui avait permis de reprendre le contrôle de ses émotions. Du moins, en partie.

Tandis qu'il étudiait le visage de Lily, il tenta de comprendre ce qui la rendait si attirante. Ce n'était pas seulement son physique. Il y avait autre chose, mais il ne parvenait pas à se l'expliquer. Quoi qu'il en soit, lutter contre l'attirance qu'elle exerçait sur lui le mettait au supplice.

Après avoir pris une profonde inspiration, il dit :

— Attention, Lily. Certains hommes pourraient penser que vous les mettez au défi.

— Ce n'en était pas un, répliqua-t-elle avec une assurance qu'elle était loin d'éprouver.

Les mains crispées sur ses genoux, elle peinait à affronter le regard que Ben portait sur elle. Si elle pouvait contrôler sa voix, il en allait différemment des émotions qui la traversaient. Son cœur battait la chamade. Mille frissons lui parcouraient le corps. Il fallait qu'elle refrène ses pulsions. Ressentir du désir pour cet homme était inconcevable. Elle devait à tout prix se concentrer sur sa petite fille si elle ne voulait pas perdre la bataille qui l'opposait à Ben.

Quand elle releva les yeux vers lui, toutes ses bonnes résolutions fondirent comme neige au soleil. Le regard dont il l'enveloppait lui fit l'effet d'une torture.

— Pourtant, ce serait un merveilleux cadeau d'anniversaire, lui dit-il d'un ton léger que démentait la flamme qui brillait dangereusement dans ses yeux.

Bouleversée, Lily reposa sa serviette sur la table. C'est alors que leurs regards se soudèrent. Comme captée par la lueur de phares dans la nuit, elle demeura immobile tandis que son souffle s'accélérait. Ben paraissait dans le même état de transe qu'elle.

Distraitement, il demanda la note au serveur puis la régla.

— Nous… nous partons sans prendre de dessert ? demanda Lily, perplexe. Je croyais que vous aviez faim.

— En effet, lui répondit-il d'un ton très bas.

Le silence se fit entre eux, interminable, tandis qu'ils se mesuraient du regard, chacun plongé dans un trouble qui le dépassait.

Après de longues minutes, ils rassemblèrent leurs effets personnels, puis regagnèrent la voiture.

Le voyage du retour se fit dans un silence de plomb. Quand la voiture marqua brusquement l'arrêt, Lily sursauta.

— Nous y sommes, lui dit Ben.

Désarçonnée, elle regarda autour d'elle sans rien reconnaître. Son cœur battait toujours follement.

— Mais..., murmura-t-elle avant de réaliser qu'ils se trouvaient dans un chemin de terre à quelques mètres du bungalow qu'elle occupait. Merci...

Comme elle s'apprêtait à ouvrir la portière, Ben interrompit son geste.

— Je voulais vous demander quelque chose...

Surprise, elle se tourna vers lui. Dans le noir, ses yeux ressemblaient à un puits sans fond.

— Oui... quoi ?

— Je me demandais si vous aviez une photo d'Emily Rose à me confier.

Aussitôt, elle retrouva le sens des réalités. Ben n'avait pas oublié l'objet de son voyage.

— Bien sûr, j'en ai apporté plusieurs avec moi.

— Parfait. Je passerai demain en récupérer une. D'ici là, réfléchissez aux propos que nous avons échangés. Vous me direz ce que vous en avez pensé. Je ne veux pas que vous ayez le sentiment d'être forcée à quoi que ce soit.

— Oui... d'accord.

Comme Ben sortait de la voiture, elle ferma les yeux et attendit qu'il vienne lui ouvrir la portière.

Jamais elle ne s'était sentie aussi vulnérable de toute sa vie...

Une fois dehors, Ben prit une profonde inspiration pour se donner le courage de lutter contre ses pulsions. Mais quand Lily sortit à son tour de la voiture, il tomba en arrêt devant le spectacle qu'elle offrait au clair de lune. Une onde de désir le submergea, comme jamais auparavant, avec aucune femme. Mais il savait que laisser libre cours à la passion dévorante qu'elle lui inspirait serait la pire des options. Dans l'affaire qui les liait, ils devaient tous deux garder la tête froide, afin de préserver leur enfant, cette petite fille qu'ils avaient conçue sans le vouloir, mais qui avait besoin d'une existence stable et paisible. Il fallait se projeter sur le long terme…

Alors qu'ils avançaient côte à côte sur le chemin, Lily trébucha sur une pierre. Aussitôt, les bras de Ben l'enveloppèrent.

— Désolée…

En guise de réponse, il resserra son étreinte. Tandis que leurs bassins se heurtaient, Lily sentit le désir de Ben contre elle et frémit légèrement. Bouleversée, elle laissa échapper un gémissement.

— Tout va bien ? lui demanda-t-il en relevant son visage vers le sien.

La douceur de sa voix lui serra la gorge. Heureusement que Ben la soutenait, sinon elle se serait écroulée comme une marionnette privée de ses fils.

— Ce n'est pas une bonne idée, murmura-t-elle.

— La pire qui soit, je vous le concède…

Lily se noya dans ses yeux, sentant mille papillons l'envahir. Renonçant à lutter, Ben la serra contre lui dans un élan qui acheva de lui couper le souffle. Ses lèvres happèrent les siennes dans un baiser passionné, forçant sa bouche qui ne demandait qu'à l'être.

Lorsque leurs lèvres se séparèrent, Ben lui prit la main et l'entraîna vers le bungalow. Plusieurs fois, le long du chemin, leurs visages se rejoignirent pour échanger des baisers furtifs.

Une fois parvenus à destination, ils se firent face. Lily entendait la respiration retenue de Ben, régulait la sienne, veillait à mesurer ses gestes, à contenir sa bouche.

N'y tenant plus, Ben finit par la soulever dans ses bras et pénétra dans le bungalow dont il referma la porte avec le pied.

— Où est le lit ? demanda-t-il dans un souffle.

— Je… je ne sais plus…

Lorsqu'il la relâcha, Lily s'enroula autour de son cou. Dans une danse maladroite qui les tenait soudés l'un à l'autre, ils firent quelques pas titubants, chacun cherchant le corps de l'autre.

Accrochée au cou de Ben, à sa bouche, Lily le laissa soulever sa robe, sentit ses doigts glisser sous la soie de sa culotte. A son tour, elle se débattit avec la ceinture de son pantalon.

Comme emportés par une même fièvre, ils se laissèrent tomber sur le lit, à moitié dévêtus.

Embrassant ses cuisses, son ventre, ses seins, Ben acheva de lui enlever sa robe, la faisant passer par-dessus, ses épaules, sa tête. Elle le laissa faire, ne contrôlant plus ses propres doigts qui tiraient sur les boutons de sa chemise.

— Tu es belle, si belle…, murmura Ben en cherchant de nouveau ses lèvres.

C'est alors qu'un léger bruit parvint jusqu'à la conscience de Lily. Se relevant brusquement, elle regarda autour d'elle.

— Que se passe-t-il ?

Sans répondre, Lily s'agenouilla sur le lit tout en masquant sa poitrine de ses bras.

— Lily, qu'y a-t-il ? insista Ben avec une pointe d'inquiétude.

Soudain, il perçut un léger coup à la porte. C'était donc cela… Quelqu'un frappait.

Comme mue par un ressort, Lily enfila prestement sa robe et remit un peu d'ordre dans ses cheveux. Puis, elle se dirigea à pas mesurés vers la porte devant laquelle elle s'immobilisa.

Prenant son courage à deux mains, elle sortit du bungalow et referma prestement la porte derrière elle.

Le sourire de façade qu'elle affichait se figea en découvrant l'identité du visiteur. Il s'agissait du directeur de l'hôtel.

— Que se passe-t-il ? demanda-t-elle, soudain inquiète.

— Rien de grave, je pense, répondit prestement le vieil homme. Votre mère a tenté de vous joindre. Comme vous le savez, nous avons des problèmes de réseau et aussi de connexion Internet. Votre mère a laissé un message sur notre ligne fixe vous demandant de la rappeler.

Résistant au sentiment de panique qui la guettait, Lily prit une profonde inspiration avant de demander :

— Maintenant ?

— Si vous voulez. Le téléphone situé dans mon bureau est à votre disposition.

— Je passe une veste et je vous rejoins, dit Lily tandis que son cœur battait à tout rompre.

Le directeur s'éclipsa et Lily rentra dans le bungalow. S'adossant à la porte, elle ferma les yeux.

— Que se passe-t-il ? demanda Ben d'un ton inquiet.

Se levant d'un bond, il vint la rejoindre et prit ses mains entre les siennes.

Pâle comme un linge, Lily rouvrit les yeux et le regarda d'un air étrange comme si elle venait seulement de se rappeler sa présence.

— Je ne sais pas. Apparemment, ma mère a cherché à me joindre. Les portables ne passent pas bien et Internet ne fonctionne pas. Du coup, elle a appelé sur la ligne fixe de l'hôtel. Je vais me rendre à la réception pour la rappeler.

— Ne t'inquiète pas trop. C'est sûrement sans gravité.

— Qu'en sais-tu ? répliqua Lily d'un air agacé. Ma mère ne me dérangerait pas pour rien… à une heure pareille.

— Emily Rose ?

— Sans doute, répondit-elle d'un ton très bas.

A l'idée que sa fille ait besoin d'elle alors qu'elle se trouvait à des milliers de kilomètres de distance, une vague de nausée la submergea.

Conscient de son malaise, Ben réajusta sa tenue à toute vitesse.

— Je viens avec toi.

Relevant brusquement la tête, Lily le foudroya du regard.

— Non !

Ce rejet frappa Ben en plein cœur.

— Tu ne peux pas rester seule…

— Je le suis depuis trois ans.

Ben recula d'un pas.

— J'ai besoin d'être seule, insista Lily.

Le silence pesa entre eux, jusqu'à ce que Ben hoche la tête.

— Très bien, admit-il. Je serai là si tu as besoin de moi.

— Merci. Ce n'est sans doute pas très grave, en effet. Maman a sans doute égaré le jouet préféré d'Emmy ou quelque chose de ce genre…

— Tu as sans doute raison. Quoi qu'il en soit, je t'attends ici. D'accord ?

— C'est inutile…

— Tout comme il est inutile de vouloir tout gérer seule.

Levant le menton, Lily répliqua :

— C'est mon choix.

Renonçant à lutter, Ben la regarda s'éloigner sur le chemin.

Quand elle eut disparu de sa vue, il rentra dans le bungalow et se mit à l'arpenter. Lui qui d'ordinaire gérait toutes les situations difficiles avec le plus grand calme ressentait une frustration qui ne lui ressemblait pas. Le rejet exprimé par Lily alors qu'il lui proposait son aide l'avait profondément affecté. Avait-elle cherché à le blesser ?

Tandis que les minutes s'égrenaient, le visage pâle de Lily le hantait de plus en plus. Devant son affolement, une envie irrépressible de la protéger l'avait saisi. Son courage pour masquer ses émotions l'avait profondément ému. Et si sa terreur se révélait justifiée ?

En proie à son tour à une vive inquiétude, Ben attendit encore cinq minutes, puis sortit du bungalow pour courir rejoindre Lily. Elle ne voulait pas de son aide ? Tant pis, elle devrait s'en accommoder.

Une fois devant le bâtiment qui abritait la réception, il décida de patienter encore quelques minutes à l'extérieur. Quand Lily apparut enfin, il résista à la tentation de courir à sa rencontre. Il lui adressa un signe de la main pour lui signifier sa présence. Après une brève hésitation, elle vint dans sa direction. Ses traits tirés l'alertèrent aussitôt.

— Il faut que je rentre en Angleterre, annonça-t-elle d'une voix blanche.

— Que s'est-il passé ?

— Emmy a été hospitalisée.

— Pourquoi ? Que lui est-il arrivé ? Est-elle tombée ? A-t-elle quelque chose de cassé ?

— Non, elle est malade. Je ne sais pas ce qu'elle a exactement. Tout ce que je sais, c'est que je dois rentrer. Seulement voilà : il n'y a pas une seule place à bord d'un avion avant lundi.

Elle s'interrompit pour reprendre son souffle, puis, levant les yeux vers lui, elle ajouta :

— Tu es venu à bord d'un avion privé, n'est-ce pas ? J'aurais préféré ne rien te demander, mais…

Etouffant un juron, Ben préféra ne pas répondre. Que s'imaginait-elle ? Qu'il ne se sentait pas concerné par la santé de sa fille ?

Fouillant dans sa poche, il en sortit un téléphone portable. Puis, après avoir composé un numéro, il se tourna vers Lily.

— Donne-moi une minute.

Sur ces mots, il s'éloigna à grands pas. Lily l'observa tandis qu'il conversait avec son correspondant. Lorsqu'il revint vers elle, il lui dit :

— Je viens te chercher dans une heure. Dis à ta mère que nous arriverons pour le petit déjeuner.

Lily laissa échapper un soupir. Joignant les mains, elle voulut parler, mais Ben lui intima de se taire.

— Ne me remercie pas, Lily. Il s'agit de ma fille aussi.

Elle demeura un long moment figée puis répéta d'un air hébété :

— Dans une heure ?

Alerté par le ton vague qu'elle venait d'employer, Ben se pencha vers elle pour scruter son regard. Elle semblait totalement absente, comme si quelque chose venait de se briser en elle. Il comprit aussitôt qu'elle était en état de choc.

Posant les mains sur ses épaules, il la secoua doucement.

— Lily ? Tu m'entends, Lily ? Tu dois faire tes bagages.

Elle le regarda sans le voir. Puis soudain, elle fut prise de tremblements.

Reprenant pied dans la réalité, elle s'étonna de l'attitude de Ben. Pourquoi lui parlait-il ainsi ? La prenait-il pour une idiote ?

— Tout va bien, bredouilla-t-elle. Je… vais rentrer.

Sans qu'elle oppose la moindre résistance, Ben lui prit le bras pour l'accompagner jusqu'à son bungalow. Puis il lui servit un petit verre de cognac et lui intima de le boire, ce qu'elle fit en ébauchant une grimace.

Le breuvage l'aida à sortir de sa torpeur et elle put entreprendre de boucler ses bagages.

A son retour, une heure plus tard, Ben fut rassuré sur l'état de Lily. Elle semblait s'être ressaisie.

— Je suis prête, lui dit-elle en lui montrant ses bagages rassemblés près de la porte.

— Ta mère nous attend ?

Elle hocha la tête et se leva prestement quand elle le vit soulever ses valises. Lui ouvrant la porte, elle dit :

— L'hôtel l'a rappelée pour moi. Je n'aurais jamais dû lui confier Emmy pour une si longue durée.

— Vas-tu te flageller ainsi tout le long du voyage ? A ta guise. Pas de problème en ce qui me concerne, j'ai emporté des écouteurs au cas où…

Cette remarque étira l'ombre d'un sourire sur son visage.

— Combien de temps durera le vol ? s'enquit-elle.

— Une éternité si tu gardes les yeux rivés sur ta montre.

Elle hocha vivement la tête, puis baissa les yeux.

— Désolée…

— Ne le sois pas, répliqua-t-il avec plus de douceur. Je ne connais pas grand-chose aux enfants. Ce que je sais en revanche, c'est qu'ils sont beaucoup plus résistants qu'on ne le croit. Il est possible que l'hôpital ait préféré garder Emmy en observation pour ne prendre aucun risque.

— C'est exactement cela, répondit Lily. Maman a emmené Emmy chez le médecin parce qu'elle la trouvait bizarre. Il a préféré l'hospitaliser pour qu'elle subisse quelques examens. Ce n'est probablement rien… mais je préfère rentrer.

— Tu vas bientôt la retrouver, lui promit-il.

Lily n'avait jamais connu le luxe de voyager à bord d'un avion privé. Dans d'autres circonstances, elle aurait apprécié la chance qui lui était donnée. Mais plus le temps passait, plus elle se sentait oppressée.

Elle n'aurait d'ailleurs rien avalé durant tout le vol, pas même un verre d'eau, si Ben ne l'y avait pas forcée. Elle s'était indignée de son comportement autoritaire, tout en appréciant secrètement sa sollicitude.

Chaque fois qu'il la quittait pour parler au personnel de bord ou pour passer un appel, elle ressentait un grand vide et sa frayeur montait d'un cran.

Ce qui était stupide en soi, mais la présence de Ben à ses côtés la rassérénait.

De son côté, Ben avait décidé de garder un œil sur elle. D'ordinaire, lorsqu'il voyageait, il passait son temps à travailler et s'accordait quelques heures de sommeil. Pas cette fois. Il était hors de question qu'il laisse Lily affronter seule les démons qui l'habitaient.

5.

A leur sortie du terminal, Ben entraîna Lily vers la voiture qui les attendait, une berline noire aux vitres teintées, conduite par un chauffeur. Lily attendit que Ben se soit installé à l'arrière avec elle pour dire :

— Jusqu'à ce que je sache de quoi il retourne, il vaudrait mieux…

— Que je te laisse seule, je présume, la coupa-t-il.

Lily l'observa attentivement, mais son regard demeurait indéchiffrable. Malgré son air impassible, elle comprit qu'elle l'avait blessé.

— Tu as été si gentil…, commença-t-elle avant d'être interrompue de nouveau.

— Tu confonds la gentillesse d'un étranger avec la sollicitude d'un père, martela-t-il avec une conviction dont il s'étonna.

Que savait-il réellement de la *sollicitude d'un père* ? Au plan pratique et financier, il se sentait à la hauteur de n'importe quelle situation. Mais au plan affectif, que valait-il ? Serait-il, comme son propre père, plein de bonnes intentions, mais incapable d'agir de manière responsable ? Le sien avait échoué lamentablement dans son rôle, préférant s'engager dans une guerre d'usure avec son épouse, oubliant la principale victime de ce conflit : son propre fils.

— Je ne voulais pas te blesser…

Les yeux rivés sur son merveilleux profil, Lily posa une main sur la sienne. Surpris, Ben regarda leurs mains enlacées puis reporta son attention sur le visage de Lily.

— Tu es une bonne mère, lui dit-il d'une voix un peu rauque.

Ce compliment la toucha au cœur. Estimant ne pas le mériter pleinement, elle secoua la tête d'un air coupable.

— Non… Je n'étais pas là… J'aurais dû… Emmy avait besoin de moi et j'étais avec toi…

Assailli à son tour par la culpabilité, Ben porta la main de Lily à sa bouche, puis déposa un baiser sur ses doigts.

— Tu es rentrée aussi vite que tu le pouvais, lui dit-il avec douceur. Quand j'étais enfant, j'ai été victime d'une mauvaise chute. Je suis tombé sur la tête. Il a fallu m'opérer suite à une hémorragie interne. Quand ma mère est arrivée, une semaine plus tard, sa seule inquiétude a été que les cicatrices nuisent à mon apparence. Heureusement, les cheveux qu'on m'avait rasés sur le crâne ont repoussé. Tout cela pour te dire que tu es une bonne mère…

Une semaine, songea Lily, effarée. Il y avait de quoi en effet laisser des marques indélébiles. Etait-elle pour autant une bonne mère ? Pas un monstre d'indifférence, en tout cas.

— Alors, vas-y, fais ton devoir, reprit Ben. Je serai là si tu as besoin de moi.

— Ce n'est pas ce que tu crois… Ma mère sera dans la salle d'attente et si nous y allons ensemble… Devoir lui expliquer ta présence et ce que cela implique… je ne m'en sens pas la force. Pas encore. Je n'essaie pas de t'exclure.

Après un long silence, Ben finit par hocher la tête.

— Je demanderai à Martin, notre chauffeur, d'attendre au bout de la rue jusqu'à ce que tu aies terminé. J'ai des appels à passer…

— Cela risque d'être long…

Il l'interrompit d'un geste de la main, puis lui tendit un téléphone portable.

— Peu importe. Prends ceci pour le cas où tu aurais besoin de quoi que ce soit… Mon numéro est dedans.

Lily regardait d'un air ahuri le mouvement des lèvres de l'homme qui lui parlait. Sous le choc de la révélation qu'il venait de lui faire, elle ne l'écoutait plus.

Reposant sa tasse de thé sur la table devant elle, elle reporta son attention sur sa petite fille à travers la paroi vitrée qui la séparait d'elle. Emmy, assise dans son lit, riait aux éclats pendant que sa grand-mère faisait mine de chercher partout le jouet que la fillette cachait derrière son dos. C'était l'un de ses jeux préférés.

Une vague d'émotion la saisit. Ce qui arrivait à sa fille était inconcevable. Elle ne pouvait pas y croire. C'était trop injuste. Emmy était trop jeune, trop…

— Avez-vous des questions à me poser ? reprit le médecin à ses côtés.

Sortant de la torpeur qui l'avait envahie, Lily le regarda droit dans les yeux.

— Etes-vous sûr du diagnostic ? Ne peut-il y avoir une erreur ? Les résultats peuvent avoir été faussés…

Les magazines relataient souvent des histoires de ce genre. La lueur d'espoir qu'elle entrevoyait disparut lorsque le médecin posa une main se voulant rassurante sur son épaule.

— Votre petite fille ne va pas bien du tout.

Lily se mordit la lèvre inférieure jusqu'au sang pour retenir ses larmes.

— Mais j'aurais remarqué… J'aurais dû remarquer…, bredouilla-t-elle.

— Ce n'est pas votre faute.

— De qui est-ce la faute, alors ?

— De personne. Cette maladie apparaît de manière insidieuse. Souvent, à ce stade, les symptômes passent totalement inaperçus. Votre médecin généraliste a eu une excellente intuition. Vous pouvez lui en être reconnaissante. La détection précoce est notre meilleure chance.

— Vraiment ?

— Quatre-vingt-quinze pour cent des enfants atteints par

cette maladie connaissent une rémission après une greffe de moelle osseuse.

— La greffe lui permettra donc de guérir ?

— Je ne peux pas le garantir à cent pour cent.

Lily reporta son attention sur la tablette où figuraient les résultats des prélèvements effectués sur Emmy, puis sonda le regard bienveillant du médecin.

— Bien que le nombre de donneurs de moelle osseuse ait augmenté ces dernières années…

Elle l'interrompit.

— Je… je peux être la donneusc, n'est-ce pas ?

— Cela ne fonctionne pas de cette manière, hélas. Je ne voudrais pas annihiler tous vos espoirs, mais il se trouve que votre fille a un groupe sanguin très rare.

— Ce qui n'est pas mon cas…

— J'ai déjà abordé le sujet avec votre mère, mais elle ne pouvait pas nous renseigner… sur le père d'Emmy ou sa famille paternelle.

— Son père sera le donneur, alors ! affirma Lily avec force.

— Nous devrons effectuer des tests sur lui…

— Il s'y soumettra, ajouta-t-elle avec conviction.

Lorsque le médecin la laissa seule, Lily se sentit soudain fébrile et nauséeuse. Ne s'était-elle pas un peu trop avancée en affirmant que Ben accepterait d'être le donneur dont sa fille avait tant besoin ?

De retour dans la chambre d'Emmy, elle reporta à Elizabeth la conversation qu'elle avait eue avec le médecin. Mère et fille s'entretinrent à voix basse pour ne pas troubler le sommeil de la fillette. Elizabeth ne put refréner un flot de larmes en apprenant la gravité de la situation. A tel point qu'elle finit par s'enfuir de la chambre pour laisser libre cours à son chagrin.

Lily attendit quelques minutes avant de la rejoindre dans le couloir. Sa mère avait les yeux rouges, mais paraissait plus calme.

— Excuse-moi, lui dit cette dernière. Je ne voulais pas t'infliger cela… Comment te sens-tu, ma chérie ?

— Ça va. Je tiens le coup… Il faut que je m'en aille, maman.

— Pourquoi ? Pour aller où ?

— Je t'expliquerai plus tard. Je promets de revenir très vite. Ensuite, je te relayerai pour que tu puisses aller te reposer.

Lily s'interrompit pour déposer un baiser sur la joue de sa mère.

— Tu as l'air épuisée…

— Ne te fais pas de souci pour moi.

— T'ai-je déjà remerciée d'avoir toujours été là… pour moi, pour nous ?

— Tu n'as pas l'air de comprendre que ce que je fais pour Emmy, je le ferais pour toi. Tu es toujours ma petite fille.

Lily avait les yeux noyés de larmes lorsqu'elle emprunta le couloir qui menait à la sortie. Elle les essuya d'un geste nerveux, se forçant à l'optimisme. Le médecin ne lui avait-il pas dit de garder espoir ?

Dehors, elle fut accueillie par une légère bruine. Fouillant dans ses poches, elle en sortit le téléphone que Ben lui avait confié et composa son numéro. Il répondit aussitôt.

— Ben, c'est Lily… Peux-tu… ?

Elle ne put finir sa phrase. La limousine approchait déjà.

— Puis-je te déposer quelque part ? lui demanda-t-il après avoir baissé sa vitre.

Lily hocha la tête et s'engouffra dans la voiture.

En voyant les larmes qui ruisselaient sur son visage, Ben sentit son cœur se serrer. Mais, lorsqu'il voulut l'attirer dans ses bras, elle s'écarta vivement de lui.

— Non ! Ne me touche pas !

Désarçonné, il se raidit.

— Ce n'est pas toi…, bredouilla Lily. Si tu me touches… je vais pleurer et je ne suis pas sûre de pouvoir m'arrêter.

Doucement, Ben essuya une larme sur sa joue.

— Tu pleures déjà…

Incapable de refréner ses sanglots, elle se jeta dans ses bras et nicha son visage dans son cou. Emu, Ben la serra contre sa poitrine en caressant ses longues boucles soyeuses, puis signala au chauffeur qu'il pouvait démarrer.

Quand son chagrin se fut un peu apaisé, Lily se redressa, puis remit un peu d'ordre dans ses cheveux.

— Je dois avoir une mine affreuse.

Ben la contempla un instant avant de répondre :

— Non… ça va. Alors, tu peux m'expliquer ?

Ben s'était préparé au pire. Le visage ravagé de Lily n'augurait rien de bon. Ses sanglots lui avaient transpercé le cœur. Jamais il n'avait été témoin d'un chagrin pareil.

— Désolée… Emmy est très malade.

Refrénant son envie de serrer à nouveau Lily contre lui, il demeura immobile et silencieux, attendant la suite, qui ne tarda pas à venir.

— Elle a besoin… d'une greffe de moelle osseuse.

Il y avait donc un espoir, songea Ben avec soulagement. Il avait l'impression d'émerger d'un long tunnel obscur. Mille questions se pressaient dans sa tête, mais il préféra se taire.

— Emmy a un groupe sanguin très rare… et les chances de trouver à temps un donneur compatible sont faibles. Je ne le suis pas…

Lorsqu'il apprit de quel groupe il s'agissait, il sentit son cœur battre plus fort.

— Je suis compatible, déclara-t-il d'une voix rauque.

Lily hocha la tête. Les yeux baissés, elle dit :

— Je m'en doutais. Puisque je ne le suis pas… j'imaginais que tu le serais. J'ai dit que tu accepterais que l'on procède à des tests sur toi.

Craintive, elle leva les yeux vers lui, avant d'ajouter :

— J'aurais probablement dû te consulter avant…

— Non, la coupa-t-il. Tu ferais n'importe quoi pour Emmy, n'est-ce pas ?

— Bien sûr ! Je suis sa mère.

— Et je suis son père. Moi aussi, je ferais n'importe quoi pour elle… N'importe quoi.

Après s'être nerveusement passé une main dans les cheveux, il demanda :

— Quand… comment… que dois-je faire ?

— Le médecin a dit qu'il te verrait dans la matinée. Cela risque de ne pas être très agréable.

— Agréable ou pas, la question ne se pose pas.

Lily laissa échapper un soupir.

— Je suis probablement un peu jalouse. J'aurais aimé pouvoir sauver Emmy moi-même… Mais je n'étais même pas là. Si seulement j'avais refusé ces stupides vacances !

— Cela n'aurait rien changé.

— Je sais… Ce n'est pas rationnel… Cela me rappelle… l'époque de ma grossesse.

— As-tu eu peur ?

— Je me suis comportée comme une idiote. Pendant des semaines, j'ai vécu dans le déni. Je me répétais sans cesse que ce n'était pas possible. Qu'on ne pouvait pas tomber enceinte lors de son premier rapport sexuel… Mais je me trompais.

Lily se tut, effarée de s'être épanchée de la sorte. Cette confession lui avait échappé.

L'expression ahurie qui se peignit sur les traits de Ben la fit frissonner.

— *Le premier rapport sexuel ?* répéta-t-il d'un air hébété.

C'était impossible. La jeune fille qu'il avait autrefois attirée dans son lit ne pouvait pas être…

— Cela n'a aucune importance, reprit Lily, abattue.

— Seigneur ! C'est donc vrai… Tu étais vierge ?

Il la regarda avec stupeur puis ferma les yeux. Lily ne pouvait détacher son regard de ses mâchoires crispées.

— Je n'arrive pas à le croire, marmonna-t-il après un long silence. Tu ne m'as rien dit… Pourquoi moi ?

Ben ressentit un mélange de culpabilité et de fierté à l'idée d'avoir été le premier amant de cette jeune femme si belle, si attirante.

— Je pensais que tu t'en rendrais compte et, au cas où tu ne le saurais pas, tu es… d'une beauté indécente.

Lily espérait que cette dernière remarque allégerait la tension qui régnait entre eux, mais il n'en fut rien. Heureusement, elle s'était tue à temps. Comment Ben aurait-il réagi en apprenant qu'il avait été son premier et aussi son seul amant ? Il ne le saurait jamais, se promit-elle.

Comme il ne disait rien, elle ajouta :

— Inutile d'en faire une montagne. Je ne regrette rien. Emmy est ma plus belle réussite. C'était un bébé magnifique et maintenant… elle est la seule chose qui compte à mes yeux.

C'est alors que son téléphone vibra dans son sac. D'une main tremblante, elle s'en saisit. Avec effroi, elle reconnut le numéro de l'hôpital.

— Désolée… Il faut que je prenne cet appel.

Tournant la tête vers la portière, elle reprit :

— Oui… Lily Gray à appareil.

Elle écouta le message qu'on lui transmit, puis s'écria :

— C'est merveilleux, merci… merci infiniment.

Elle raccrocha et se tourna tout sourires vers Ben. Mais il ne la regardait pas.

— Je viens de recevoir d'excellentes nouvelles. Dans les registres de l'hôpital, ils ont trouvé un donneur possible pour Emmy. Ils vont contacter cette personne. Il est possible que tu n'aies pas besoin de subir des tests.

Mais Ben ne l'écoutait pas. Il consultait son téléphone portable, l'air absorbé par autre chose. Agacée de le voir composer un message alors qu'elle lui annonçait une prodigieuse nouvelle, elle lui agrippa le bras.

— Apparemment, cette personne vit en Angleterre, insista-t-elle. Si elle accepte…

— Ils l'ont contactée… et elle accepte, coupa-t-il.

Abasourdie, Lily le contempla, puis baissa les yeux sur le téléphone qu'il tenait toujours dans sa main.

— C'est toi… qui figures sur leur registre ?

— Oui. Depuis deux ans. La femme d'une amie avait besoin d'une greffe de moelle osseuse et je me suis porté volontaire.

— L'a-t-elle reçue ?

— Oui.

Aucune émotion ne jouait sur le visage de Ben, mais elle comprit que la greffe n'avait pas donné les résultats escomptés.

Un léger malaise s'insinua en elle, qu'elle décida d'ignorer. Emmy s'en sortirait, il ne pouvait pas en être autrement.

— Elle n'a pas survécu, n'est-ce pas ? demanda-t-elle courageusement. Tu peux me le dire, tu sais. Je… je ne vais pas m'effondrer.

Il n'était pas question qu'elle baisse les bras. Emmy avait besoin d'elle. Il fallait qu'elle soit forte, qu'elle se montre à la hauteur de la situation.

Emu par la pâleur de son visage, par ses traits tirés, Ben se sentit envahi par un sentiment de tendresse qui le surprit par son intensité.

— Emmy va s'en sortir, Lily, dit-il d'un ton très bas.

Elle se contenta de hocher la tête, sans oser croiser son regard. Elle lui était reconnaissante d'avoir prononcé les mots qu'elle avait envie d'entendre, même si l'avenir était incertain.

— Alors, à ton avis, que va-t-elle penser de moi ? reprit Ben d'une voix mal assurée.

L'inquiétude qui perçait derrière cette question anodine lui fit relever la tête. Ben montrait une facette inédite de sa personnalité.

— Elle a deux ans… A cet âge, on aime tout le monde.

Ben ébaucha l'ombre d'un sourire. Il savait que l'amour se gagnait, et il était bien déterminé à mériter celui de sa fille.

— Si je m'y prends mal, il faudra me le dire.

— Il n'y a pas de mode d'emploi. Improvise… C'est ce que je fais depuis deux ans.

Lily détourna vivement les yeux. Ben n'avait pas d'inquiétude à avoir : Emmy l'adorerait… tout comme elle.

6.

Après de longues minutes durant lesquelles ils n'échangèrent aucun mot, chacun plongé dans ses pensées, Lily rompit le silence.

— Pourrais-tu me ramener à l'hôpital ? J'y passerai la nuit. Ma mère a besoin de repos.

Ben hocha la tête, puis demanda au chauffeur de faire demi-tour. Une fois devant l'hôpital, il s'enquit :

— Comment s'appelle le médecin que je dois rencontrer ?

— Le docteur Sheridan. C'est un homme charmant.

— Je me moque qu'il soit charmant. Je veux qu'il soit excellent.

— Je suis sûre que c'est un très bon professionnel, répliqua Lily en défaisant sa ceinture de sécurité.

— Espérons-le.

— Le rendez-vous est à 9 heures. Apparemment, ça ne devrait pas durer longtemps. Je propose que nous nous retrouvions dans la salle d'attente à 10 heures. Je te présenterai Emmy…

Lily s'interrompit, hésitante, puis elle ajouta :

— Tu sais, je te suis très reconnaissante…

— Mais ? coupa Ben, une lueur moqueuse dans le regard.

— Il n'y a pas de mais… Je pense simplement que… qu'il vaudrait mieux ne pas dire tout de suite à Emmy que tu es son père.

— Ce serait mieux pour qui ?

Lily décida de ne pas relever le sarcasme. Après un léger soupir, elle poursuivit courageusement :

— Cet endroit n'est pas très agréable pour Emmy… Elle ne comprend pas pourquoi on la retient ici, loin de son environnement familier. Peut-être vaudrait-il mieux attendre qu'elle se rétablisse ?

Incapable de soutenir le regard accusateur de Ben, Lily détourna les yeux et sortit de la voiture en marmonnant un vague remerciement.

Pensif, il la regarda grimper les marches qui menaient au hall d'entrée de l'hôpital. Soudain, quelque chose dans sa démarche l'émut profondément. Il comprit alors qu'elle cherchait à se donner une contenance pour ne pas céder à la panique. En haut des marches, il la vit s'immobiliser, puis redresser les épaules avant de pénétrer dans l'enceinte du bâtiment d'un pas assuré. Il attendit qu'elle ait disparu pour signifier au chauffeur qu'il pouvait repartir.

Lorsque Ben la rejoignit, Lily le regarda approcher, fascinée par sa prestance et le charme qui émanait de toute sa personne. Il avait troqué son costume contre une veste en cuir noir sur un jean de la même couleur. Cette tenue décontractée le rendait encore plus séduisant que d'habitude, moins inaccessible.

— Te voici, dit-elle avant de se mordre la lèvre, dépitée par l'absurdité de sa remarque.

Elle sonda son regard sans parvenir à déchiffrer ce qu'il exprimait.

— Tout va bien apparemment, affirma-t-il. Le prélèvement aura lieu cet après-midi.

Ben pensait que la procédure serait plus compliquée ou demanderait plus de temps, mais visiblement toutes les conditions étaient réunies pour aller vite.

Le sourire qui illumina le visage de Lily le mit mal à l'aise.

— Il reste un long chemin à parcourir, tu sais, lui dit-il pour tempérer sa joie.

Lorsqu'il vit le sourire abandonner le visage de Lily, il regretta amèrement ses dernières paroles. Elle le regardait à présent avec une inquiétude émouvante.

L'envie de la rassurer l'étreignit, mais il la contint. Inutile de manifester trop d'optimisme. Mieux valait demeurer réaliste.

S'il avait éprouvé des doutes quant à la gravité de la situation, le médecin qui suivait Emmy les lui avait ôtés. C'était mieux ainsi. De toute façon, Ben aurait accueilli la moindre promesse avec un profond scepticisme.

Le professeur qui soignait son père lui avait garanti un prompt rétablissement. Mais ce dernier avait succombé à une méningite non diagnostiquée deux jours plus tard, avec pour toute compagnie à son chevet son fils adolescent. Alors que son mari était sur le point de rendre son dernier soupir, la mère de Ben avait quitté la chambre pour passer des appels soi-disant urgents. A son retour, en constatant le décès de l'homme qui avait pourtant partagé sa vie, elle n'avait manifesté qu'un vague inconfort.

— Tu es trop vieux pour pleurer, Ben, lui avait-elle dit. Sois un homme… Au fait… aurais-tu aperçu mes gants quelque part ?

Jusque-là, Ben avait toujours cru que sa mère les aimait sincèrement, lui et son père, même si elle consacrait tout son temps à sa carrière.

Puis, le jour de l'enterrement, il avait eu confirmation de ses doutes les plus atroces.

— A-t-il dit quelque chose ? lui avait-elle chuchoté à l'oreille. Ton père ? Avant de mourir ?

— Non, avait-il menti.

Il s'était tu, non pas pour préserver sa mère, mais parce qu'il voulait garder pour lui les derniers mots murmurés par son père : « Le mariage est pire qu'une peine d'emprisonnement, mon garçon. Ne te marie jamais. »

Ce conseil avait été le seul jamais prodigué par son père.

Chassant ce sombre souvenir, Ben reporta son attention sur Lily. Livide, elle se tordait les mains. Quand elle vit qu'il la regardait, elle cacha ses bras derrière son dos et lui adressa un faible sourire.

Ensemble, ils se rendirent jusqu'à la chambre d'Emmy, chacun perdu dans ses pensées. Une fois devant la porte, Lily se tourna vers Ben :

— Nous y voilà, lui dit-elle d'une voix tendue. Es-tu prêt ?

Comme il se contentait de la dévorer des yeux, elle se sentit rougir. Même dans des circonstances dramatiques comme celles-ci, leur attirance mutuelle était toujours aussi forte.

— Tu peux encore changer d'avis, ajouta-t-elle d'une voix mal assurée.

Ben se pencha vers elle et lui prit la main.

— Je suis prêt.

Gênée par ce contact qui lui envoyait mille frissons dans tout le corps, elle libéra sa main et poussa la porte.

Aussitôt, Elizabeth quitta le chevet de la fillette, qui s'était assoupie. Lily retint son souffle. Elle craignait que sa mère n'assaille Ben de reproches. Elle n'avait sans doute pas eu le temps encore de s'habituer à l'idée qu'il soit le père de sa petite-fille. Et Lily n'y était pas allée par quatre chemins pour le lui annoncer.

— Il se peut qu'Emmy et son père aient le même groupe sanguin, lui avait-elle dit. Il se trouve que son père est… Ben Warrender.

Après le choc initial, Elizabeth avait manifesté une vive colère et posé des dizaines de questions. Lily les avait toutes éludées, sauf une. Avec fermeté, elle avait déclaré :

— C'était mon choix, maman. Je préférais qu'il ne sache rien.

— Tu ne lui as pas dit que tu étais enceinte ?

Le reproche muet contenu dans le regard de sa mère l'avait bouleversée. De la part d'étrangers, une telle condamnation ne l'aurait pas affectée mais, venant de sa mère, elle l'avait profondément blessée.

— Ce n'était pas aussi simple, avait-elle tenté d'expliquer. Il y avait… d'autres facteurs à prendre en compte.

Parmi lesquels, une fiancée rejetée sur le simple prétexte que Ben refusait de fonder une famille.

— Un homme a le droit de savoir qu'il a un enfant, quoi qu'il ait fait.

— Il… il n'a rien fait de mal, s'était-elle empressée d'ajouter. Je suis désolée de t'avoir mise au courant… de cette manière. Tu es sous le choc. Ben aussi.

Elizabeth avait secoué la tête d'un air accablé.

— Je ne comprends pas pourquoi tu as agi ainsi. Je suis sûre que ta sœur…

— Lara ne sait rien, avait coupé Lily. Personne n'est au courant.

— Tu n'as rien dit à Lara ? Mais vous vous confiez tout !

— Enfants, oui. Plus maintenant…

Une certaine distance séparait les deux sœurs désormais, pas seulement en kilomètres. L'époque où Lara et elle étaient si complices manquait terriblement à Lily.

Mais l'heure n'était pas aux regrets. Redressant les épaules, elle avait ajouté :

— L'important c'est que Ben est compatible et qu'il accepte d'être le donneur.

— Encore heureux ! C'est son père, tout de même. S'il avait refusé, il aurait eu affaire à moi !

Désireuse de calmer sa mère qui ne décolérait pas, Lily avait précisé :

— Tout est réglé, maman. Il subit encore quelques tests ce matin… Ensuite, il nous rejoindra. Il veut rencontrer Emmy.

Soudain épuisée, Elizabeth s'était laissée choir sur une chaise. Portant une main à son front, elle avait dit dans un soupir :

— Emmy lui ressemble… Ces yeux… Comment ai-je pu ne rien voir ?

— Tu ne pouvais pas deviner… Je ne suis pas comme Lara.

Depuis toujours, sa sœur jumelle attirait tous les regards quand elle pénétrait dans une pièce. Lorsque Lily l'accompagnait, elle avait l'impression d'être invisible. Ce n'était pas la beauté de Lara qui la rendait si attirante, mais la sensualité qu'elle dégageait, cette confiance qui irradiait de toute sa personne.

— Pourquoi dis-tu une chose pareille ? avait protesté Elizabeth avec un froncement de sourcils. Ta sœur serait-elle sortie avec Ben, elle aussi ?

Lily était demeurée interdite un court instant. Un sursaut de jalousie irraisonné l'avait saisie.

— Non, bien sûr que non, avait-elle fini par déclarer. Je comprends parfaitement que tu n'aies pas deviné… Ce que je voulais dire, c'est que Lara a toujours été plus attirante que moi. Que je puisse séduire un homme comme Ben était à l'époque… totalement incongru.

Comme Elizabeth demeurait fermée, elle avait ajouté :

— Maman… je compte sur toi pour ne pas rendre les choses plus difficiles qu'elles ne le sont. Tu promets ?

Après un long silence, Elizabeth avait fini par hocher la tête.

Pendant un court instant, Ben avait cru que Lily allait changer d'avis et l'empêcher d'entrer dans la chambre. Finalement, elle s'était écartée pour le laisser passer devant elle.

En pénétrant dans la pièce, il croisa Elizabeth qui s'immobilisa brièvement devant lui, le regard dur. Puis elle disparut dans le couloir. L'époque où la gouvernante de son grand-père l'accueillait avec chaleur était bel et bien révolue.

Derrière lui, il perçut la voix anxieuse de Lily, mais il ne comprit pas ce qu'elle disait. Toute son attention était focalisée sur l'enfant assoupie dans le lit. Sa fille…

Il prit une profonde inspiration et avança de quelques pas. Souvent, dans sa vie, il avait été confronté à des situations difficiles, voire périlleuses. Mais il avait toujours abordé l'adversité avec assurance. Cette fois, elle lui faisait cruellement défaut.

Se rendant compte que ses mains tremblaient, il les enfouit dans ses poches. Si ses adversaires le voyaient ainsi, ils tomberaient des nues. Ben Warrender, le financier que certains surnommaient l'homme de fer, tremblait de peur devant une fillette…

Elle avait l'air plus petite que dans son souvenir, quand il l'avait vue à Warren Court. Dans son lit de bébé, le drap remonté jusqu'au menton, elle offrait un spectacle désolant. Son visage portait des traces de larmes.

Cette vision lui serra le cœur. Jusqu'ici, il avait craint de ne jamais être capable d'aimer… Il s'était trompé. Il savait désormais qu'il pourrait donner sa vie contre celle de ce petit ange.

Quand il se pencha pour effleurer du doigt la joue d'Emmy, Lily retint sa respiration. Une vive émotion s'empara d'elle. Puis, lorsqu'elle s'aperçut que Ben avait lui aussi les yeux humides, elle se sentit accablée par la honte. De quel droit l'avait-elle privé de sa fille ? A sa place, elle ne lui aurait jamais pardonné de l'avoir tenue à l'écart.

Se sentant soudain de trop, Lily recula jusqu'à la porte.

— Je serai dans le couloir, murmura-t-elle avant de disparaître.

Ben la rejoignit quelques minutes plus tard, les traits tirés. Visiblement, il venait de vivre une expérience éprouvante, mais paraissait avoir retrouvé le contrôle de ses émotions.

Quand ils se dévisagèrent, Lily sentit à nouveau le désir s'insinuer dans ses veines.

— C'est une jolie petite fille, dit-il simplement.

— Oui… adorable.

— Va-t-elle dormir longtemps, à ton avis ?

— Sans doute. Elle a passé une mauvaise nuit et on lui a administré un sédatif. La dernière fois, le comprimé l'avait sonnée.

— Tu as passé une mauvaise nuit aussi, je présume ?

Ben la contempla avec insistance. Les cernes sous ses yeux témoignaient de son état de fatigue. Même si elle n'était plus qu'une pâle copie de la jeune femme éblouissante qu'il avait vue émergeant des flots, sa beauté demeurait intacte.

— Veux-tu un café ? proposa-t-elle timidement. Il y a une machine dans le salon des visiteurs. Un peu plus loin, au bout de ce couloir…

— Volontiers.

La salle destinée aux parents des enfants malades était vide à leur arrivée. Tandis que Lily se dirigeait vers le distributeur à boissons, Ben s'installa sur l'une des chaises disposées le long d'un mur.

— Voici un café noir, du moins je l'espère, lui dit-elle en lui tendant un gobelet.

Ben esquissa une petite grimace après en avoir bu une gorgée, mais ne fit aucun commentaire.

— Je suis désolée pour maman, reprit Lily. Elle est encore sous le choc.

— Il y a de quoi.

Soudain sur la défensive, elle répliqua :

— J'ai agi comme j'estimais devoir le faire à ce moment-là.

Peu de temps auparavant, elle croyait encore à la légitimité de ses choix, mais la peine qu'elle avait lue sur le visage de Ben avait bousculé ses convictions. Elle ressentait à présent un sentiment de culpabilité qui ne la quittait plus.

— Il n'y a pas de retour en arrière possible, ajouta-t-elle. Les choses sont ce qu'elles sont.

— Il faut que nous parlions, lui dit Ben d'un air soucieux. J'ai demandé à mon avocat de souscrire un fonds de placement pour Emmy. Il n'attend plus que ton approbation… Seigneur, je déteste devoir parler argent à un moment pareil. Tu dois me détester…

— Non, coupa Lily avec un faible sourire, je comprends ta démarche. L'avenir d'Emmy te préoccupe… C'est donc que tu crois qu'elle en a un.

— Oui, je le crois.

— Maman est rentrée chez elle pour récupérer quelques affaires. Tout est arrivé si vite… Elle n'a pas eu de quoi se changer pendant deux jours et elle a oublié Timmy, l'ours préféré d'Emmy. Je vais la relayer, à présent.

Alors qu'elle jetait un coup d'œil à l'horloge murale, un couple pénétra dans la salle. Elle avait déjà vu ces deux personnes auparavant, parents tout comme elle d'un enfant gravement malade. La femme pleurait à chaudes larmes sur l'épaule de son mari, dont le visage émacié était livide. Cette vision de cauchemar réveilla en elle la peur viscérale qui l'habitait et, prise de tremblements irrépressibles, elle renversa son café sur son chemisier.

— Viens, lui dit Ben en lui prenant la main avec beaucoup de prévenance.

En quittant la pièce, son regard croisa celui de l'homme et une étrange sensation le saisit. Lui aussi risquait de perdre un enfant… Un enfant dont il avait failli ignorer l'existence.

Une fois dans le couloir, Lily accepta le mouchoir qu'il lui tendait.

— Merci… Je… je ne vais pas pleurer.

— Peut-être cela t'aiderait-il, répliqua-t-il en luttant contre l'envie de la serrer contre lui. Parfois, cela fait du bien de se laisser aller. Cela permet d'évacuer une partie de son stress.

Levant le menton, elle lui retourna un regard flamboyant.

— Ma fille, mon adorable petite fille qui n'a jamais fait de mal à personne se bat pour sa vie. Tu trouves ça normal ? Le stress qui m'habite est légitime… Pardon, ce n'est pas ta faute.

Portant une main à sa bouche, elle ne put réprimer un sanglot.

D'abord interloqué par cette attaque inattendue, Ben sentit son cœur fondre devant le désarroi de Lily.

— Ce n'est la faute de personne, lui dit-il.

Lorsqu'il posa une main apaisante sur son épaule, Lily se précipita dans ses bras et étouffa ses larmes contre sa poitrine.

— J'aurais dû savoir…, gémit-elle.

Quand son chagrin se fut apaisé, elle s'écarta et sécha ses larmes avec le mouchoir.

— Désolée… je ne voulais pas t'infliger cela.

— C'est aussi ma fille, répliqua Ben en se passant une main dans les cheveux. Cet endroit… Je ne suis pas fan des hôpitaux. Un peu d'air frais me ferait le plus grand bien. A toi aussi, d'ailleurs.

Sans cette masse de cheveux roux qui lui encadraient le visage, la pâleur spectrale de Lily aurait pu paraître inquiétante.

Pris d'une vague de tendresse, Ben sentit son cœur se serrer. Lily éveillait en lui des émotions qui le déstabilisaient. Il avait envie de la protéger, de lui redonner confiance pour qu'enfin ses yeux retrouvent tout leur éclat.

De son côté, Lily avait toutes les peines du monde à supporter le regard de Ben. Elle devait avoir une mine affreuse.

— Il faut que j'y retourne…

— Accordons-nous cinq minutes, pas plus.

Sans attendre de réponse, il passa un bras autour de sa taille et l'entraîna à sa suite. Incapable d'opposer la moindre résistance, Lily se laissa conduire. Ben avait raison : un peu d'air frais la revigorerait.

L'hôpital comptait plusieurs bâtiments reliés par des passerelles en verre. Un véritable labyrinthe pour les nouveaux visiteurs, mais Ben semblait connaître cet endroit comme sa poche. Après avoir emprunté un couloir interminable et monté et descendu plusieurs volées de marches, ils aboutirent dans une cour qui donnait sur le parking des visiteurs, désert à cette heure de la journée.

Jetant un coup d'œil par-dessus son épaule, Lily dit :

— Il faut vraiment que j'y retourne.

— Tu devrais plutôt aller te coucher, mais je sais que tu ne le feras pas, répliqua Ben avec un soupir.

Il aurait aimé en vouloir à Lily, pouvoir l'accabler de reproches, mais elle n'en méritait aucun. Elle était incontestablement une bonne mère.

Avec un faible sourire, elle leva les yeux vers lui.

— Je voudrais te remercier, lui dit-elle d'un ton très bas.

— Me remercier de quoi ?

— De m'avoir rassurée en me disant qu'Emmy s'en sortirait.

— C'était peut-être un peu prématuré. Je n'en sais rien… toi non plus. Nous devons nous fier au corps médical et espérer que la chance nous sourira.

— N'oublions pas la volonté d'Emmy. Elle se montre très courageuse.

— Si seulement je pouvais prendre sa place…

— Je sais que tu es sincère.

A ce moment précis, une bourrasque s'engouffra dans le bâtiment derrière eux et la porte de verre se referma avec fracas.

— Où demeures-tu ? lui demanda Ben.

— Comment ça ?

— Où dors-tu ?

— L'hôpital compte quelques chambres destinées aux parents et aux familles, hélas aucune n'était disponible. Alors maman nous a réservé une chambre dans une maison d'hôtes tout près d'ici.

— Ce n'est pas l'idéal.

— Cette situation n'a rien d'idéal, répliqua Lily avant de se mordre la lèvre. Désolée…

Détournant les yeux, elle songea à tous ces couples qui devaient se déchirer, tout comme eux… Mais Ben et elle ne formaient pas un couple. Cette constatation lui arracha un frisson glacé.

— Veux-tu rentrer ? lui demanda Ben, conscient de son soudain malaise.

Elle hocha distraitement la tête, puis reporta son attention sur lui.

— Peu importe de toute façon. Pour le moment, je préfère rester au chevet d'Emmy, au cas où…

— Je te comprends.

Redressant les épaules, Lily afficha une expression déterminée sur son visage.

— Elle ira bien, j'en suis sûre. J'y crois dur comme fer. C'est simplement ce couple que nous avons croisé… Ils avaient l'air si heureux hier…

Secouant la tête pour chasser cette sombre réminiscence, elle ajouta :

— C'était une bonne idée de prendre l'air.

— Pour moi, c'était indispensable. Je déteste les hôpitaux.

— Est-ce à cause de ton accident ?

Comme Ben la regardait sans comprendre, elle porta une main à sa tête.

— Oh ! Cet accident-là… Peut-être, oui.

Lily sentit la colère l'envahir au souvenir des propos de Ben sur sa mère et l'indifférence dont elle avait fait preuve.

— C'est incroyable, tout de même, dit-elle d'un ton de reproche. Comment ta mère a-t-elle pu se comporter ainsi ?

Ben se contenta de secouer la tête.

— Ton père était-il là, au moins ?

— Non. Un énorme projet l'occupait à ce moment-là. Mais j'ai reçu les meilleurs soins médicaux possibles.

L'empathie que lui témoignait Lily le mettait mal à l'aise. Il ne lui était jamais arrivé d'inspirer de la compassion à qui que ce soit.

— L'argent remplace les attentions parfois, ajouta-t-il avec un sourire de dérision.

— Ce n'est pas drôle ! protesta Lily avec fougue.

Dans l'espoir de calmer son indignation, Ben expliqua :

— Mon grand-père est venu me voir.

— Est-ce à cette époque que tes parents t'ont laissé chez lui ?

Un peu agacé par l'insistance de Lily, Ben secoua la tête.

— Non, deux ans plus tard. Et c'est moi qui ai pris cette décision, pas mes parents.

— Comment ça ?

— J'ai plié bagage et leur ai dit que je partais. Point final.

Deux grands yeux émeraude le contemplèrent avec stupeur.

— Ils t'ont laissé faire ?

— Je ne leur ai pas demandé leur avis et je crois sincèrement qu'ils étaient soulagés. Comme je l'ai été quand mon grand-père a accepté de m'héberger.

— Lui as-tu avoué… à ton grand-père… pour Emmy ?

A l'expression de Ben, Lily comprit que la réponse était négative.

— Je vais appeler maman pour lui dire de se taire, reprit Lily avec détermination. Il ne doit pas apprendre la vérité de la bouche d'une étrangère. A son âge, il faut le ménager.

— Il est vieux, mais c'est un dur à cuire, crois-moi !

— Peut-être… Il n'empêche qu'à son âge on est plus fragile. L'an dernier, il a mis un temps fou à se remettre d'une simple grippe.

— Il a eu la grippe ? demanda Ben avec une inquiétude non dissimulée.

— Tu l'ignorais ?

Ben serra les mâchoires au souvenir de son dernier échange avec son grand-père.

— La semaine dernière, nous nous sommes parlé une dizaine de minutes, pas plus. Je n'étais pas revenu depuis… un bon moment, et il m'a jeté dehors.

— J'imagine que vous vous êtes disputés…

— Nous n'avons pas la même perception des choses. Il me reproche d'être avare alors que je fais tout mon possible pour préserver notre patrimoine. Régler des dettes avec la vente d'une œuvre d'art ou d'une parcelle de terre est la pire chose à faire. C'est ce qui serait arrivé si je n'étais pas intervenu à temps.

— Je suppose que ce n'est pas facile pour ton grand-père de te céder les commandes. Les gens ont besoin de se sentir indispensables et reconnus pour ce qu'ils ont accompli.

— Sauf qu'il n'écoute rien ! s'emporta Ben.

Il soupira, puis reprit d'un ton plus calme :

— Je lui parlerai d'Emily Rose, évidemment.

— Quand ?

— Le week-end prochain, dit-il avec assurance. Fais-moi savoir quand Elizabeth prévoit de rentrer à Warren Court. Je mettrai l'hélicoptère à sa disposition. Et à la tienne aussi, bien sûr.

Surprise par cette offre généreuse, elle se contenta de hocher la tête sans mot dire.

Alors qu'elle s'apprêtait à rentrer dans le bâtiment, elle écarquilla soudain les yeux en voyant Ben retirer sa veste de cuir, puis ôter son polo à manches longues. Quand son torse nu fut exposé devant elle, elle sentit son cœur chavirer. Les muscles qui jouaient sous sa peau satinée la subjuguèrent, réveillant en elle un désir qu'elle jugea obscène en de telles circonstances.

A quoi rimait ce strip-tease sur un parking d'hôpital ? Et pourquoi ne parvenait-elle pas à détacher son regard de ce spectacle totalement inattendu ?

Quand Ben lui tendit le polo qu'il venait d'ôter, elle eut un mouvement de recul.

— Vas-y, prends-le, je commence à avoir froid.

Muette de stupéfaction, Lily le dévisagea sans comprendre.

— As-tu l'intention de passer la journée dans cette tenue ? reprit-il en désignant du doigt les taches qui maculaient son chemisier.

Lily se rappela soudain l'incident survenu plus tôt dans la salle de pause, le café qui s'était répandu sur ses vêtements.

Elle contempla le polo que lui tendait Ben et comprit qu'il lui offrait le moyen de se changer.

— Merci… mais je ne peux pas… pas ici.

— Il n'y a personne et tu ne risques rien.

— Tu… en as besoin !

— Il suffit que je remette ma veste. Ce n'est peut-être pas ta couleur préférée, Lily, mais au moins une solution temporaire à ton problème.

— Que disais-tu de ton grand-père tout à l'heure ? marmonna-t-elle en se retournant pour dégrafer son chemisier. Je crois que tu as hérité de son caractère.

En enfilant le polo de Ben, elle ne put réprimer un frisson. Il était chaud, très doux et le parfum qui s'en dégageait lui rappela aussitôt l'intimité qu'ils avaient partagée.

Quelle mère était-elle pour penser à de telles choses à un moment pareil ?

Après avoir remis de l'ordre dans ses cheveux, elle se tourna vers Ben, qui en avait profité pour revêtir sa veste en cuir.

— Ce vêtement te va mieux qu'à moi, lui dit-il avec un sourire.

C'était un mensonge, mais le compliment la toucha.

— Merci, parvint-elle à dire en reculant d'un pas.

Sans un mot de plus, elle tourna les talons et s'engouffra dans l'hôpital.

Incapable de résister à la tentation, Ben porta le chemisier abandonné par Lily à ses narines pour respirer son parfum.

Il fallait qu'il demeure sur ses gardes. Malgré son extrême vulnérabilité, cette jeune femme était aussi la créature la plus sexy et la plus sensuelle qu'il ait jamais connue. Ils étaient très proches, trop proches. Jamais Ben n'avait connu une telle proximité avec une femme.

Quel sens cela revêtait-il ? A quel danger était-il confronté ?

7.

Ben avait en horreur l'atmosphère confinée des hôpitaux. Il détestait aussi devoir dépendre du corps médical ou se sentir impuissant ou inutile…

Mais il ne pouvait rien faire, sinon attendre. Emmy dormait profondément dans son lit et Lily s'était assoupie sur sa chaise.

Réprimant un soupir, il se leva et se dirigea sans bruit vers la porte. Une fois dans le couloir, il s'immobilisa en voyant approcher Elizabeth. Depuis qu'il avait procédé au don de moelle osseuse, son attitude à son égard s'était un peu adoucie.

— Elles dorment, lui dit-il. J'en profite pour aller prendre un peu l'air.

— Lily dit que vous ressemblez à un lion en cage.

— Ah oui ? Je déteste les hôpitaux… Voulez-vous que je vous rapporte quelque chose ? Un café ?

Comme elle secouait la tête, Ben accepta son refus avec philosophie. Il allait passer son chemin quand la voix d'Elizabeth le retint.

— Puis-je vous poser une question qui me brûle les lèvres depuis longtemps ?

— Vous pouvez toujours la poser… mais je ne promets pas d'y répondre.

— Vos parents n'ont pas connu un mariage heureux, n'est-ce pas ? commença Elizabeth.

— C'est le moins qu'on puisse dire ! Ils ont vécu un enfer.

— Pourquoi sont-ils restés ensemble alors ? Par respect des convenances ? A cause de leurs croyances religieuses ?

D'abord surpris par la question, Ben finit par laisser échapper un petit rire amer.

— Honnêtement, je n'en ai pas la moindre idée. Ils ont failli tout envoyer promener plus d'une fois au fil des ans, sans jamais franchir le pas. Peut-être ont-ils préféré l'idée de se détester à celle de divorcer. Ou peut-être refusaient-ils d'admettre qu'ils s'étaient trompés. Pour moi, cela demeure un mystère.

— Certaines personnes ne sont pas faites pour vivre ensemble, je présume.

— Le mariage est un saut dans l'inconnu, répliqua Ben avec cynisme.

— C'est un peu comme jouer en Bourse, non ? Ou comme certains investissements. On ne se sait jamais ce qu'ils vont donner sur le long terme.

— Que cherchez-vous à me faire dire, madame Gray ?

— Appelez-moi Elizabeth, répondit-elle avec un sourire énigmatique.

— Il me semble que les risques financiers sont plus faciles à gérer que les sentiments, très chère Elizabeth.

— Je n'en suis pas si sûre… Finalement, je crois qu'un café me ferait le plus grand plaisir, Ben…

Ben se précipita vers l'ascenseur tout en maudissant son retard.

Jetant un coup d'œil à sa montre, il jura intérieurement. Avait-il raté la visite du médecin ?

Tout était la faute de l'agent immobilier. Ce dernier avait créé des problèmes là où il n'y en avait pas. Peu lui importait de faire une excellente affaire. Si les propriétaires voulaient plus d'argent, il n'y voyait aucun inconvénient.

— Donnez-leur un chèque en blanc s'il le faut, avait-il déclaré. Je m'en moque, du moment que j'ai les clés demain.

— Un chèque en blanc ? avait répété l'agent d'un air scandalisé.

Ben l'avait réduit au silence d'un regard.

Une fois la transaction effectuée, l'agent s'était répandu en remerciements chaleureux pour avoir reçu une commission aussi généreuse. Mais au moment où Ben avait voulu partir il l'avait retenu quelques précieuses minutes encore, le temps de signer un dernier document.

A présent, il devait se presser pour rejoindre le service où Emmy avait été transférée deux semaines plus tôt, après sa greffe de moelle osseuse. En chemin, il croisa un couple qu'il avait déjà vu dans l'enceinte de l'hôpital. Il les salua à la hâte. Une fois arrivé à destination, il se soumit docilement aux règles d'hygiène qu'il devait respecter désormais pour ne faire courir aucun risque d'infection à sa petite fille, si fragile depuis l'intervention.

Au moment où il allait se précipiter dans la chambre d'Emmy, son cœur se serra douloureusement devant la scène qui se déroulait sous ses yeux : Lily, blottie dans les bras de sa mère, sanglotait sans retenue…

Cela faisait deux semaines qu'elle dormait au chevet d'Emmy, refusant d'être relayée ou d'accepter un lit dans le quartier réservé aux familles ou aux parents venus des quatre coins du pays. Rien ni personne n'était parvenu à la convaincre.

Jusqu'ici, malgré la fatigue accumulée, elle avait fait preuve d'un courage exemplaire et d'un optimisme inébranlable.

Que s'était-il passé pour qu'elle s'effondre ainsi ?

Les médecins les avaient prévenus : même une parfaite compatibilité telle que celle que partageaient Ben et Emmy ne pouvait garantir le succès total de l'intervention. De nombreux facteurs pouvaient affecter le résultat.

Si Lily avait préféré vivre dans le déni, Ben s'était souvent interrogé sur ce qu'il ressentirait si… le pire survenait.

A présent il le savait.

Les sanglots de Lily lui déchiraient le cœur.

Trois semaines auparavant, il ignorait encore qu'il était le père d'une petite fille de deux ans. Après avoir appris la nouvelle, il avait eu peur de ne pas être à la hauteur de la situation, de ne rien ressentir à l'égard de cet enfant, la chair de sa chair. Puis, il était entré dans cette chambre d'hôpital… A la vue de la frêle silhouette d'Emmy, de son visage si pâle, il avait senti son cœur bondir dans sa poitrine. Une vive émotion s'était emparée de lui.

Alors qu'il avait imaginé le pire, la force des sentiments qu'il avait éprouvés à ce moment-là l'avait rassuré sur sa capacité à aimer. A cet instant précis, il avait compris qu'une page de sa vie s'était définitivement tournée.

Longtemps, il avait craint d'avoir hérité de l'égoïsme de sa mère, de l'indifférence de son père. Mais aujourd'hui, grâce à Lily qui avait décidé, envers et contre tout, d'aller au terme de sa grossesse, il connaissait le bonheur d'être père. Un bonheur fragile qui risquait à tout moment de partir en fumée…

Il aurait dû remercier Lily de lui avoir fait ce cadeau au lieu de l'accabler de reproches. Aujourd'hui, il comprenait mieux ses réticences à l'idée de l'inclure dans la vie de sa fille. Ce n'était pas un droit, mais un privilège qui se méritait.

Trop tard…

Fermant les yeux, Ben fut assailli par les souvenirs de ces quinze derniers jours. Des souvenirs douloureux et précieux à la fois. Depuis qu'Emmy avait subi la greffe, il venait tous les jours. Le désespoir l'étreignait quand il la voyait souffrir. Son impuissance à la soulager le rendait fou.

Ses face-à-face avec sa fille se limitaient à de brefs intermèdes, mais il profitait pleinement des instants où Lily le laissait seul pour prendre ses repas ou sa douche. Il se demandait comment elle tenait le coup. Quand il la croisait, elle lui souriait sans joie. Tout dans son maintien montrait à quel point son cœur était meurtri, même si elle ne se plaignait jamais. Dans ces moments-là, Ben se sentait impuissant et la rage qui l'habitait menaçait de l'étouffer. Mais il la contenait et s'efforçait de se rendre utile.

Il lisait des revues médicales pour mieux comprendre le mal dont souffrait sa fille. Il se fixait aussi des buts réalistes. Certains auraient pu paraître pathétiques, comme celui de réussir à faire rire Emmy deux fois dans la journée. Pour elle, il n'était pas un papa, mais le monsieur amusant qui lui rendait visite tous les jours. A chaque repas, il mettait un point d'honneur à lui faire avaler deux bouchées de chacun des plats qui lui étaient servis.

Et, plus important encore, il préparait l'avenir, la sortie d'Emmy de l'hôpital. En cas d'urgence, il voulait qu'elle puisse être admise aussitôt, c'est pourquoi il avait chargé un agent immobilier de leur trouver un logement à proximité immédiate.

Ce problème étant résolu, il avait espéré partager la bonne nouvelle avec Lily. Mais cet espoir s'était évanoui à la seconde où il avait aperçu son visage baigné de larmes.

A présent, il se tenait prostré dans l'encadrement de la porte, envahi par un flot d'émotions qui le submergeaient.

Quand elle s'arracha à l'étreinte d'Elizabeth, Lily jeta un regard hagard autour d'elle. Ben apparut alors dans son champ de vision, debout, immobile, le visage ravagé par la douleur.

Lorsque leurs regards se croisèrent, il lui tendit les bras. Se levant d'un bond, elle courut s'y réfugier.

— Je suis désolé… Si tu savais comme je suis désolé, murmura-t-il à son oreille tout en caressant ses cheveux d'un geste tendre.

— Non, ne le sois pas ! protesta Lily en s'écartant pour prendre ses mains entre les siennes. Je… je pleure de bonheur.

— De bonheur ?

— Oui… La greffe a pris. Emmy va guérir. L'intervention a réussi. Les derniers résultats étaient… disons, prometteurs, mais ceux qui viennent d'arriver confirment la réussite. La greffe a fonctionné !

Ben demeura immobile. Il la regardait de la manière dont elle-même avait dévisagé le médecin qui lui avait annoncé cette merveilleuse nouvelle. Instinctivement, elle lui prit la main, la pressa contre son visage puis déposa un baiser dans sa paume. Riant devant son expression ahurie, elle se tourna vers sa mère comme pour la prendre à témoin, puis ajouta :

— La greffe a pris, Ben ! Ça a marché !

Ben regarda couler ses larmes sur son visage radieux. Doucement, il sentit le sang affluer de nouveau dans ses veines. Il avait l'impression de se réveiller d'un épouvantable cauchemar. Lily continuait de presser sa main dans les siennes. Elle riait et pleurait à la fois.

— Désolé, j'ai cru…

— Je sais, coupa-t-elle avec un sourire ému. Il faut que je te remercie. Sans toi, Emmy ne serait peut-être plus parmi nous. Tu as été d'une patience infinie même quand je… Je n'oublierai jamais ce que tu as fait.

Soudain agacé, Ben retira sa main.

— Je ne veux pas de ta gratitude. Ce n'est pas ce que je recherchais.

Que recherchait-il, d'ailleurs ? Soudain, la vérité lui apparut comme une évidence…

Sentant que Lily lui serrait le bras, il reporta son attention sur elle.

C'est alors qu'elle fut prise d'un malaise. Le sol se déroba sous ses pieds. Ben intervint juste à temps pour la rattraper et la soulever dans ses bras avant qu'elle ne touche le sol.

— Un docteur, vite ! s'écria-t-il sans quitter des yeux le visage livide de Lily. Bon sang, cet endroit est rempli de médecins ! Mais impossible d'en trouver un quand on en a besoin.

— Est-ce qu'elle respire ? demanda Elizabeth d'un ton pressant.

— Oui, ne vous inquiétez pas. Elle s'est simplement évanouie. La fatigue, sans doute.

— Seigneur, j'en étais sûre ! Je savais que cela arriverait. Vous ne pouvez pas vous imaginer à quel point elle est têtue. Elle refuse qu'on l'aide, sous prétexte de ne pas vouloir déranger. Comment pourrait-elle me *déranger* ? C'est ma fille, ma petite fille ! Je veux l'aider ! *J'ai besoin* de l'aider !

Ces derniers mots retinrent l'attention de Ben. *Besoin d'aider*. C'était exactement ce qu'il ressentait. Après le don de moelle osseuse, il aurait pu disparaître et reprendre le cours de sa vie. C'était probablement ce que Lily attendait de lui. Sans doute aurait-elle préféré qu'il s'éclipse…

A cette idée, une sourde colère l'envahit, contre cette jeune femme farouchement indépendante, prête à tout pour son enfant et refusant le moindre soutien, qu'il soit moral ou financier.

Puis il comprit en la regardant à quel point elle comptait pour lui, combien elle était chère à son cœur.

Il l'aimait, comme jamais il n'avait aimé personne avant elle.

— Elle ira bien, Elizabeth, dit-il avant de se précipiter hors de la chambre, chargé de son précieux fardeau.

Une fois dans le couloir, il vit que les secours arrivaient. On lui retira Lily des bras pour la déposer sur un brancard. La laisser partir fut un déchirement…

— Je me suis évanouie ? demanda Lily d'une voix faible.

— Oui.

Au son de cette voix reconnaissable entre toutes, elle ouvrit de grands yeux effarés. Ben se tenait debout à côté de son lit, une expression indéchiffrable sur le visage.

— Heureusement que ça m'est arrivé ici, dit-elle en tentant de se redresser.

Ben plaqua une main sur sa poitrine pour l'en empêcher.

— Doucement, lui dit-il avec sévérité. Pas de mouvement brusque pour t'asseoir. Il faut y aller progressivement. Ensuite, tu boiras ce thé qu'une infirmière a préparé. Pendant ce temps-là, j'irai rassurer ta mère sur ton état. Et dès que tu iras mieux, je te ramène à la maison et tu te reposeras.

De toute cette liste, Lily retint seulement l'idée de boire une bonne tasse de thé.

— Je…

— Laisse-moi deviner : tu vas bien, c'est ça ?

— Oui… Enfin, j'irai parfaitement bien quand tu ôteras ta main de ma poitrine. Je peux à peine respirer.

Lorsque Ben eut obéi, elle ferma les yeux et prit une profonde inspiration.

— Puis-je tenter de me lever… toute seule ? demanda-t-elle timidement.

Soudain, une idée terrible lui traversa l'esprit. A présent qu'Emmy était hors de danger, combien de temps encore pourrait-elle s'appuyer sur Ben ? Depuis deux semaines, elle avait senti sa présence constante à ses côtés. Même s'ils avaient échangé très peu de mots, ils avaient partagé la même angoisse et s'étaient soutenus mutuellement.

— Doucement, lui conseilla Ben, attentif à ses moindres mouvements.

Lily se redressa dans le lit, bascula ses jambes sur le côté, puis se leva en prenant appui sur la table de chevet.

— Ça va ? demanda Ben.

— Très bien, mentit-elle en luttant contre une légère nausée.

— Bois ce thé, lui dit-il en approchant le chariot.

— Est-ce un ordre ?

— C'en est un, mais il ne vient pas de moi.

Cette remarque lui fit lever les yeux sur Ben d'un air soupçonneux. Puis à la vue de ses traits tirés, elle ressentit une pointe de culpabilité. Ces dernières semaines, elle n'avait pensé qu'à sa fille sans se soucier de ce que Ben pouvait ressentir.

— Le courage dont tu as fait preuve ces deux dernières semaines est admirable, reprit-il, mais au bout d'un certain temps il faut savoir lâcher prise. Emily Rose se porte bien et elle dort à poings fermés. Tu ne lui seras d'aucune utilité si tu te retrouves hospitalisée à ton tour.

— J'ai compris le message

— Ce n'est pas trop tôt ! maugréa Ben.

— Je sais que j'ai besoin de sommeil, admit-elle en étouffant un bâillement. Tout le temps que je suis restée au chevet d'Emmy, je n'arrivais pas à fermer l'œil. J'avais peur qu'elle se réveille et se sente seule. D'ailleurs…

— Elle ne sera pas seule à son réveil, coupa Ben. Ta mère est près d'elle. Quant aux infirmières, elles se relaient pour venir passer un moment avec elle. Elle les a toutes dans sa poche !

Lily sourit à cette évocation, puis fut de nouveau prise de bâillements.

— C'est une charmeuse, n'est-ce pas ? Tu as raison, je ne devrais plus m'inquiéter autant.

— Enfin, tu le reconnais !

Lily préféra ne pas relever le sarcasme.

— Pourrais-tu me conduire à l'endroit où maman nous a réservé une chambre ? Ou si tu préfères, je pourrais prendre un taxi…

Contrairement à Elizabeth, Lily avait occupé cette chambre une nuit seulement depuis qu'Emmy était hospitalisée. Sa mère y avait dormi régulièrement, sauf les deux fois où elle avait profité de l'hélicoptère mis à sa disposition par Ben pour rentrer à Warren Court. Tout le monde au village connaissait l'identité du père d'Emmy désormais. Lily avait espéré garder son secret plus longtemps, mais la nouvelle s'était répandue comme une traînée de poudre. Elle pensait à tort que le grand-père de Ben serait demeuré discret. Au bout du compte, elle s'était fait une raison. Peu importaient les cancans. Seule la santé d'Emmy avait de l'importance.

— Tu ne préfères pas marcher jusque-là ? plaisanta Ben.

— Je pourrais le faire, c'est vrai, répliqua Lily en hochant la tête. La maison d'hôtes est à deux pas.

— C'est hors de question. Je vais te conduire, mais il faudra me rembourser l'essence !

Lily esquissa un léger sourire. Bien que très faible, elle se sentait beaucoup moins oppressée qu'avant. Tout rentrerait dans l'ordre quand elle serait rentrée chez elle.

— Bois ton thé, maintenant.

— Merci, dit-elle avant d'en avaler une gorgée.

— Je vais rapprocher la voiture pendant que tu te prépares.

Comme Ben se dirigeait vers la porte, elle ajouta :

— C'est incroyable, n'est-ce pas ?

Se retournant, Ben l'observa un instant. Assise sur le lit, avec ses longs cheveux en bataille, son visage sans aucun maquillage et son sourire juvénile, elle ressemblait plus à une adolescente qu'à une jeune maman. Ben dut refréner son envie de traverser la pièce et de la prendre dans ses bras.

C'était elle qui était incroyable, si douce, si courageuse, si têtue aussi parfois. Mais ce défaut la rendait encore plus attirante.

— Ça l'est, en effet, répliqua-t-il avant de s'en aller.

Lily regarda longuement la porte derrière laquelle il avait disparu. Une sensation étrange l'étreignit, comme si ce départ venait de lui arracher une part d'elle-même…

Dix minutes plus tard, Lily était prête à quitter l'hôpital. Le jeune médecin venu vérifier sa tension lui avait accordé la permission de sortir. Elle rejoignit Ben dans le hall et tous deux se dirigèrent vers l'endroit où il avait garé sa voiture.

— Mais… c'est l'emplacement réservé au chef de l'administration ! protesta-t-elle.

— Exact… Comment dire ? Je suis un rebelle.

Lily ne put s'empêcher de rire en le voyant écarter les bras d'un geste théâtral.

— Il n'y a pas de scrupules à avoir, ajouta-t-il avec assurance. Ça m'étonnerait que le chef de l'administration travaille le samedi.

Lily avait perdu le fil des jours et ne s'était pas rendu compte qu'un nouveau week-end s'annonçait.

Plus pour le taquiner que pour le provoquer, elle demanda :

— Que se passerait-il si tout le monde enfreignait les règles établies ?

— Penses-tu réellement qu'une infraction de ce genre puisse mettre en péril la société dans laquelle nous vivons ?

Amusée de le voir froncer les sourcils, elle esquissa un sourire amusé.

— C'est drôle de te voir partir au quart de tour !

— Oh ! Toi…

Ben s'interrompit en voyant approcher un brancardier chargé d'une énorme composition florale.

— Mademoiselle Gray ?

— Oui ?

Surprise, elle le regarda sans comprendre.

— J'étais à l'accueil tout à l'heure quand ce bouquet est arrivé. Puis, je vous ai vue partir… J'ai pensé que vous aimeriez le récupérer.

— Je vais le prendre, intervint Ben en saisissant l'anse du grand panier rempli de fleurs.

Avisant la petite carte fichée dedans, il la tendit à Lily sans un mot.

Lily remercia chaleureusement le jeune homme puis contempla l'enveloppe d'un air ahuri.

— Qui a pu m'envoyer cela ?

Soudain, un sourire attendri se forma sur ses lèvres. *Il ne pouvait s'agir que de Lara.*

Sa sœur jumelle lui avait envoyé des messages tous les jours pour lui demander des nouvelles d'Emmy, dont elle avait appris la maladie par sa mère. Cette dernière lui avait également révélé l'identité du père de la fillette, mais Lara n'avait manifesté aucune surprise.

Ben la regarda attentivement tandis qu'elle déchirait l'enveloppe. Voyant son sourire se figer, il demanda :

— Qu'y a-t-il ?

— C'est de… ton grand-père.

— A qui d'autre pensais-tu ?

Lily leva les yeux vers lui d'un air absent, puis répliqua :

— Quoi… ? Oh ! Je pensais que ce bouquet m'était envoyé par Lara.

Ben prit une profonde inspiration pour chasser l'accès de jalousie qui l'avait saisi à l'idée que ce présent puisse provenir d'un admirateur.

Se forçant à sourire, il répliqua :

— Oui, bien sûr, c'était une autre possibilité.

Ben avait gardé secrète la conversation qu'il avait eue avec son grand-père au sujet d'Emmy. Curieusement, ce dernier avait eu une réaction beaucoup plus positive qu'il ne l'avait imaginé.

— Il dit qu'il a hâte de faire la connaissance de son arrière-petite-fille et qu'il est heureux de m'accueillir dans la famille !

Emue, Lily relut silencieusement l'étonnante missive, écrite dans un style un peu désuet.

Puis, comme Ben ne réagissait pas, elle reporta son attention sur lui. Elle attendit qu'il ait déposé le bouquet dans le coffre de la voiture et revienne vers elle, puis le dévisagea avec curiosité.

— Tu n'es pas surpris ? lui demanda-t-elle.

— Pas vraiment, marmonna-t-il. Il avait presque abandonné l'idée que je lui donne une descendance.

— Je m'attendais à une autre réaction de sa part… Je ne te cacherai pas mon soulagement. En fait, je craignais que maman perde son travail et soit obligée de déménager.

Ben parut choqué par cette suggestion.

— Mon grand-père est une vraie tête de mule, mais pas

un monstre, voyons ! Il serait incapable de punir ta mère pour un péché…

— … que je suis la seule à avoir commis, acheva Lily en s'engouffrant dans la voiture.

Le cœur lourd, elle se recroquevilla sur son siège. Avisant sa mine défaite, Ben se tourna vers elle, une fois installé sur le siège conducteur.

— Ce n'est pas ce que je voulais dire. Parfois je m'embrouille dans mes métaphores. Et pour ce qui est de ce péché…

Intriguée, Lily tourna la tête vers lui et sentit son cœur chavirer en plongeant son regard dans le sien. Un regard intense où se lisait le désir qu'il éprouvait pour elle. Fascinée, elle ne put s'en détacher. Quand elle sentit sa main se poser sur sa joue, elle prit une profonde inspiration pour contenir ses émotions.

— Ce péché… j'ai adoré le commettre avec toi. Je ne regrette rien, au contraire…

Assommée par cette déclaration, elle ne réagit pas quand les lèvres de Ben effleurèrent les siennes.

Les yeux fermés, elle se laissa aller au plaisir de cette caresse si légère, de ce souffle à peine perceptible sur sa peau, du parfum entêtant de cette eau de toilette dont elle aurait reconnu la fragrance n'importe où.

— Ce que nous avons partagé autrefois avait ce goût délicat, reprit-il dans un murmure. Il nous a offert un cadeau inestimable… Emily Rose. Si tu veux l'appeler *péché*, soit. Mais, pour moi, ce fut un instant précieux…

Lorsque Ben détacha ses lèvres des siennes, la chaleur dont il l'enveloppait la quitta aussitôt, la laissant désemparée.

Quelques secondes plus tard, la voiture quittait son emplacement pour rejoindre la route.

— Satanés travaux routiers ! maugréa Ben en s'engageant sur une déviation.

Comment pouvait-il reprendre aussi aisément le contrôle de ses émotions ? Alors que Lily avait l'impression que la

Terre avait soudain dévié de son axe, Ben se comportait le plus naturellement du monde, comme si rien ne s'était produit entre eux. Comme si le moment de communion intense qu'ils avaient partagé n'avait jamais existé.

Aurait-elle rêvé ? La fatigue aidant, la confusion de ces derniers jours pouvait avoir atteint ses nerfs fragiles au point de lui faire perdre le sens de la réalité.

Soudain, en regardant autour d'elle, elle ne reconnut rien de son environnement familier. Des travaux obligeaient les automobiles à emprunter des sens uniques qui semblaient les éloigner de leur destination. En approchant d'un parc entouré de luxueuses maisons d'habitation, Lily ne put s'empêcher de remarquer :

— Tu te trompes de direction.

— Pas du tout. Je suis sur le bon chemin.

Lily émit un léger soupir. Pourquoi les hommes refusaient-ils toujours d'admettre leurs erreurs lorsqu'ils étaient au volant ?

— Je sais que je ne suis qu'une femme, mais… pourquoi nous arrêtons-nous ici ?

La voiture s'était immobilisée à l'extrémité du parc, devant la dernière maison. La plus grande aussi, de style édouardien, nichée au bout d'un long chemin bordé d'arbres centenaires.

Convaincue que Ben allait faire demi-tour, Lily amorça le geste de se retourner, quand les hautes grilles du portail s'ouvrirent devant eux, leur libérant le passage. Ben engagea la voiture sur la voie qui menait à la maison. Hébétée, Lily ouvrit de grands yeux effarés quand elle le vit se garer dans la cour. Sa stupeur monta d'un cran lorsque, après avoir consulté sa montre, il dit :

— Quinze minutes… pas mal !

— Vas-tu te décider à me dire ce qui se passe ? demanda-t-elle avec une pointe d'agacement. Ou faut-il que je devine ?

La fatigue qu'elle ressentait la rendait nerveuse, à présent. Se tournant vers elle, Ben lui montra le trousseau de clés qu'il tenait dans sa main.

— C'est vrai, je ne t'ai rien dit encore. Mais tout est réglé, tu es chez toi. Alors, qu'en penses-tu ?

A bout, Lily poussa un soupir exaspéré.

— De quoi parles-tu, Ben ? Je suis morte de fatigue et pas du tout d'humeur à participer à une chasse au trésor. Je ne comprends rien à ce que tu me dis.

— Ce n'est pas parfait, je le concède, reprit Ben, éludant les propos de Lily. Et ce n'est pas une solution permanente, mais il n'y avait pas beaucoup de choix à peu de distance de l'hôpital.

Avant qu'elle ne puisse réagir à cette remarque obscure, Ben sortit de la voiture.

Pressant ses mains sur ses tempes, elle attendit qu'il vienne lui ouvrir la portière.

— As-tu la migraine ?

Abaissant ses mains, elle le fusilla du regard.

— Pas encore, mais ça ne saurait tarder. Ecoute, si ça continue comme ça, il sera bientôt l'heure de retourner à l'hôpital et je ne me serai pas reposée du tout.

Prenant enfin conscience de son état de fatigue, Ben hocha la tête, puis lui tendit la main pour l'aider à descendre de voiture, geste qu'elle ignora.

— Tu as l'air exténuée, lui dit-il avec compassion.

— Tu n'as pas l'air très frais non plus, ne put-elle s'empêcher de répondre.

Il se passa une main sur la mâchoire, l'air faussement soucieux.

— Certes, mon dernier rasage remonte à plusieurs heures… mais je pensais que tu serais capable de m'aimer en dépit de mon apparence !

T'aimer ? Mais je te hais !

Lily ouvrait la bouche pour lui adresser cette remarque cinglante quand une pensée fulgurante lui traversa l'esprit : oui, elle aimait cet homme. A la folie…

Depuis quand ? Comment ses sentiments avaient-ils pu évoluer ainsi ?

Il ne s'agissait pas d'une simple attirance physique, mais de quelque chose de beaucoup plus profond, d'un désir ardent enfoui au plus profond d'elle-même.

Revenant à la réalité, elle comprit que Ben venait de lui parler et attendait une réaction de sa part.

— Quoi ?

— Je disais que j'ai récupéré les clés ce matin.

Toujours dans le flou le plus total, Lily s'extirpa péniblement de la voiture, ignorant la main que lui tendait Ben. Elle ne pouvait même pas le regarder.

— Tu habites ici ?

Malgré sa taille imposante, la maison donnait le sentiment d'offrir un véritable havre de paix. Ben détonnait dans ce décor bucolique. Elle l'aurait davantage imaginé dans un loft ultramoderne.

— As-tu entendu ce que je t'ai dit ? demanda-t-il avec une pointe d'exaspération.

Puis, voyant sa mine effarée, il ajouta avec plus de douceur :

— Allons-y.

— Je… je vais dormir ici ?

Sans prendre la peine de lui répondre, Ben passa un bras autour de sa taille et la conduisit jusqu'à la porte d'entrée.

Après l'avoir ouverte, il s'effaça pour la laisser passer.

Lily s'avança timidement, observant le cadre qui l'entourait. Le hall d'entrée donnait sur un vaste salon décoré de meubles design sur lesquels trônaient des bibelots modernes et très colorés. Le sol en chêne resplendissait. Il devait avoir été ciré récemment.

Sentant le regard de Ben sur elle, Lily se retourna.

— C'est une très jolie maison, dit-elle poliment.

— C'est une résidence temporaire. Je l'ai achetée meublée pour faciliter l'installation. Comme le disent les agents immobiliers, il faut savoir faire abstraction de la décoration…

— Je ne vois pas pourquoi ils disent une chose pareille. L'ensemble est très harmonieux… mais je ne vois pas ce que je viens faire ici.

— Je t'expliquerai demain. Tu as besoin de dormir, maintenant.

Il jeta un coup d'œil vers le grand escalier qui desservait l'étage tout en se demandant si Lily serait capable de l'emprunter dans son état de fatigue.

Interdite, Lily demeura immobile.

— Tu as acheté cette maison… mais pourquoi ? As-tu décidé de te transformer en marchand de biens ?

— Pas vraiment, non… Cet endroit m'a paru être un excellent choix. Les hôpitaux laissent les enfants rentrer chez eux plus aisément quand ils savent qu'ils peuvent revenir très vite en cas de besoin. Habiter à proximité permet également d'envisager des soins à domicile journaliers.

— Tu as acheté cette maison pour qu'Emmy puisse rentrer à la maison plus tôt ? demanda Lily d'une voix chargée d'émotion.

Chassant les larmes qui menaçaient d'inonder son visage, elle ajouta :

— Alors cela veut dire que… tu as toujours cru en sa guérison…

8.

— Oui, tout comme toi, admit Ben en hochant la tête.

Lily esquissa un léger sourire, empreint de tristesse.

— Je *devais* y croire... Envisager le pire m'était impossible.

Elle secoua la tête puis se détourna pour contempler à nouveau le cadre qui l'entourait en se demandant comment on pouvait vendre sa maison ainsi que toutes ses possessions.

— Je ne sais pas quoi dire, reprit-elle. Ce que tu as fait... est extraordinaire. C'est trop.

Ben haussa négligemment les épaules. La gratitude que lui témoignait Lily le mettait mal à l'aise. Même s'il n'avait pas choisi d'être un père absent, il n'en demeurait pas moins qu'elle avait jusque-là élevé son enfant seule. Les semaines qui venaient de s'écouler lui avaient permis de comprendre beaucoup de choses. Contrairement aux certitudes qu'il s'était forgées tout au long de sa vie d'adulte, être parent n'apportait pas seulement son lot de responsabilités. C'était fantastique de regarder le monde à travers les yeux d'un enfant.

— Ce n'est rien, finit-il par répondre en éludant le sujet d'un geste de la main.

Lily se retourna d'un bloc pour le dévisager avec insistance. Dans son mouvement, elle fut saisie de vertige. Sans l'intervention de Ben, elle se serait sans doute écroulée.

— Ce n'est pas rien ! protesta-t-elle avec conviction.

— Comparé au sourire d'Emmy, ce que j'ai fait ne compte pas.

Les propos de son grand-père lors de leur dernière dispute lui revinrent en mémoire.

« Ton problème est le suivant : tu ne songes qu'aux profits. Tu connais le prix des choses, mais tu ignores tout des valeurs humaines. »

Même si depuis il était parvenu à renouer avec son grand-père, le différend qui les avait opposés lui avait laissé un goût amer. Il regrettait aujourd'hui de s'être emporté. Leurs points de vue différaient et c'était normal. Ils n'appartenaient pas à la même génération.

Après s'être éclairci la gorge, Ben ajouta :

— Rassure-toi, j'ai fait une très bonne affaire. Si nous devions vendre la maison demain, nous en tirerions un très bon prix.

Comprenant qu'il cherchait à minimiser la générosité dont il avait fait preuve, Lily l'observa attentivement.

— As-tu l'intention de vivre ici ? lui demanda-t-elle.

Ben sembla sur le point de dire quelque chose, puis il se ravisa. Secouant la tête, il déclara :

— Nous parlerons de tout cela plus tard. Maintenant, il faut te reposer. Je vais te montrer où se trouve la chambre.

— Tu me réveilleras, n'est-ce pas, si tu reçois des nouvelles de l'hôpital ?

— Promis.

— Et tu ne me laisseras pas dormir trop longtemps.

— D'accord, acquiesça-t-il pour la forme, alors qu'il n'avait nullement l'intention d'obéir.

Une fois parvenu au premier étage, Ben quitta Lily devant la porte de sa chambre, dans laquelle elle pénétra d'une démarche vacillante.

Sans hésiter, elle se dirigea droit vers le lit et s'y laissa tomber comme une masse. Le sommeil la gagna sitôt qu'elle eut fermé les yeux.

Quinze minutes plus tard, Ben réapparut. Comme la porte de la chambre était demeurée entrouverte, il la poussa doucement. La respiration régulière de Lily le rassura : elle dormait à poings fermés.

A pas de loup et sans quitter des yeux la forme assoupie sur le lit, il traversa la pièce pour fermer les stores vénitiens. La lumière diminua, mais pas de manière significative. Pour obtenir l'obscurité complète, il aurait fallu tirer les lourdes tentures devant la fenêtre, opération qui risquait de réveiller Lily. Ben préféra donc s'abstenir.

Il était sur le point de s'éclipser lorsqu'il perçut un léger soupir. Il fit demi-tour et s'approcha du lit. Lily reposait sur le ventre, un bras replié au-dessus de sa tête. Ses cheveux magnifiques formaient comme un soleil autour de son visage à demi masqué par l'oreiller. On aurait dit un ange.

Avisant de plaid reposant au pied du lit, il le déplia puis le déposa précautionneusement sur le corps de Lily. Puis, il lui retira ses bottines, l'une après l'autre.

« Epouse-la ! » lui avait dit son grand-père d'un ton qui s'apparentait davantage à un ordre qu'à un conseil.

Ben l'avait écouté sans broncher, non pas parce que l'idée lui paraissait acceptable, mais par égard pour son grand-père dont les idées vieillottes étaient très arrêtées.

« Dans la vie, il faut savoir faire des compromis », avait-il ajouté avec fermeté.

Les propos du vieil homme ne l'avaient pas choqué. Ben avait lui-même envisagé la chose sous le même angle. Même s'il n'avait jamais songé à fonder une famille, il n'en demeurait pas moins qu'il en avait une, à présent. Pourquoi ne pas officialiser la situation, après tout ?

Au départ, il avait songé à un mariage de convenance, tout simplement parce qu'il se voilait la face. A présent, à la lumière de ce qu'il avait traversé, il voyait les choses différemment. Il avait compris ce que perdre un être cher pouvait signifier.

Voir disparaître la femme qu'il aimait sans jamais lui avoir avoué ses sentiments serait la pire des options. Ben était bien déterminé à ne jamais connaître cela. Rien n'arriverait à Lily, cette jeune femme si belle, si merveilleuse. Il s'était fait le serment de la protéger et de veiller sur elle. Soudain, l'envie de la réveiller le tenailla. Il fallait qu'il lui dise la vérité sur ce qu'il éprouvait pour elle…

Au prix d'un suprême effort, il parvint à se raisonner. Pour le moment, Lily avait d'autres préoccupations. Seule Emily Rose comptait à ses yeux, à juste titre. Qui plus est, connaissant son avis sur le mariage, elle lui rirait au nez s'il en évoquait l'éventualité. De même qu'elle accueillerait la moindre déclaration d'amour avec suspicion.

Non, décidément, mieux valait attendre.

Avec un léger soupir, il tourna les talons et quitta la chambre. Il avait besoin de réfléchir sur le plus long terme. Il allait devoir faire ses preuves pour convaincre Lily qu'il était l'homme qu'elle voulait à ses côtés, l'homme dont elle avait besoin. Et pas seulement dans son lit, même si sur ce point il ne doutait pas de leur entente parfaite. De toute façon, le sexe n'était pas à l'ordre du jour : Lily était trop vulnérable encore…

La maison comptait un bureau lambrissé au dernier étage. Ben décida de s'y réfugier. Curieusement, c'était la seule pièce à avoir été presque vidée de son contenu. La bibliothèque qui courait sur tout un pan de mur ne comptait plus qu'une vieille encyclopédie et quelques livres de poche écornés. Le mur derrière le bureau laissait apparaître des traces plus claires aux endroits où des toiles ou des photos avaient été accrochées.

Ben s'installa au bureau, puis alluma son ordinateur portable. Il mit un temps fou à trouver la concentration nécessaire pour travailler, mais à force de ténacité, il y parvint. Une heure plus tard, satisfait d'avoir rattrapé le retard accumulé sur un certain nombre de dossiers, il décida de s'accorder une pause. S'adossant à son siège, il étendit ses jambes devant lui et ferma les yeux.

La fatigue eut raison de lui. Quand il s'éveilla de sa sieste, le soleil n'inondait plus les portes-fenêtres.

Alors qu'il allait se remettre au travail, un cri strident lui fit dresser les cheveux sur la tête. Il se leva d'un bond et, bandant ses muscles, il se précipita en haut de l'escalier. Le cœur battant à tout rompre et le souffle court, il rabattit violemment la porte de la chambre.

Dans la pénombre, il aperçut Lily, assise très droite sur le lit, le regard vide.

Des images de cauchemar lui avaient traversé l'esprit, mais heureusement il la retrouvait saine et sauve et non baignant dans un bain de sang…

En un éclair, il la rejoignit, s'assit près d'elle et lui prit les mains. Elles étaient glacées.

— Qu'y a-t-il ? demanda-t-elle en tournant vers lui un visage hagard.

— Lily, parle-moi ! la pressa-t-il d'un ton inquiet. Qu'est-ce qui ne va pas, chérie ?

Elle eut un léger froncement de sourcils, à peine perceptible, mais garda le silence.

— Lily, que se passe-t-il ? Dis quelque chose !

— Je dormais… n'est-ce pas ? Ben… que fais-tu ici ?

Lily se sentait un peu confuse, mais pas effrayée. Elle s'étonnait simplement de la présence de Ben à ses côtés, dans une tenue qui ne lui ressemblait pas. Alors qu'il était toujours tiré à quatre épingles, sa chemise ouverte au niveau du col était froissée, ses cheveux en bataille donnaient l'impression qu'il venait de sauter du lit.

Soudain, une pensée atroce la saisit.

— Emmy ! s'écria-t-elle, en proie à la panique la plus totale.

— Emmy va très bien, rassure-toi. Tu as crié tout à l'heure dans ton sommeil et tu m'as fait une peur du diable.

— Vraiment ?

D'un geste tendre, il posa les mains sur ses épaules.

— Dors, mon ange. Tu as fait un mauvais rêve.

— Je… je ne m'en souviens pas.

Ben laissa échapper un petit rire. Lui de son côté se souviendrait longtemps de ce cri qui lui avait fait entrevoir le pire.

— Ce n'est rien… juste un cauchemar qui s'est évanoui au moment où tu t'es réveillée. Rendors-toi, maintenant.

Quand il voulut la relâcher, Lily lui agrippa le bras et l'étreignit avec force.

— Non !

— Il faut te reposer. Tu dors à moitié et…

Pour le faire taire, elle posa un doigt sur ses lèvres, puis plongea son regard dans le sien. Un regard flamboyant, plus vivant que jamais.

— Je ne dors pas et ne suis pas somnambule. Je suis tout à fait lucide, maintenant.

— Je vois cela, dit-il d'une voix un peu rauque.

Lily le regardait avec une intensité insoutenable. Malgré les cernes sous ses yeux magnifiques, elle demeurait la plus belle femme qu'il ait jamais connue. Et il l'aimait.

— Reste avec moi, Ben, murmura-t-elle d'un ton pressant. Je ne veux pas que tu partes. Ne me laisse pas seule.

— Tu me rends fou, Lily… Vraiment fou. J'aimerais pouvoir rester près de toi, seulement…

Il s'interrompit pour relever la mèche de cheveux qui lui barrait le front. Effaré de découvrir des larmes sur ses joues, il prit son visage en coupe et le leva doucement vers lui.

— Tu pleures !

— Ah oui ? Je ne m'en suis pas rendu compte…

A son tour, Lily leva une main vers le visage de Ben et effleura sa joue avec douceur.

— Serre-moi contre toi.

Ses yeux bleus étaient presque devenus noirs lorsque leurs regards se soudèrent.

— J'aimerais pouvoir faire ce que tu me demandes…

Ben avait conscience de ses limites et les avait déjà dépassées, plus d'une fois. Son désir de réconforter Lily le tenaillait, mais il savait que cela risquait de l'entraîner beaucoup trop loin. Il n'aurait pas la force de s'arrêter.

— Dans la voiture, tu m'as embrassée…

Il lui agrippa la main pour l'éloigner de son visage, dans le vain espoir de regagner le contrôle qui lui faisait si cruellement défaut.

Lily baissa les yeux un court instant, puis les releva, plus intenses que jamais.

— J'aimerais que tu m'embrasses encore.

Son regard glissa sur ses lèvres pleines. Il pouvait certes les embrasser, mais où cela les mènerait-il ?

Et alors ? souffla une petite voix dans sa tête.

Lily le désirait, lui aussi avait envie d'elle, ils étaient deux adultes consentants… Alors, pourquoi tant de retenue ?

— Ben, je veux que tu me fasses l'amour.

Elle demeura immobile, tandis que, lui, des frissons lui parcouraient le corps.

Lily contempla les émotions qui jouaient sur le visage de Ben et qu'il peinait à contrôler. Le désir qu'il ressentait pour elle ne faisait aucun doute, mais il luttait contre cet instinct primitif qui le poussait vers elle. Prenant une profonde inspiration, elle ajouta dans un murmure :

— J'ai… J'ai besoin que tu me fasses l'amour.

Il s'agissait là d'une confession douloureuse, mais elle ne regrettait pas de l'avoir exprimée. Totalement dépassée par les émotions qui la submergeaient, elle laissa échapper de ses lèvres tremblantes un flot de paroles décousues.

— J'ai eu peur… trop longtemps… Je veux me sentir protégée… en sécurité… pas seule… plus seule… tu comprends ?

Ben la contempla longuement avant de hocher la tête. D'un geste mal assuré, il leva la main vers son visage. Il voulait juste effleurer sa joue, mais cette fois le contact de sa peau l'électrisa. Une peau si douce, si chaude…

Sa main se figea tandis qu'il luttait contre son désir. Dans un suprême effort, il parvint à répliquer :

— Tu es épuisée et tu ne sais plus ce que tu dis…

Visiblement partagée entre l'incrédulité et la colère, le regard de Lily flamboyait.

La main levée, elle semblait prête à le gifler.

— Je ne te permets pas de dire ce que je sais ou ne sais pas ! lui retourna-t-elle furieusement. Inutile de jouer avec moi. Dis simplement la vérité. Si je ne te plais pas… je peux l'entendre. Je peux vivre avec ton rejet. Je m'en remettrai, rassure-toi ! Ce ne sera pas la première fois…

N'y tenant plus, Ben plongea ses doigts dans ses cheveux et attira Lily contre lui. Ils roulèrent sur le lit, leurs deux corps arrimés l'un à l'autre.

— Je ne te crois pas, dit-il d'un ton très bas. Il est impossible qu'un homme t'ait rejetée. Totalement impossible.

Le souffle court, elle tenta de se libérer, en vain. Ben la retenait prisonnière.

— Laisse-moi…

— Le veux-tu vraiment ?

Il la dévisagea comme s'il cherchait à lire en elle ou à démêler le vrai du faux.

Abandonnant toute résistance, Lily finit par secouer la tête. Leurs regards se soudèrent dans le silence environnant. Noyée dans l'océan de ses yeux passant du bleu au noir le plus profond, elle s'abandonna à des émotions complexes, tout comme Ben dont il lui sembla deviner les pensées les plus intimes, pareilles aux siennes…

Comme s'il avait besoin de lui prouver qu'elle était à lui, qu'il devait la posséder ici et maintenant, Ben pressa son sexe durci contre ses hanches. Cette étreinte passionnée lui arracha un gémissement.

Son corps se tendit, s'arc-bouta pour mieux épouser celui de Ben.

Glissant une main dans la masse de ses cheveux flamboyants éparpillés sur l'oreiller, il murmura :

— Es-tu certaine de vouloir ceci ?

Lily hocha la tête, puis frissonna en sentant la main de Ben glisser de sa gorge à sa poitrine. Un soupir franchit ses lèvres tremblantes et elle ferma les yeux.

— Je vais te caresser.

Ces mots, doux comme du velours, lui firent l'effet d'un baume apaisant.

— Où cela ? demanda-t-elle dans un murmure à peine audible.

Ben eut un sourire, puis approcha sa bouche de la sienne.

— Partout.

— Vraiment ?

— Oui, répliqua Ben en prenant l'une de ses mains pour la presser contre son cœur qui, tout comme le sien, battait à tout rompre.

— Et après… que feras-tu ?

— Je te dégusterai…

— J'aime… j'aime te regarder.

Cette confession eut raison de Ben. Serrant son corps plus étroitement contre lui, il happa sa bouche avec fièvre.

Lily répondit à son étreinte avec ferveur. Sa langue s'enroula autour de la sienne, ses lèvres avides se pressèrent sur sa bouche affamée.

Elle flottait à présent sur un océan de plaisir sensuel dans lequel elle se noyait, appréciant chaque seconde. Jamais elle ne s'était sentie aussi vivante. Comme elle répondait aux baisers de Ben, ses bras enroulés autour de son cou, elle se cambra pour mieux épouser son corps, savourer la force de son désir.

Leurs baisers se firent avides au point de leur arracher des gémissements, des soupirs enflammés, des paroles insensées.

Lorsque leurs lèvres s'éloignèrent, ils se regardèrent.

— Es-tu sûre de toi ?

— Oui…

Ce fut le signal. Fébrilement, ils se déshabillèrent l'un l'autre, s'interrompant pour échanger des caresses et des baisers d'une sensualité inouïe.

Lorsqu'ils furent nus, le même désir de se découvrir les envahit. Ben se mit à effleurer les courbes de Lily avec une délicatesse exquise, le regard brillant de tendresse.

A son tour, Lily contempla le corps de son premier amant, le seul, l'unique, celui qu'elle avait attendu pendant si longtemps. Seigneur ! Il était d'une beauté à couper le souffle.

Ses mains, comme attirées par des aimants, se mirent à dessiner le contour de ses pectoraux saillants. Puis, fascinée par son érection, elle caressa son membre durci avec volupté. Quand ses lèvres chaudes et humides se substituèrent à ses doigts, Ben laissa échapper un gémissement qui en disait long sur le plaisir qu'il ressentait.

N'y tenant plus, il lui agrippa les épaules pour échapper à la torture sensuelle qu'elle lui infligeait.

— Tu me rends fou, dit-il d'une voix rauque en l'enlaçant étroitement.

Avant qu'elle n'ait eu le temps de réagir, il referma sa main sur sa nuque et s'empara de ses lèvres. Après les avoir savourées un instant, il en franchit le barrage du bout de la langue sans que Lily oppose la moindre résistance.

Electrisé, il sentait les pointes hérissées de ses seins contre son torse.

Approfondissant son baiser, il fit glisser sa main jusqu'au creux de ses reins et la plaqua contre lui.

Seigneur ! Quel plaisir de l'embrasser, de la caresser, de sentir son corps souple et chaud contre le sien, sa bouche délicieuse offerte à la sienne…

Lorsque leur baiser prit fin, il la dévisagea avec ferveur. Lily le fixait comme si elle ne le voyait pas, les pupilles dilatées et les lèvres entrouvertes. Contre lui, il sentait les battements frénétiques de son cœur.

Soudain, la passion qu'ils partageaient les embrasa.

Abandonnée entre les bras de Ben, Lily perdit la notion du temps et de l'espace. Plus rien n'existait, excepté ce bonheur indicible, et l'homme qui le lui donnait.

Lorsque Ben la pénétra, elle fut inondée d'un plaisir inouï, presque insupportable.

Bien plus tard, quand le sommeil la gagna, des ondes de volupté la parcouraient encore. Ses paupières étaient lourdes. Autour de sa taille, un bras puissant la maintenait fermement contre un corps musclé duquel émanait une chaleur exquise.

— Tu m'as emmenée au septième ciel… et peut-être même au-delà, murmura-t-elle avant de sombrer dans un sommeil profond, exempt de cauchemars, cette fois.

A son réveil, Ben enfouit son visage dans l'oreiller de Lily pour humer le parfum délicat qui s'en dégageait. Puis il se sentit envahi d'un sentiment de perte intense en découvrant qu'elle avait déserté le lit.

— Tu m'as fait peur ! lui reprocha-t-il en la rejoignant dans la cuisine, où elle s'affairait à la préparation du café.

A la vue de son amant sur le seuil de la pièce, plus sexy que jamais, pieds nus, le jean dégrafé et la chemise ouverte, elle réprima un frisson de désir.

Puis, se forçant à afficher une expression impassible, elle fit mine de se concentrer sur ce qu'elle faisait.

— Il faut que je retourne à l'hôpital, dit-elle en contemplant la cuillerée de sucre qu'elle tenait à la main, incapable de se rappeler si elle en avait déjà mis dans sa tasse.

Dans le doute, elle l'ajouta au breuvage. Puis, pour se donner une contenance, elle porta la tasse à ses lèvres. Le café, trop sucré, lui arracha une grimace de dégoût, mais elle le but jusqu'à la dernière goutte.

Il fallait à tout prix qu'elle garde la tête froide. Ce qui s'était produit entre elle et Ben appartenait au passé et n'avait rien de romantique. Forte de cette conviction, elle s'éclaircit la gorge avant de déclarer :

— La nuit dernière…

Elle s'interrompit en le voyant se diriger vers le réfrigérateur et en sortir une bouteille de lait. Comme il se tournait vers elle, le regard interrogateur, elle poursuivit :

— Tu m'as donné ce dont j'avais besoin… alors merci.

Incapable d'interpréter l'expression qui se peignit sur les traits de Ben, elle se força à ajouter :

— Rassure-toi, je ne te réclamerai pas de… câlins consolateurs toutes les nuits.

Ben faillit s'étrangler avec son verre de lait.

— Est-ce ainsi que tu qualifies la nuit que nous avons partagée ?

— Disons que ce n'est pas comme si… comme si quelque chose de profond nous unissait.

Lily se sentit pitoyable. Ses efforts pour préserver ce qui lui restait de dignité ne donnaient pas le résultat escompté.

— Mais… c'était très bien… très agréable, bafouilla-t-elle.

Incapable de croiser le regard de Ben, elle jeta des coups d'œil affolés autour d'elle, à la recherche d'une échappatoire.

Comme le silence s'éternisait entre eux, elle se sentit obligée d'ajouter :

— N'est-ce pas ?

Seigneur, quelle idiote ! Lara n'aurait jamais dit une chose aussi ridicule. Mais elle n'était pas Lara…

Ben songea au sentiment de plénitude qui l'avait envahi entre les bras de cette femme exquise. A cette communion intense qui les avait unis. Se pouvait-il que Lily n'ait pas éprouvé la même chose que lui ?

— Oui, répondit-il simplement.

Puis il remit la bouteille de lait dans le réfrigérateur, sans se presser.

Interdite, Lily observait chacun de ses mouvements, ne sachant comment se comporter ni quoi dire. Passablement angoissée, elle se tordit les mains. Ce geste n'échappa pas au regard scrutateur de Ben.

— Cette situation est gênante, n'est-ce pas ? lui demanda-t-il d'un ton léger.

— Non, non ! Tout va bien… c'est oublié.

Résistant à l'envie de lui faire ravaler ses paroles, il se planta devant elle.

— Si je te croyais, je me sentirais insulté.

Incapable de définir s'il s'agissait d'une plaisanterie ou non, Lily répliqua vivement :

— Non, ce n'est pas ce que je voulais dire. En fait… c'était fantastique…

— Continue, tu commences à m'intéresser.

— Nous avons partagé quelque chose… d'intense, mais avec ce que nous vivons en ce moment…

— C'est un peu gênant, comme je le disais.

Ben se passa une main dans les cheveux d'un geste nerveux, puis reprit :

— Je suppose que tu as déjà contacté l'hôpital ?

— En effet. Tout va bien, mais…

— Tu veux y retourner ? Pas de problème. Accorde-moi cinq minutes pour prendre une douche. En attendant, réfléchis à la manière de régler la situation gênante dans laquelle nous nous trouvons.

— Quelle manière ?

Juste avant de quitter la pièce, il se retourna une dernière fois.

— Oh ! Je ne te l'ai pas dit ? Nous devrions nous marier. Penses-y.

Sur ces mots, il disparut, la laissant seule et désemparée.

9.

Lily demeura prostrée un long moment avant de recouvrer ses esprits. Quand elle revint à la réalité, elle monta à la volée les marches qui menaient à la chambre qu'elle avait partagée la nuit précédente avec Ben. Puisqu'il prévoyait de prendre une douche, il devait donc s'y trouver.

Elle le rejoignit à l'instant où il s'apprêtait à enlever son caleçon.

— Pour l'amour de Dieu, rhabille-toi ! lui dit-elle en s'efforçant de ne pas laisser dériver son regard en dessous du niveau de la taille.

— Je ne me douche pas habillé.

— Et moi, je n'apprécie pas ton sens de l'humour, répliqua-t-elle, furieuse. Que s'est-il passé en bas ?

Avec un sourire moqueur, Ben baissa les yeux sur son anatomie.

— Que tu demandes une chose pareille a un côté vexant. Il me semble que c'était parfaitement évident.

Sentant le rouge lui monter aux joues, Lily répliqua :

— Arrête de plaisanter… Je voulais dire : en bas, dans la cuisine.

— Ah oui… Je t'ai demandée en mariage.

— Ça te servirait de leçon si je te disais oui ! jeta-t-elle d'un ton acerbe.

C'était pour Lily un sujet trop sensible pour accepter qu'il soit traité avec dérision. Quelle différence avec ce qu'avait connu sa sœur... L'homme qui avait épousé Lara n'avait pas hésité à retarder un avion pour lui faire sa demande.

— J'espère que tu vas accepter, Lily, intervint Ben, interrompant ses sombres pensées.

Effarée, elle le dévisagea intensément pour tenter de savoir s'il s'agissait encore d'une mauvaise plaisanterie.

— Tu n'es pas sérieux..., dit-elle avant de s'interrompre brutalement.

Pas la moindre trace d'ironie dans les yeux de Ben. Au contraire, il paraissait sincère.

— Pourquoi ? demanda-t-elle dans un souffle.

Il ne pouvait y avoir qu'une seule raison valable pour faire une telle demande.

— Je ne veux pas que ma fille soit élevée par un autre homme que moi.

Ce n'était pas ce qu'elle attendait. La lueur d'espoir qu'elle avait entrevue se dissipa aussitôt. Le cœur lourd, elle secoua la tête. Puis, affichant une expression faussement sereine, elle dit :

— Tu n'as pas besoin de me prouver quoi que ce soit, Ben... Tu es un bon père. Le mariage n'apportera rien de plus.

Ben fronça les sourcils, cherchant à deviner ce que cachait cette façade impassible.

— Je ne cherche pas à prouver quoi que ce soit.

Se forçant à sourire, elle répliqua :

— Nous n'en sommes plus là depuis longtemps. Ces dernières semaines, tu as été un roc.

Frustré à l'extrême, Ben poussa un soupir excédé.

— Je me moque d'être ou non un roc. Je veux être ton mari !

— Non, objecta-t-elle. Tu veux être le père d'Emmy, assumer tes responsabilités vis-à-vis d'elle et faire plaisir à ton grand-père.

Au fond d'elle-même subsistait encore l'espoir qu'il prononce les paroles tant attendues : « Je t'aime. »

— Que vient faire mon grand-père dans cette histoire ?

— Ne te presse-t-il pas de faire de moi ton épouse ? De régulariser la situation ? Dis-lui que tu m'as demandée en mariage et que j'ai refusé. Il ne pourra rien te reprocher. Vivre à deux n'est pas facile, même quand l'amour est au rendez-vous.

Comme elle prononçait ces derniers mots, l'image de sa sœur jumelle surgit devant ses yeux. Elle n'enviait plus la situation de Lara, dont le mariage traversait une phase orageuse, à l'issue incertaine.

Comme Ben demeurait silencieux, elle poursuivit :

— Et sans amour… c'est encore pire. Je suis ravie que tu fasses partie de la vie d'Emmy. Quoiqu'il arrive et même si je devais rencontrer quelqu'un, je te promets de ne jamais compromettre ta relation avec elle. Je te remercie de ton offre. C'est gentil de ta part… mais non.

— *Gentil ?* répéta-t-il, choqué.

L'idée qu'un autre homme approche Lily le rendait fou de rage.

— Oui, gentil, mais fou, répliqua-t-elle avec tristesse.

— Et la nuit dernière ?

Une boule se forma dans sa gorge à ce souvenir, mais elle parvint à plaquer un sourire sur son visage.

— La nuit dernière, c'était… Nous avons tous deux connu un stress effroyable, ces derniers temps.

Quelle ironie… Si elle n'avait pas été aussi passionnément éprise de Ben, elle aurait pu accepter sa proposition. Mais les sentiments qu'elle nourrissait pour lui rendaient la situation impossible. C'était un non-sens. Elle ne pourrait pas supporter le mensonge. Ce serait comme mourir à petit feu.

— Ecoute, je sais que ma proposition a été un peu brutale, mais après la nuit que nous avions partagée je ne voyais pas l'intérêt d'attendre davantage. Tout ce que je te demande, c'est d'y réfléchir. Ce qui nous arrive est inédit. Je n'aurais jamais imaginé être père un jour. Il se trouve que j'ai un enfant et c'est la plus belle chose qui me soit arrivée.

Emue par tant de sincérité, Lily sentit sa gorge se serrer.

— Et tu es un très bon père, admit-elle. C'est pour le bien d'Emmy que tu me demandes en mariage. C'est très honorable de ta part, mais…

— Je voudrais être honnête avec toi.

Ces mots la firent frissonner. Totalement désarçonnée, elle attendit qu'il poursuive.

— Je te rejoins sur un point : un mariage qui se résume à un contrat ne vaut pas la peine d'être vécu.

Etonnée, Lily le dévisagea intensément. Quelle surprise lui réservait-il encore ?

— Tu étais fiancé lorsque nous avons couché ensemble la première fois, lui rappela-t-elle.

— Je ne l'étais pas vraiment.

— Que ressentira-t-*elle* si tu te maries ?

— Caro ? s'écria Ben, l'air franchement surpris. Que vient-elle faire dans cette histoire ?

Lily baissa les yeux.

— Vous êtes encore les meilleurs amis du monde.

Cette fois, Ben ne put s'empêcher de rire.

— Qui t'a dit une chose pareille ?

— Elle ! répliqua Lily en levant le menton. Dans la dédicace de son dernier best-seller.

L'une des infirmières était venue en salle de pause avec l'ouvrage en question et l'avait montré à tout le monde.

— C'est une plaisanterie qui lui ressemble bien, répliqua Ben. Nous avons été amants autrefois, c'est vrai, mais rien de plus. Elle lançait sa carrière à l'époque et elle pensait que l'annonce de nos supposées fiançailles lui permettrait d'accéder très vite à la notoriété. Quant à être les meilleurs amis du monde, tu te trompes. Nous n'avons plus jamais été en contact après notre rupture, même si elle m'a envoyé un exemplaire de son dernier livre. Une chose est sûre : c'est un vrai cordon-bleu. Si je l'avais épousée, je pèserais une tonne aujourd'hui.

Il jeta un coup d'œil sur son ventre plat et musclé, et Lily ne put s'empêcher de suivre son regard.

— C'est de l'histoire ancienne, reprit Ben. J'ai une famille aujourd'hui… Je *veux* une famille. Alors, qu'en dis-tu ?

— Tu n'as pas besoin de m'épouser pour cela. Emmy est ta famille.

Ben refréna son envie d'attirer Lily dans ses bras et de l'embrasser jusqu'à ce qu'elle se soumette.

— Je ne veux pas voir Emmy le week-end uniquement. Je refuse d'être ce genre de père.

— Tu pourras la voir quand tu voudras.

Et moi aussi, par la même occasion, songea-t-elle en refoulant la tristesse qui l'étreignait.

— Tiens-tu vraiment à la garde alternée ? Tu la prends à Noël et moi à Pâques ?

— Je ne sais pas, Ben, répliqua-t-elle d'un ton las.

L'aveuglement dont il faisait preuve la rendait affreusement malheureuse. Elle voulait de l'amour, pas entendre parler de modalités pratiques.

— Pour transformer les « je ne sais pas » en « je sais », il faut essayer.

Je sais que je t'aime, songea Lily en refoulant les larmes qui lui montaient aux yeux.

— Regarde le bon côté des choses, insista-t-il. En partageant la même maison, ni toi ni moi ne serons privés de la présence d'Emmy. Je participerai aux soirées pyjama uniquement si vous m'y invitez. Si tu as envie que je prépare ton petit déjeuner, je le ferai. En y réfléchissant bien, qu'as-tu à perdre ?

Ben avait beau sourire, une peur atroce le consumait.

Lily baissa les yeux. Depuis des semaines, elle voyait Ben tous les jours. Comment vivrait-elle leur séparation ? Ce fut l'idée d'un sevrage brutal qui la fit vaciller.

— Je suppose que cela pourrait fonctionner… mais sans… Nous pourrions partager la maison, mais pas la chambre.

Un long silence suivit cette dernière repartie. Interdit, Ben serra les mâchoires. Maîtrisant son énervement, il demanda :

— Que veux-tu prouver ?

— Tu as dit que tu préparerais le petit déjeuner si je te le demandais…

— Oui…

— Ce n'est pas suffisant. Je veux plus que cela.

Ben avança vers elle, d'une démarche lente, délibérée, un éclat étrange dans le regard.

— Je peux te donner plus.

— Je sais, mais…, bredouilla Lily en levant la main dans un geste dérisoire de défense.

— Mais quoi ? demanda Ben.

Comme elle ne répondait rien, il ajouta :

— Epouse-moi.

Sentant sa détermination vaciller, Lily se mordit la lèvre.

— Pour Emmy, insista Ben, utilisant le seul argument susceptible selon lui de venir à bout de la résistance de Lily.

Mais il se trompait.

Contre toute attente, elle secoua vivement la tête en signe de dénégation.

Si elle devait vivre sans l'amour de Ben tout en étant contrainte d'accepter sa présence aux côtés d'Emmy, il fallait qu'elle garde ses distances avec lui — physiquement et émotionnellement.

— Tu n'as pas assez réfléchi à la question, marmonna-t-elle d'une voix tremblante.

— Tu fais erreur. Je n'ai pensé qu'à cela !

— Je sais que tu aimes Emmy. L'installation dans cette maison le prouve… Tu as envie de rattraper le temps perdu, mais… le jour où je me marierai, je veux le faire pour les bonnes raisons.

— Ce que nous avons partagé la nuit dernière en était une.

— C'était purement sexuel. Nous pouvons partager l'éducation d'Emmy. Cette maison est assez grande…

— Tu crois vraiment que nous pouvons partager la maison mais pas le même lit ?

— Il suffit de nous montrer… civilisés.

La dominant de toute sa hauteur, il planta son regard dans le sien. Un regard sauvage, primitif. Lily étouffa un cri dans sa gorge. Seigneur, la sensualité qui émanait de lui la submergeait !

— Puisque tu y tiens, je te promets de ne jamais frapper à ta porte au milieu de la nuit. Et toi, t'en sens-tu capable ?

— Quoi ? Tu crois que… Je ne suis pas ce genre de personne.

— Je n'en jurerais pas, à ta place !

Deux jours plus tard, on accorda à Emmy la permission de sortir. Une fois la décharge signée et les rendez-vous organisés, il restait à empaqueter toutes les affaires accumulées au fil des semaines.

Lily finissait les bagages quand l'infirmière partie récupérer le traitement prescrit à Emmy revint dans la chambre.

— Désolée d'avoir tardé autant, dit-elle en lui tendant le sac de médicaments.

— Ne vous en faites pas, il me reste encore beaucoup de choses à ranger, répondit Lily en riant. Et ce n'est pas facile avec ce petit démon dans les bras.

Accrochée au cou de sa mère, la petite fille gigotait dans tous les sens. Soudain, en la voyant tourner la tête vers la porte, Lily comprit que Ben était de retour dans la chambre.

— Laissez-moi vous aider, proposa l'infirmière en lui retirant Emmy des bras.

Puis, se tournant vers Ben et lui tendant la petite, elle dit :

— Ton papa va te porter.

Aussitôt, Emmy se mit à jouer avec les lèvres de son père. Elle les pinçait entre ses doigts malhabiles.

— Voyons, Emmy, tu lui fais mal ! s'écria Lily d'un ton de reproche.

— Ta maman a raison, enchérit l'infirmière. Fais un bisou à ton papa.

La petite sembla hésiter un instant, puis déposa un baiser sonore sur la joue de son père.

— Papa… papa… papa, se mit-elle à babiller, comme pour s'habituer à utiliser ce nouveau terme.

Lorsque Lily croisa le regard de Ben, elle sentit son cœur chavirer. Il y avait tant de tendresse dans ses yeux qu'elle détourna les siens en refrénant ses larmes. Elle avait passé deux jours à ériger autour d'elle une barrière et il avait suffi d'un regard pour qu'elle s'effondre…

Partager la même maison et rien d'autre serait une épreuve difficile à surmonter.

Lily ne se trompait pas. Après deux semaines de cohabitation, ses nerfs commencèrent à lâcher. Elle s'en rendit compte le jour où, alors qu'elle repliait un pull abandonné par Ben sur une chaise, elle se surprit à humer les effluves qui en émanaient. Ce parfum enivrant dont elle gardait un souvenir torride.

Il fallait que cela cesse. La situation était intenable. Alors que Ben n'attendait qu'un geste de sa part pour reprendre leur liaison là où ils l'avaient laissée, elle… reniflait son eau de toilette, tel un drogué sa dose de cocaïne.

Et Ben était parfaitement conscient de son trouble. Oh ! Il ne disait rien, mais il faisait tout pour la provoquer. Il prenait un malin plaisir à déambuler à moitié nu dans la maison, à la frôler au passage, s'amusant de la voir rougir comme une adolescente ou s'écarter d'un bond comme si ce contact l'avait brûlée. Il la torturait et… Pressant une main sur sa poitrine, elle ferma les yeux. Elle devait en convenir : l'amour qu'elle vouait à cet homme menaçait de la consumer.

Se laissant tomber pesamment sur une chaise, elle se prit la tête entre les mains. Quelle idée saugrenue d'avoir accepté de partager cette maison ! C'était le pire des choix, une épreuve de plus en plus difficile à supporter.

Elle aurait dû dire la vérité à Ben. Peut-être aurait-il compris… *Je ne peux pas t'épouser, parce que je t'aime et que jamais tu n'éprouveras la même chose pour moi.*

Un petit rire nerveux la secoua. Allons bon, était-elle en train de perdre la raison ? Elle ne pourrait jamais se contenter d'un simple aveu. Dès lors qu'elle ouvrirait la bouche, elle ne saurait plus se taire.

Pourquoi pas, après tout ? Pourquoi ne pas être sincère et voir ce qu'il en ressortirait ?

Quel serait le prix de l'honnêteté ?

Peu importaient les risques, finalement. La torture que lui infligeait cette cohabitation devait cesser. Elle avait l'impression de mourir à petit feu. Et puis… Ben ne méritait-il pas de connaître la vérité ?

Puisqu'il l'avait demandée en mariage, n'avait-il pas le droit de savoir pourquoi elle avait refusé ? N'était-ce pas une preuve d'égoïsme de vouloir davantage ? Emmy l'aimait et Ben était un bon père.

Lily ressassait ces sombres pensées quand la sonnette de la porte d'entrée retentit. Aussitôt, elle bondit sur ses pieds.

— Une minute ! cria-t-elle à l'intention de ce visiteur inattendu. J'arrive !

Il fallait à tout prix empêcher cet intrus de s'acharner sur la sonnette, sinon Emmy risquait de se réveiller de sa sieste de très mauvaise humeur.

Quel gâchis !

La matinée qu'il venait de vivre n'avait fait qu'assombrir l'humeur de Ben. Au petit déjeuner, Lily s'était montrée encore plus distante que d'habitude. Sans jamais croiser son regard, elle avait répondu à ses questions du bout des lèvres, à tel point qu'il avait failli taper du poing sur la table pour obtenir une réaction un peu moins policée.

Lui qui s'était toujours tenu à l'écart des imbroglios sentimentaux souffrait du climat glacial qui régnait entre eux.

Avec le recul, il comprenait mieux ses réticences à s'impliquer dans une relation amoureuse : elles étaient dictées par la peur. Ironiquement, alors qu'en affaires on le jugeait plutôt téméraire, dans la vie privée il se comportait comme un poltron.

Qui plus est, la femme qui lui avait montré à quel point il était capable d'aimer, combien il en ressentait le besoin, avait érigé un mur de glace entre eux.

Il avait connu des moments difficiles dans sa vie, mais jamais il ne s'était senti aussi déprimé ! Ce qu'il désirait le plus au monde était à portée de main et pourtant il avait le sentiment qu'il s'agissait d'un rêve inaccessible. Soit il s'en accommodait, soit il réagissait…

Une chose était sûre : Lily n'était pas plus heureuse que lui. Il ne pourrait pas la forcer à l'aimer, mais il devait tout essayer avant qu'il ne soit trop tard.

Fort de cette résolution, il se concentra de nouveau sur l'événement auquel il assistait : un petit déjeuner destiné à recueillir des dons pour une œuvre de charité qu'il défendait avec un collectif de célébrités du monde du spectacle. Pour l'occasion, il avait réuni quelques banquiers parmi les plus prestigieux de la planète. Alors que les marchés monétaires mondiaux dépendaient du bon vouloir de ces messieurs, ils se comportaient à cet instant précis comme des adolescents morts de trac. Lorsqu'un couple de stars hollywoodiennes sur le départ vint saluer Ben, il s'étonna de leur joie enfantine. Pour un peu, ils lui auraient demandé un autographe.

A la fin de la réception, alors qu'il quittait l'hôtel, des flashs se mirent à crépiter autour de lui. Quand les paparazzi se rendirent compte de leur méprise — ils avaient confondu Ben avec un acteur en vogue — ils abaissèrent leurs appareils, mais demeurèrent groupés autour de lui en apprenant son identité.

Jamais de toute sa vie Ben n'avait courtisé la presse, préférant se tenir à distance. Bien sûr, il apparaissait souvent dans les journaux financiers, son nom était fréquemment cité, mais il ne donnait pas d'interviews. Pas plus qu'il ne fréquentait les boîtes de nuit ou les bars à la mode.

Frustrés par son indifférence et son refus de répondre à leurs questions, les paparazzi se détournèrent de lui, jusqu'à ce que, surgie de nulle part, une créature sublime, aux cheveux d'un roux flamboyant et perchée sur des talons immenses, fonde sur lui. Bien que surpris par cette apparition, Ben reconnut aussitôt la sœur jumelle de Lily et n'esquissa pas le moindre geste pour la repousser lorsqu'elle se précipita dans ses bras. Passablement éméchée, elle se lova contre lui et soudain, avant qu'il puisse l'en empêcher, elle noua ses bras autour de son cou et l'embrassa à pleine bouche. De nouveau, les flashs crépitèrent, immortalisant la scène.

Furieux de s'être laissé piéger ainsi, Ben se dégagea de l'étreinte de Lara et, l'agrippant par le bras, il la força à monter avec lui dans sa limousine, qui heureusement venait de se matérialiser devant l'hôtel.

— Foncez ! lança-t-il au chauffeur, qui démarra sur les chapeaux de roues.

A ses côtés sur la banquette arrière, Lara somnolait.

10.

Lorsque Lily gagna en courant le hall d'entrée de la maison, la sonnette avait retenti plusieurs fois déjà. Agacée par autant d'insistance, elle déverrouilla la porte et tomba aussitôt en arrêt devant le spectacle qui s'offrait à ses yeux.

— Seigneur !

Ahurie, elle s'écarta pour laisser entrer Ben, soutenant sa sœur jumelle qui avait visiblement trop bu.

— Ceci… n'est pas ce que tu crois, lui dit-il en se tournant vers elle.

— Lil… Lil…, bredouilla Lara avec un sourire béat.

— Elle a surgi de nulle part, expliqua Ben, et m'est tombée dans les bras. Elle n'est pas… dans son état normal.

— Elle est ivre, oui, maugréa Lily malgré elle.

Tenaillée par la jalousie, elle contempla sa sœur jumelle, toujours pendue au cou de Ben.

— Je ne savais pas quoi faire d'elle, alors…

— Tu l'as ramenée à la maison.

— J'aurais préféré trouver une autre solution, mais la situation était intenable. Mieux vaut que tu l'apprennes par moi… ta sœur m'a embrassé et nous avons été mitraillés par des paparazzi.

— As-tu apprécié ? demanda Lily d'une voix sifflante.

— Bien sûr que non !

— Hé ! protesta Lara, dont les yeux papillonnaient sous l'effet de l'alcool. J'embrasse *merveilleusement* bien…

— Elle est complètement partie, dit Ben en levant les yeux au ciel.

— Penses-tu qu'elle ait besoin d'un médecin ?

— Non, je crois qu'une cure de sommeil lui fera le plus grand bien.

Sur ces mots, il hissa Lara sur son épaule et entreprit de gravir les marches qui menaient à l'étage. Sans hésiter, il pénétra dans la chambre d'amis la plus proche et déposa son fardeau sur le lit.

Soulagé, il poussa un long soupir, puis demanda :

— Peux-tu t'occuper d'elle ? Je crois que je l'ai assez vue pour aujourd'hui.

Lily hocha la tête puis reporta son attention sur Lara, qui s'était assoupie. Elle resta quelques minutes à son chevet puis rejoignit Ben au salon. Voyant qu'il venait de se servir un whisky, elle le regarda avec stupeur.

— Je sais qu'il n'est que midi, mais j'en ai besoin, dit Ben pour expliquer son geste. Ta sœur… bon sang… c'est un cauchemar ambulant.

Un peu heurtée par ce qualificatif peu élogieux, Lily se sentit obligée de prendre la défense de Lara.

— Non… Je crois qu'elle est très malheureuse. J'ai l'impression que son mariage bat de l'aile.

De son côté, Ben ne ressentait visiblement aucune compassion.

— Pas étonnant ! J'ignore de quoi elle souffre, mais elle devrait demander de l'aide.

— Penses-tu que je devrais rester à son chevet ? Ne risque-t-elle pas à son réveil de…

— Du calme, Lily, ta sœur est ivre morte, c'est tout. Une fois qu'elle aura dessoûlé, elle ira mieux.

Reposant son verre, Ben dévisagea Lily avec sérieux.

— As-tu ressenti de la jalousie, tout à l'heure ?

Bien que gênée d'avoir été percée à jour, Lily préféra jouer la carte de la franchise.

— Un peu. J'ai toujours eu l'impression d'être invisible…

en compagnie de Lara. Ma sœur a toujours été meilleure que moi… en tout.

Emu, Ben lui caressa doucement la joue.

— Tu vaux mille fois mieux que toutes les Lara de ce monde.

Lily eut un pauvre sourire.

— Il est vrai que j'ai ressenti une pointe de jalousie en la découvrant pendue à ton cou… mais quand j'ai vu l'expression de ton visage…

A ce souvenir, elle laissa échapper un petit rire.

— Heureux de voir que ça t'amuse ! Tu es bien la seule à trouver ça drôle.

Le sourire de Lily s'effaça.

— Tu as raison : son mari risque de ne pas apprécier… D'après ce que je sais, il est plutôt du genre jaloux… Nous pourrions toujours dire qu'il s'agissait de moi ?

— Il n'en est pas question.

— Mais… si Raoul débarque ici en pensant que…

— Rassure-toi, coupa-t-il en riant, je saurai me défendre.

Soudain, Lily se mit à arpenter le salon en se tordant les mains, saisie d'une émotion dont les raisons lui échappaient.

— Seigneur ! reprit-elle d'une voix tremblante, ta réputation risque de pâtir de la publication de ces photos. Tu ne mérites pas cela. Tu es un homme bon… Et… il faut que je sois sincère avec toi.

Alerté par le ton grave que venait d'employer Lily, Ben se figea. Qu'allait-elle lui annoncer ? Tous ses espoirs allaient-ils être réduits à néant ?

— Il faut que je te dise la vérité… sur les raisons qui m'empêchent de me marier avec toi.

Le visage déformé par l'anxiété, Ben se rapprocha de Lily.

— Y a-t-il quelqu'un d'autre ? Ce médecin… ?

— Quoi ? Non, bien sûr que non. Il n'y a personne. Il n'y aura jamais personne. Jamais.

Reculant d'un pas, comme pour le fuir, elle ajouta :

— Je ne peux pas t'épouser… parce que je t'aime… parce que je t'aime trop.

Après cette déclaration, le silence pesa entre eux, lourd, suffocant. Lily avait beau scruter le visage de Ben, son expression demeurait indéchiffrable.

Bouleversée, elle ajouta d'une voix tremblante :

— Désolée… tu comprends mieux maintenant pourquoi je ne peux absolument pas accepter un mariage de convenance.

— En effet.

Effondrée par l'indifférence apparente de Ben, elle se détourna de lui pour se poster à la fenêtre. Sans le regarder, elle dit :

— Je ferais mieux d'appeler maman pour la rassurer. Hier soir, elle m'a dit qu'elle avait reçu un message inquiétant de Lara.

— Non.

Surprise, Lily se tourna vers Ben.

— Quoi ?

— Pas maintenant.

Se rapprochant de l'endroit où elle se tenait, il lui agrippa le bras.

— Répète ce que tu as dit !

— Quoi… ? Nous nous sommes éloignées, ces dernières années et…

— Nous nous sommes rapprochés ces dernières semaines.

— Je ne parle pas de nous… mais de Lara et moi.

Etouffant un juron, Ben répliqua :

— Je ne veux pas parler de Lara.

— Que veux-tu, alors ?

— Je veux t'entendre m'expliquer à nouveau pourquoi tu ne peux pas m'épouser.

— Je t'aime, répéta-t-elle en levant le menton d'un air de défi.

— Mais tu ne voulais pas que cela se produise, n'est-ce pas ?

— Comment… comment le sais-tu ?

— Parce qu'il m'est arrivé la même chose. J'ai toujours cru que je serais incapable d'aimer… et cela me convenait parfaitement. J'étais un imbécile. C'est toi, Lily, qui m'as appris ce que signifie le mot amour… C'est ce que je ressens pour toi. Je t'aime de tout mon cœur.

Ces mots simples dits avec une sincérité déconcertante la touchèrent au plus profond de son âme. Des larmes perlèrent à ses paupières puis inondèrent ses joues.

— Pourquoi ne pas me l'avoir dit, Ben ? Te cacher mes sentiments me mettait au supplice…

— J'attendais.

— Qu'attendais-tu ?

— Je voulais te prouver que j'étais sincère, que j'étais digne de toi.

— Tu as prouvé ton affection à l'égard d'Emmy…

— Je ne voulais pas te forcer… Et comment aurais-je pu deviner tes sentiments ?

Avant qu'elle ne puisse répondre, il happa sa bouche et l'embrassa avec passion.

Lorsque leurs lèvres se séparèrent, Lily esquissa un sourire rêveur.

— Avec un baiser comme celui-là, je me serais peut-être confiée plus tôt…

— Et puis, je voulais d'abord m'occuper de Warren Court. J'avais un plan en tête.

— Quel plan ?

— Comme cette maison est trop petite, j'envisageais de faire des travaux à Warren Court pour que nous puissions réunir nos deux familles. Mon grand-père est trop âgé pour s'occuper du domaine seul. Il serait ravi de partager le rez-de-chaussée avec ta mère et de nous laisser le reste de la maison. Tout cela suppose évidemment de redistribuer toutes les pièces…

— Toi et tes maisons ! s'exclama Lily. Je me moque de l'endroit où je vis. Je… Je t'aime tant.

Ben la souleva dans ses bras puis l'embrassa avec fougue. Quand il la reposa au sol, il planta son regard dans le sien :

— Tu as raison, peu importe l'endroit où nous habiterons, du moment que nous serons ensemble. Je voulais te prouver que je pouvais être à la fois un bon père, un bon mari, et que j'avais le sens de la famille.

Ils échangèrent un long regard plein d'amour, puis Ben reprit la parole.

— Un entrepreneur passera demain. J'envisage quelques rénovations dans cette maison avant de la céder à l'hôpital. Elle pourrait permettre à des familles comme la nôtre d'attendre le rétablissement de leur enfant.

— Oh Ben, quelle merveilleuse idée !

— J'espère simplement que la plupart d'entre elles connaîtront une issue heureuse, comme nous... L'année dernière à cette même époque, ma vie était affreusement vide, et maintenant je suis comblé !

— Moi aussi..., dit Lily en prenant son visage entre ses mains.

— Que dirais-tu de poursuivre cette conversation dans ta chambre ?

— Excellente idée !

Ben lui prit la main et l'entraîna à sa suite dans l'escalier.

— Doucement ! protesta Lily. Si nous réveillons Lara...

A cet instant précis, ils entendirent des sanglots étouffés dans la chambre d'amis.

— Trop tard...

S'immobilisant devant la chambre où reposait Lara, Ben prit Lily dans ses bras. Il laissa échapper un long soupir, puis déclara :

— Lors de notre mariage, promets-moi d'empêcher ta sœur d'approcher du bar.

— Je croyais que tu voulais une vie de famille ? lui rappela Lily avec un sourire espiègle.

— C'est vrai, mais la personne la plus importante de ma famille, c'est toi. Je t'aime et je t'aimerai toujours.

Sur cette promesse prononcée avec dévotion, ils s'embrassèrent passionnément.

Quelques semaines plus tard, rayonnants de bonheur, ils célébrèrent leur mariage entourés de leurs proches et de quelques amis.

Épilogue

EMILY ROSE WARRENDER
PREMIÈRE ANNÉE D'ÉCOLE

RÉDACTION

Mon week-end

Je devais monter mon poney ce week-end, mais papa et maman sont allés à l'hôpital, alors je suis restée avec grand-mère et nous avons joué aux cartes parce qu'elle est âgée et doit rester assise la plupart du temps.

Papa et maman ont rapporté un bébé de l'hôpital. Maman dit qu'il ressemble à papa, mais je ne suis pas d'accord parce que papa est très grand et très beau. Bébé Harry est rouge et fripé, lui. Ma maman a les cheveux roux comme moi. Elle est très belle et moi aussi.

Harry ne sait rien faire pour le moment, mais papa dit que quand il sera plus vieux, peut-être la semaine prochaine, je pourrai lui apprendre à taper dans un ballon. Je suis très douée à ce jeu-là et à d'autres aussi. Papa dit que ce sera moi le chef.

J'aime beaucoup mon papa, ma maman et Harry. Mais c'est mon poney que je préfère. Je suis sûre que je serai un très bon chef.

Retrouvez prochainement, dans votre collection

AZUR

Amoureuse d'un roi, de Maisey Yates - N°4367

Parce qu'elle a grandi au royaume de Liri, Tinley a le sens du devoir. Pourtant, le jour où le roi Alexius de Prospero se met en tête de lui trouver un époux convenable, pour honorer une promesse faite à son père, elle est désespérée. Certes, si elle n'est pas mariée avant son vingt-troisième anniversaire, elle devra renoncer à son héritage. Mais comment pourrait-elle se résoudre à une union de convenance avec un inconnu quand, depuis toujours, elle brûle de désir pour Alexius ?

Danse avec un cheikh, de Clare Connelly- N°4368

Un vent de rébellion souffle en Johara. Pour quelques heures, elle veut tout oublier : son statut de princesse, ses responsabilités et le mariage auquel elle doit se soumettre pour assurer la paix dans la région... C'est à l'occasion d'un bal que sa vie bascule, entre les bras d'un sublime inconnu. Après la nuit torride qui les unit, Johara découvre en effet avec stupeur que son amant mystérieux n'est autre que le cheikh Amir d'Ishkana, qui voue une haine farouche à sa famille. Dès lors, Johara n'a d'autre choix que de conclure une alliance avec son ennemi et, pour cela, de le suivre dans son palais du désert...

Inoubliable promesse, de Kali Anthony - N°4369

Elle a rompu sa promesse, il ne le lui a jamais pardonné. Autrefois, Eve et Gage se sont follement aimés, malgré la haine qui opposait leurs familles respectives. Pourtant, la nuit où tous deux avaient convenu de fuir pour se marier en secret, Eve est restée. Pire, soumise à un odieux chantage de la part de son père, elle a dû rejeter l'homme de sa vie... Depuis, leurs sociétés se livrent une guerre impitoyable, nourrie par le ressentiment de Gage. Et s'il a demandé à la revoir, sept ans après leur séparation dramatique, c'est pour lui annoncer qu'il a gagné la bataille. Eve perdra tout, à moins qu'elle ne répare ce qu'elle a autrefois brisé... en l'épousant !

L'épouse de Leon Petrakis, de Dani Collins - N°4370

Une liaison passionnée, un mariage éclair – puis la rupture, inévitable. Cinq ans plus tôt, Leon Petrakis est sorti de la vie de Tanja aussi vite qu'il y était entré, lui brisant le cœur au passage. Si depuis lors son époux ne lui a donné aucune nouvelle, il débarque soudain sur l'île d'Istuval, à son grand soulagement, pour la tirer de la situation périlleuse dans laquelle elle se trouve. À présent qu'ils sont réunis, Tanja exige de Leon qu'il joue enfin auprès d'elle son rôle de mari, du moins officiellement. Car, si le côtoyer de nouveau est une perspective qui la bouleverse, c'est à ce prix seulement qu'elle pourra adopter le bébé qu'elle aime déjà plus que tout au monde...

Une dangereuse héritière, de Maya Blake - N°4371

Parce qu'il est le dernier des Fiorenti, Maceo a une responsabilité : faire prospérer l'empire familial bâti par ses aînés dans le secteur de la confiserie. Hélas, alors que Casa di Fiorenti aurait dû lui revenir exclusivement, il découvre qu'une part de la société appartient désormais à Faye Bishop, une parfaite inconnue. Quelle est cette héritière qui menace brusquement ce à quoi il a consacré toute sa vie ? Déterminé à le découvrir, Maceo la convoque dans sa villa de Capri. Or cette rencontre ne fait qu'attiser sa méfiance. Car sous les dehors innocents de la belle, il en est sûr, se cache une croqueuse de diamants...

Fiancée à un milliardaire écossais, de Louise Fuller - N°4372

Rompre ses fiançailles avec Farlan Wilder est la décision la plus difficile que Lady Antonia ait jamais prise. Si elle a dû suivre les injonctions de sa famille, sa rupture avec le bel Écossais a laissé un grand vide en elle. Aussi, quand elle revoit Farlan après sept années de regrets et de solitude, Antonia se sent revivre. Hélas, s'il est de retour à Lamington Hall, le manoir familial, ce n'est pas pour renouer avec elle mais pour lui rappeler sa trahison. Plus encore, Farlan est là pour assouvir sa vengeance...

Rencontre au palais, de Jessica Gilmore - N°4373

Emilia retient son souffle tandis qu'elle découvre le palais royal d'Armaria. Le bal d'été qu'elle est chargée d'organiser au château restera dans les annales, c'est certain ! Aussitôt, elle se met à l'ouvrage, résolue à se montrer à la hauteur de l'événement. Lorsqu'elle rencontre un bel inconnu dans les jardins secrets, elle croit vivre un conte de fées. Se pourrait-il qu'elle ait trouvé l'amour dans ce lieu enchanteur ? Rien n'est moins sûr, car celui qui a fait chavirer son cœur n'est autre que Laurent, le souverain d'Armaria. Un homme qui lui sera à jamais inaccessible...

Ce patron si secret, de Susan Meier - N°4374

SÉRIE : *LES MILLIARDAIRES DE MANHATTAN* - 3/3

La vie de Danny Manelli ne sera plus jamais la même. Il vient de découvrir qu'il est l'un des héritiers d'un milliardaire mais surtout, qu'il a un fils de deux ans ! Parce qu'il ne connaît rien aux enfants, Danny s'empresse de recruter une nourrice, en la personne de Marnie Olsen. Si la jeune femme se révèle parfaite auprès du petit garçon, elle est bientôt source d'inquiétude pour Danny. En effet, le désir qui le pousse vers elle est aussi intense que malvenu. Et puis, il a l'impression que Marnie lui dissimule un secret...

Liaison à Saint-Pétersbourg, d'Abby Green - N°4375

SÉRIE : *LA DYNASTIE MARCHETTI* - 2/3

Un inconnu d'une beauté à couper le souffle. Sans réfléchir, Zoe saisit son appareil pour le prendre en photo. Un bien mauvais réflexe, car l'Apollon se révèle être Maks Marchetti. Un homme d'affaires qui, poursuivi depuis toujours par les paparazzis, tient à tout prix à préserver sa vie privée. Malgré leur rencontre houleuse, Zoe et Maks sont immédiatement liés par un désir intense et entament une liaison dont ils savent qu'elle sera éphémère. Seulement, à mesure que Zoe passe du temps dans les bras de son amant, à Saint-Pétersbourg ou Venise, elle sent poindre en elle des sentiments interdits…

La tentation d'une innocente, de Jackie Ashenden - N°4376

SÉRIE : *LA COURONNE D'AXIOS* - 2/2

Avec humilité, Anna pénètre dans le palais royal d'Axios, une forteresse médiévale nichée au pied des montagnes. Et dire que c'est dans ce lieu grandiose et chargé d'histoire qu'elle vivra, avant d'entrer dans les ordres ! Pour une raison qu'elle ne s'explique pas, elle a en effet été recommandée par la mère supérieure auprès du roi lui-même pour être la préceptrice de la princesse sa fille. Est-elle seulement qualifiée pour le poste ? Les doutes d'Anna grandissent encore lorsqu'elle fait la rencontre du souverain. Car Adonis Nikolaides éveille aussitôt en elle un trouble inédit, intense… et interdit.

Une exquise vengeance, de Tara Pammi - N°4377

Le plan de Riya est simple : faire croire à Nathaniel Keys qu'elle s'apprête à vendre le manoir familial pour l'obliger à revenir au domaine et faire la paix avec son père. Elle ne supporte plus de voir le vieil homme, qui l'a élevée comme sa propre fille, souffrir de l'absence de son fils unique. Ce qu'elle n'avait pas prévu, c'est que l'adolescent d'autrefois se serait mué en homme impitoyable. Un homme qui, furieux d'avoir été piégé, a pris le contrôle de l'entreprise qu'elle a créée et menace aujourd'hui de licencier tous ses employés. Malgré elle, Riya doit se rendre à l'évidence : elle est à la merci de Nathaniel. Et, à en juger par la lueur prédatrice qui brille dans son beau regard azur, elle devine qu'il entend profiter pleinement de sa vengeance…